Tomek Tryzna

Fräulein Niemand

Aus dem Polnischen von
Agnieszka Grzybkowska

Luchterhand

Die Originalausgabe erschien 1994
unter dem Titel *Panna Nikt*
im Verlag Firet, Warschau.

2 3 4 99 98 97

Satz: Fotosatz Amann, Aichstetten
Druck und Bindung: Pustet, Regensburg

ISBN 3-630-86965-3

Siehe, Vater:
Vom Bösen verfolgt auf der Erde,
Weit entfernt von deinem Odem, irrt sie umher,
Versucht zu fliehen vor dem bitteren Chaos
und weiß nicht, es zu besiegen …

HIPPOLYTOS

Erstes Buch

I

Ich gehe hinter Mama her und ziehe mit der Hacke Erde in die Löcher mit den halbierten Kartoffeln. Mama ist gut. Sie sagt nie etwas, wenn ich die Kartoffeln nicht richtig zudecke. Sie schaut mich nur an, und ich weiß gleich, daß ich es besser machen muß. Die Erde ist weich. Papa hat sie mit dem Spaten umgegraben. Jetzt arbeitet er am Zaun, und Tadzio läuft hinter ihm her. Tadzio ist mein jüngerer Bruder, er ist zehn. Ein lieber, fröhlicher Junge. Er will ständig seine Armmuskeln mit mir messen, aber ich drück seinen Arm immer noch runter. Dann jammert er, daß ich schummele. Aber ich schummele nicht, und trotzdem jammert er. Vielleicht sollte ich einmal nachgeben, na ja, aber man darf sowas eigentlich nicht machen. Ich mag ihn sehr. Ich habe mich um ihn gekümmert, als er noch ganz klein war. Ich habe seine Windeln gewechselt und ihm das Fläschchen gegeben. Jetzt kümmere ich mich um Zenuś. Zenuś schläft immer, und wenn er nicht schläft, dann weint er oder lacht. Er riecht süß. Es ist Frühling. Den ganzen Tag scheint wunderschön die Sonne. Im Moment nicht mehr so stark, weil sie schon tief steht. Unser kleines Feld grenzt an den Wald. Der Wald ist dunkelgrün und das Feld dunkelgrau. Wenn die Kartoffeln erst mal wachsen, wird es auch grün sein. Ich fühle mich, als ob ich seit dem Morgen irgend etwas im Bauch hätte. Gestern auch schon, aber weniger. Jemand kreischt. Ich schaue auf, es ist Zosia. Sie läuft weg, und Tadzio rennt ihr nach. Zosia ist meine Schwester. Wie Krysia. Sie sind Zwillinge und fünf Jahre alt. Sie spielen ständig Gummitwist. Wie ich früher, aber jetzt mache ich es nicht mehr, ich bin zu alt dafür. Was ist denn das? Tadzio geht zum Kinderwagen von Zenuś und schlenkert einen Regenwurm vor ihm hin und her. Zosia steht bei ihm. Ich höre bis hierher, wie sie sagt:

»Gib ihm das. Mal sehen, ob er's ißt.«

»Er ist noch zu klein, um Fleisch zu essen«, sagt Tadzio. Oh je. Ich habe getrödelt und zugehört, und Mama ist ganz weit vorn. Ich also hinterher, schnell Erde in die Löcher. Zack zack, und das nächste. Tadzio rennt an mir vorbei. Er schreit »Tor! Tor!«, springt über den Zaun und läuft den Hügel hinauf. Ich schaue ihm nach. Mein Bauch tut so schrecklich weh, daß ich nicht weiß, was ich machen soll. Vielleicht ist es eine Darmverschlingung? Und plötzlich ist es wieder vorbei. Gott sei Dank. Am Himmel fliegt ein Vogel. Tadzio zielt mit einem Stöckchen auf ihn, schießt. Peng peng! Aber der Vogel fliegt und fliegt. Es ist schön draußen, wenn die Sonne scheint. Sie darf einem nur nicht direkt in die Augen scheinen. Und wieder habe ich getrödelt, und wieder ist Mama weit vorn. Also schnappe ich meine Hacke, hole Mama ein, sie steht plötzlich gerade aufgerichtet da und sagt zu mir:

»Marysia, hörst du das?«

»Was?«

»Das.«

Tatsächlich. Zenuś weint leise. Er hat sich bestimmt vollgepinkelt. Ich lege die Hacke hin und laufe zum Kinderwagen, der am Waldrand im Schatten der Bäume steht. Aber Zenuś schläft. Ich lege meine Hand unter die Windel. Trocken. Vielleicht hat er im Schlaf gewinselt, vielleicht hat er was geträumt? Macht nichts. Als ich zurückgehen will, zieht sich plötzlich etwas in meinem Bauch zusammen und wieder auseinander. Ich muß mich hinsetzen, ich krümme mich, weil es weh tut. Etwas sehr Seltsames passiert da in meinem Bauch. Vielleicht habe ich mit dem Wasser eine Kaulquappe verschluckt, und jetzt ist ein Frosch draus geworden? Vielleicht hat er Hunger und beißt in meinen Magen? Ich schlage mit der Hand auf den Bauch, vielleicht scheucht ihn das weg. Er beißt noch ein wenig und hört auf. Schon tut es nicht mehr weh. Ich sitze im Gras, um mich herum Gänseblümchen. Ich würde gern ein paar pflücken und einen Kranz daraus machen, aber ich muß zurückgehen, die Löcher zumachen. Gerade will ich aufstehen, als ich einen Schrei höre. Ich drehe mich um, schaue hin, vielleicht ist es

Zosia, vielleicht Krysia, aber nein, sie spielen am Baum Gummitwist. Tief im Wald schreit jemand. Ein dünner Mädchenschrei. Ich stehe auf und gehe zu den Bäumen. Einerseits habe ich ein bißchen Angst, andererseits bin ich ein bißchen neugierig.

Die Bäume stehen dicht beieinander, es ist dunkel, die Sonne dringt nicht bis hierher durch. Ich höre etwas scheppern, weit weg. Was kann das sein? Ich kämpfe mich durchs Gebüsch, bin auf einem schmalen Pfad. Ich höre etwas, das klingt wie Gequieke, wie Wiehern. Wie Getrappel. Ich schaue hin, es ist eine Kutsche, riesig, ganz schwarz, mit silbernen Sternchen und vier vorgespannten schwarzen Pferden. Sie fährt direkt auf mich zu. Den Pferden steht Schaum vorm Maul. Ich springe zur Seite, drücke mich an einen Baum. Am Fenster der Kutsche sehe ich ein wunderschönes Gesicht. Das Mädchen ist etwa genauso alt wie ich, hat ein goldenes Kleid an und ein Diadem auf dem Kopf, reines Gold, mit Diamanten besetzt. Sie hat mich bemerkt und will etwas rufen. Da erscheint plötzlich eine schwarze, schreckliche Hand auf ihrem rosigen Mund. Und schon ist die Kutsche vorbei. Hintendrauf saßen zwei ekelhafte, haarige Affen im Smoking, fletschten die Zähne und streckten ihre Pfoten nach mir aus. Aber ich habe mich zusammengekrümmt, und sie konnten mich nicht fassen. Gott sei Dank. Es ist still. Auf dem Weg glänzt etwas. Ich bücke mich. Ein Diamant, er muß aus dem Diadem des Mädchens herausgefallen sein. Oder vielleicht aus einem Ring? Vielleicht hat sie ihn mir hingeworfen, damit ich ein Andenken habe und sie nicht vergesse. Wie schön er ist. Als ob sich die ganze Sonne darin versteckt hätte und nun daraus hervorglitzert. Ich nehme ihn in die Hand und bewundere ihn. Jemand wimmert. Das Wimmern ist aus der Richtung zu hören, aus der die Kutsche gekommen ist. Ich folge dem Weg, halte den Diamanten in der Hand und habe immer mehr Angst vor dem, was ich da zu sehen bekomme, denn das Wimmern wird immer lauter. Endlich erreiche ich die Stelle. Ein junger Kavalier liegt auf dem Weg. In seinem Bauch steckt eine Lanze. Er kann nicht aufstehen, weil ihn die Lanze festgenagelt hat. Sein Gesicht ist von wunderschönen goldenen Locken umrahmt. Er hat ein rotes, goldbesticktes Wams an und gelbe Strumpfhosen und schöne rote Schuhe. Neben ihm liegen ein zerbrochener Degen und ein Federhut. Was für schreckliche Schmerzen er haben muß. Er hält sich an der Lanze fest und verdreht seinen Körper, als ob er sich an ihr hochziehen will. Er hat mich gesehen. Er bittet jammernd:

»Mädchen, hilf mir. Reiß es mir heraus, allein schaff ich's nicht. Ich bitte dich, reiß es heraus ...«

Ich möchte ihm helfen, doch ich kann nicht. Ich weiß nicht, warum, ich kann mich nicht bewegen. Ich kann mich einfach nicht bewegen. Ich schäme mich so, weil er vielleicht denkt, daß ich ihm nicht helfen will und böse bin. Aber wie soll ich ihm helfen, wenn ich mich nicht bewegen kann? Ich will es ihm sagen, aber ich kann auch die Lippen nicht bewegen. Und er sagt immer schmerzerfüllter:

»Mädchen, ich flehe dich an, reiß es mir heraus, pack zu und reiß es aus! Pack zu und reiß es aus! Pack zu und reiß es aus! Bitte, pack zu und reiß es aus!«

Aber ich kann nichts tun, nichts, buchstäblich nichts, rein gar nichts, ich kann nur meine Augen schließen, wenigstens das. Ich öffne sie wieder, als es still ist. Ich sehe, wie der Kavalier sich an der Lanze hochzieht und sich sein ganzer Körper wie ein Bogen spannt. Die Lanze kippt, und der Kavalier fällt zur Seite. Aus der Erde springt eine glänzende Spitze heraus. Unter dem Kavalier fließt langsam ein rotes Bächlein hervor, fließt über den Weg und rinnt bis zu meinen bloßen Füßen. Ich stehe in einer Blutpfütze und kann mich nicht bewegen. Rote Bäche kriechen wie kleine Schlangen an meinen Beinen hoch. Irgendein merkwürdiges Mädchen steht im Wald und schreit verzweifelt. Das Mädchen bin ich.

Die Landstraße fließt unter uns dahin. Tadzio ist eine Weile hinter uns hergelaufen, hat dann aber schlapp gemacht. Mama radelt, und ich sitze im Anhänger auf den Saatkartoffelsäcken. Die Sonne scheint links von mir, steht ganz tief und wirft rechts von mir Schatten auf die Landstraße. Vom Fahrrad, vom Anhänger, von Mama und von mir. Mamas Kopf huscht über die Baumstämme am Wegrand. Es sind Süßkirschen.

Ich liege im Bett, die Unterhose voller Watte, und habe keine Lust zu schlafen. Bis heute war ich ein kleines Mädchen. Vielleicht bin ich gerade deshalb so groß geworden, die Größte in der Familie. Einssiebenundsechzig. Nach mir kommt Papa, ein Meter fünfundfünfzig. Dann Mama, genau anderthalb Meter. Dann Tadzio und die Mädchen. Na, und zum Schluß Zenuś. Papa ist dünn, aber stark, stärker als Mama, obwohl er nur die Hälfte von ihr wiegt. Mama ist ziemlich dick. Papa sagt, wie ein Bierfaß. Mama sagt, wenn ich so viele Kinder bekomme wie sie, dann werde ich genauso. Und unser Nachbar aus der Baracke, Herr Krzysiek, ist etwa einsneunzig. Wenn er mit Papa am Zaun steht und beide Bier trinken, lacht Mama und sagt: »Schau mal, Marysia, das ist ein schönes Saufpärchen!«

Herr Krzysiek trinkt gern. Papa auch, er sagt aber, daß er nie während der Arbeit trinkt, denn wenn er trinken würde, wäre er längst vom Dach gefallen. Papa ist Dachdecker und legt Dachziegel auf Dächer. Früher hat er es den ganzen Tag gemacht. Aber jetzt, seit etwa drei Jahren, arbeitet er im Steinkohlebergwerk in Wałbrzych. Dachziegel legt er nur noch nachmittags, wenn er aus dem Bergwerk kommt. Wegen des Bergwerks haben wir die neue Wohnung in Wałbrzych bekommen, in der Siedlung Sandberg. Ich bin noch nicht dort gewesen. Aber Mama war dort und hat erzählt, daß die Wohnung sehr schön ist, daß es dort sogar drei Zimmer gibt. Ein großes und zwei kleine. Und eine Küche, ein Bad, und ein extra Klo. Mama freut sich sehr darüber, denn wenn jemand aufs Klo muß, stört er nicht den, der sich gerade wäscht. Bei uns in der Baracke ist es fast dasselbe, weil das Häuschen mit dem Herz in der Tür neben den Johannisbeeren steht, und die Wasserpumpe auf der anderen Seite neben den Schuppen. Papa bedauert am meisten, daß er die Kaninchen zurücklassen muß.

Mama auch. Aber wenn es nach mir geht – ich freue mich sehr, daß wir in der neuen Wohnung keine Kaninchen mehr haben werden. Papa wird sie dann nicht mehr umbringen. Mizi nehmen wir auch nicht mit, weil sich Katzen immer nur an einen Ort gewöhnen. Übrigens sagt Mama, daß sie sie sowieso nicht mitgenommen hätte. Die Katze würde in die neue Wohnung pinkeln. Frau Kamińska wird sie füttern. Na, und völlig unklar ist noch, was mit der Schule wird. Bis zum Ende der Hauptschule sind es noch knapp drei Monate. Bei Tadzio auch, bis zum Ende der dritten Klasse. Bis jetzt sind wir in Krzeszów zur Schule gegangen, das sind nur drei Kilometer Weg. Aber ... was wird nun? Von uns aus sind es zwanzig Kilometer bis Wałbrzych, und es gibt keine direkte Verbindung. Papa fährt mit dem Fahrrad ins Bergwerk, aber er ist ja erwachsen. Wir haben nur das eine Fahrrad, nur das von Papa. Er hat gesagt, daß wir erst in den Ferien nach Wałbrzych umziehen sollen. Aber Mama meinte, wir sollten sofort umziehen, sonst würden irgendwelche wilden Mieter die Tür zur neuen Wohnung mit der Axt einschlagen und einbrechen. Dann kommen wir da an, und die wohnen schon drin und lassen uns nicht hinein. Deshalb schlug Papa vor, daß er dort erst mal allein wohnen wird und der Rest der Familie nachkommt, wenn das Schuljahr zu Ende ist. Aber Mama kennt sich aus: Papas Kumpel würden das gleich mitbekommen und dort saufen und mit geschlechtskranken Frauen rumfummeln.

Es ist abgemacht, daß Papa am Montag nach der Arbeit in die Schule in Wałbrzych geht und uns dort anmeldet. Hauptsache, sie nehmen uns. Vielleicht werden sie uns am Ende des Schuljahres gar nicht wollen? Aber Papa wird ihnen alles erklären und von diesen wilden Mietern erzählen. Unsere neuen Möbel sind schon dort. Eine Schrankwand und eine Schlafcouch. Ich habe sie noch nicht gesehen, weil sie eingepackt in Pappe und Folie in der Kammer standen. Vorgestern haben Papa und Herr Krzysiek sie mit dem Lastwagen nach Wałbrzych gebracht. Ich bin sehr neugierig, wie die Wohnung aussieht. In einem Zimmer werden ich und die Zwillinge wohnen, im zweiten Papa mit Tadzio, und Mama mit Zenuś im dritten. Oder die Zwillinge in einem, ich mit Tadzio im zweiten, und Mama, Zenuś und Papa im dritten. Mama hat sich noch nicht entschieden. Einmal sagt sie dies, ein anderes Mal das, und dann wieder etwas völlig anderes. Papa lacht dann und sagt: »Rin in die Kartoffeln, raus aus den Kartoffeln.« Stimmt ja auch. Hier haben wir in ein Zimmer mit Küche gepaßt, also werden wir dort doch wohl in drei Zimmer mit Küche und Flur hineinpassen. Mann, wird es da viel Platz zum Rumrennen geben.

Ich liege einfach so da und merke plötzlich: Ich lutsche wieder am Daumen. Pfui. Wenn ich nicht aufpasse, stecke ich den Daumen der rechten Hand in den Mund und lutsche daran, als wäre es ein Schnuller. Alle lachen über mich, so ein großes Mädchen und lutscht am Daumen. Ich nehme mir immer wieder fest vor, es nie wieder zu tun, und dann merke ich, daß ich ihn wieder im Mund habe. Zosia und Krysia, die wirklich noch klein sind, lutschen nicht am Daumen. Papa sagt, er würde ihn mir mal mit Katzenscheiße einschmieren, dann würde ich mein blaues Wunder erleben. Mama läßt mich morgens immer die Daumen herzeigen, wenn sie weiß und sauber sind, weiß sie, daß ich dran genuckelt habe. Deshalb wasche ich abends immer ganz gründlich alle Finger, damit man am Morgen keinen Unterschied sieht, aber es ist sowieso immer zu sehen, daß der Daumen abgelutscht ist.

Oh je.

Die Sonne ist schon untergegangen, und die anderen sind noch nicht zurück. Es gibt so viele Saatkartoffeln, und ich faulenze hier im Bett herum und helfe nicht. Wahrscheinlich macht Tadzio an meiner Stelle die Löcher zu. Hoffentlich macht er es auch richtig. »Da, hier hast du es schlecht zugemacht! Und da!« Komisch, daß Mama das nicht sieht. »He, ich rufe sie gleich und zeige ihr, wie du die Löcher zumachst!« Doch Tadzio lacht nur und streckt mir die Zunge raus. Wenn wir im Herbst ernten wollen, ist keine einzige Kartoffel da. Weil sie schlecht zugedeckt waren. Nein, alle, die ich zugedeckt habe, sind natürlich da. »Schau mal, Tadzio«, sage ich, »so deckt man sie zu.« Ich nehme die Hacke und zeige es ihm. Aber Tadzio steht schon auf dem Hügel und schießt mit einem Stock auf uns. Tratatata! Ich liege tot auf der Wiese, und neben mir sitzt ein Vogel. Er ist weiß und nicht gut zu sehen. Ich frage ihn: »Was willst du?« Er hält etwas im Schnabel, spuckt es aus und fliegt weg. Es leuchtet. Ich strecke meine Hand aus. Das kleine Leuchten entwischt und gräbt sich in die Erde ein. Ich hinterher. Auf allen vieren krieche ich den Maulwurfgang entlang. Immer tiefer in die Dunkelheit, unter die Erde. Da, da sehe ich es wieder, das kleine Licht. Jemand schnarcht ganz furchtbar. Es ist hier, im Zimmer der Maulwurffamilie. Papa Maulwurf schnarcht auf dem Sofa. Mama Maulwurf wäscht sich ihren Pelz über einer Schüssel. Und dort lutscht das Maulwurfmädchen im Schlaf an seinem Pfötchen. Neben ihm stehen zwei kleine Maulwurfskinder und reden leise.

»Ich glaube, daß sie bald sterben wird.«

»Wie kommst du denn drauf, weshalb sollte sie sterben?«

»Oma ist doch auch gestorben, oder? Einfach so.«

»Sie war alt.«

»Und Marysia wurde von einer Schlange gebissen.«

»Aber Tadzio hat die Schlange nicht gefunden.«

»Weil sie gebissen hat und gleich verschwunden ist.«

Dummchen. Sie wissen nicht, daß ihre ältere Schwester gerade eine Frau geworden ist. Ich bin jetzt wie Mama. So hat es der Herrgott mit den Frauen eingerichtet, damit sie Kinder kriegen können und die Menschheit nicht ausstirbt. Ich werde auch einmal Kinder haben. Einen Jungen und ein Mädchen. Der Junge wird Paulchen heißen und das Mädchen Susanna.

Es ist Montag, sieben Uhr siebenundzwanzig. Nein, das kann nicht sein, es ist schon Mittwoch, aber die Uhr zeigt Montag. Ich habe sie letztes Jahr von meinem Patenonkel zum Namenstag bekommen. Es ist nicht das erste Mal, das sie einen falschen Tag anzeigt. Aber bei den Stunden und Minuten hat sie sich noch nie geirrt. Ich stehe an der Haltestelle und warte auf den Bus Nummer acht. Um mich herum Leute, die auch warten. Manche haben Regenschirme, ich habe einen durchsichtigen Plastikmantel mit Kapuze an. Es ist ziemlich warm und angenehm, nur an den Füßen ist es ein bißchen naß. Wir haben die erste Nacht in der neuen Wohnung verbracht. Mama hat abends gesagt, wir sollten uns merken, was wir geträumt haben, weil alles, was man an einem neuen Ort träumt, immer in Erfüllung geht. Sie hat geträumt, daß sie mit Frau Kamińska aus unserer alten Baracke in Jawiszów gestritten hat, was seltsam ist, weil wir nie mehr dorthin zurückgehen werden. Zosia hat von einem Huhn geträumt, und Krysia davon, daß sie Grießbrei mit Zucker und Himbeeren gegessen hat. Tadzio hat nichts geträumt, aber er träumt nie etwas. Und ich habe etwas sehr Schönes geträumt, nur weiß ich jetzt nicht mehr, was es war, denn nach dem Aufwachen wollte ich noch ein bißchen weiterschlafen, um weiterträumen zu können. Doch als ich wieder aufwachte, konnte ich mich an nichts mehr erinnern. Etwas, wo ... nein, ich erinnere mich nicht. Schade, denn es war etwas wirklich Schönes.

Was Papa geträumt hat, wissen wir nicht, weil er zur Arbeit gegangen ist, als alle noch schliefen. Es ist schon Viertel vor acht! Ich fahre mit dem Bus und bin sehr aufgeregt, weil ich Angst habe, zu spät zur Schule zu kommen.

»Entschuldigen Sie bitte«, sage ich. »Ich will zur Maria-Konopnicka-Straße. Wo muß ich denn da aussteigen?«

»Weiß ich nicht«, antwortet die Dame. Eine andere Frau hat meine Frage gehört und sagt: »Nächste Haltestelle, gleich nach der, die jetzt kommt.«

»Vielen Dank«, sage ich. Ich lächle sie an und mache einen Knicks. Die Frau lächelt zurück. Der Bus hält. Die einen steigen aus, andere ein, die Tür schließt sich zischend. Ich stelle mich näher davor. Etwas hat mich angespritzt. Wahrscheinlich ein Regenschirm. Noch drei Sekunden, dann ist es zwölf vor acht. Ich weiß nicht, ob ich es pünktlich schaffe. Nur weil ich nicht in dieselbe Schule gehe wie Tadzio, der in die Schule in unserer Siedlung gekommen ist. Aber in den achten Klassen gibt es zu viele Kinder. Also hat Papas Schichtsteiger, der im Elternkomitee sitzt, für mich einen Platz in der Schule Nummer drei im Zentrum besorgt. Er sagte zu Papa, das sei die beste Hauptschule in Wałbrzych. Ab heute werde ich in die Klasse 8 A gehen. Ich bin sehr gespannt auf meine neuen Klassenkameraden und Freundinnen. Als ich in die Schule in Krzeszów ging, hatte ich keine richtige Freundin. Nur einmal, in der fünften Klasse, aber die ist mit ihren Eltern nach Kanada gezogen und hat mir nie eine Postkarte geschickt, obwohl sie es versprochen hat. Der Bus bremst und hält. Die Tür geht auf, ich springe hinaus. Direkt in eine Pfütze.

Ich bin die einzige, die ausgestiegen ist. Auf der Straße geht eine Frau.

»Entschuldigen Sie bitte«, sage ich, »wo ist die Maria-Konopnicka-Straße?«

Die Frau zeigt auf die andere Straßenseite. Ich renne hinüber, und erst als ich dort auf dem Bürgersteig bin, fällt mir ein, daß ich vergessen habe, mich zu bedanken. Da, da ist die Maria-Konopnicka-Straße. Vor mir sind ein paar Jungen mit Schulranzen. Ich renne ihnen nach.

»Entschuldigung«, sage ich keuchend, »geht ihr in die Schule Nummer drei?«

Einer von ihnen lacht und sagt: »Bist du verrückt? Wir schwänzen.«

»Und wo ist die Schule Nummer drei?«

Die Jungen zeigen in die Richtung, aus der ich gekommen bin. Ich sage:

»Aber hier ist doch die Maria-Konopnicka-Straße.«

»Aber da auch«, sagen sie. »Noch drei Kilometer, und du bist in der Schule.«

Also renne ich zurück. Sechs vor acht, ich schaffe es nicht. Ich renne über die Straße, schaue mich um … keine Konopnicka-Straße. Nur ein aufgegrabener Platz voller Pfützen. Vielleicht geht die Straße hinter dem Platz weiter. Überall ist Matsch. Hauptsache, ich falle nicht hin. Ich muß drumherum gehen. Da kommen Mädchen mit Schultaschen und Regenschirmen. Ich rufe:

»Wißt ihr, wo die Schule Nummer drei ist?«

»Wir gehen in die Schule Nummer drei!«

Sie gehen ganz gemütlich. Ich wate aus dem Matsch heraus und schließe mich ihnen an. Gemeinsam überqueren wir die Straße und gehen genau in die Richtung, in die die Jungen gegangen sind, die gesagt haben, sie schwänzen die Schule.

»In welche Klasse geht ihr denn?«, frage ich die Mädchen.

»In die dritte«, sagen sie.

»Genau wie mein Bruder«, sage ich.

»Und ich gehe in die vierte«, sagt eine.

»Seid ihr gut in der Schule?« frage ich.

»Ich bin Klassenbeste«, sagt das Mädchen mit den roten Haarschleifen und dem roten Schirm. »Ich habe das Abzeichen ›Vorbildliche Schülerin‹ bekommen.«

»Ich auch«, sagt das zweite.

»Aber du hast gestern eine Zwei bekommen«, sagt das Mädchen mit den Schleifen. Wir sind da. Die Schule ist riesig und voller Steinfiguren. Die Mädchen sind weggelaufen, nur eines ist bei mir geblieben.

»Ich hatte letztes Jahr auch das Abzeichen ›Vorbildliche Schülerin‹«, sagt sie. »Aber dieses Jahr ist mein Papa gestorben, und ich habe es nicht mehr bekommen.«

Wir gehen hinein. Wie groß hier alles ist. Da ist sogar eine Garderobe, aber ich kenne mich damit nicht aus, also hocke ich mich in die Ecke, nehme meine Hausschuhe aus der Schultasche und ziehe sie an. Die matschbeschmutzten Schuhe wickle ich in den Plastikmantel und stecke sie in meine Tasche. Es klingelt. Ich gehe auf die Frau zu, die die Kinder anschreit, sie sollen sich beeilen.

»Guten Tag«, sage ich. »Wo ist die Klasse 8 A?«

»Wo kommst du denn her?« wundert sich die Frau.

»Ich bin in Krzeszów in die Schule gegangen, aber jetzt haben wir eine Wohnung in Wałbrzych bekommen ...«

»Geh mal in den zweiten Stock«, sagt die Frau. Ich laufe los, und schon bin ich da. So viele Flure. Soll ich hierhin oder dorthin? Vielleicht dahinten?

Ich sitze in der letzten Bank, an der Wand. Ich weiß nicht, welche Hefte ich herausnehmen soll, weil ich nicht weiß, was für eine Stunde das ist, ich habe glühende Wangen und einen trockenen Mund.

Als ich in die Klasse rannte, bin ich mit einem Jungen zusammengestoßen. Wir fielen hin, er und ich. Ich rappelte mich auf und nahm meine Tasche. Er saß auf dem Fußboden und tastete seine Zähne ab. Ich sagte: »Entschuldige bitte.« Und er: »Verpiß dich!« Und alle lachten. Ich ging zu der leeren Bank und setzte mich.

Jemand sagt: »Die Kleine hat sich wohl geirrt.« Ich hebe den Kopf, ein Mädchen beugt sich zu mir herunter. »Hier sitzt Bogusia. Du mußt weg hier.« Ich stehe auf, sie setzt sich hin. Ich stehe da, schaue mich um. Ich sage: »Gibt es denn irgendwo einen freien Platz?« »Hier ist frei.« Das hat ein Dicker gesagt, der ganz rot ist im Gesicht. Er zeigt auf den Platz neben sich. Ich setze mich neben ihn. Der Junge, mit dem ich zusammengestoßen bin, steht vom Boden auf und kommt auf mich zu. Patsch, er schlägt mich mit der flachen Hand auf die Stirn und sagt: »Moment mal, ich sitze hier.« Ich stehe auf, er setzt sich. »Was denn, Dicker«, sagt er, »willst du die anmachen?« Der Dicke lacht, alle lachen. Eines der Mädchen sagt: »Schaut mal, was die für schicke Strumpfhosen anhat. Gesprenkelt!«

Ich schaue auf meine Beine, die Strumpfhose ist voller Matschspritzer. Ich stehe da und weiß nicht, was ich machen soll. Alle schauen mich an. »Hör mal«, sagt jemand, »dort hinten ist eine Bank frei.«

Ich gehe hin und setze mich.

Der Lehrer ist hereingekommen, ein ganz junger Mann. Er liest etwas und gähnt. In der Klasse ist es ziemlich still. Eines der Mädchen hebt die Hand. Räuspert sich. Der Lehrer hebt den Kopf und schaut sie an.

»Was denn«, sagt er, »schon wieder auf die Toilette?«

»Nein«, sagt sie »aber hier sitzt ein fremdes Mädchen.« Und sie zeigt mit dem Finger auf mich. Ich stehe auf.

»Was machst du denn hier?« fragt der Lehrer.

»Ich bin hier angemeldet.«

»Davon weiß ich nichts.«

»Mein Vater hat mich angemeldet«, sage ich. »Er hat gesagt, ich soll in die Schule Nummer drei an der Maria-Konopnicka-Straße gehen. In die Klasse 8 A.«

»Was sagst du?« fragt der Lehrer und legt seine Hand ans Ohr. »Lauter!«

Alle lachen. Mein Mund ist so trocken, daß ich kein Wort herausbringe.

»Komm nach vorne«, sagt der Lehrer, »setz dich neben Claudia!«

Ich nehme meine Schultasche und schaue mich um, wo ich mich hinsetzen soll. Plötzlich steht das Mädchen auf, das mich vorher aus ihrer Bank verjagt hat und sagt: »Aber wirklich, neben mir sitzt doch Bogusia!«

»Warum sehe ich sie dann nicht?«

»Weil sie im Krankenhaus ist.«

»Beantworte mir meine Frage, Claudia«, sagt der Lehrer. »Wie kann jemand, der im Krankenhaus liegt, gleichzeitig neben dir sitzen?«

»Aber es ist ihr Platz«, sagt Claudia.

»Es war ihr Platz«, sagt der Lehrer. »Er war es! Jetzt ist ihr Platz im Krankenhaus. Verstanden?«

Der Lehrer schaut mich an und sagt: »Und du setzt dich neben Claudia. Geht mir nicht auf die Nerven, es sei denn, ihr wollt mit Bogusia zusammen im Krankenhaus liegen. Na, worauf wartest du noch?«

Ich komme nach vorn und setze mich auf Bogusias Platz. Claudia rutscht weg, zur Wand. »Entschuldigung«, flüstere ich ihr zu, »was für eine Stunde ist das?« Sie antwortet nicht. Ich schaue mich um, vielleicht sind irgendwo auf den Bänken Bücher oder Hefte, aber nirgends liegt etwas. Der Lehrer hat das Klassenbuch geöffnet und blättert es durch.

Das Mädchen vor mir dreht sich um und schaut mich an. Sie hat große, schwarze Augen und schwarzes, glänzendes, kurzgeschnittenes Haar. Sie ist sehr schön. Sie sagt leise zu Claudia:

»Willst du mich deiner neuen Freundin nicht vorstellen?«

Claudia zuckt mit den Achseln, faucht, antwortet nicht. Das schwarze Mädchen lächelt mich an und sagt:

»Ich heiße Ewa. Und du?«

»Marysia«, sage ich und lächle ebenfalls.

»Ein schöner Name«, sagt Ewa. »Woher kommst du? Sicher aus Paris. Habe ich recht?«

»Nein«, sage ich. »Ich habe zwanzig Kilometer von hier entfernt gewohnt, und jetzt haben wir eine neue Wohnung in Wałbrzych bekommen ... Und ...« Ich weiß nicht, was ich noch sagen soll.

»In Wałbrzych.« Ewa wiederholt meine Worte langsam und macht ein Gesicht, als ob sie gerade was Leckeres essen würde. »Hm, weißt du, du hast so ein hübsches Kleid, daß ich sicher war, du kommst direkt aus Paris.«

Sie streckt ihre Hand aus und nimmt den Stoff meines Ärmels zwischen die Finger. Es stimmt. Ich habe ein sehr hübsches Kleid. Frau Kamińska hat es geschickt bekommen und es meiner Mutter verkauft, und Frau Marysia, die Ehefrau von Herrn Krzysiek , hat es für mich enger gemacht. Ich lächle Ewa an und sage:

»Es kann sein, daß es aus Paris kommt, weil es als Päckchen geschickt worden ist.«

Und peng! Der Lehrer hat mit der Faust auf den Tisch geschlagen. Er schaut uns an und sagt: »Was ist das hier? Eine Unterrichtsstunde oder ein Kaffeeklatsch?«

»Bis jetzt Kaffeeklatsch«, antwortet Ewa. »Wir haben gerade über unsere berüchtigte polnische Post gesprochen. Unsere neue Klassenkameradin hat ihr Kleid nämlich in einem Päckchen aus Paris bekommen. Nur daß dieses Päckchen, dem Schnitt nach zu urteilen, mindestens zehn Jahre auf der Post gelegen haben muß.«

Die Mädchen kichern. Der Lehrer hebt den Finger.

»Da gibt's überhaupt nichts zu lachen«, sagt er. »Es passieren seltsame Dinge in diesem Lande, Dinge, von denen die Philosophen und andere Philomaten* nicht mal zu träumen gewagt hätten. Stellt euch vor ... nein, es gibt nichts vorzustellen, es sind Tatsachen. Also letztes Jahr habe ich ein Paket von meinem Vetter aus Australien bekommen. Ich habe es ausgepackt, und es waren verschiedene Dinge drin, ist ja klar. Unter anderem ein kleines, hübsches Glas mit einem eleganten, karierten Deckelchen. Was könnte das sein? Meine Frau spricht perfekt Englisch und sagt, es sei Himbeermarmelade. Na, verdammt, denke ich mir, wenigstens einmal im Leben werde ich mich mit Himbeermarmelade aus Australien vollstopfen, obwohl man nicht mal weiß, ob da überhaupt Himbeeren wachsen ... Ich schraube den Deckel auf, schaue hinein, und das Glas ist halb leergegessen, und es sind noch Fingerspuren zu sehen.«

Der Lehrer lacht, die Klasse stimmt ein.

»Und mein Vater«, sagt einer der Jungen, »hat ein Paket aus Amerika bekommen. Im Brief stand, daß sie zwölf Männerunterhosen schicken, und im Paket war keine einzige drin.«

»Da muß sich dein Vater aber gewundert haben«, sagt der Lehrer. »Ich hätte mich auch gewundert.«

»Und wir haben aus der Be-Er-Dee ein Weihnachtspaket einen Monat nach Weihnachten bekommen, und alles war verfault!«

»Genau wie bei uns!«

»Und uns hat der Onkel aus Kanada ein Kleiderpaket geschickt, aber es waren gar keine Kleider drin, sondern nur ein alter Mantel, dazu noch ein polnischer, in dem ›Mińsk Mazowiecki‹ stand.«

»Ruhe jetzt, Ruhe«, sagt der Lehrer. »Wenn alle aufzählen, was sie bekommen oder nicht bekommen haben, würden wir bis ans Lebensende nicht fertig.«

---

* *patriotischer Geheimbund der Jugend in Vilnius (1817–23), dem u. a. der polnische Dichter Adam Mickiewicz angehörte.*

Er reckt sich, gähnt, schaut zum Fenster und sagt: »Es hat sich richtig eingeregnet. Und was machen wir jetzt, Jungs?«

Er schaut mich an und winkt mir mit dem Finger.

»Komm mal an die Tafel, Neue, wir werden dir die Beichte abnehmen.«

Ich stehe auf und gehe zur Tafel. Ich nehme die Kreide. Die Klasse lacht. Der Lehrer lacht.

»Willst du etwas zeichnen?« fragt er.

»Ich kann was zeichnen«, sage ich leise. Sie lachen wieder, ständig lachen sie über mich.

»Ruhe«, sagt der Lehrer. Und zu mir: »Was willst du zeichnen?«

Ich zucke mit den Achseln. Woher soll ich das wissen?

»Wenn du nicht willst«, sagt der Lehrer, »dann nicht. Niemand verlangt von dir, daß du zeichnen mußt. Aber wozu brauchst du dann die Kreide?«

Ich weiß nicht, was ich antworten soll. Ich lege die Kreide zurück auf die Leiste unter der Tafel.

»Sag uns lieber, wie du heißt«, sagt der Lehrer.

»Ich heiße Maria Kawczak.«

»Ist ja ein Ding«, sagt jemand, und die Klasse lacht.

»Da hat uns Kawczak aber veräppelt«, sagt ein anderer, »das ist doch seine Schwester.«

»Sie ist gar nicht meine Schwester«, sagt der Junge, mit dem ich zusammengestoßen bin. »Ich kenne sie überhaupt nicht. Es gibt ja noch viel mehr Kawczaks auf der Welt.«

»Die meisten leben in Kuttemala«, quietscht jemand mit dünnem Stimmchen. Wieder lachen alle. Klatsch, der Lehrer hat auf den Tisch geschlagen. Es wird still.

»Ich darf die Bürger und Bürgerinnen daran erinnern, daß dies eine Schule ist und kein Zirkus«, sagt der Lehrer, und zu mir: »Wie schnell bist du auf sechzig?«

Ich sage nichts. Ich weiß nicht, was er meint.

»In welche Schule bist du gegangen?« fragt er.

»In die Hauptschule in Krzeszów«, sage ich.

»Was denn, seid ihr da nicht gelaufen?«

»Doch.«

»Hat niemand die Zeit gemessen?«

»Ich weiß nicht.«

In der Klasse ist es still. Auch der Lehrer sagt nichts. Alle schauen mich an. Ich stehe da, und in meinem Kopf beginnt es zu rauschen. Es rauscht immer lauter. Der Lehrer nickt.

»Na ja«, sagt er. »Und hast du Hochsprung gemacht?«

»Ja«, sage ich.

»Wie hoch bist du gesprungen?«

»Ich erinnere mich nicht mehr.«

»Dann zeig es mit der Hand«, sagt der Lehrer. Er hebt die Hand und hält sie in Höhe meines Kopfes. »So hoch?«

»Nicht so hoch«, sage ich.

»Vielleicht so hoch?« Der Lehrer beugt sich hinter seinem Tisch vor und berührt mit den Fingern den Fußboden. Alles kichert. Ich stehe da und kann an nichts denken. Als ob mir jemand oder etwas ins Ohr sprechen oder brummen würde, aber wer, aber was ... woher soll ich das wissen, wenn es so rauscht und brummt.

»Na, zeig es mit der Hand«, sagt der Lehrer. »Kannst du deine Hand nicht ausstrecken?«

Klar kann ich das. Ich strecke sie aus. Auf dem Tisch des Lehrers liegt ein langes Lineal, gleich wird er mir damit auf die Pfoten schlagen, gleich nimmt er es und schlägt. Oh Gott, gleich wird er schlagen. Besser wäre, wenn er nicht aufstehen würde, es gehört sich nicht, daß der Lehrer zu mir kommt, ich muß zu ihm. Ich gehe näher heran, drehe meine Hand mit dem Handrücken nach unten, der Handfläche nach oben. Warum lachen alle, warum nimmt der Lehrer nicht das Lineal, obwohl ich warte und warte. Meine Hand zittert ein bißchen ...

Ich höre, daß jemand weint, jemand in der Klasse hat angefangen zu weinen. Ich bin es nicht, der Lehrer dreht sich von mir weg, schaut sich um. Alle schauen dorthin, wohin der Lehrer schaut. In einer Bank in der mittleren Reihe schluchzt ein Mädchen ganz furchtbar.

»Was ist los?« fragt der Lehrer. Niemand weiß es. »Kasia, was ist passiert?« fragt der Lehrer lauter.

Das Mädchen schluchzt und hat das Gesicht in den Händen versteckt. Nur ihr Haar ist zu sehen. Ganz blond und lockig, es ist lang, alles um das Mädchen herum ist voller Haare. Plötzlich steht sie auf. Der Stuhl fällt krachend zu Boden. Sie nimmt ihre Tasche und kommt zu uns, zum Lehrer und zu mir, geht an uns vorbei, immer noch weinend. Ihre Augen haben im Vorbeigehen geblinzelt, mich angeschaut. Als ob ich sie kennen würde, habe ich sie schon einmal gesehen? Wohl nicht wirklich, es sei denn auf einem Bild ... Oder vielleicht habe ich einmal von ihren Augen geträumt?

Sie geht schnell zur Tür, ihr Rock reicht bis zum Boden; er ist weit und bunt wie der einer Zigeunerin, einer Wahrsagerin. Das Haar und das schwarze Tuch mit gelben Blumen wippen bei jedem Schritt. Sie schlägt sich das Tuch um die Schultern, die Tür fällt hinter ihr ins Schloß, und weg ist sie.

Lange sagt niemand etwas. Dann der Lehrer zu mir:

»Was stehst du hier herum? Setz dich.«

Ich gehe zur Bank und setze mich.

»Was ist los mit ihr?« fragt er.

»Ist doch klar«, sagt Ewa, das schwarze Mädchen vor mir. Sie klopft sich mit dem Finger an die Stirn. Der Lehrer seufzt.

»Na gut«, sagt er, »Schluß mit den Albernheiten, jetzt wird gelernt. Aufstehen!«

Alle stehen auf, ich auch.

»Stellt euch neben die Bänke«, sagt der Lehrer, »und Achtung ... Kniebeuge, Arme nach oben, nach vorne, nach unten. Wir fangen an.«

Wir haben jetzt Physik, die letzte Stunde an diesem Tag. Ich habe eine Sechs bekommen, ich konnte nichts, mein Kopf war leer, die Lehrerin hat eine Bemerkung ins Klassenbuch geschrieben. In Krzeszów hatte ich eine Eins in diesem Fach.

Es ist der schrecklichste Tag meines Lebens. In den Pausen spricht niemand mit mir. Ich gehe in den ersten Stock hinunter und stehe am Fenster, um mich herum rennen Erstkläßler. Ich weiß nicht, wie das gehen soll in dieser Schule. Claudia rückt von mir ab bis ans äußerste Ende der Bank. Ich habe gehört, wie sie zu Magda sagte, daß jemand hier Flöhe hätte. Sie meint sicher mich. Was habe ich ihnen denn getan? Sie sehen mich zum ersten Mal in ihrem Leben. Liegt es daran, daß der Kawczak heute früh meinetwegen hingefallen ist? Oder weil er so gehässig zu mir war? Warum mußte ich auch so rennen? Weil ich nicht zu spät kommen wollte. Morgen werde ich früher aus dem Haus gehen, um sieben. Woher soll ich denn wissen, daß ich so lange auf den Bus warten muß?

Ich habe mit unserer Klassenlehrerin gesprochen. Sie ist hübsch und jung. Sie hat mich nach allem ausgefragt. Sie hat sich gewundert, daß ich zwei Monate vor Schulabschluß noch die Schule wechsle. Ich habe gesagt, daß das wegen der neuen Wohnung ist, und weil Mama Angst hat vor wilden Mietern. Da hat sie gelacht, mir über den Kopf gestrichen und ist gegangen. Sie ist nett. Wenn sie Physik unterrichten würde, hätte ich diese Sechs bestimmt nicht bekommen. Die Physiklehrerin ist sehr ungeduldig und schreit gleich, wenn man nicht sofort antwortet. Und wenn mich jemand anschreit, dann bringe ich keinen Ton heraus. Die Physiklehrerin heißt Frau Zelenow. Und die Klassenlehrerin unterrichtet Biologie und heißt Frau Turska.

Ich weiß auch schon, wie das schwarzhaarige Mädchen vor mir mit Nachnamen heißt, die Ewa. Sie heißt Bogdaj. Und der Dicke, der durch die Nase spricht und mit Kawczak in einer Bank sitzt, heißt Zięiński. Und in der ersten Bank, vorne am Fenster sitzt ein Mädchen, das dicker und sogar noch größer ist als Zięiński. Sie hat Brüste wie Luftballons und rennt in den Pausen immer einem Jungen hinterher, der Zenek heißt. So wie unser Zenuś. Wenn sie ihn zu fassen bekommt, verdreht sie ihm die Arme und quält ihn. Wenn er versucht, sich zu befreien oder sie zu treten, springt sie geschickt zur Seite. Alle nennen sie Ziege, aber sie ist deswegen nicht beleidigt und läuft trotzdem hinter Zenek her. Er ist zwei Köpfe kleiner als sie, hat eine

Piepsstimme und schreit: »Hau ab, Ziege, sonst kriegst du einen solchen Tritt, daß es dir leid tun wird!« »Versuch's doch«, sagt sie und packt ihn von hinten am Hals.

In der Klasse gibt es viele hübsche Mädchen. Sie sind auch hübsch angezogen. Viele tragen schwarze Strumpfhosen und schmale Jeansröcke, kurze, lange, oder bis zur halben Wade, mit einem Schlitz hinten.

Doch das schönste Mädchen ist Ewa Bogdaj.

Auch sie hat einen kurzen Jeansrock und schwarze Strumpfhosen an. Dazu einen schwarzen, weiten, grobgestrickten Pullover. Sie ist schön braun. Da sie vor mir sitzt, kann ich sie ständig anschauen. Sogar von hinten sieht sie hübsch aus. Sie ist immer in Bewegung. Manchmal sehe ich ihr Profil. Sie beißt sich oft auf die Unterlippe. Ich muß daran denken, wie sie mich angelächelt hat, vorhin, in der ersten Stunde. Sie hat ein sehr schönes Lächeln.

Sie wirkt nervös, aber wenn jemand etwas zu ihr sagt, sitzt sie ganz ruhig da, fast bewegungslos, nur ihr Mund bewegt sich. Und ständig legt sie die Hand in den Nacken und streichelt sich über den Haaransatz. Ihre Fingernägel sind lang und glänzen, als ob sie mit durchsichtigem Lack angemalt wären. Auf dem Nagel ihres kleinen Fingers klebt ein goldenes Sternchen. Ich habe noch nie ein so schönes Mädchen gesehen, außer in einem Fernsehfilm oder bei den Mißwahlen.

Seit vorhin, als sie mir Komplimente für mein Kleid machte, hat sie nichts mehr zu mir gesagt. Ab und zu dreht sie sich um und flüstert mit Claudia. Claudia ist groß und mager. Sie hat langes, glattes Haar und geht ziemlich krumm. Sie hat eine Jeans an. Wenn sie etwas schreibt, streckt sie die Zungenspitze raus. Sie hat eine sehr schöne Schrift. Von hier aus sehe ich auch, wie Ewa Bogdaj schreibt: schnell, aber undeutlich. Das Mädchen, das neben ihr sitzt, heißt Magda. Auch sie ist hübsch, hat ein rundes Gesicht, Grübchen und aschblondes, schulterlanges Haar. Sie und Claudia sind in den Pausen immer mit Ewa zusammen. Ewa erzählt etwas, und alle lachen. Ewa geht wie die Ballettänzerinnen im Fernsehen. Sie hat eine tolle

Figur und sieht nicht wie ein Mädchen aus, das noch in die Hauptschule geht.

Das Mädchen, das in der ersten Stunde geweint hat und dann nicht mehr in die Klasse zurückgekommen ist, heißt Bogdańska, Kasia Bogdańska. Wenn die Anwesenheitsliste vorgelesen wird, kommt immer zuerst Ewa Bogdaj, und gleich danach Bogdańska. Und bei Bogdańska sagt immer jemand: ist nicht da. Als die Klassenlehrerin die Anwesenheit überprüfte, stand Magda auf und erklärte, Kasia sei in der ersten Stunde abgehauen. Die Lehrerin sagte: »Schon wieder« und seufzte. Da schaute Magda Ewa an, Ewa schaute Magda an, und beide lächelten.

Interferenz des Lichts?

Marlena Pyzik stottert an der Tafel herum, sie wird bestimmt gleich eine Sechs bekommen. Es hupt draußen, eine Autohupe. Kleine Pause, dann hupt es wieder. Frau Zelenow macht ein merkwürdiges Gesicht. »Sehr schön«, sagt sie zu Marlena. »Setz dich.«

Marlena kehrt zu ihrem Platz zurück, die Lehrerin steht auf, nimmt das Klassenbuch und sagt:

»Bleibt noch eine Weile ruhig sitzen, gleich klingelt's.«

Sie geht aus dem Klassenzimmer. Wir sind allein. Es wird immer lauter, alle packen ihre Bücher und Hefte zusammen, weil es die letzte Stunde war. Ein Junge, er heißt, glaube ich, Krempicki, steht am Fenster und ruft:

»Jungs, macht schnell, da ist ihr Lover!«

Kurz darauf drängelt sich fast die ganze Klasse vor den Fenstern. Jemand sagt:

»Scheiße, der hat ja 'ne Glatze.«

Ewa steht auf und wirft ihre Tasche über die Schulter.

»Kommt«, sagt sie zu Magda und Claudia. »Worauf warten wir noch?«

Sie gehen. Die ganze letzte Bankreihe ist leer. Nur ich sitze noch da. An den Fenstern ist ein großes Durcheinander. Die Jungen raufen sich. Ich ziehe einen Spiegel aus der Tasche, kämme mich und stecke den Spiegel wieder ein.

Es ist warm geworden, weil die Sonne herausgekommen ist. Die Straßen sind trocken. Es weht ein starker, aber warmer Wind. Es ist nach zwei. Ich laufe herum und schaue mir Wałbrzych an. Die Häuser sind denkmalgeschützt, mit Figuren, die alle verschieden sind. Und in jedem Stockwerk gibt es andere Fenster. Die Straßen gehen entweder bergab oder bergauf. Und es gibt eine riesige Kirche. Ich war drin und habe dreimal das Vaterunser und Gegrüßet seist du Maria gebetet. Jetzt bin ich auf dem Markt. In der Mitte steht ein Brunnen. Das sprühende Wasser glänzt in der Sonne.

Plötzlich sehe ich …

Auf einer Bank nicht weit vom Springbrunnen sitzt das Mädchen aus meiner Klasse, das geweint hat, Kasia Bogdańska. Ja, sie ist es. Sie sitzt mit dem Rücken zu mir, aber ich erkenne sie an dem über die Schultern geworfenen schwarzen Tuch mit den gelben Blumen und an ihren Haaren, die in der Sonne genauso glänzen wie die Fontäne im Springbrunnen. Ihr Kopf ist auf den Knien, sie weint wohl wieder.

Ich komme näher. Bleibe stehen. Vielleicht ist sie es gar nicht? Doch, sie ist es, ganz sicher. Ich will mich neben sie setzen, vielleicht ist jemand aus ihrer Familie gestorben. Meine Großmutter ist gestorben, deshalb weiß ich, wie es ist, wenn jemand stirbt. Ich habe den ganzen Tag geweint. Vielleicht will sie nicht, daß jemand sieht, wie sie weint? Aber dem Menschen wird doch leichter zumute, wenn er jemandem sein Leid klagen kann. Ich gehe näher heran. Und wenn sie mich nicht wiedererkennt? Macht nichts, dann gehe ich eben wieder.

Ich komme näher, schaue hin: sie weint gar nicht. Sie hat sich vorgebeugt und schreibt etwas in ein kleines Heft, das auf ihren Knien liegt. War ich blöd! Zum Glück hat sie mich nicht gesehen. Ich will gerade weggehen, als sie den Kopf hebt und mich anschaut. Ich komme mir blöd vor, ich weiß nicht, was ich sagen soll.

»Machst du aber ein Gesicht«, sagt sie und lächelt. Sie lacht nicht über mich, sondern sie lächelt mich an. Ach, wie wunderschön sie lächelt. Und in dem Moment, ich weiß nicht warum, spüre ich eine große Freude, und ich komme mir gar nicht mehr blöd vor.

»Setz dich«, sagt sie und deutet auf den Platz neben sich. Ich setze mich, flüchte mit meinem Blick zum Springbrunnen, in dem, vor meinen Augen, plötzlich die Sonne verschwindet. Ich gebe mir einen Ruck und schaue Kasia an. Sie lächelt immer noch, und plötzlich explodiert diese ganze Freude, die in mir steckt, wie ein Luftballon, wenn ihn jemand mit einer Nadel ansticht. Ich fange an zu lachen, völlig grundlos. Jetzt lachen wir beide. Laut, immer lauter. Wir lachen und lachen, hören auf und lachen wieder. Wir lachen, und wir können nicht mehr aufhören zu lachen.

So, jetzt lachen wir nicht mehr, sondern japsen nach Luft und sind ganz erschöpft vom Lachen.

»Und worüber hast du eigentlich gelacht?« fragt Kasia.

»Keine Ahnung«, sage ich. »Ich hab's vergessen.«

Und wieder fangen wir beide an zu lachen. Wir halten uns die Bäuche, winden uns und kriegen kaum noch Luft. Plötzlich: Platsch! ... Etwas hat mich am Kopf getroffen. Ich schaue nach oben, vom Himmel kommen lauter harte Kugeln herunter.

»Schnell weg!« schreit Kasia, faßt mich bei der Hand, und los geht's. Wir laufen in einen Hauseingang. Auf dem Markt ist Panik, alle rennen, verstecken sich in den Hauseingängen. Der Bürgersteig ist im Handumdrehen mit springenden, rasselnden Eiskugeln bedeckt. Ich bücke mich und hebe eine auf. Ich lege sie auf meine Hand. Aus der Nähe sieht sie wie das Ei eines kleinen Vogels aus. Gemeinsam mit Kasia schaue ich zu, wie sie langsam schmilzt. Jetzt ist nur noch ein wenig Wasser übrig. Ich wische die Hand am Kleid ab.

Schon hat es sich ausgehagelt.

Auf dem Markt sind wieder Leute. Überall ist es weiß von den Eiskügelchen, die immer kleiner und kleiner werden. Kasia zieht mich irgendwohin, wir gehen durch eine Tür. Da ist eine Garderobe.

»Gib mir deine Schultasche«, sagt Kasia. Ich gebe sie ihr,

und sie reicht sie zusammen mit ihrer der Frau hinter dem Ladentisch. Ich sehe, es ist ein Café, wir sind in einem Café. Ich war noch nie in einem Café.

»Was denn«, sage ich erschrocken, aber wir sind schon drin.

»Nimm die Garderobenmarke«, sagt Kasia und läßt mich stehen. Sie setzt sich an einen Tisch am Fenster. Ich gehe zurück. Die Frau gibt mir ein Dreieck aus Blech, auf dem die Zahl 42 steht.

Ich gehe zum Tisch, wo Kasia ist. Überall sitzen Leute, nur Erwachsene. Ich setze mich. Hinter der Gardine, hinter der Fensterscheibe ist der Markt zu sehen. Plötzlich sagt jemand: »Sie wünschen?«

An unserem Tisch steht eine Frau mit einer winzigen weißen Schürze und schaut abwechselnd Kasia und mich an. Und Kasia sagt:

»Zwei große Eisbecher mit Nüssen und Rosinen, einen Orangensaft und zwei Gläser.«

»Wir haben nur ausländischen Saft aus der Dose«, sagt die Frau.

»Anderen trinke ich gar nicht«, antwortet Kasia. Die Frau geht wieder.

»Aber ich habe nur zwanzig Złoty«, sage ich schnell, damit Kasia das, was sie für mich bestellt hat, wieder abbestellen kann.

»Ich lade dich ein, also mach dir keine Sorgen«, sagt Kasia und kämmt mit den Fingern ihr Haar nach hinten. Es ist so viel, daß man es auf vier Mädchen verteilen könnte, vielleicht sogar auf fünf. Kasia umfaßt mit gefalteten Händen ihr Knie, schaut mich an, und macht den Rücken rund.

»Weißt du«, sagt sie, »du machst so komische und niedliche Mienen, daß ich dich Mienchen nennen werde. Einverstanden, Mienchen?«

»Ja.«

»Und ich heiße Katarzyna.«

»Weiß ich«, sage ich. »Katarzyna Bogdańska.«

»Woher weißt du das?«

»Als sie deinen Namen auf der Anwesenheitsliste vorgelesen haben ... habe ich mir gedacht, daß du es bist, weil sonst niemand gefehlt hat.«

Kasia lächelt und will etwas sagen, aber in dem Moment kommt die Frau, stellt die Eisbecher und den Saft auf den Tisch und geht wieder.

»Guten Appetit«, sagt Kasia und macht sich an ihre Eisportion. Dann mache ich mich an meine. Was für ein komischer, winziger Löffel. Das Eis ist sehr gut. Zuerst finde ich in der Schlagsahne Rosinen. Dann eine Kirsche. Dann fische ich ein Stückchen Schokolade heraus und zum Schluß eine gelbe Scheibe mit einem Loch. Köstlich. Ich weiß nicht, was es ist.

Schon ist alles aufgegessen. Nichts mehr im Becher.

Und erst jetzt begreife ich, daß ich in einem Café bin. Ich schaue hoch. Kasia stochert in ihrem Eisbecher, sie hat noch nicht einmal die Hälfte geschafft. Ich schaue mich um. Es ist nichts schlimmes, im Café zu sitzen. Alle reden miteinander, keiner beachtet mich. Und wenn irgendeine Lehrerin von der Schule hereinkäme? Ob sie uns vorwerfen könnte, daß wir hier sitzen? Ich weiß es nicht. Ich schaue wieder Kasia an. Sie ißt gar nicht, sondern denkt an irgendwas, wohl an etwas Trauriges, weil sie traurig aussieht. Sie nimmt Eis auf den Löffel, dreht ihn und schaut zu, wie es langsam in den Becher tropft. Ich würde jetzt gern den Orangensaft trinken, traue mich aber nicht, meine Hand nach dem Glas auszustrecken.

»Brauchst dich nicht zu genieren«, sagt Kasia und schiebt mir, ohne mich anzuschauen, ein Glas zu. Sie stochert weiter in ihrem Eis herum. Mein Gott, ich habe doch gar nichts gesagt. Woher weiß sie, was ich denke? Kasia hebt den Kopf und sagt leise:

»Mach dir keine Gedanken, ich bin eben so.«

Auf ihrem Gesicht erscheint ein seltsames Lächeln. Irgendwoher kenne ich dieses Lächeln, aber woher? Jemand hat mich schon mal so angelächelt. Aber wer und wann? Oder hab ich's nur geträumt?

Mein Gott, ob ich das alles nur träume?

Kasia hebt ihr Glas und nimmt einen Schluck. Ich trinke von meinem Saft, ohne es zu merken, fast die Hälfte auf einmal.

Klingeling...!

Es ist Kasia, die mit dem Löffel gegen das Glas geschlagen hat. Der Ton zittert noch in der Luft.

»Und weißt du noch, wie du gelacht hast?« fragt sie.

»Sicher«, sage ich und stelle schnell das Glas ab, weil das Lachen wieder hochkommen will. Und es passiert mit mir dasselbe wie auf der Bank, vor dem Hagel. Ich lache und kann nicht aufhören zu lachen, obwohl ich weiß, daß alle mich anschauen. »Schnell was Trauriges!« ruft Kasia durch das Lachen, weil auch sie lauthals lacht. Doch ich kann mich an nichts Trauriges erinnern. Ich schaue Kasia an, ihr geht es wohl genauso, auch sie krümmt sich vor Lachen. Ich halte mir den Mund zu, es hilft nicht, ich werde wohl gleich sterben. Die Frau mit dem weißen Schürzchen bleibt neben uns stehen, ha ha ha, in so einem winzigen Schürzchen!

»Sind die beiden jungen Damen nicht etwas zu laut?« sagt sie, und Kasia platzt noch lauter los und ruft:

»Die Rechnung!«

Die Frau nimmt aus der Tasche ihrer winzigen Schürze einen kleinen Zettel, legt ihn auf den Tisch und sagt:

»Dreitausendsiebenhundertachtzig.«

Oh je, so viel Geld. Woher will Kasia so viel Geld nehmen? Ich hätte zumindest meinen Saft nicht trinken sollen, dann könnte ich ihn zurückgeben, und wir müßten weniger bezahlen. Einerseits mache ich mir Sorgen, andererseits kichere ich. Kasia wirft eine Menge zerknüllter Geldscheine auf den Tisch. »Der Rest ist für Sie«, keucht sie durch das Lachen, springt vom Stuhl auf, faßt mich bei der Hand, und wir fliehen in die Garderobe. Aus der Garderobe springen wir ins Einfahrtstor. Es ist niemand hier, man kann sich in aller Ruhe auslachen.

Schon ist es still in der Einfahrt. Ich halte meinen Bauch. Es ist ein Wunder, daß wir noch leben. Man kann bestimmt auch sterben vom Lachen.

»Unsere Taschen«, sagt Kasia. »Hast du die Garderobenmarke?«

»Oh Gott, ich hab sie auf dem Tisch liegenlassen«, sage ich, und mir wird heiß. Jetzt nochmal dorthin zurückgehen? So eine Schande.

»Nimm's nicht so ernst, ich gehe«, sagt Kasia und kehrt ins Café zurück. Wie mutig sie ist. Und wie lustig. Warum nur hat sie vorhin geweint, in der Schule? ... Sie muß einen Grund gehabt haben. Aber jetzt ist sie lustig. Eine andere Sache ist, daß sie, wenn sie nachdenklich wird, sofort traurig ist. Warum? Ich möchte es zu gern wissen, aber ich werde nicht fragen. Vielleicht erzählt sie es mir? Sie hat soviel Geld bezahlt, und ich habe nur den halben Saft getrunken. Und sie noch weniger, und das Eis hat sie auch nicht aufgegessen. Gut, daß zumindest ich meins gegessen habe, so ist weniger vergeudet worden.

»Mienchen!« ruft jemand. »Mienchen!« Jemand ruft aus dem Café. »Mienchen!«

Es ist Kasias Stimme. Ich schaue in die Garderobe, Kasia steht am Tisch und winkt mir zu. Na klar, Mienchen, das bin doch ich. Ich gehe hinein.

»Hast du die zwanzig Złoty?« fragt Kasia.

»Hab ich.«

Ich ziehe mein ganzes Vermögen aus der Tasche.

»Dann bezahl die Dame für die Garderobe«, sagt Kasia, »ich hab alles, was ich hatte, ausgegeben.«

Ich gebe der Frau hinter dem Tisch die zwanzig Złoty. Kasia nimmt ihre Tasche, ich die meine, und wir gehen hinaus.

Wieder sind wir auf dem Markt. Die Sonne ist herausgekommen.

Von Hagel keine Spur mehr, die Straßen sind trocken. Wir stehen da und schauen den Kindern zu, die um den Brunnen rennen.

Wir bummeln langsam vor uns hin, an einer Buchhandlung vorbei.

»Wollen wir hineingehen?« fragt Kasia.

»Können wir machen«, sage ich. Ich bleibe vor der Tür stehen und schaue mir die Bücher an, die im Schaufenster liegen. Kasia kramt im Buchladen in den Stapeln, die auf dem Ladentisch liegen. Sie winkt mich herein, zeigt mir einen großen Bildband und sagt:

»Ich bring mich um.«

»Was ist passiert?« frage ich. Kasia öffnet das Buch. Es ist voller bunter Bilder.

»Schau mal«, sagt sie mit Begeisterung.

»Sehr schön«, sage ich.

»Genial«, sagt sie. »Schade, daß ich kein Geld mehr habe. Verdammt schade.«

Sie legt den Bildband zurück auf den Tisch. Ich schaue auf den Preis. Dreieinhalbtausend Złoty.

»Oh je«, sage ich mit Bedauern, »wieso haben wir dieses Eis gegessen und den Saft getrunken … Es hätte gerade gereicht.«

»Eine Kleinigkeit«, sagt Kasia. »Weißt du was, geh mal zu der Frau dort und frag sie, ob es ein Buch mit dem Titel ›Vom Kinde verweht‹ gibt?«

»Gut«, sage ich, gehe zu der Verkäuferin und frage: »Entschuldigen Sie, gibt es ein Buch mit dem Titel ›Vom Kinde verweht‹?«

»Was?« fragt die Frau.

»›Vom Kinde verweht‹, haben Sie es da?«

Die Frau lacht. Sie geht zur halbgeöffneten Tür des Lagers und ruft lachend: »Sophie, hier ist ein Mädchen und fragt, ob es ›Vom Kinde verweht‹ gibt!«

Hinter der Tür ist das Lachen einer anderen Frau zu hören. Und die Stimme sagt: »Sag ihr, daß es da war, aber vom Winde verweht wurde.«

Die Verkäuferin dreht sich zu mir um und sagt bedauernd: »Vom Winde verweht.«

»Sie haben es also nicht da?«

»Nein«, sagt die Frau und lacht.

»Danke«, sage ich und kehre zu Kasia zurück. Aber Kasia ist nirgends zu sehen. Ich gehe aus dem Laden. Auf der Straße ist sie ebenfalls nicht. Ob sie weggegangen ist? Nein, da ist sie, sie steht im Hauseingang nebenan und schaut sich diesen Bildband an. Mir wird heiß vor Angst.

Sie hat den Bildband genommen und nicht bezahlt.

Gleich werden sie die Polizei rufen und sie festnehmen. Und mich gleich mit. Mein Gott, alles bloß wegen dem Eis und dem Saft. Aber nicht ich habe den Bildband gestohlen, sondern sie. Ich habe ihn nicht gestohlen, und ich habe nichts gewußt.

Ich schaue mich um.

Noch ist uns keiner aus der Buchhandlung hinterhergelaufen. Kasia schaut sich den Bildband an, sie sieht mich nicht. Ich laufe schnell weg.

Ich gehe die Straße hinunter.

Gleich wird jemand etwas hinter mir herrufen.

Ich halte es nicht aus und biege ins nächste Eingangstor ein. Verstecke mich zwischen der Tür und der Wand. Ich schiebe mich so weit es geht dazwischen. Es ist dunkel hier.

Und wenn sie die umliegenden Hauseingänge durchsuchen?

Oh Gott, was soll ich dann sagen? Sie stecken uns in ein Erziehungsheim. Sie werden in der Zeitung über uns schreiben. Was sage ich Mama? Ich muß hier raus und fliehen. Aber wenn ich fliehe, kriegen sie mich erst recht. Man jagt immer den, der wegläuft. Und vielleicht stehen sie schon draußen und warten, bis ich herauskomme?

Warum bin ich überhaupt zu Kasia hingegangen? Wenn ich gewußt hätte, daß sie nicht weint, wäre ich nicht hin. Woher sollte ich wissen, daß sie ein asoziales Element ist?

Ich hätte es mir denken können. So kleidet sich kein normales Mädchen. Alle Mädchen in der Klasse sind normal angezogen, nur sie sieht irgendwie anders aus, wie eine Zigeunerin. Genau, Zigeunerinnen kleiden sich so. Sie ist eine Zigeunerin, das erklärt alles. Meiner Mama hat eine Zigeunerin einmal einen Pullover von der Wäscheleine geklaut. Und ich habe mich im Café gewundert, woher sie soviel Geld hat. Sie hat es einfach gestohlen. Aber Zigeunerinnen sind doch nicht blond. Na ja, sie kann ihre Haare ja auch gefärbt haben. Oder vielleicht wurde sie von Zigeunern entführt, als sie noch ganz klein war? Und ich dachte, ich hätte eine Freundin, ich habe mich so gefreut, und nun stellt sich heraus, daß sie eine Diebin ist.

Auf der Straße ist es still, niemand schreit. Vielleicht haben sie es nicht gemerkt? Ich werde noch ein bißchen warten und dann hinausgehen, als ob nichts gewesen wäre.

Wie gut, daß niemand aus der Schule mich mit ihr gesehen hat. Wir waren zusammen nur im Café und in der Buchhandlung. Und was werde ich tun, wenn sie in der Schule zu mir kommt und ein Gespräch beginnt? Ach, was soll's, ich werde irgendwas antworten und so tun, als ob ich keine Zeit hätte. Und wenn sie sie schon gefaßt haben und sie ausgesagt hat, daß ich ihr beim Klauen geholfen habe? Na, dann wird mir nichts anderes übrigbleiben als Selbstmord. Aber das ist doch eine Todsünde. Mama wird ein Begräbnis ohne Priester nicht überleben. Und ich werde nicht in den Himmel kommen, ich werde in der Hölle schmoren müssen. Vater unser im Himmel gelobt sei dein Name dein Reich komme dein Wille geschehe wie im Himmel so auch auf Erden unser tägliches Brot gib uns heute und vergib uns unsere Schuld wie auch wir vergeben unsren Schuldigern und führe uns nicht in Versuchung sondern erlöse uns von dem Bösen …

Jemand kommt in den Hauseingang.

Die Polizei. Ich nehme die Schultasche in die linke Hand, bekreuzige mich schnell und schließe die Augen. Amen. In dem Moment fällt mir die Tasche aus der Hand, weil ich sie in der Aufregung nicht richtig festgehalten habe. Ich verliere das Gleichgewicht, stoße gegen die Tür. Sie öffnet sich knarrend.

Im Eingang, ein paar Schritte von mir entfernt, steht sie. Sie ist ernst, ganz anders als vorhin. Sie sagt nichts, sondern schaut mich an und wirft ihre Lippen auf.

Ich bücke mich nach der Schultasche. Mir ist ganz traurig zumute. Noch vor kurzem haben wir zusammen gelacht … und jetzt …

»Was machst du denn hier?« fragt sie.

»Nichts«, sage ich.

»Ich habe dich überall gesucht«, sagt sie. »Ich war im Buchladen, bin über den Markt gelaufen ... Warum hast du dich versteckt?«

Ich sage nichts, was soll ich auch sagen. Sie lügt ganz sicher, daß sie mich im Buchladen gesucht hat. Aber woher wußte sie, daß ich mich hier versteckt habe?

Sie kommt näher zu mir her.

»Du hast dich schmutzig gemacht«, sagt sie. Ich blicke an mir herunter. Der ganze Ärmel meines Kleides ist weiß von der Wand. Ich klopfe ihn ab. Sie schaut schweigend zu. Den Ärmel reibend sage ich:

»Tschüs, ich muß jetzt gehen.«

»Dann geh«, sagt sie. Schon stehe ich an der Schwelle, als ich hinter mir höre: »Warte mal!« Sie kommt zu mir, packt mich an der Schulter. Da sage ich: »Ich muß wirklich gehen. Ich habe gesagt, daß ich gleich nach der Schule nach Hause komme.«

»Dein ganzes Kleid ist hinten weiß.«

Ich fange an, es hinten sauberzumachen, jedenfalls dort, wo ich hinkomme.

»Nein, nein«, sagt sie, »das hilft nichts, ich lasse dich so nicht fort. Komm zu mir, ich gebe dir eine Bürste.«

»Wohin?« frage ich.

»Zu mir«, sagt sie und zieht mich weiter hinein in den Hauseingang. Was will sie von mir?

»Warum denn hier?« frage ich.

»Weil ich hier wohne«, sagt sie. Sie wohnt hier? Ich gehe hinter ihr her, es wird immer dunkler. Vor der Treppe bleibe ich stehen.

»Wohnst du wirklich hier?« frage ich ungläubig. Sie lächelt.

»Du hast dich in meinem Hauseingang versteckt«, sagt sie und nimmt mich bei der Hand. »Na komm, sonst verlier ich noch die Geduld. Der Tag der Tierliebe dauert nicht ewig.«

Sie zieht mich hinter sich her. Im zweiten Stock bleibt sie im Treppenhaus stehen und dreht sich zu mir um. Der Sonnenstrahl aus dem Fensterchen fällt genau auf sie. Ihr Haar sieht aus, als ob es brennen würde. Sie lächelt seltsam, und ihre

Augen glänzen. Sie zieht meine Hand zu sich heran. Ich habe Angst. Ich weiß nicht, was ich tun soll. Wenn ich mich losreiße und weglaufe, wird sie mich fangen, sich von hinten auf mich stürzen. Da sagt sie mit einer veränderten, krächzenden Stimme:

»Soll ich der Dame wahrsagen?«

Also hatte ich doch recht. Sie ist eine Zigeunerin. Sie dreht meine Hand mit der Handfläche nach oben und schiebt sie an ihre Augen heran.

»Oh, was für eine schöne Lebenslinie«, krächzt sie. »Nur, warum hört sie so plötzlich auf?«

»Aber ich habe kein Geld«, sage ich mit zitternder Stimme. »Wirklich nicht.«

»Die Dame kann auch mit einem Ei bezahlen«, sagt sie.

»Ich habe keine Eier.«

»Was hat die Dame denn?«

»Ich habe nichts«, sage ich verzweifelt. Sie durchbohrt mich mit einem glühenden Blick. Sie atmet schwer, keuchend.

»Das ist aber schlecht«, sagt sie. »So eine elegante Dame und hat nichts. Vielleicht hat die Dame wenigstens eine Seele?«

Ich spüre, wie mein Herz schlägt. Oh, wenn ich doch nur aufwachen würde. Aber es ist doch gar kein Traum.

Sie läßt plötzlich meine Hand los und wird ganz klein. Ach nein, sie hat sich einfach hingehockt, kramt in ihrer Tasche. Sie geht weg, verschwindet in der Dunkelheit. Ich kann mich nicht bewegen und nicht weglaufen. Das Licht geht an, sie hat es angeknipst. Jetzt geht sie zu einer großen Tür und steckt den Schlüssel ins Schloß. Ich sehe an der Tür ein Schild »ARZT FÜR INNERE KRANKHEITEN«.

»Na komm schon«, sagt sie. Ich komme.

»Hier wohnt ein Arzt«, sage ich.

»Kein Arzt, sondern eine Ärztin«, sagt sie. »Und nicht irgendeine, sondern meine Mutter.«

Tatsächlich. Unten auf dem Schild ist der Name »Dr. Karolina Bogdańska« zu lesen. Die Tür öffnet sich, wir gehen hinein. In einem großen Zimmer hängen an holzgetäfelten Wänden wunderschöne Bilder. Um den Tisch stehen große, helle Sessel. Von der hohen Decke hängt ein Leuchter. Er glitzert wie tausend Brillanten. Hier eine Tür, und dort eine ... kein einziges Fenster. So ein schöner Flur.

Sie öffnet den Garderobenschrank und gibt mir eine Bürste.

»Dort ist das Bad«, sagt sie und zeigt auf eine Tür am Ende des Flurs. »Findest du allein hin, oder soll ich dich hinbringen?«

»Ich finde hin«, sage ich leise. Ich gehe zu der Tür, fasse die Türklinke, sie ist rund und glänzend, als ob sie aus Gold wäre. Ich drehe mich um, Kasia ist nicht mehr da, ist irgendwo verschwunden. Ich drücke auf die Klinke, im Bad ist es dunkel. Ich weiche zurück. Da, der Lichtschalter.

Wie schön es hier ist. Dieses Bad ist dreimal so groß wie mein Zimmer in der neuen Wohnung. Der Boden ist weiß gefliest, an den Wänden sind auch Fliesen, allerdings braune. Und überall Spiegel. Ich hocke mich auf den Wannenrand. Wie dumm ich doch war. Kasia eine Zigeunerin, dabei ist sie ein normales, reiches Mädchen, und dazu noch die Tochter einer Frau Doktor.

In den Fliesenregalen stehen schöne Fläschchen mit ausländischen Etiketten. An der Tür eine Waschmaschine, bestimmt eine vollautomatische, und noch andere seltsame Geräte. Und hier, an den glänzenden Haken hängen Handtücher. Ein orangenfarbenes, ein rosafarbenes und ein weißes. Ich schaue zur Seite und sehe mich selbst. Hinter mir sitzt ein Mädchen.

Ich drehe mich um. Auch hier sitzt ein Mädchen. Und hinter diesem noch eins, und dann noch eins. Eine ganze Reihe von Mädchen. Wir sitzen da, das heißt ich, aber in einem Spiegel gespiegelt, der sich in einem Spiegel spiegelt. Ich hebe die Hand. Alle Mädchen tun dasselbe, endlos. Wir sind so viele, daß es kein Ende gibt.

Das Kleid ist hinten ganz weiß. Ich knöpfe es auf und ziehe es aus. Ich setze mich auf einen weißen Plastikhocker, lege es auf meine Knie und reibe es mit der Bürste.

Ich bin wohl nicht ganz normal.

Ich dachte, daß mir Kasia was tun will, mich bestehlen oder was auch immer... und dabei bin ich es, die sie bestehlen könnte. Sie hat mich ins Badezimmer reingelassen, wo so viele schöne, teure Sachen stehen, und hat keine Angst, daß ich ihr etwas stehle. Aber warum hat sie dann diesen Bildband aus der Buchhandlung mitgehen lassen?

Weil sie befürchtet hat, daß ein anderer ihn kauft. Wenn ihre Mama oder ihr Papa nach Hause kommen, wird sie das Geld von ihnen bekommen und bezahlen gehen. Wie konnte ich so was Dummes denken, daß sie eine Diebin ist. Ein falscher Verdacht ist eine große Sünde. Ich werde zur Beichte gehen müssen. Morgen gehe ich hin, gleich nach der Schule. In diese Kirche am Markt. Ich weiß allerdings nicht, wann dort die Beichtzeiten sind.

Das Kleid läßt sich trocken nicht sauberkriegen, ich muß es mit Wasser versuchen. Ich drehe den Hahn am Waschbecken auf, halte die Bürste unter den Wasserstrahl. So, das Weiß verschwindet. Vielleicht wird mir der Priester meine Sünden vergeben, aber ich selbst werde mir nie verzeihen. Kasia war so gut zu mir. Ich konnte nie mit jemandem richtig reden, mit ihr könnte ich es. Das spüre ich irgendwie, daß ich es mit ihr könnte. Vielleicht würde ich ihr sogar sagen, daß ich noch am Daumen lutsche und es mir nicht abgewöhnen kann. Sie ist so klug, daß sie mir vielleicht raten kann, was ich tun soll, um mit dem Nuckeln aufzuhören. Plötzlich höre ich Musik. Sie kommt von weither.

Schön wie in der Kirche, nur ein bißchen anders.

Kasia muß das Radio angemacht haben. Oder vielleicht hat sie ein Tonband, das sie eingeschaltet hat? In der Kirche höre ich gern Musik. Manchmal spielen sie auch im Radio was Schönes. So wie jetzt. Als ob Engel über den Himmel fliegen.

Tja ... Ich habe mich so aufs Zuhören konzentriert, daß in der Zwischenzeit das Wasser von der Bürste aufs Kleid gelaufen ist und einen großen Fleck gemacht hat. Macht nichts, wenn ich auf der Straße bin, stelle ich mich ein bißchen mit dem Rücken zur Sonne, dann wird es schon trocknen.

Ich stehe auf, ziehe das Kleid an, knöpfe es zu und schaue mich dabei im Spiegel an. Es gefällt mir absolut nicht mehr. Die Bänder glänzen so blöd. Und dabei ist es doch aus dem Ausland. Ewa Bogdaj hat gesagt, daß es aus Paris ist. Und Paris ist doch die Welthauptstadt der Mode, dann muß doch wohl auch das Kleid schön sein. Ob das wohl stimmt, daß das Päckchen ganze zehn Jahre bei der Post gelegen hat? Vor zehn Jahren gab es eine andere Mode, und heute gibt es wieder eine andere. Jetzt laufen die Mädchen in kurzen und engen Röcken herum. Aber Kasia hat andere Sachen an. Vielleicht stammt ihr Rock ebenfalls aus einem Päckchen, das lange unterwegs war?

Ich ziehe den Saum des Kleides höher über die Knie. Und dann noch ein wenig höher. Ich raffe die Falten und halte sie hinten fest, damit es enger wird. Jetzt ist es etwas anderes. Ich sehe aus wie die Mädchen in der Klasse. Wenn ich noch die Strumpfhose färben würde ... Mama hat vielleicht noch schwarze Farbe.

Ich schaue mich an, schaue und kann mich nicht sattsehen.

Bei uns zu Hause gibt es keine so großen Spiegel. Es gibt einen im Schrank, aber da sieht man sich nur vom Kopf bis zur Taille. Wenn ich so ein Badezimmer hätte, würde ich es nicht mehr verlassen. Aber – es gehört sich nicht, sich so lange in einem fremden Bad aufzuhalten. Was wird Kasia wohl denken. Ich schaue mich noch eine Sekunde lang an und lasse das Kleid los, das nun wieder knielang ist, drehe mich vom Spiegel über der Badewanne weg und sehe mich in dem Spiegel über dem Waschbecken. Ich muß raus. Ich kämme mein Haar, nehme die Schultasche und gehe. Die Bürste! Ich gehe zurück, hole die Bürste, schaue ein letztes Mal das ganze Bad an, schließe die Tür und knipse das Licht aus.

Ich gehe leise durch den Flur und lege die Bürste auf das Schränkchen. Hier ist die Musik noch lauter. Sie kommt aus dem Zimmer mit der halbgeöffneten Tür, doch innen drin ist nichts zu sehen, weil gleich hinter der Tür ein Vorhang ist, honigfarben. Kasia ist sicherlich in diesem Zimmer und hört Musik. Wie konnte ich nur so schlecht von ihr denken?

Wieso bin ich so?

Noch nie habe ich schlecht von jemandem gedacht, warum mußte ich also ausgerechnet über sie so denken? Tja, offensichtlich habe ich die Bekanntschaft eines so netten und guten Mädchens nicht verdient.

»Leb wohl, Kasia«, sage ich leise und drücke auf die Klinke, als mir einfällt, daß ich die Tür doch nicht offenlassen kann, das heißt, nicht unabgeschlossen, weil irgendein Dieb kommen und die Wohnung ausrauben könnte. Ich muß in das Zimmer hinter dem Vorhang und Bescheid sagen, daß ich weggehe. Wie werde ich ihr jetzt in die Augen sehen können ... Ich sterbe bestimmt vor Scham. Aber ich muß zu ihr rein.

Ich gehe zum Vorhang und schiebe ihn zur Seite. Laute Musik schlägt mir entgegen, ich sehe fast nichts, so dunkel ist es hier. Die Fenster sind verhängt, nur ein schmaler Spalt läßt etwas Licht herein. Ich sehe einen Streifen von einem hellen Teppich, sonst nichts. Und die Musik spielt sowohl von hier als auch von da.

»Kasia, bist du da?« frage ich, ohne meine eigenen Worte zu hören, weil die Musik so laut ist. Plötzlich wird sie leise. In der Stille höre ich Kasias Stimme:

»Wenn es dir zu dunkel ist, zieh den Fenstervorhang auf.«

»Gut«, sage ich. Ich gehe zu dem Lichtstreifen am Fenster. Die Musik spielt wieder. Ich ziehe am Vorhang, er läßt sich kaum bewegen.

»Er hat sich verheddert«, sage ich, aber Kasia hört mich nicht, weil wieder die Musik spielt. Ich schaue zu ihr hin ... es ist Kasia, die spielt. Sie sitzt am Klavier und spielt. Seltsam. Die Musik kommt aus einer anderen Richtung. Aus Lautsprechern. Und das, worauf Kasia spielt, ist kein Klavier, sondern etwas Elektrisches, etwas, worauf die Bands im Fernsehen spielen. Irgendwo schlägt jemand auf Trommeln. Ich schaue mich um ... außer Kasia ist niemand da, und Kasia schlägt auf keine Trommel, sondern spielt auf den Tasten. Jetzt dreht sie an einem Knopf, und Wind ist zu hören. Der Wind jammert, klagt und wird langsam leiser. Jetzt ist es ganz still. Kasia schaut mich lächelnd an, und ich werde ganz traurig, weil ich gleich gehen muß.

»Ich hab's saubergemacht«, sage ich. »Danke für die Bürste.«

»Die Freude ist auf der Seite der Bürste«, antwortet Kasia und fragt: »Möchtest du, daß ich dir noch etwas vorspiele?«

Ich nicke, ja, das will ich.

»Warum stehst du dann so herum? Setz dich. Am besten hört man dort.« Kasia zeigt auf einen Schaukelstuhl in der Ecke. Ich setze mich vorsichtig hin. Etwas beginnt laut zu brummen.

»Moment mal«, sagt sie. »Ich muß nur was mit diesem Scheißstecker machen.«

Sie kommt hinter dem Klavier hervor, kniet sich hin und zieht ein Kabel heraus. Sie schaut es lange an. Dann steht sie auf, sieht sich im Zimmer um, runzelt die Stirn, steht da und überlegt. Und plötzlich rennt sie aus dem Zimmer. Ich bleibe allein zurück.

Ich sitze in der Stille.

Oh je, ist das ein riesiges Zimmer.

An den Wänden hängen Tücher, und vor dem Fenster steht ein großer, schwarzer Schreibtisch, darauf stapeln sich Bücher und Papiere. Auf der anderen Seite ein schwarzer Schrank, mit geschnitzten Gesichtern und Pflanzen. Auf dem Schrank bis zur Decke Koffer und Kisten. Die ganze Decke ist mit Pappkartons verkleidet, die so aussehen wie Eierkartons. Und was für ein merkwürdiges Bett. Sieht aus wie ein antikes Stück, wie aus einem Film. Ich weiß, wie das heißt. Baldachin.

In der Mitte des Zimmers steht ein schwarzes Ledersofa, mit der Lehne zur Tür. Das Leder glänzt. Daneben ein schwarzer Kasten, aus dem ein weißes Kabel herauskommt und bis zum Klavier reicht. In der Ecke am Fenster stehen verschiedene glänzende Geräte. Noch ein elektrisches Klavier und eine Art Tisch mit Lämpchen und Knöpfen.

Überall auf dem Teppich Zettel und Bücherstapel, manche sind umgefallen. Ein furchtbares Durcheinander. Ich könnte hier auf der Stelle wunderbar aufräumen. Das würde nicht allzulange dauern. Es genügt, die Zettel ordentlich aufeinanderzuschichten und in die Schubladen zu legen. Das Sofa mit der Lehne an die Wand. Mit dem Rücken zur Tür sitzen, das ist unmöglich. Und eine Schrankwand wäre nicht schlecht, genauso eine, wie sie in Mamas und Papas Zimmer in der neuen Wohnung steht. In die Fächer könnte man die Bücher stellen, sie würden nicht einstauben hinter dem Glas.

Seltsam ist diese Kasia schon, und furchtbar unordentlich. Sie hat mich im Treppenhaus wirklich erschreckt. Warum nur? Ich dachte, ich sterbe, solche Angst hatte ich. Aber dann lädt sie mich zu sich ein, gibt mir die Bürste und überhaupt. Na, und gleich wird sie für mich spielen.

Sie bleibt lange weg.

Es ist fast vier. Was soll ich bloß Mama sagen? Zu Hause gibt's so viel zu tun, und ich schaukele hier im Stuhl und mache gar nichts. Da kommt Kasia zurück.

Ich bin richtig zusammengezuckt.

»Er ist nirgends zu finden«, sagt sie wütend. »Wenn man sie nicht braucht, ist gleich eine ganze Reihe von Schraubenziehern zur Hand ... !«

»Und das da?« frage ich und zeige mit dem Finger auf den Schraubenzieher in ihrer Hand. »Ist das kein Schraubenzieher?«

»Doch«, antwortet sie, »aber er ist zu groß. Ich brauche einen kleinen.«

Sie überlegt. Steht lange da, sagt nichts, hält die Augen geschlossen. Plötzlich macht sie ein erstauntes Gesicht, beginnt etwas zu singen. Sie singt ganz leise: »Obwohl ich nicht zum Schreiben diene und auch zum Zeichnen mich nicht eigne, lieg ich so arg in meinem Sarg ...«

Sie öffnet die Augen, schaut mich an und zuckt mit den Achseln.

»Ich habe ihn gefragt«, sagt sie, »wo bist du denn, kleiner Schraubenzieher, und er hat mir dieses Lied vorgesungen. Was soll das bedeuten? Ist er gestorben, oder was?«

Sie geht durchs Zimmer, schaut in alle Ecken. Sie wirft einige Hefte vom Schreibtisch. »Oh«, sagt sie und dreht sich zu mir um. »Komm her, schnell.«

Ich laufe zu ihr hin. Auf dem Schreibtisch, in einem offenen Federmäppchen, liegen Kugelschreiber und Bleistifte, und dazwischen ein kleiner Schraubenzieher mit blauem Griff.

»Und ich habe überlegt, warum er nach der Melodie eines Krakauer Tanzes gesungen hat«, sagt Kasia. »Guck mal, eben deshalb.«

Sie nimmt den Schraubenzieher heraus und klappt das Federmäppchen zu. Darauf ist die Zeichnung eines Jungen in Krakauer Tracht zu sehen. Kasia küßt den Schraubenzieher und sagt zärtlich: »Du bist ein echter Dichter, mein kleiner Krakauer aus Tschenstochau. Wirst du mir helfen, den Stecker auseinanderzuschrauben?«

Sie legt ihn ans Ohr und lauscht einen Augenblick.

»Er sagt ja«, sagt sie zu mir. Dann kriecht sie auf allen vieren unter ihr elektrisches Klavier. Ich hocke mich neben sie und sehe zu, wie sie den Stecker, der wie eine kleine Tube aussieht, auseinanderschraubt.

»Wenn man etwas sucht«, sagt sie, »schließt man am besten die Augen, stellt sich dieses Ding vor und fragt ganz höflich nach dem Aufenthaltsort. Ich kann dir das nur empfehlen für die Zukunft.«

»Meine Mama«, sage ich, »betet zum Heiligen Antonius, wenn sie was verloren hat.«

»Das ist auch eine gute Methode. Der einzige Nachteil von Antonius ist nur, daß er ein Monopolist ist und viel zu tun hat. Man muß also Schlange stehen.«

»Das stimmt«, sage ich. »Einmal hat Mama tausend Złoty verloren, sie betete zum Heiligen Antonius, und kein Erfolg. Erst zwei Monate später hat sie das Geld wiedergefunden, als wir den Schrank umstellten.«

Kasia lacht.

»Bestimmt war die Schlange ganz besonders lang«, sagt sie. Sie schaut sich den aufgeschraubten Stecker an. »Ich muß endlich löten lernen, sonst hab ich bald kein funktionierendes Gerät mehr zum Spielen.« Sie wickelt einen Draht um das kleine Blech und schraubt den Stecker wieder zusammen, steckt ihn in eine Buchse neben andere Stecker, in ein buntes Kabelgewirr, kriecht unter dem Klavier hervor und zeigt auf meinen Platz im Schaukelstuhl.

Sie selbst setzt sich auf den Drehstuhl am Klavier.

»Ich werde Ihnen meine neueste Komposition vorspielen«, verkündet sie feierlich. »Sie trägt den Titel: ›Das Gut der Netophatiten‹. Aus Gründen, die mit mir nichts zu tun haben, werden Sie die Dankeschöre aus dem Finale nicht hören.«

Sie hebt die Hände, spreizt die Finger und hält sie einen langen Moment still in der Luft. Dann läßt sie sie herunterfallen, berührt irgend etwas, und die Musik erklingt. Musik, aber auch keine Musik. Als ob Vögel schreien würden. Plötzlich hören sie auf.

Etwas piepst, zuerst leise, und dann bald so laut, daß es in den Ohren weh tut. Von irgendwoher, von weither, höre ich etwas anderes, echte Musik. Sehr leise, als fließe sie hinter dem Fenster vorbei. Sie drängt sich immer mehr durch das Piepsen und strömt in Wellen ins Zimmer. Alles ist jetzt voll davon. Wie schön sie jetzt spielt!

Bis ich diese Schönheit nicht mehr aushalten kann. Ganz erstarrt kneife ich die Augen zu. Was passiert hier? Wo bin ich, wenn ich nicht hier bin?

Ich kann nicht atmen, überall ist Musik, gleich werde ich in diesen Wellen ertrinken, in dieser in mich hineinströmenden Musik. Wie lange halte ich es noch ohne Atem aus? Ich schnappe nach Luft, aber anstelle von Luft dringt eine leuchtende Helligkeit in meinen Körper.

Ich leuchte wie eine riesige Glühbirne.

Ich stehe auf einem hohen Berg und leuchte im blauen Nebel. Ich sehe nichts, nur die eigene Helligkeit. Ich fühle mich hell und selig.

Wenn es doch immer so wäre, wenn man nicht immer zurückkommen müßte.

Ich kann mich an nichts mehr erinnern, nur an das eine, daß ich schon immer hier war. Und noch da bin.

Ich bin da.

Mein Gott, ich bin da.

Da reißt mich etwas mit. In einer regenbogenfarbenen Seifenblase fliege ich durch die Luft. Wie schön sie ist. Ich weiß selbst nicht, ob sie eher wunderbar oder eher durchsichtig ist. Sternchen, Funken, Perlen! Hier bin ich! Rettet mich, fangt mich auf, ich falle. Ich falle, bin ganz aus Glas.

Ich bin durch die Luft geflogen, aber nun falle ich wieder, falle auf die Erde. Auf die Erde.

Sitze auf einer Wiese. So viele Blumen um mich herum. Gänseblümchen und Vergißmeinnicht und Kornblumen, aber sie kommen mir, ich weiß nicht warum, ekelhafter als Regenwürmer und Spinnen vor.

Etwas spielt noch. Ich schaue ... die Wolken spielen, die Sterne spielen ... aber ich bin nicht mehr dort, ich bin hier.

Jemand weint, ein Mädchen weint, weint immer lauter. Und ich höre eine Stimme ganz nah, irgendeine Stimme ...

»Mienchen, was ist mit dir? Mienchen, Marysia!«

Ich spüre eine Berührung, jemand streichelt mir über den Kopf. Ich öffne die Augen, es ist Kasia, die mich streichelt und neben mir kniet. Und ich? Ich krümme mich auf dem Boden und weine.

»Warum weinst du?«

Woher soll ich denn wissen, warum ich weine? Ich kann nichts dafür, es weint etwas in mir. Aber doch bin ich es, die weint und nicht aufhören kann.

Ich sitze auf dem Bettrand, über mir der Baldachin, und trockne mir die Augen und das Gesicht mit Kasias Taschentuch, weil meins schon ganz naß ist, man könnte es auswringen. Ich komme mir so dumm vor.

Ich habe einen Schluckauf bekommen. Neben mir sitzt Kasia und schaut mich an.

»Warum hast du geweint?« fragt sie.

»Ich weiß nicht«, sage ich.

»Hast du dich an was erinnert?«

»Nein.«

Ich habe einen Schluckauf, und weiß wirklich nicht, was ich ihr sagen soll. »Etwas hat mir weh getan«, sage ich.

»Was hat dir weh getan? Dein Bein, deine Hand, dein Bauch?«

»Nein«, sage ich, »es war die Musik. Sie war so schön.« Und wieder möchte ich weinen, spüre neue Tränen auf meinen Wangen.

»Und deshalb hast du geweint?« fragt Kasia. Ich nicke. Sie umarmt mich, zieht mich an sich. »Mein Liebchen, ist das wahr?«

»Ja.«

»Du bist wunderbar, ich hab dich lieb«, sagt sie. Ich halte es nicht aus und heule jetzt erst richtig los. Wir sitzen lange da. Ich weine, und Kasia wiegt mich sanft in ihren Armen, so wie ich es mit Zenuś tue.

»Mienchen, meine Liebe«, sagt Kasia. »Willst du meine Schwester sein?«

»Ja«, sage ich durch die Tränen.

»Mein liebstes Schwesterchen«, sagt sie und drückt mich noch mehr an sich. Da umarme ich sie auch.

»Sag mal ›Schwesterchen‹«, flüstert sie mir ins Ohr.

»Schwesterchen.« Oh mein Gott, wie soll ich dir danken. Ich habe eine Freundin und sage ›Schwesterchen‹ zu ihr.

»Ich hab dich lieb«, sagt Kasia und wischt mir die Tränen weg. »Und du?«

»Ja«, sage ich. »Ich dich auch.«

Und plötzlich bekomme ich wieder den Schluckauf. Kasia lacht. Wir lachen beide, aber nicht so wie vorhin auf der Bank und danach im Café, sondern anders, leise, voller Glück.

Ich bin um halb sechs von Kasia weggegangen, das heißt, ich bin schon fünfundvierzig Minuten zu Fuß unterwegs. So lange, wie eine Unterrichtsstunde dauert. Ich könnte mit dem Bus fahren, aber die zwanzig Złoty, die ich für den Fahrschein hatte, habe ich für die Garderobe ausgegeben. Wałbrzych ist groß. Ich laufe und laufe, bis nach Hause ist es sicher noch weit. Immer wenn ich jemandem begegne, frage ich nach dem Weg. Ein Glück nur, daß es nicht regnet oder hagelt. Es weht nur ein starker Wind, mir ist ein bißchen kalt.

Kasia Bogdańska ist der wunderbarste Mensch auf der ganzen Welt.

Wir haben zusammen gesessen, Tee getrunken und Plätzchen gegessen, aber nicht auf dem Bett, sondern auf dem schwarzen Sofa. Es ist sehr bequem, man spürt gar nicht, daß man sitzt, wenn man darauf sitzt. Wir haben endlos gequatscht. Sie sagte ›Mienchen‹ zu mir oder ›Mienelein‹, und ich zu ihr ›Katarzyna‹, weil sie es nicht ausstehen kann, wenn jemand ihren Namen verkleinert. Sie wird richtig böse, wenn man ›Kasialein‹ zu ihr sagt. Gut, daß es mir nicht rausgerutscht ist, bevor ich wußte, daß sie es nicht mag. Denn in Gedanken sage ich zu ihr: Kasia, Kasialein. Katarzyna ist ein sehr schöner Name, nur ein bißchen zu lang.

Sie hat mir ihre Notenhefte gezeigt. Sie hat Unmengen davon. Alles hat sie sich selbst ausgedacht und aufgeschrieben. Sie ist eine echte Komponistin. Ich habe bis jetzt nie gedacht, daß man auch mit fünfzehn schon Komponist sein kann. Aber man kann es tatsächlich.

Sie hat gesagt, daß sie mir das Klavierspielen beibringt, es sei ganz leicht. Da würde sich Mama aber wundern, wenn ich ihr was vorspielen würde. Nur, worauf würde ich es ihr vorspielen? Wir haben nichts zum Spielen. Dafür hat Kasia gleich zwei solche Klaviere, die Synthe ... sizer heißen. Auf dem einen steht in silbernen Buchstaben »KORG«, auf dem anderen in goldenen »YAMAHA«. Sie hat ganz viele verschiedene Instrumente und sogar einen Computer. Und einen Tisch mit Knöpfen, auf dem man die Musik wie Suppe mischt, damit sie nicht anbrennt. So hat es Kasia gesagt. Daß sie hier Suppe mischt.

Außerdem hat sie noch einen echten Flügel, aber auf dem spielt sie nicht. Sie meint, daß es langweilig ist, wenn man nicht gerade ein Kiss Dscheret ist.

Der Flügel ist schwarz und steht auf einem weißen Teppich

im Zimmer ihrer Mama, in dem es sauber und wunderschön ist, wie auf Fotos in Illustrierten. Er ist riesengroß, in mein Zimmer würde er nicht hineinpassen. Wenn ich mal arbeite und geheiratet habe, werde ich mir vielleicht auch einen Flügel kaufen. Ich werde ihn ins Wohnzimmer neben den Fernseher stellen, weil ich mir auch einen Fernseher kaufen werde, einen mit Farbe. Dann lade ich Mama mit der ganzen Familie ein und spiele ihr was vor. Sie wird sich wundern und fragen: »Seit wann kannst du denn so schön spielen?« Und ich sage: »Ich habe es gelernt.«

Ich werde sehr viele Noten haben. Kasia dagegen spielt aus dem Gedächtnis. Zuerst schreibt sie die Noten auf, und dann schaut sie gar nicht mehr hin. Sie sagt, Wörter vergißt sie nach fünf Minuten, aber Noten nie. Bei mir ist es umgekehrt. Ich erinnere mich an jedes Wort, das ich sage oder das jemand sagt, und kann es lange nicht vergessen, nicht einmal, wenn ich es vergessen will. Ich bin seit fünfzehn Jahren auf der Welt, wie viele Wörter muß ich dann im Kopf haben?

Es sei denn, daß ich mich aufrege. Dann habe ich nichts im Kopf, und manchmal überhaupt nichts außer Rauschen und Brummen, wie in Mamas großer Muschel, in der es wunderbar rauscht. Sie hat sie von ihrem Verlobten bekommen. Damals, als sie Papa noch nicht kannte. Dann heiratete dieser Verlobte eine andere Frau, und meine Mama heiratete Papa. Ein Glück, daß sie diesen Verlobten nicht geheiratet hat, weil er nämlich später bei einem Motorradunfall ums Leben gekommen ist und eine Witwe und zwei Waisenkinder hinterließ. Unser Papa ist zwar, wie er ist, aber er ist da.

Mama war mal sehr dünn, dünner sogar als Papa. Sie wurde erst nach meiner Geburt immer dicker. Aber sie nimmt es sich nicht zu Herzen und sagt, daß magere Frauen böse sind und dicke ein gutes Herz haben. Das könnte stimmen, denn Frau Kamińska ist dünn. Als ich klein war, hat sie mich einmal mit einem Stock verprügelt, weil ich durch ihr Gemüsebeet gelaufen bin. Aber ich habe es nicht absichtlich zertrampelt, Kazio Kamiński hatte mich hineingeschubst. Jetzt ist er bei der Armee. Frau Kamińska ist sehr froh darüber; sie sagt, dort würden sie ihm abgewöhnen, Krawall zu machen. Nach der Armee soll er entweder Berufssoldat oder Polizist werden, meint sie, dann würde es ihm gutgehen im Leben. Weil er dann eine Wohnung, Geld, eine Uniform und Ansehen bei den Leuten hätte.

Einmal ist Kazio auf Urlaub nach Hause gekommen und hat mit Herrn Krzysiek und meinem Papa getrunken. Zuerst war es lustig, sie saßen auf der Bank am Zaun und haben Soldatenlieder gesungen, aber dann wurde Kazio motzig und war frech zu Herrn Krzysiek. Herr Krzysiek packte ihn am Revers, hob ihn hoch und sagte: »Willst du mich anmachen?«

Und er stieß ihn gegen einen Schuppen, der daraufhin auseinanderfiel. Es war ausgerechnet unser Schuppen, und ein Kaninchen hat dran glauben müssen. Da sagte Papa zu Herrn Krzysiek: »Bruder, das kostet was, wirst mir das Kaninchen ersetzen müssen.« Und Herr Krzysiek zu ihm: »Eine Scheiße werde ich dir ersetzen, bloß kein Kaninchen!« Und er begann, auf Papa einzuschlagen, aber Papa, obwohl er klein ist, ließ sich das nicht gefallen und rammte Herrn Krzysiek den Kopf in den Bauch. Kazio Kamiński half ihm, und ich weiß nicht, was geschehen wäre, wenn meine Mutter und Frau Marysia, die genauso heißt wie ich und die Frau von Herrn Krzysiek ist, nicht herausgerannt gekommen wären. Nur Frau Kamińska wußte von nichts, weil sie gerade vor dem Fernseher saß.

Am nächsten Tag haben sich Papa und Herr Krzysiek wieder vertragen. Aber Papa hatte zwei Wochen lang einen wackligen Zahn. Und es gab Kaninchen zum Mittagessen. Es wäre sogar noch etwas für den nächsten Tag übriggeblieben, aber in der Nacht hat sich Tadzio hingeschlichen und alles bis auf die Knochen abgenagt. Er hat von Mama eins mit dem Lappen ins Gesicht bekommen, als sie herausfand, daß er es war. Es wäre nicht herausgekommen, wenn er nicht noch einen Knochen im Bett abgeknabbert hätte. Er schlief damit ein, und am Morgen, als Mama sein Bett machte, fand sie ihn; die ganze Bettwäsche war fettig. Zum Mittagessen aßen wir dann Piroggen, nur Tadzio saß da und weinte, weil Mama die abgenagten Kaninchenknochen auf seinen Teller gelegt hatte.

»Entschuldigen Sie bitte«, sage ich, »ist es noch weit bis zur Sandberg-Siedlung?«

Die Frau im blauen Mantel bleibt stehen.

»Was hast du gesagt?«

»Zum Sandberg ... bin ich da richtig?«

»Falsch«, sagt sie und geht weiter. Einen Augenblick später dreht sie sich um und ruft: »Komm mit! Ich gehe auch zum Sandberg!«

Ich laufe hinter ihr her. Dann gehen wir nebeneinander. Die Frau ist in Gedanken versunken, ich schaue mich um. Wie gut, daß ich gefragt habe. Ich wäre ewig weitergelaufen, und wer weiß, wo ich angekommen wäre.

Tack tack, tack tack ...

So klappern ihre Absätze. Ich könnte in so hochhackigen Schuhen nicht laufen, ich würde bestimmt ständig hinfallen. Die Frau bewegt ihre Beine sehr schnell. Ich mache einen Schritt und sie in derselben Zeit fast zwei. Ich fange an, wie sie zu laufen.

Irgendwie blöd, doch wenn man auf Zehenspitzen geht, klappt es besser. Was für ein komisches Hündchen da kommt ...

Plötzlich beginnt die Frau zu rennen. Ich hinter ihr her. Der Hund läuft uns nach und bellt heiser. Sie ist jetzt am Straßenrand und winkt. Neben ihr hält ein Taxi. Sie öffnet die Tür, beugt sich vor und steigt ein. Ich will umkehren, aber sie sagt: »He, steig ein!«

»Aber ich hab kein Geld«, sage ich.

»Steig ein«, sagt sie. »Nach Knete hat hier keiner gefragt.«

Also steige ich hinten ein. Sie sitzt neben dem Fahrer.

»Zur Sandberg-Siedlung«, sagt die Frau.

Wir fahren los.

Hier bin ich gerade entlanggegangen. Jetzt biegen wir ab. Hier bin ich vorhin geradeaus weitergegangen. Wie gut, daß ich diese Frau getroffen habe.

»Erinnern Sie sich nicht an mich?« fragt der Taxifahrer. Sie schaut ihn an und sagt: »Nein. Wieso denn?«

»Und das? Haben Sie das schon mal gehört?«

Der Fahrer beginnt zu pfeifen. Ich kenne das Lied, es ist sehr schön.

»Doch, hab ich schon mal gehört«, sagt sie. »Wieso?«

»Ich habe Sie mal gefahren, und Sie haben das die ganze Zeit gepfiffen.«

Die Frau lacht.

»Ich muß wohl betrunken gewesen sein.«

»Das weiß ich nicht«, sagt der Fahrer. »In die Tüte haben Sie nicht gepustet.«

Und er pfeift wieder dieses Lied. Sie pfeift mit. Und auch ich pfeife leise. Wir fahren und pfeifen.

»Es war Nacht«, sagt er. »Nur Sie und ich, Frau Jadwiga.«

»Woher wissen Sie denn, wie ich heiße?«

»Sie erinnern sich wirklich nicht?«

Er beugt sich zu ihrem Ohr und sagt irgendwas. Sie schaut ihn an. »Wirklich?« Der Fahrer nickt und lacht. Jetzt lachen beide. Und ich sehe, wir sind schon zwischen den Häuserblocks. Hier muß es irgendwo sein. Ich sage leise:

»Ist das schon der Sandberg?«

Die Frau dreht sich zu mir um.

»Dich habe ich ja ganz vergessen«, sagt sie. »In welche Straße willst du?«

»T.-Rebieg-Straße«, sage ich.

»Welche Nummer?« fragt der Fahrer.

»Siebenundzwanzig.«

Wir fahren noch ein Stück weiter, bis das Taxi hält.

»Vielen Dank«, sage ich und suche nach dem Türgriff. Ich kann ihn nirgends finden. Der Fahrer dreht sich nach hinten, streckt seine Hand, drückt auf irgendwas, und die Tür ist offen. Ich steige aus.

»Auf Wiedersehen«, sage ich, aber die Frau schaut mich nicht mehr an. Das Taxi verschwindet hinter Häuserblocks. Einer davon ist unserer. Siebenundzwanzig, da ist es. Ich hebe den

Kopf, schaue hoch zum neunten Stock. Welches könnten unsere Fenster sein? Auf dieser Seite gibt es keine Balkons, also muß dort irgendwo mein Zimmer sein.

Ich gehe um das Haus herum.

An der Teppichstange stehen ein paar Mädchen. Auf dem Bürgersteig fahren Jungen Rollschuhe. Unser Eingang ist der zweite … hinter der Glasscheibe das Gesicht meines Bruders. Er sieht mich nicht, schaut woanders hin.

Ich gehe hinein und frage: »Was stehst du so rum, warum spielst du nicht mit den anderen?«

Er antwortet nicht.

»Weißt du«, sage ich, »ich bin mit dem Taxi gekommen. Du hättest es sehen können, aber es hat auf der anderen Seite gehalten.«

»Hau ab.«

»Warum bist du so blöd zu mir?«

Er schweigt und wendet sich ab. Seine Nase ist dreckverschmiert.

»Oh je«, sage ich, »du blutest ja aus der Nase. Komm schnell mit hoch und wasch dich.«

Er stößt mich weg.

»Geh doch alleine!«

»Was ist denn los?« frage ich. »Hast du dich geprügelt, oder was?«

»Paß auf, daß du nicht auch gleich was abkriegst.«

»Kommst du jetzt mit oder nicht?«

Er sagt nichts. Na gut, soll er doch hier versauern, wenn er will. Ich gehe die Treppe hoch und drücke den Fahrstuhlknopf. Er leuchtet auf, weiter oben hat etwas geklirrt. Ich lege mein Ohr an die Tür. Er kommt. Plötzlich wird es hell in dem Fensterchen. Ich gehe in die Kabine und drücke den Knopf mit der 9.

Ich fahre. Ich fahre nach oben, immer höher, es ist wunderbar. Gut, daß unsere Wohnung nicht im Erdgeschoß liegt. Andererseits ist es schade, weil die, die im Erdgeschoß wohnen, vor ihren Fenstern kleine Gärten haben.

Ein Mädchen schaut mich durch das Fensterchen an. Und schon ist es weg, schon ist es verschwunden. Wie gut, daß wir nicht erst am Ende des Schuljahres umgezogen sind. Wenn wir bis dahin gewartet hätten, hätte ich Kasia nie kennengelernt.

Der Fahrstuhl bleibt stehen. Ich steige aus und gehe den langen Flur entlang. Überall Türen. Eine ist unsere. Wenn die Nummer nicht draufstünde, wüßte ich nicht, welche es ist. Ich klopfe leise mit dem Fingernagel, vielleicht schläft Zenuś ja. Ich klopfe kräftiger. Nichts. Ich werde nicht klingeln, wegen Zenuś. Oder ist vielleicht niemand da? Aber das hätte Tadzio mir doch gesagt. Für alle Fälle drücke ich die Klinke. Die Tür geht auf. In der Wohnung ist es still.

Es riecht immer noch nach Farbe.

Ich schaue ins Zimmer der Zwillinge. Sie schlafen. Es ist noch hell draußen, und sie schlafen in ihren Kleidern, mit einer Wolldecke zugedeckt. Im großen Zimmer, auf der neuen Schlafcouch, liegt Mama. Sie schnarcht. Sie hat sich nicht mal eine Decke genommen. Im Bettchen liegt Zenuś, auch er schläft. Sowas, daß alle schlafen! Und die Tür ist nicht abgeschlossen, nur gut, daß uns niemand beklaut hat.

Auf Zehenspitzen schleiche ich aus dem Zimmer und gehe in meines. Es ist genauso klein wie das von Zosia und Krysia. Ich habe jetzt die alte Couch, auf der in Jawiszów Mama und Papa geschlafen haben, und einen Tisch mit zwei Stühlen, für die Hausaufgaben. Ein Schränkchen und ein Regal für die Schulsachen könnten wir auch dringend gebrauchen, aber erstmal ist es gut so. Vorgestern noch hatten wir ein einziges Zimmer mit Küche für die ganze Familie, und niemand hat sich beklagt, warum also jetzt meckern. Natürlich habe ich mich mit Tadzio am ersten Abend gestritten, wer an der Wand schläft. Weil ich an der Wand schlafen wollte und er auch. Schließlich haben wir ausgemacht, daß eine Woche lang er an der Wand sein darf, und die nächste ich ... und so weiter. Einmal er, einmal ich. Das Wichtigste ist, daß jeder seine eigene Bettdecke hat, damit wir sie uns im Schlaf nicht wegziehen.

Wir werden neue Blumentöpfe kaufen und verschiedene

Blumen pflanzen. Ein paar Töpfe haben wir mitgebracht, aber es sind zu wenig. In Jawiszów hatten wir einen eigenen Garten und ein Stück Feld, hier gibt's dafür viele Zimmer und einen Fahrstuhl und ein Bad und eine Gästetoilette. Wenn uns Mama eine Bastmatte für die Wand über der Couch kauft, kann ich bunte Bilder aus den Illustrierten ausschneiden, die mir Frau Marysia geschenkt hat, und sie mit Stecknadeln festmachen.

Ich habe auch ein paar schöne Postkarten, alle von Stettin. Die Wände sind schön gestrichen. In meinem Zimmer grün mit einem gelben Muster. Wie Blumen auf einer Wiese. Genauso sieht es bei den Mädchen aus, und im Wohnzimmer sind die Wände blau mit gelbem Muster. An der Wand, wo die Schlafcouch ist, steht über das Muster gemalt. »JESUS KRISTUS ERBARME DICH UNSER«. Papas Kollege, der das gemalt hat, hat sich ein bißchen vertan, weil es »Christus« heißen müßte, aber Mama stört das nicht, sie sagt, daß die Aufschrift sehr gut zum Bild mit dem Herrn Jesus und den Aposteln paßt, das darunter hängt. Es ist ein wirklich schönes Bild und sehr alt, von vor dem Krieg. Der Herr Jesus und die Apostel sind rosa, nur Judas ist braungebrannt und guckt ziemlich fies. Man sieht gleich, daß er was im Schilde führt.

Gegenüber steht die Schrankwand, sie reicht bis knapp unter die Decke.

Richtig schön haben wir es hier.

Ich muß mal und laufe zur Toilette. Wie sauber und angenehm es hier ist. In Jawiszów gab es nur das Häuschen mit dem ausgeschnittenen Herz für die ganze Baracke, es stank entsetzlich, und überall waren Fliegen. Und wenn jemand nicht so schnell konnte und lange sitzen blieb, mußten die anderen hinter die Johannisbeeren gehen. Und wenn man sich später die Hände waschen wollte, mußte man um die ganze Baracke herum, weil die Pumpe neben den Schuppen stand. Und hier haben wir die Toilette für uns allein und dazu einen Schritt weiter ein Badezimmer mit Wanne. Und es gibt immer warmes Wasser. Jetzt macht es nichts mehr, die Windeln von Zenuś zu waschen. Fünf Minuten, und fertig. Und baden kann man auch, wann man Lust hat. Gestern habe ich gebadet, heute früh habe ich gebadet und heute abend werde ich wieder baden.

Mein Gott, wie schnell man sich an diesen Luxus gewöhnt.

Ich wärme mir gerade das Mittagessen auf, als Mama in die Küche kommt. Sie setzt sich auf den Hocker, seufzt und gähnt. Sie ist ganz verschlafen und wirkt irgendwie schlechtgelaunt. Ich stehe still am Gasherd, sage nichts, nur das Schmalz brutzelt unter den Kartoffeln. Mama kratzt sich und sagt: »Was ist los mit dir? Warum kommst du so spät nach Hause?«

»Ich war bei einer Freundin«, sage ich. Mama sagt nichts. Ich schaue sie an, aber sie hört mir gar nicht zu, sie sieht durchs Fenster hinaus, die orangefarbene Sonne geht gerade hinter den Häuserblocks unter. Mama verzieht das Gesicht.

»Ich fühle mich hier nicht wohl«, sagt sie, »einfach nicht wohl. Das ist kein Leben. Eine halbe Stunde mit dem Fahrstuhl fahren, um nach draußen zu kommen. Und man hat Angst, ans Fenster zu gehen. Wie soll man da leben. Das Gas wird explodieren, und alle wird der Schlag treffen. Wo ist dein Vater?«

»Ich weiß nicht«, sage ich. »Als ich gekommen bin, war er nicht da.«

»Er hat sich bestimmt wieder besoffen«, sagt Mama. »Bring mir mal die Zigaretten.«

Ich gehe ins Zimmer. Zenuś schläft noch. Ich nehme die Zigaretten, gehe in die Küche zurück und gebe sie Mama. Sie zündet sich eine an. Ich lege die Kartoffeln und die Wurst auf den Teller und beginne zu essen. Mama raucht und schaut mir beim Essen zu.

»Ich habe gar keine Lust, irgendwas zu tun«, sagt sie gähnend. »Ich muß Windeln waschen und habe keine Lust.«

»Hab ich schon gemacht«, sage ich.

»Ja?« wundert sich Mama.

»Klar«, sage ich.

»Eine halbe Stunde habe ich nach einem Laden gesucht.

Alles voller Leute, aber niemand, den man fragen kann. Ausgerechnet wenn man dich braucht, bist du nicht da. Was hast du so lange gemacht mit dieser Freundin?«

»Sie hat mir vorgespielt«, sage ich. »Sie ist Komponistin. Sie geht in dieselbe Klasse wie ich.«

»Wir wollten Vorhänge aufhängen.«

»Das können wir doch jetzt noch machen.«

»Jetzt, in der Nacht?« sagt Mama. »Sie sind noch nicht gebügelt.«

»Das kann ich doch schnell machen.«

»Nein, ich bügel sie schon. Mach du deine Hausaufgaben.« Mama schaut sich um, lauscht. »Wieso ist es so still?« Es vergeht nicht mal eine Sekunde, und von nebenan ist das Weinen von Zenuś zu hören. Mama legt die Zigarette in den Aschenbecher und geht zu ihm.

Und schon ist der Tag rum. Die Zwillinge waren ausgeschlafen, deshalb haben sie bis zehn Uhr abends verrückt gespielt. Papa kam eine halbe Stunde später, als Mama bereits schlief. Er hatte einen in der Krone, aber nicht schlimm. Ich habe ihm Abendessen gemacht, danach ging er schlafen. Alle liegen jetzt im Bett, nur ich nicht.

Ich liege in der Wanne, im warmen Wasser, und genieße es. Unter Wasser höre ich weit entfernte Geräusche. Jemand redet, jemand schreit, aber ich höre nicht, was.

Seltsam.

Wenn ich die Augen schließe, erinnere ich mich daran, wie jeder aus meiner neuen Klasse ausgesehen hat. Ich sehe Claudia und Magda vor mir, und unsere Klassenlehrerin. Ich sehe auch Ewa Bogdaj, ihr Haar, ihre schwarzen Augen, ihr schönes Gesicht und wie sie lächelt. Ich sehe sogar das Sternchen, das auf dem Nagel ihres kleinen Fingers klebt …

Nur Kasia kann ich nicht sehen.

Wenn ich Kasia sehen will, verschwimmt alles vor den Augen.

War sie größer als ich, oder kleiner?

Welche Augenfarbe hatte sie?

Und ihre Stimme, wie war die?

Ich weiß es nicht, ich erinnere mich an nichts. Ich sehe nur das Licht in der Dunkelheit.

Und ich höre Musik, die spielt und spielt.

Es ist immer dasselbe.

Sie sagt etwas, aber ich weiß nicht, was.

Ich sage dir, ich sage dir, ich sage dir, sagt die Musik. Was, frage ich, was sagst du mir? Und sie:

Ich sage dir, ich sage dir, ich sage dir …

»Verzeihst du mir, Kasia?«

»Was soll ich dir verzeihen?«

»Ich dachte, du wärst eine Diebin.«

»Du mußt mir verzeihen, denn es ist meine Schuld. Ich werde nie wieder in deiner Gegenwart etwas stehlen. Du bist gut, und ich bin böse.«

»Du bist gar nicht böse. Du bist die Beste überhaupt.«

»Doch, ich bin böse. In mir steckt das Böse der ganzen Welt. Du wirst schon sehen.«

»Das stimmt nicht, das stimmt nicht …«

Die Worte unter Wasser werden von der Unterwassermusik übertönt. Sie ist laut, wird immer lauter. Sie klingt immer gleich und doch immer anders. Ich sehe das Lächeln, obwohl ich es gar nicht sehen kann, weil mich das Licht blendet. Und immer dieselbe Musik, und doch immer anders.

Sie fließt auf mich zu und sagt:

Ich sage dir, ich sage dir, ich sage dir …

Warum ist das so? Warum weine ich? Und sie: Ich sage dir, ich sage dir, ich sage dir, ich sage dir, ich sage dir, ich sage dir …

2

Um fünfundzwanzig vor acht bin ich in der Schule. In der Klasse ist nur das große Mädchen, das alle Ziege nennen. Sie sitzt da und schreibt etwas in ihr Heft. Bestimmt macht sie Hausaufgaben. Auch ich nehme ein Heft und ein Buch heraus.

Aber ich kann mich irgendwie nicht richtig konzentrieren.

Ich stehe auf und gehe zum Fenster. Schaue nach draußen. Von hier aus ist der Schuleingang gut zu sehen. Immer mehr Kinder strömen auf den Hof, und hinter jedem ist ein langer Schatten, die Sonne steht noch tief. Zehn Minuten vergehen, Kasia ist noch nicht da. Nur der Lärm wird immer größer, es wimmelt von Kindern.

»So, ich hab's geschafft«, höre ich eine Stimme sagen. Ich schaue auf, neben mir steht die Ziege. Sie setzt sich aufs Fensterbrett und sagt: »Ich wollte sie schon gestern machen, aber es ging nicht. Mein Vater heißt Wacek mit Vornamen. Verstehst du?«

Sie lächelt und zwinkert mir zu. Ich lächle auch, aber zaghaft, weil ich gar nichts verstehe.

»Bis vier Uhr morgens haben sie rumgelärmt«, sagt sie. »Ich habe schon geschlafen. Plötzlich wache ich auf, und neben mir sitzt ein Typ und fummelt an meinen Titten. Der hatte vielleicht eine Fahne … Ich sage nichts, tu so, als ob ich schlafe. Und er läßt seine Hand runterwandern, und schon packt er mir an die Möse. Ein Kollege von Onkel Romek. Kapierst du?«

Die Ziege haucht mich an.

»Und?« sage ich.

»Rate mal, was das ist?«

»Keine Ahnung.«

»Wein«, sagt die Ziege. »Heute morgen bin ich aufs Klo gegangen, und da stand eine Flasche, noch halbvoll. Ich hab sie ausgetrunken. Ganz süß.«

Ein Brummen ist zu hören. Ich schaue nach unten.

Vor der Schule fahren zwei Motorräder vor. Auf einem großen schwarzen sitzt Ewa Bogdaj. Das zweite ist kleiner und bunt. Claudia und Magda steigen ab.

»Oh«, sagt die Ziege. »Die Prinzessinnen aus Szczawno sind gekommen.«

Alle drei nehmen ihre Taschen und gehen durchs Tor. Als ich sie sehe, geschieht etwas mit mir. Das Atmen fällt mir schwer. Ich gehe vom Fenster weg. Das Klassenzimmer füllt sich rasch. Ich werde unten auf Kasia warten, an der Garderobe.

Ich laufe die Treppe hinunter, und da kommen mir Ewa Bogdaj, Claudia und Magda entgegen. Ich spüre, daß mein Herz heftig klopft.

»Hallo«, sage ich leise. Ich höre sie hinter mir lachen. Sie sagen etwas zueinander, bestimmt lachen sie über mich. Was habe ich ihnen nur getan? Claudia kann mich am wenigsten ausstehen. Vielleicht, weil ich mich auf den Platz von Bogusia gesetzt habe, die im Krankenhaus liegt. Aber der Turnlehrer hat doch gesagt, ich soll mich dorthin setzen.

Wie schön sie angezogen sind, anders als gestern. Besonders Ewa. Mit einer Lederjacke und einem schwarzen Lederrock. Und sie hat tolle Schuhe, alles an ihr glänzt. Ich habe noch nie ein so schönes Mädchen gesehen. Sie wird bestimmt mal Model oder Schauspielerin.

Auch ich habe heute andere Sachen an als gestern. Einen weißen Faltenrock, der über den Knien endet, eine weiße Bluse und eine weiße Strumpfhose. Die weiße Strumpfhose hatte ich im Schrank versteckt, für die Schulabschlußfeier, falls es kalt ist, aber was soll's, ich habe sie eben schon heute angezogen. Und dann habe ich noch einen schwarzen Pullover an. Den habe ich Papa geklaut. Er ist ziemlich weit und erinnert an den Pullover, den Ewa gestern anhatte, nur daß er keinen runden, sondern einen V-Ausschnitt hat. Bis ein Uhr nachts habe ich darüber nachgedacht, was ich heute anziehen könnte. Ich habe leise alle meine Sachen aus dem Schrank genommen und sie anprobiert. Ich habe nur sehr wenige Sachen, weil ich in letzter Zeit so schnell gewachsen bin. Ich habe mich im Fenster in der Küche angeschaut, das in der Nacht fast genausogut ist wie ein richtiger Spiegel. Und ich habe mir einen Lockenwickler ins Haar gedreht. Die Locke ist nicht ganz perfekt geworden, deshalb habe ich sie heute morgen mit einer Haarspange festgesteckt, sie war kaum zu sehen. Und das Kleid von gestern werde ich nie wieder anziehen, es sei denn zum Aufräumen. Ich verstehe nicht, warum es mir mal so gut gefallen hat.

Es ist schon zwei Minuten vor acht, und von Kasia keine Spur. Vielleicht kommt sie heute gar nicht? Ich dachte, ich könnte mit ihr zusammen ins Klassenzimmer gehen, aber nun muß ich es leider alleine tun.

Ich gehe hinein ... Ewa Bogdaj, Claudia und Magda beugen sich gerade über mein Polnischheft und gackern wie die Blöden. Warum habe ich es bloß auf der Bank liegen lassen? Ich stehe an der Tür und warte, bis sie es weglegen. Claudia hat mich zuerst bemerkt, sie flüstert Ewa etwas zu. Ich setze mich auf meinen Platz. Magda legt mein Heft vor mich hin.

»Wir haben die Farbe deines Kulis bewundert«, zwitschert sie übertrieben. »Wirklich toll.«

»Normal«, sage ich und versuche zu lächeln, doch irgendwie klappt es nicht.

»Aber woher denn, gar nicht so normal«, sagt Ewa. »Sie ist genauso verrückt wie die Augen eines schwulen Geliebten in einer Vollmondnacht.«

Magda kichert und fügt hinzu: »Wie das Kleid von Königin Jadwiga, nachdem man die Leiche aus dem Sarg genommen hat.«

»Wie die Zunge eines Penners, nachdem er Brennspiritus getrunken hat«, sagt Claudia mit ätzendem Lächeln. Plötzlich streckt sie ihre Zunge raus und rülpst. Auch Ewa und Magda schütteln sich.

Ich nehme meinen Kugelschreiber aus der Schultasche. Ich muß jetzt irgend etwas mit ihm machen. Nur was? Ich könnte die Mine rein- und raushüpfen lassen. Ich tue es und gebe mir im selben Moment einen Ruck.

»Ich wußte gar nicht, daß ich einen so berühmten Kuli habe.«

»Oh«, sagt Ewa und hebt die Brauen.

»Oh«, sagt Magda.

»Berühmt im ganzen Land«, sagt Claudia betont langsam. Sie hält sich mit zwei Fingern die Nase zu. »Berühmt im ganzen Land wie Scheiße in flüssigem Zustand.«

Magda platzt fast vor Lachen. Ewa schaut zu mir und wartet, was ich Claudia antworten werde. Ich weiß, daß sie darauf wartet. Aber ich weiß nicht, was ich antworten soll. Sie schauen mich an, als wäre ich ein Fisch im Aquarium.

Das Klingeln rettet mich. Und genau beim Klingelzeichen kommt Kasia Bogdańska in die Klasse. Sie hat wirklich wunderbares Haar. Wie eine Wolke schwebt es um sie herum. An der Seite hat sie es zu einem kleinen Zopf geflochten und ihn mit einem blauen Band umwickelt. Wunderschön.

Sie lächelt mich an und kommt zu mir. Sie beugt sich zu mir herunter und küßt mich auf die Wange.

»Hallo, Liebchen«, sagt sie. »Schön siehst du aus. Nimm deine Bücher und komm mit in meine Bank.«

Ich nehme meine Tasche, das Buch, das Heft und folge ihr. Ich gehe noch einmal zurück, um meinen Kugelschreiber zu holen. Ich bemerke die erstaunten Blicke.

Ich stehe vor Kasias Bank.

»Lilchen«, sagt Kasia liebevoll zu dem neben ihr sitzenden Mädchen. »Sei so gut und setz dich zu Claudia.«

»Wieso?« fragt Lilly. Sie ist überrascht, erstaunt und wird ärgerlich.

»Weil ich dich herzlich darum bitte. Mienchen und ich müssen etwas sehr Wichtiges sofort besprechen. Soll ich es dir zweimal sagen?«

»Wie du willst«, sagt Lilly beleidigt. Sie nimmt ihre Tasche, sammelt ihre Sachen ein und geht. Sie setzt sich neben Claudia und beginnt sofort, mit ihr zu flüstern.

Ewa Bogdaj schaut mich von weitem an. In ihren Augen ist etwas Merkwürdiges. Es sieht aus wie Wut, aber es ist keine Wut. Es ist etwas anderes, etwas sehr Merkwürdiges.

Ich drehe den Kopf wieder nach vorne, weil Kasia mich bei der Hand faßt.

»Ich weiß nicht, ob ich es verraten soll«, sagt sie, »weil es eigentlich eine Überraschung sein soll, aber ich werd's dir trotzdem sagen, denn wenn ich es nicht tue, passiert was Schreckliches mit meiner Zunge. Stell dir vor«, sie schnippt mit den Fingern, »ich habe gestern ein phantastisches, geniales, eigentlich schwer vorstellbares Musikstück geschrieben, es ist sogar besser als ein japanisches Halva. Ich habe dieses Wunder, hör gut zu … ›Die Mienchen meines Mienchens‹ genannt. Es handelt von deinen Mienchen und davon, wie du sie machst. Gefällt dir der Titel?«

»Mhm«, sage ich.

»Es beginnt mit Glöckchen«, sagt Kasia entzückt. Sie spreizt die Finger beider Hände, bewegt sie, schließt die Augen, wiegt den Kopf und lächelt verzückt.

Ich weiß, daß sie jetzt alles hören kann, was sie komponiert hat. Von den Bänken, wo Ewa und Claudia sitzen, ist Gelächter zu hören. Sie lachen bestimmt über Kasia, über ihren Gesichtsausdruck und über mich, daß ich mir eine so verrückte Freundin ausgesucht habe. Aber was soll's, lacht doch. Ich mache mir nur meine Gedanken darüber, daß Mama gesagt hat, ich solle nach der Schule sofort nach Hause kommen, weil wir die Gardinen und Vorhänge aufhängen müssen, und überhaupt gibt's noch eine Menge anderer Dinge zu tun. Ich werde aber nach der Schule zu Kasia gehen und mir ihre Komposition anhören. Wenn ich wieder so spät heimkomme, wird mich Mama anschreien. Und ich hab's verdient. Aber vielleicht dauert das Stück nicht so lange? Vielleicht nur ein Stündchen, dann sage ich Mama einfach, daß wir sieben Stunden hatten.

Kasia öffnet die Augen. Sie sind unbestreitbar grün.

»Du mußt es dir anhören«, sagt sie. »Heute morgen habe ich

noch den Flötenpart dazugeschrieben. Ich habe nur vier Stunden geschlafen.«

»Oh je.«

»Mach dir keine Sorgen«, sagt sie. »Einmal habe ich drei Tage und drei Nächte nicht geschlafen, es hat mir nichts ausgemacht. Weißt du, deine Mienchen sind genial, besser als Walderdbeeren mit Schlagsahne. Mmmm, magst du die auch so gern?«

»Klar«, sage ich mit Walderdbeergeschmack im Mund. Kasia lacht.

»Und dieses Mienchen ist noch süßer«, sagt sie. »Das war sicher die Prinzessin unter deinen Mienchen. Wenn man Prinzessinnen essen könnte, würde ich es tun. Ich muß mir dringend einen Maulkorb kaufen.«

Ich geniere mich. Ich senke die Augenlider und spüre, wie meine Wangen rot werden. Ich spüre es immer, ich spüre, wie das Blut in die Wangen schießt. Ich nehme mich zusammen und zwinge mich hochzusehen.

Ich sehe Kasias Gesicht vor mir.

Heute morgen, auf dem Schulweg, dachte ich noch, daß ich von Kasia nur geträumt habe, daß es sie in Wirklichkeit gar nicht gibt, daß sie nur ein schöner Traum war. Das stimmt natürlich nicht. Kasia gibt es. Sie sitzt neben mir und schaut mich an, und ich sie. Ich präge sie mir ein, um sie nie wieder zu vergessen.

Ihre Augen sind kugelrund und von dunklen Schatten umgeben. Weil sie so wenig geschlafen hat. Ist sie hübsch? Ich weiß nicht, ich weiß es nicht, sie ist einfach wunderbar. An der Wange hat sie eine Narbe, dünn und rosa. Zwei Zentimeter lang. Das muß weh getan haben. Ich habe auch eine Narbe, aber am Knie, weil ich einmal an einem Nagel hängengeblieben bin.

Kasia berührt ihre Wange und sagt:

»Als ich noch klein war, wollte ich mein Gesicht bügeln. Zum Teil ist es mir gelungen. Willst du sie mal anfassen?«

»Ja«, sage ich. Ich strecke die Hand aus und streiche über

Kasias Narbe. Plötzlich wird es in der Klasse totenstill. Die Tür knallt zu, und im nächsten Augenblick ruft die ganze Klasse im Chor: »Guten Moorgen!« Die Polnischlehrerin ist da.

»Guten Morgen!« sagt sie. Mit klappernden Absätzen geht sie zum Pult. Sie zupft ihren Rock zurecht und setzt sich. Ihre Haare sind grau, trotzdem sieht sie jung aus. Sie trägt eine weiße Bluse und eine Marienkäfer-Brosche. Sie schaut sich lächelnd in der Klasse um.

»Warum seid ihr so still?« fragt sie. »Ihr braucht keine Angst zu haben, das Diktat kommt erst in einer Woche.«

Und die Klasse: »Uuuuuh!«

Die Lehrerin hebt die Hand, es wird wieder still.

»Hoffentlich müssen wir nicht wieder so lachen«, flüstert mir Kasia ins Ohr und hält sich sofort den Mund zu. Sofort passiert etwas Schreckliches, ein Lachanfall sprudelt in mir hoch. Ich kann es nicht länger aushalten. Heilige Jungfrau Maria, rette mich!

Das Lachen platzt aus mir heraus wie eine Explosion, wie ein Donner in diese allgemeine Stille hinein, und obwohl im selben Moment die Angst aufsteigt und das Lachen bremst, ist es bereits zu spät, ich habe gelacht, alle haben es gehört und schauen mich an.

»Wer hat gelacht?« fragt die Lehrerin. Ich stehe auf, lasse den Kopf hängen und komme mir blöd vor, in meinen Ohren beginnt es zu rauschen, als ob ich in die Muschel gefallen wäre.

»Warum hast du gelacht?« fragt die Lehrerin. Was soll ich sagen? Ich könnte heulen, gleich heule ich los, weil ich nicht weiß, was ich tun soll. Plötzlich höre ich ganz leises Geflüster… »Sag doch, daß dir so komisch war.« Es ist Kasia. Ich hebe den Kopf.

»Weil mir so komisch war«, sage ich und lächle die Lehrerin verlegen an. Soll doch kommen, was kommen muß. Was soll's. Da sehe ich auf den Lippen der Lehrerin ein Lächeln.

»Das klingt sehr logisch«, sagt sie. »Wie kommt so ein logisch denkendes Mädchen in unsere Klasse? Wir kennen uns noch nicht.«

»Ich heiße Marysia Kawczak«, sage ich. »Ich bin erst seit gestern hier, weil ich vorgestern mit meinen Eltern, Brüdern und Schwestern nach Wałbrzych gezogen bin.«

»Hast du denn viele Schwestern und Brüder?« fragt die Lehrerin.

»Etwas weniger als hundert«, sage ich, »und etwas mehr als drei.«

»Ich vermute, es sind vier«, sagt die Lehrerin. Ich nicke.

»Stimmt.«

»Woher kommst du?«

»Aus Jawiszów«, sage ich. »Das ist eine kleine Siedlung südwestlich von Wałbrzych. Und davor war ich in Paris, von wo ich mir ein furchtbar unmodernes Kleid mitgebracht habe. Modern, unmodern ... das sind so relative Begriffe, völlig unmodern.«

Mein Gott, was fasele ich denn da? Wer redet da überhaupt? Alle glotzen mich an. Ich muß wohl verrückt geworden sein.

»Interessant«, sagt die Lehrerin. »Jawiszów kenne ich. Ich war einmal dort, weil in der Nähe die Zwergenfelsen sind, und die wollte ich mir unbedingt ansehen, weil sie so einen schönen Namen haben. Was hattest du in Polnisch?«

»Darf ich lügen?« frage ich.

»Bitte sehr.«

»Dann hatte ich eine Eins.«

»Und wie sieht die Wahrheit aus?«

»In Wahrheit eine Zwei«, sage ich. »Aber ich habe immer von einer Eins geträumt.«

»Wir werden sehen«, sagt die Lehrerin. »Vielleicht kann ich dir bei der Verwirklichung dieses Traumes helfen. Sag mir, was du zuletzt gelesen hast.«

Was habe ich gelesen? Was habe ich bloß als letztes gelesen? Auf einmal höre ich im Kopf ein ganz leises Flüstern, das ein bißchen wie von Kasia klingt: »Die Schriften von Paskal ...«

»Die Schriften von Paskal«, sage ich. Die Lehrerin pfeift erstaunt.

»Du kriegst bei mir die erste Eins für deinen Mut«, sagt sie.

»Aber falls es weitere geben sollte, dann eher für Pflichtlektüre und Grammatik. Du darfst dich setzen.«

Ich setze mich. Kasia lacht mich an. Ihr habe ich es zu verdanken, daß ich vor der Lehrerin und der Klasse reden konnte. Daß etwas in mir auf den Knopf für Mut gedrückt hat. Ab heute werde ich immer so sein. Mutig und lächelnd.

Kasia zieht die Augenbrauen hoch, als wüßte sie, was ich gedacht habe.

Und wenn sie tatsächlich meine Gedanken kennt? Alle, wirklich alle. Sogar die, die ... Manche sind häßlich. Zum Beispiel ... Pfui, ich will nicht daran denken.

Plötzlich merke ich, daß ein ganzer Schwarm häßlicher Gedanken durch meinen Kopf saust.

Kazik Kamiński pinkelt in die Johannisbeersträucher, und ich schaue zu und sehe alles. Auch er schaut mich an und sieht, daß ich es sehe, und rührt sich nicht. Und ich tue auch nichts, schaue nur zu ...

Zenuś schreit ununterbrochen, und ich stehe mit einem Kissen über ihm und will ihn gleich, ich schwöre es, ich werde ihn ersticken, wenn er nicht aufhört zu schreien ...

Oder ... Ich fasse mich da unten an, bin ganz verschwitzt, will mich nicht anfassen, tu's aber trotzdem ...

Ich bin eine ekelhafte Sau, warum bin ich nicht gestorben damals? Mach mich tot, Kasia, ich verdiene es nicht, deine Freundin und Schwester zu sein.

Aber Kasia schaut mich nicht an. Sie spielt mit dem Kuli und starrt aus dem Fenster. Wahrscheinlich denkt sie an ihre Komposition. Wie interessant das sein muß: immer an Kompositionen zu denken, an Musik. Ich habe nichts, woran ich ständig denken könnte. Ich lebe vor mich hin, denke an das, woran ich eben gerade denke, und Schluß. Nur große Leute denken wohl immer an dasselbe, Gelehrte, Erfinder ... Und wenn man Mutter ist und ein Baby hat, denkt man nur daran. Oder wenn man eine Tracht Prügel bekommt, denkt man daran, solange es weh tut. Oder wenn jemand was Böses sagt ... oder was Gutes. Dann denkt man auch ziemlich lange dran.

Als ich vor kurzem zum ersten Mal in meinem Leben meine Tage hatte, habe ich ewig überlegt, warum dieses Blut wohl so lange aus mir herausfließen muß. Daß es etwas Lebendiges sein könnte, und doch jeden Monat sterben muß. Es ist ein Fluß, der fließt und fließt, doch es sind keine Fische drin, weil es doch ein Fluß aus Blut ist, der durch alle Frauen auf der ganzen Welt fließt.

Ich hab darüber nachgedacht und dann ist mir eingefallen, daß ich es gleich wieder vergessen habe, als es vorgestern aufhörte.

Ich sitze in der Bank und habe an etwas gedacht. Woran? Ich habe es vergessen. Es ist die dritte Stunde an diesem schönen Tag, die Zeichenstunde. In der zweiten hatten wir Mathematik. Es war wie in meiner alten Schule, öde und langweilig. Der Lehrer ist sehr klein und völlig kahl und sagt ständig: »Sagen wir mal«.

Wir sollen einen Habicht zeichnen. Die Kunstlehrerin hat ihn aus dem Naturkunderaum mitgebracht. Er ist echt. Aber tot und ausgestopft. Ich zeichne den Schnabel. Gekrümmt und scharf. So einen Schnabel zu haben, ihn ständig vor den Augen zu haben, ohne mal wegsehen zu können ... furchtbar.

Ich schaue auf Kasias Blatt. Sie zeichnet einen fliegenden Habicht. Er ist ein wenig seltsam, aber ganz schön. Meiner ist traurig und böse, ihrer fliegt ganz einfach herum.

Kasia ist wunderbar. In den Pausen gehen wir durch die Gänge und reden. Ich habe ihr von den Zwillingen erzählt, und von Zenuś, und von Tadzio. Sie möchte sie gern kennenlernen. Ich möchte das auch. Die Mädchen werden sich zuerst sicher genieren, aber dann wird es schon gehen. Ich habe mich ja auch gleich an Kasia gewöhnt. Na, vielleicht nicht ganz.

Manchmal sieht sie mich so merkwürdig an, daß sie mir vorkommt wie jemand fremder, jemand, den ich gar nicht kenne. Sie erscheint dann so erwachsen und tut nur so wie ein fünfzehnjähriges Mädchen. Aber es ist toll, mit ihr in einer Bank zu sitzen, über den Flur zu spazieren, mit ihr zu reden und zu schweigen. Und wenn man bedenkt ... gestern früh kannten wir uns noch nicht, und heute sind wir schon befreundet und reden und lachen zusammen.

Die anderen Mädchen, bei denen ich gestern gesessen habe, Claudia, Magda und natürlich Ewa Bogdaj, sind auch immer zusammen und reden und lachen, aber sie kommen mir total gekünstelt vor. Besonders Ewa. Sie ist sehr schön, hat einen schönen Gang und kann herrlich lachen, aber all das macht sie, als würde sie im Theater auftreten, als hätte sie ein großes Publikum. Wenn sie mit ihren Freundinnen an uns vorbeigeht, wird mir richtig kalt. Sie haßt mich, ich spüre es. Ich weiß nicht, warum das so ist und woher ich es weiß, aber ich weiß es.

Was habe ich ihr bloß getan?

Mit Claudia ist es anders. Sie ekelt sich einfach vor mir. Ich weiß nicht warum, aber ich verstehe sie. Wenn ich zum Beispiel an meinen Patenonkel denke ... Er stinkt aus dem Mund. Wenn er mich zur Begrüßung küßt, wird mir beinahe schlecht von seinem Atem. Und obwohl er sehr nett ist und uns immer Schokolade mitbringt, freue ich mich überhaupt nicht, wenn er aus Stettin zu Besuch kommt. Ich weiß also, wie es ist, wenn sich ein Mensch vor jemandem ekelt. Übrigens ekle ich mich auch ein bißchen vor Claudia. Ihr Gesicht ist ständig verzogen, und sie verzieht permanent die Nase. Und obwohl sie hübsch ist, ist sie nicht wirklich hübsch.

»Ist jemand schon mit der Zeichnung fertig?« fragt die Lehrerin. Und da ich gerade den letzten Strich gezogen habe, hebe ich den Finger und stehe auf.

»Ich!«

»Komm her, zeig sie mir«, sagt die Lehrerin. Ich nehme meine Zeichnung und will zu ihr gehen, plötzlich, rums, liege ich auf dem Boden und sehe gerade noch den sich zurückziehenden Fuß von Ziębiński. Die Klasse lacht, alle stehen auf und schauen, was da solchen Krach gemacht hat. Ich war's. Ich stehe als letzte auf, weil ich mich schließlich aufrappeln muß. Mein Ellbogen tut weh.

»Wie ist denn das passiert?« fragt die Lehrerin.

»Ach«, sage ich, »ich bin gestolpert.«

»Du Arme«, sagt sie freundlich. Ich bringe ihr die Zeichnung. Sie ist zerrissen, denn als ich hingefallen bin, hatte ich sie mit beiden Händen festgehalten und mit keiner losgelassen. Die Lehrerin streicht das Blatt glatt.

»Das macht nichts«, sagt sie. »Sehr gelungen, deine Zeichnung, du bekommst eine Eins.«

Sie nimmt ihren kleinen Bleistift und schreibt eine Eins unter die Zeichnung. Ich sehe währenddessen, daß Kasia auf Ziębiński zugeht und sagt: »Warum hast du ihr ein Bein gestellt?«

»Was geht dich das an?« sagt Ziębiński. »Bist du aus Glas, oder was? Geh zur Seite, du verdeckst mir das Modell.«

Er schiebt Kasia mit der Hand weg, und in dem Moment schlägt sie ihn ins Gesicht. Daß es nur so klatscht. Ziębiński springt hoch, um zurückzuschlagen, aber klatsch! Schrecklich. Kasia hat ihm noch eine verpaßt. Diesmal mit der Faust, mitten ins Gesicht. Auf die Nase.

Ziębiński fällt nach hinten, auf Kawczak. Das Mädchen, das vor ihnen sitzt, stößt einen spitzen Schrei aus.

»Er hat mich mit Blut bespritzt!« schreit sie und wischt sich das Blut aus dem Gesicht. Ziębińskis Blut spritzt aus der Nase. Die Kunstlehrerin wird blaß und rennt aus der Klasse. Ziębiński liegt da und heult. Kasia beugt sich über ihn, zerrt an seinen Kleidern und brüllt:

»Warum hast du ihr ein Bein gestellt?«

»Magda wollte das«, nuschelt Ziębiński. Kasia läßt ihn los und dreht sich um. Erst jetzt sehe ich ihr Gesicht. Wenn ich nicht wüßte, daß sie es ist, würde ich sie nicht wiedererkennen. Ich will ihr sagen, daß sie sich beruhigen soll, aber ich kann mich nicht bewegen. Ich stehe wie gelähmt da und habe einen trockenen Mund.

Und Kasia ballt die Fäuste und stürmt zu Magda.

»Stimmt das?« fragt sie. »Wolltest du das?«

Magda sitzt nicht mehr in ihrer Bank, sie hat sich zur Tür zurückgezogen.

»Stimmt gar nicht, er lügt«, keucht sie und rennt aus der Klasse. Zięboński jammert und sagt, jemand soll ihm ein Taschentuch leihen, aber Kawczak hat keins, und von den anderen will ihm niemand eins geben. Sie haben Angst, daß es nachher voll Blut ist. Da zieht Kasia ihr Taschentuch heraus und wirft es ihm zu. Sie ist wieder ganz ruhig, nur furchtbar ernst. Sie kehrt an ihren Platz zurück, setzt sich und beugt sich wieder über ihre Zeichnung. Sie ist die einzige in der ganzen Klasse, die jetzt zeichnet.

Die Tür geht auf.

Unsere Klassenlehrerin und die Kunstlehrerin. Hinter ihnen huscht die erschrockene Magda herein.

»Bringt ihn zur Krankenschwester«, sagt die Klassenlehrerin, als sie sieht, was mit Ziębiński los ist. Kawczak und Magda führen ihn zur Tür. Er weint, und Blut tröpfelt ihm aus der Nase. Sie gehen hinaus.

»Kasia«, sagt die Klassenlehrerin, »könntest du mir bitte erklären, warum du ihn geschlagen hast?«

Kasia hebt den Kopf von ihrer Zeichnung. Sie steht auf und sagt leise:

»Ich habe ihn einfach geschlagen.«

»Aber warum?«

»Er hat Marysia Kawczak ein Bein gestellt«, sagt eines der Mädchen.

»Das ist kein Grund, ihn so zu mißhandeln«, sagt die Klassenlehrerin. »Marysia hätte sich bei Frau Szot beschweren können.«

Kasia unterbricht sie.

»Und Frau Szot hätte gesagt, Ziębiński, das ist nicht nett, tu das nie wieder. Aber jetzt wird er niemandem mehr ein Bein stellen. Ich kenne mich aus mit solchen Typen.«

»Du hättest ihn ernsthaft verletzen können.«

»Deswegen habe ich ihn ja geschlagen.«

»So sieht also deine Auffassung von Gerechtigkeit aus?« fragt die Lehrerin ruhig, doch es ist ihr anzusehen, daß sie aufgeregt ist.

»Sie sieht nicht nur so aus«, antwortet Kasia. »Das ist Gerechtigkeit.«

»Aber nur nach dem Gesetz des Dschungels«, sagt die Lehrerin. Kasia nickt.

»Das stimmt.«

»Wir sind hier aber nicht im Dschungel, wir sind in der Schule.«

Kasia lacht.

»Das ist nur eine Frage der Wortwahl. Klugheit heißt manchmal Dummheit, und Dummheit Klugheit. Ich vermute, daß niemand es bemerken würde.«

»Wir werden nicht auf diese Weise miteinander reden«, sagt die Lehrerin.

»Na, mit Sicherheit kennen Sie noch ganz andere Weisen«, sagt Kasia ironisch. »Die menschliche Intelligenz ist unerschöpflich.«

»Sei so gütig und spare dir deine Witzchen für andere Gelegenheiten«, sagt die Lehrerin.

»Mit Vergnügen«, antwortet Kasia. »Ich habe sie schon aufgespart. Haben Sie noch irgendwelche Fragen an mich? Wenn nicht, möchte ich meine Zeichnung beenden.«

»Kasia!« empört sich die Kunstlehrerin. »Wie redest du denn!«

»Ich rede so, wie ich will«, sagt Kasia laut. Sie nimmt ihre Zeichnung, zerknüllt sie und wirft sie auf den Boden. Sie donnert ihre Bücher und Hefte in die Tasche und sagt, immer lauter werdend:

»Was geht mich das überhaupt alles an! Kasia hier, Kasia da! Verpißt euch doch alle, und zwar schnell!«

Sie nimmt ihre Tasche und geht stolz an uns vorbei, weil wir zu dritt am Pult stehen: Frau Turska, Frau Szot und ich – und bleibt vor dem ausgestopften Habicht stehen. Sie zeigt mit dem Finger auf ihn.

»Bitte sehr«, sagt sie. »Das ist das Ideal. Er bleibt schön brav da stehen, wo man ihn hinstellt. Das Problem ist nur, daß er ein Vogelhirn hat und ausgestopft ist. Ich verspreche Ihnen, meine

Damen, daß ich mich nicht ausstopfen lasse. Von niemandem. Auf Wiedersehen.«

Sie geht hinaus und knallt die Tür hinter sich zu. Die Lehrerinnen stehen wie versteinert da. Ich auch. In der Klasse ist es still.

»Das geht doch entschieden zu weit«, sagt die Klassenlehrerin. »Ich werde mit ihrer Mutter reden.«

»Und ich finde, daß es einfach ein Skandal ist«, sagt Ewa Bogdaj plötzlich. »Man sollte sie auf eine Sonderschule schicken, sonst bringt sie uns hier alle noch um. Ein Mord ist nichts für die!«

»Ewa, setz dich«, sagt die Klassenlehrerin.

»Gern, aber sagen Sie mir doch, warum sie zur Schule kommen darf, wann sie Lust hat, und geht, wann sie will! Ist Katarzyna Bogdańska eine heilige Kuh? Wir sind hier doch nicht in Indien. Soweit ich weiß, hat sie nicht mal eine schlechtere Zensur in Betragen. Und Sie haben doch gerade selbst gesagt, daß die Schule kein Dschungel ist. Und trotzdem gelten für uns andere Gesetze als für sie. Oder sind es vielleicht doch die gleichen? Müssen wir jetzt auch nicht mehr jeden Tag in die Schule kommen?«

Die Klassenlehrerin winkt ab und geht hinaus.

»Wenn sie verrückt ist, gehört sie in die Klapse«, sagt Ewa, setzt sich und beginnt, mit Claudia zu flüstern.

»Geh auf deinen Platz zurück«, sagt Frau Szot zu mir. »Und ich bitte um Ruhe. Ihr habt noch zehn Minuten, um eure Zeichnungen fertig zu machen.«

Ich nehme meinen Habicht und kehre zu meiner Bank zurück. Alles nur meinetwegen. Ich hätte Kasia beruhigen sollen. Ich bin ein Feigling und ein Tolpatsch. Ich hätte ihr doch sagen können, daß Ziębiński mir gar kein Bein gestellt hat.

Aber woher hätte ich denn wissen sollen, daß es so endet? Sie war so ruhig und sprach so leise. Und dieser Ziębiński, so fett und stark. Sie hat überhaupt keine Angst vor ihm. Sie hat zugeschlagen, und fertig. Daß es krachte. Er hat geweint wie ein kleines Kind. Ich könnte niemanden schlagen, nicht einmal aus Wut. Ich habe auch noch nie jemanden geschlagen, obwohl ich selber öfter eine abbekommen habe. Wir waren so fröhlich und hatten solchen Spaß beim Zeichnen.

Warum mußte ich bloß mit dieser Zeichnung nach vorne stürmen?

Wäre ich ruhig sitzen geblieben, hätte mir Zięboński kein Bein gestellt und Kasia und ich säßen hier, und alles wäre gut. Ich glaube nicht, daß Magda ihn angestiftet hat, mir ein Bein zu stellen. Warum auch? Ich habe ihr doch nichts getan.

Ich komme aus der Schule und muß weiter darüber nachdenken. Ich hatte geglaubt, daß Ewa mich haßt. Aber sie haßt Kasia, und mich nur deshalb, weil ich mit Kasia befreundet bin. Wie häßlich sie über sie gesprochen hat ... Wie groß muß der Haß sein, um über jemanden so zu reden.

Dieser Kawczak hat sich an mich gehängt. Er geht neben mir und sagt:

»Vielleicht sind wir Verwandte und wissen gar nichts davon?«

»Vielleicht«, sage ich.

»Natürlich gibt es viele Kawczaks auf der Welt«, sagt er, »aber vielleicht sind ausgerechnet ...«

Ich bleibe stehen.

»Was glaubst du«, sage ich, »ist es möglich, daß Magda zu Ziębiński gesagt hat, er soll mir ein Bein stellen?«

»Na klar«, antwortet er. »Er ist in sie verknallt. Aber wohl nicht allzusehr, er hat sie ja gleich verpfiffen.«

»Vielleicht hat er ja gelogen?«

»Ziębiński lügt eigentlich nicht«, sagt Kawczak nachdenklich. »Obwohl – manchmal doch. Bei ihm weiß man nie. Angeblich ist er ein Kumpel, aber als der Mathelehrer einmal gefragt hat, wer hier rumfurzt, hat er es auf mich geschoben, dabei war er es selber. Es geschieht ihm recht, er hat ganz schön was draufbekommen von der Bogdańska. So hat ihn schon lang niemand mehr zugerichtet.« Kawczak lacht. »Und wir hatten auch ein bißchen Spaß dabei. Er hat bestimmt fünf Liter Blut verloren.«

»Spinnst du«, sage ich. »Fünf Liter, das ist das ganze Blut, das ein Mensch hat. Wenn er so viel verloren hätte, würde er nicht mehr leben.«

»Wenn jemand so dick und so rot im Gesicht ist wie er, dann hat er mindestens zehn Liter. Die Hälfte ist also noch da. Sag mal, warst du wirklich mal in Paris?«

»Ja«, sage ich. »Wieso?«

»Weil, weißt du, wir sind jetzt hier auch in Paris.«

»Wie das denn?«

Kawczak zeigt auf den Bürgersteig.

»Hier, wo wir stehen, dieses Viertel heißt Paris«, sagt er. »Kannst du auf jedem Stadtplan sehen. Na dann tschüs, Kusine, ich hau ab.«

Ich wollte ihn noch etwas fragen, aber er hat mich mit diesem Paris so durcheinandergebracht, daß ich es vergessen habe. Seltsame Gedanken kommen mir in den Kopf. Es ist doch so: Gestern bin ich mit Kawczak zusammengestoßen und hätte ihm beinahe einen Zahn ausgeschlagen. Heute hat Kasia Ziębiński die Nase blutig geschlagen. Die sitzen in einer Bank, und ich mit Kasia auch in einer. Aber als ich mit Kawczak zusammenrempelte, wußte ich noch nicht, daß ich mit Kasia zusammensitzen würde. Ich kannte sie ja noch gar nicht. Und wenn wir heute nicht zusammengesessen hätten, hätte Ziębiński mit Sicherheit keine abgekriegt.

Zwei Mädchen aus der Klasse gefallen mir. Kasia und Ewa. Und sie heißen auch so ähnlich. Bogdańska und Bogdaj. Seltsam. Als ob alles nur paarweise geht. Weil doch Kawczak genauso heißt wie ich …

Ich trödele vor mich hin und weiß nicht, was ich tun soll. Vielleicht will Kasia nicht, daß ich zu ihr komme? Vielleicht ist sie sauer auf mich? Vielleicht hätte ich vorhin meine Tasche nehmen und mit ihr zusammen die Klasse verlassen sollen? Aber das war unmöglich. Und ich kann sowas nicht. Noch nie in meinem Leben habe ich einen ganzen Schultag verpaßt. Nicht mal, als ich krank war, ich habe Mama nichts gesagt und bin trotzdem zur Schule. Die Welt hätte untergehen können, aber ich bin hingegangen. Aber nicht, weil ich die Schule so gerne mag. Nur: Was sein muß, muß sein.

Der Tag hat so schön angefangen, und bis zur dritten Stunde war es richtig gut. Und dann … Kasia ist gegangen, und ich war wieder still und hatte vor allem Angst. Wenn ich mit ihr zusammen bin, fühle ich mich, als wäre ich eine andere Person. Älter, klüger und lustiger. Denn normalerweise bin ich nicht so. Ich habe noch nie so gelacht wie mit Kasia. Wenn sie da ist, kann ich sogar mit Erwachsenen reden, wie zum Beispiel heute mit Frau Trauman, der Polnischlehrerin. Eigentlich kann ich es nicht mal richtig mit Mama. Und mit Papa red ich fast gar nicht. Sie können einem Angst machen, diese Erwachsenen.

Wie schön dieses Wałbrzych ist. Besonders hier, um den Markt herum. Manche Häuser sind nur noch schmutzig und grau, und trotzdem wunderschön. Wie verzaubert. Und die Straßen eng und steil. Im Winter kann man da sicher gut Schlitten fahren. Ich fühle mich hier wie in einem Märchenbuch.

Und so viele verschiedene Läden. Und so viele Leute, und jeder geht in eine andere Richtung, jeder hat was anderes zu tun. Wie dic Ameisen. Ich schaue mir gerne Ameisenhaufen an. Ich könnte stundenlang davorstehen und zuschauen, wie die kleinen Dinger hin und her sausen. Nur wenn sie einem auf die Füße krabbeln, dann nichts wie weg.

Auch Maulwurfshügel mag ich gern. All die Gänge, die sie unter der Erde bauen! Einmal habe ich einen kleinen Maulwurf gefunden. Er war so lieb. Ich habe ihn gestreichelt und in das Maulwurfloch gesteckt, damit ihn seine Mama findet. Er bewegte seinen kleinen Kopf so komisch. Als ich dann am nächsten Tag wiederkam, lag er immer noch da, tot. Mama sagte, ich wäre schuld, daß er gestorben ist. Weil ich ihn gestreichelt und gedrückt habe. Seine Mutter hätte Angst gehabt vor ihm, weil sie den Menschengeruch wahrgenommen hätte. Aber ich habe doch nicht gewußt, daß man das nicht tun darf. So ist das manchmal. Man tut jemandem weh, ohne es zu wollen.

Oh, die Haustür von Kasia.

Die Tür, an der ich gestern stand und solche Angst hatte. War ich blöd. Ich habe tatsächlich geglaubt, Kasia wäre eine Zigeunerin. Und hier hat sie so getan, als ob sie mir wahrsagen wollte. Ich bleibe stehen, strecke die Hand aus und drehe sie im Sonnenlicht, das durch das winzige Fenster hereinkommt. Und dann hat sie gesagt, ich könnte für das Wahrsagen mit einem Ei bezahlen.

Ich klingle an der Tür. Einmal und noch einmal. Ich warte … nichts. Vielleicht ist sie nicht zu Hause? Vielleicht ist sie im Café und ißt Eis? Oder vielleicht hat sie am Springbrunnen gesessen, und ich habe sie nicht gesehen? Noch einmal klingeln. Ich lege mein Ohr an die Tür. Stille. Wenn sie spielen würde, könnte sie nicht hören, daß ich klingle.

Nochmal, wirklich zum allerletzten Mal. Ich hör was. Die Tür geht auf. Da steht sie.

»Komm rein, schnell«, sagt sie und läuft zurück. Ich gehe hinein und mache die Tür zu. Oh je, ich habe die Füße nicht abgetreten. Aber draußen ist es trocken. Ich lege meine Schultasche auf das Schränkchen und folge ihr in das Zimmer mit dem Vorhang.

Wie hell es hier heute ist.

Die Vorhänge an den Fenstern sind aufgezogen, und Kasia steht am Synthe … dings und drückt mit den Fingern auf die Tasten, aber es ist nichts zu hören, keine Musik, nur das Klappern der Tasten. Weil Kasia den Kopfhörer auf den Ohren hat.

Jetzt nimmt sie ihn ab und schaltet das Tonband aus. Daneben steht ein zweites Gerät.

»Bin gleich fertig«, sagt sie. »Eine Viertelstunde.«

Sie setzt sich an den Tisch mit den vielen Knöpfen und setzt wieder den Kopfhörer auf. Sie schaltet beide Tonbandgeräte ein, hält sie an, spult ein Band mit der Hand zurück. Ich stehe neben ihr und verstehe nichts. Die Spulen drehen sich wieder.

»So ein Mist«, sagt sie. »Noch mal.« Und wieder spult sie das Band zurück, lächelt, nickt. »Okay«, sagt sie. Schaut mich an. »Ich habe am Anfang eine Flöte, und jetzt ist mir die Idee gekommen, sie am Ende nochmal im Hintergrund zu verwenden. Ach, du weißt ja noch gar nichts davon. Als ich auf dich gewartet habe, habe ich alles aufs Band überspielt. Wir können es uns gleich anhören. Lebt der Dicke noch?«

»Ja«, sage ich, »ist nichts passiert. Nur sein Zinken ist geschwollen.«

»Ich hatte ein bißchen Angst, daß er gebrochen ist.«

»Nein«, sage ich. »Er hat alles abgetastet und gesagt, die Nase wär noch ganz.«

»Hat jemand was über mich gesagt, nachdem ich weg war?«

»Nein, nur Ewa ... aber eigentlich war das nichts.«

»Ewa?« wundert sich Kasia. »Was hat sie denn gesagt?«

»Daß du oft nicht in die Schule kommst, aber alle anderen jeden Tag kommen, ob das gerecht sei.«

Kasia lacht.

»Na so was«, sagt sie. »Fräulein Bogdaj fordert gleiches Recht für alle, na. Und jetzt halt dir mal die Ohren zu, weil ich gleich Krach machen werde.«

In der Ecke zieht sie eine schwarze glänzende Plastikplane von etwas herunter. Trommeln. Sie geht zum Tonband, schaltet es ein, setzt sich die Kopfhörer auf und läuft wieder zu den Trommeln.

»Das Schlagzeug muß lebendig klingen«, sagt sie laut. »Aus dem Computer klingt es nämlich wie ein Schmetterling auf einer Stecknadel im Schaufenster eines Uhrmachers. Und jetzt Ruhe!«

Sie sitzt einen Augenblick bewegungslos da und beginnt plötzlich, mit zwei Stöcken auf die Trommeln zu schlagen. Ich stehe da und habe Angst, mich zu bewegen, die Aufnahme läuft.

Wie sicher sie das macht. Sie kann alles spielen. Wie schnell sie die Stöcke bewegt. Jetzt langsam, immer langsamer. Ein letzter Schlag, und fertig. Sie läuft zu den Tonbändern, spult das Band zurück und hört es sich über Kopfhörer an.

»Wenn du dich langweilst«, sagt sie, »dann lies doch ein bißchen Paskal. Du hast schließlich vor Frau Trauman damit angegeben. Liegt irgendwo auf dem Schreibtisch herum.«

Ich gehe hin und suche zwischen den Büchern. Da ist es. »Pascal« mit »c«. »BLAISE PASCAL«. Ich öffne das Buch und verstehe kein einziges Wort. Ich schaue Kasia an.

»Aber das ist kein Polnisch«, sage ich. Sie läßt die Kopfhörer herunterrutschen.

»Was sagst du?«

»Es ist kein Polnisch!«

»Entschuldige«, sagt sie. »Daran habe ich nicht gedacht. Dann lies was anderes.«

»Und wenn mich Frau Trauman morgen nach diesem Pascal fragt«, sage ich. »Wovon handelt es denn?«

»Hab ich vergessen«, sagt Kasia und winkt mich zu sich. »Zeig mal.«

Ich gebe ihr das Buch. Sie blättert es durch.

»Oh«, sagt sie, »zum Beispiel hier. Wenn man zu schnell oder zu langsam liest, versteht man nichts. Und neunundsechzig zwei. Zwei Unendlichkeiten, die Mitte. Wenn man zu schnell oder zu langsam liest, versteht man nichts.«

Kasia schaut mich an.

»Kapito?« fragt sie. Ich zucke die Achseln.

»Nein«, sage ich.

»Na«, sagt sie, »es handelt davon, daß der Mensch immer irgendwo dazwischen sitzt, weil ihm Ewigkeit leider oder Gott sei Dank nicht gegeben ist. Klar?«

Ich seufze.

»Und das soll ich Frau Trauman sagen?«

»Mit sowas würdest du sie sicherlich fertigmachen.« Kasia lacht. »Und dann mußt du noch sagen, daß der Mensch allein lebt und allein stirbt.«

Sie gibt mir das Buch wieder, setzt die Kopfhörer auf und beginnt, an den Knöpfen zu drehen. Ich gehe zum Schreibtisch zurück. Der Mensch sitzt immer irgendwo dazwischen, weil ihm Ewigkeit leider oder Gott sei Dank nicht gegeben ist. Man lebt allein und stirbt allein.

Und das ist wahr: Wenn man zu langsam liest, versteht man nichts. Als ich in der ersten Klasse lesen lernte, hatte ich, bevor ich die Buchstaben zum dritten Wort zusammengesetzt hatte, das erste schon vergessen.

Ich schaue mir das Buch von Pascal an. Auf der ersten Seite steht: »PARIS«.

Das ist bestimmt Französisch. Ich nehme ein anderes Buch. Wenn man es von der Seite anschaut, sind alle Seiten rot. Ich öffne es: Innen sind sie weiß. Und wieder »PARIS«.

Man lebt allein und stirbt allein. Wenn man einsam ist?

Dieses Paris verfolgt mich richtig. Gestern hat Ewa Bogdaj davon gesprochen. Daß ich sicherlich aus Paris käme. Dann sagt Kawczak, daß wir gerade in Paris sind. Und jetzt diese Bücher, alle aus Paris. Was wollte ich Kawczak noch fragen? ...

Da, was für eine hübsche kleine Figur. Ich nehme sie und stelle sie gleich wieder weg. Wische mir die Hand am Pullover ab. Ein richtiger Schauder ist mir über den Rücken gelaufen. Als hätte ich einen schwarzen Blutegel in die Hand genommen. Ein Teufelchen, ekelhaft, pfui! Kasia – hat sie gerade was gesagt? Ich drehe mich um. Nein, nicht zu mir. Sie hat sich über den Tisch mit den Knöpfen gebeugt und summt etwas. Sie ist wohl immer allein zu Hause, wie gestern. Ich habe bisher weder ihre Mutter noch ihren Vater gesehen. Bin gespannt, wie sie aussehen und wem Kasia mehr gleicht. Ich gleiche mehr der Mama, als sie noch jung war.

»Komm schnell her«, sagt Kasia. Sie hält mir das Mikrophon vor den Mund und sagt: »Ich brauche Lachen. Lach mal, aber laut.«

»Ich weiß nicht«, sage ich, »ich hab noch nie in ein Mikrophon gelacht.«

»Dann versuch's mal.«

»Irgendwie habe ich keine Lust zu lachen.«

»Erinnere dich an was Lustiges.«

Was Lustiges ... was war denn so lustig? Einmal hat mein Patenonkel eine Maske mitgebracht. Ein Affengesicht. Furchtbar komisch. Er setzte sie sich auf und begann, wie ein Affe herumzuspringen und mit den Armen zu fuchteln. Alle platzten vor Lachen. Dann hat Tadzio die Maske aufgesetzt und ist in den Garten gelaufen, und wir haben aus dem Fenster zugeschaut.

Frau Kamińska zog gerade Radieschen. Tadzio ist aus dem Gebüsch gesprungen und hat »Huuuuh!« geschrien. Frau Kamińska ist auf und davon. Später hat sie gesagt, es sei ein Wunder gewesen, daß sie nicht tot umgefallen ist, als sie die Fratze gesehen hat. Das hat ihr natürlich niemand geglaubt, und wir haben den Mund gehalten. Aber das ist alles lange her.

»Und?« fragt Kasia.

»Ja«, sage ich und beginne zu lachen, aber irgendwie traurig und ein bißchen steif.

»Schau mich mal an«, sagt Kasia. Sie zieht eine unheimlich komische Grimasse und wackelt mit dem Kopf. Und schon pruste ich los. Als sie den Tonbandknopf drückt, ist das Lachen sofort weg. Kasia lispelt mit dünnem Stimmchen:

»Und jetzt wild Fläulein Malie vol Ihnen auftleten, ein Plofi im Kicheln.«

Sie glotzt mich mit ihren Äuglein an, und ich muß wirklich lachen, ich lache und lache, Kasia nimmt es auf... Plötzlich klingelt es. Kasia schaut auf die Uhr.

»Das ist sicher Fräulein Zenobia«, sagt sie. »Hat bestimmt den Schlüssel vergessen.«

Es klingelt erneut. Kasia läuft zur Tür, ich höre, wie sie öffnet. Irgendeine bekannte Stimme sagt:

»Guten Tag, Kasia, ist deine Mutter da?«

»Tut mir leid«, antwortet Kasia. »Mama kommt heute erst spät zurück.«

»Willst du mich nicht hereinlassen?« fragt die Stimme, und erst jetzt erkenne ich sie. Es ist Frau Turska, unsere Klassenlehrerin.

»Aber bitte sehr«, sagt Kasia. Ich höre wieder die Tür, dann wieder Frau Turska: »Vielleicht können wir ein wenig in Ruhe miteinander reden?«

»Gern«, sagt Kasia. Und was passiert, wenn die Lehrerin mich hier sieht? Sie sagt bestimmt, ich soll gehen, dabei war es gerade so schön. Aber ich geh nicht.

Ich verstecke mich hinter dem Vorhang am Fenster. Ich höre sie ins Zimmer kommen. Gleich wird Kasia nach mir rufen, dann bin ich die Dumme, wenn ich hinter dem Vorhang vorkommen muß. Ich hab's: Ich tu einfach so, als hätten wir gerade Verstecken gespielt.

Ich stehe da und wage kaum zu atmen.

»Das ist also dein Königreich?« höre ich die Stimme der Lehrerin. Gleich danach Kasias Lachen und ihre Stimme:

»Wenn schon, dann eher ein kleines ruiniertes Fürstentum. Möchten Sie Kaffee? Oder vielleicht Tee?«

»Ach«, sagt die Lehrerin, »einen Kaffee würde ich gerne trinken.«

»Kommt gleich«, sagt Kasia, ich höre sie hinausgehen. Und die Lehrerin durchs Zimmer laufen.

Und wenn sie zum Fenster kommt?

Sie hustet. Weit weg von mir. Ich schaue nach unten, ob meine Füße nicht zufällig zu sehen sind, aber der Vorhang ist lang genug und liegt auf dem Teppich auf.

Kasias Schritte und ein leises Klirren.

»Was, so schnell?« wundert sich die Lehrerin.

»Aus der Thermoskanne«, erklärt Kasia. »Geht das auch?«

»Natürlich«, sagt die Lehrerin. Hauptsache, Kasia sucht nicht nach mir. In der Fensterscheibe sehe ich das Spiegelbild von Frau Turska und Kasia. Undeutlich, weil hinter dem Fenster Häuser sind.

Ich sehe, wie Kasia das Tablett mit den Tassen auf das Tischchen neben dem Sofa stellt. »Bitte«, sagt sie. Die Lehrerin setzt sich, Kasia setzt sich. Sie schiebt der Lehrerin die Zuckerdose zu, die nimmt zwei Löffel und rührt um. Dann schiebt sie die Zuckerdose zu Kasia.

»Danke, ich nehme keinen Zucker«, sagt Kasia. Die Lehrerin hebt die Tasse zum Mund, trinkt einen Schluck. Ich schaue hinaus … auf dem Dach des Nachbarhauses läuft ein Schornsteinfeger. Und ich habe keinen einzigen Knopf, an dem ich mich festhalten kann, die Bluse hat einen Gummibund, und der Rock Haken und Öse.

»Sehr schön hast du es hier«, sagt die Lehrerin.

»Danke«, sagt Kasia. Sie seufzt laut. Die Lehrerin seufzt ebenfalls. Beide lachen.

»Bei ernsthaften Gesprächen weiß man nie, wie man anfangen soll«, sagt Kasia.

»Dann werde ich mal damit anfangen, Kasia«, sagt die Lehrerin, »daß ich dich sehr gerne habe. Und wenn ich dir gleich etwas Unangenehmes sage, dann nur zu deinem Besten.«

»Und ich habe Sie auch gern«, sagt Kasia. »Sie sind eine sehr nette, ausgeglichene, elegante Frau. Und ich bin, wie Sie sehen, nur ein junges, unausgeglichenes, zerzaustes Mädchen, dem es sehr leid tut, daß es solchen Mist gebaut hat. Ich lege die symbolische Hand auf das symbolische Herz und entschuldige mich.«

Die Lehrerin lacht.

»Schön hast du das gesagt.«

Und Kasia: »Ich nehme mir immer wieder vor, mich nicht mehr ins Weltgeschehen einzumischen, und vergesse es ständig.«

»Ja, ich weiß, wie schwierig das ist«, sagt die Lehrerin. »Manchmal habe ich dieses Problem auch. Man möchte alles sagen, aber man ist erwachsen und lebt unter Menschen.«

»Ich verspreche Ihnen, es zu üben«, sagt Kasia. »Ich werde mit einer Flasche Wasser herumlaufen. Wenn sich etwas ankündigt, nehme ich einen Schluck und halte ihn so lange im Mund, bis die Zunge sich beruhigt.«

Sie lachen wieder. Wie schön sie miteinander reden. Unsere Klassenlehrerin ist wirklich prima.

»Schau, ich mach mir große Sorgen um dich«, sagt sie. »Ich erinnere mich noch, du warst so ein fröhliches Kind ...«

»Genau«, unterbricht Kasia sie. »Ich war so glücklich und so fröhlich wie die Mädchen in der Sowjetunion.«

»Spotte nicht. Immer wenn ich zu euch in die Stunde kam, habe ich mich gefreut, dein fröhliches Gesicht zu sehen.«

»Tja«, sagt Kasia, »angeblich bin ich ja gerade in der Pubertät. In der von überall her seltsame Fragen in das Kinderköpfchen kommen, auf die es fast nirgends eine Antwort gibt.«

»Das stimmt«, sagt die Lehrerin. »Aber ich verspreche dir, ich weiß es aus eigener Erfahrung, daß auch wieder die Zeit kommt, in der du auf all deine Fragen Antworten finden wirst.«

»Ich bin mir da nicht so sicher«, sagt Kasia.

»Man muß einfach leben und sich darüber freuen, was jeder neue Tag uns bringt«, sagt die Lehrerin.

»Ich freue mich ja, aber auf meine Art.«

»Ich weiß«, sagt die Lehrerin. »Du interessierst dich für Musik, du hast Talent. Ich beneide dich sehr, es ist wunderbar, Talent zu haben. Es ist eine große Gabe.«

»Ich würde eher sagen, es ist furchtbar, Talent zu haben.«

»Das verstehe ich nicht. Warum?«

»Ich mag dieses Wort nicht, es ist so oberflächlich, aber gut, lassen wir es beim Talent«, sagt Kasia. »Wissen Sie, was das ist? Es ist wie etwas, das man immer wieder aufkratzen muß.«

»Warum denn aufkratzen«, wundert sich die Lehrerin.

»Sonst würde es verheilen.«

»Ich kenne mich da nicht so aus, ich unterrichte schließlich Biologie. Aber wenn es nach meinem bescheidenen Verstand ginge, wäre ich, wenn ich Talent hätte, sehr, sehr glücklich. Etwas tun, was nur wenige können . . .«

»Sie haben recht«, sagt Kasia in einem seltsamen Ton. »Es ist herrlich, in der Minderheit zu sein.«

»Na siehst du.«

»Vielleicht bin ich noch zu kindlich und mache aus einer Mücke einen Elefanten«, sagt Kasia lachend. »Ekelhaft, sich mit dem eigenen Leiden so aufzublasen. Ich ekle mich richtig vor mir.«

»Sag so was nicht. Du bist ein wundervolles, kluges Mädchen, und für dein Alter ziemlich intelligent. Wahrscheinlich wirst du mal berühmt werden, da bin ich mir fast sicher. Aber begreif bitte mal, Kindchen, daß alles seine Zeit hat. Jetzt gehst du in die Hauptschule, dann kommt das Gymnasium, dann das Studium. Ein paar Jahre lang wirst du die Schule und deine außerschulischen Interessen noch miteinander verbinden müssen. Wir lassen dir ohnehin schon viel durchgehen. Ich habe ausgerechnet, daß du von den einhundertzweiundneunzig Tagen seit Anfang des Schuljahres siebenundachtzig gefehlt hast, also beinahe die Hälfte. Und nur ein einziges Mal hast du ein Attest mitgebracht.«

»Das wäre doch lächerlich«, sagt Kasia. »Sie wissen doch, wo meine Mutter arbeitet. Und ich kenne alle ihre Kollegen und Kolleginnen.«

»Ich weiß, was du sagen willst, Kasia, aber diese Tage sind unentschuldigt. Ich müßte dir eigentlich eine schlechtere Note in Betragen geben. In jeder Lehrerkonferenz habe ich deshalb Streit mit dem Direktor.«

»Aber ich lerne doch meine Sachen. Habe ich ein einziges Mal eine Sechs bekommen?«

»Begreif doch, Statistik ist Statistik. Gar nicht davon zu reden, daß du anderen Schülern ein schlechtes Beispiel gibst.«

»Ich weiß, das haben Sie mir schon mal gesagt.«

»Siehst du«, sagt die Lehrerin. »Versprich mir, daß du bis zum Ende des Schuljahres, das sind nur noch zwei Monate, täglich zur Schule kommst.«

»Ich verspreche es Ihnen«, sagt Kasia. »Aber bitte, nehmen Sie es nicht so wichtig. Ich kann eine Vier in Betragen verkraften.«

»Mit einer Vier in Betragen wirst du ein Problem haben, aufs Gymnasium zu kommen. Schüler, die unregelmäßig zur Schule kommen, sind nicht sehr gefragt. Ich weiß schon, was ich sage.«

»Es verlangt doch niemand, daß die mich mögen. Ich gehe nicht aufs Gymnasium. Mama hat versprochen, daß sie mich mit der Schule in Ruhe lassen wird. Die Hauptschule ist Pflicht, in Ordnung, ich zieh das durch, weil ich Polizisten nicht mag. Aber damit ist meine Ausbildung zu Ende.«

»Mach keine Witze«, sagt die Lehrerin.

»Ich meine es ganz ernst.«

»Und was willst du ohne Abitur anfangen?«

»Soll sich doch das Abitur überlegen, was es ohne mich tun wird.«

»Nein, Kasia«, sagt die Lehrerin, und ihre Stimme ist jetzt lauter. »Du machst Witzchen. Die Schule vermittelt Grundlagen, Dinge, die für alle sehr wichtig sind.«

»Na eben. Ich habe Lesen und Schreiben gelernt. Das reicht mir.«

»Jetzt wirst du kindisch«, sagt die Lehrerin. »Du kannst zu Hause eine Million kluge Bücher lesen, aber wenn du keinen Hochschulabschluß hast, vom Abitur mal ganz abgesehen, bist du für die Leute ein Niemand. Verstehst du? Ein Niemand!«

»Ich will kein Jemand für irgendwelche Leute sein«, sagt Kasia. »Ich möchte jemand für mich selbst sein.«

»Dann sag mir bitte, warum alle klugen Leute zur Schule gegangen sind und studiert haben.«

»Was weiß denn ich? Da müssen Sie nicht mich fragen. Aber mein kindlicher Verstand sagt mir, daß es viel weniger kluge Menschen als Hochschulabsolventen gibt.«

Die Lehrerin beginnt wieder zu lachen. Und seufzt.

»Ach, Kasia, du wirst es schon noch begreifen. Hauptsache, es ist dann nicht zu spät.«

»Für mich ist es schon seit langem zu spät«, sagt Kasia.

»Lassen wir's mal gut sein«, sagt die Lehrerin. »Du bleibst doch nur bei deinem Standpunkt und ich bei meinem.«

Kasia seufzt gequält.

»Absolut wahr. Aber wer hat denn damit angefangen?«

Jetzt seufzt die Lehrerin gequält.

»Jemand muß dir mal ein paar Dinge genau erklären. Wenn ich deine Mutter wäre ...«

»Meine Mama ist auch sehr intelligent«, sagt Kasia. »Das können Sie mir glauben.«

Die Lehrerin lacht. »Und was sagt sie dazu?«

»Ungefähr das gleiche wie Sie. Sie hat's eigentlich schon aufgegeben.«

»Das wundert mich nicht. Sag mal, hat es irgendwann mal jemanden gegeben, der dich von etwas überzeugt hat?«

»Ich versteh nicht, warum mich jemand von was überzeugen soll«, sagt Kasia. »Jeder hat doch sein eigenes Leben und seinen eigenen Verstand. Es weiß doch eh niemand, was für ihn gut ist und was schlecht. Ich denke oft darüber nach. Man macht was Schlaues, und es kommt etwas Dummes dabei heraus ... Nehmen wir zum Beispiel die Menschheit. Millionen von Doktoren, unendlich viele Professoren. Und was kommt dabei heraus für diesen Planeten?«

»Du hast völlig recht«, sagt die Lehrerin. »Aber wir reden hier weder über Ökologie noch über Philosophie. Wir reden über dich und die Schule.«

»Alles ist Ökologie und Philosophie.« Kasia streckt sich. »Mir kommt das alles lächerlich vor, weil sich doch nichts ändert.« Sie lacht. »Was würden Sie tun, wenn ich versuche, Sie von meiner Denkweise zu überzeugen?«

»Wenn du gute Argumente hast«, sagt die Lehrerin, »probier's.«

»Gut«, sagt Kasia. »Dann beantworten Sie mir bitte eine einfache Frage.«

»Ich höre«, sagt die Lehrerin.

»Sind Sie glücklich?« fragt Kasia.

»Ich? Doch, ich bin glücklich.«

»Sie lügen«, sagt Kasia. »Wie kann man glücklich sein, wenn man sich vor dem eigenen Ehemann ekelt?«

Oh Gott, was erzählt sie denn da.

»Woher hast du das denn?« Die Stimme der Lehrerin klingt angestrengt. Kasia lacht leise.

»Das ist mein Geheimnis«, sagt sie. »Nehmen wir mal an, daß ich es in Ihren Augen gelesen habe. Sie haben aus Resignation geheiratet, weil Sie ein Kind, eine Familie haben wollten ... Und jetzt haben Sie sie und sind gar nicht glücklich.«

»Du bist ungezogen«, sagt die Lehrerin. »Wir beenden dieses Gespräch jetzt wohl besser.«

»Eine Sekunde noch. Sie hassen auch Ihre Arbeit. Die Arbeit mit Kindern strengt Sie an. Jeder Tag ist für Sie eine Qual. Sie können dieses Geschrei und die Langeweile der ewigen Wiederholungen nicht ertragen. Hab ich recht?«

»Kasia«, sagt die Lehrerin laut, »ich muß dich darauf aufmerksam machen, daß du dich wie der letzte Rüpel benimmst.«

»Meinetwegen bin ich ein Rüpel«, sagt Kasia. »Dafür bist du eine Betrügerin. Du bist auf eine ziemlich üble Art unehrlich, weil du mit dir selbst unehrlich bist!«

Frau Turska steht mit einem Ruck auf.

»Hör sofort auf mit diesem ›du‹, du Rotzgöre!« Sie ist völlig aus dem Gleichgewicht.

»Willst du mir damit sagen, daß wir keine Brüderschaft getrunken haben?« fragt Kasia. Die Lehrerin holt zum Schlag aus, aber Kasia springt blitzschnell auf, packt die Lehrerin bei der Hand und schubst sie aufs Sofa. Ich kaue hinter dem Vorhang vor Aufregung an meinen Fingernägeln.

»Bleib sitzen und hör zu. Ich bin noch nicht fertig!« befiehlt Kasia. »Wie du siehst, bin ich stärker als du.«

»Du bist wohl nicht ganz normal«, keucht die Lehrerin. »Ich werde schreien!«

Kasia schnipst mit den Fingern.

»Bitte sehr, ich höre mit Freuden zu. Das Zimmer ist schalldicht, niemand außer mir wird dich hören. Und ich bin doch verrückt, ich kann dich ruhig umbringen. Schrei nur.«

»Kind! Beruhige dich!« sagt die Lehrerin. »Beruhige dich, bitte.«

»Beruhige du dich doch«, sagt Kasia.

»Weißt du überhaupt, was du da tust?«

»Na klar«, sagt Kasia, über die Lehrerin gebeugt. »Wir plaudern ein bißchen. Erst über mich, jetzt über dich.«

»Kasia«, sagt die Lehrerin. »Ich bin deine Klassenlehrerin. Vergiß das nicht.«

»Versuch das mal für fünf Minuten zu vergessen. Stell dir vor, es sind zehn Jahre vergangen, wir sind beide erwachsen und sprechen wie Freundinnen miteinander.«

»Gut, von mir aus, aber bitte ganz ruhig!«

»Ich bin ganz ruhig«, sagt Kasia und setzt sich. Sie nimmt die Kaffeetasse. »Darf ich dich mit deinem Vornamen ansprechen?«

»Bitte sehr. Ich heiße Anna.«

»Also hör mal, meine kleine, süße Anna«, säuselt Kasia zärtlich und lacht leise.

Die Lehrerin seufzt wieder.

»Ich bin wohl auch nicht normal«, sagt sie.

»Du hast versucht, mich davon zu überzeugen«, sagt Kasia, »daß ich mich den herrschenden Regeln anpassen muß. Natürlich hast du dabei mein Bestes im Sinn, stimmt's?«

»Ja, Kasieńka«, sagt die Lehrerin. »Ich möchte dir Enttäuschungen ersparen. Schwarze Schafe haben es nicht leicht im Leben.«

»Woher weißt du denn, was schwarze Schafe für ein Leben haben, wenn du selbst keins bist?« fragt Kasia. »Und was heißt schon leichtes Leben? Weißt du, was Glück ist? Glück ist Einheit mit sich selbst, die Harmonie der Dämonen. Nur das wollte ich dir sagen, aber du hast dich sofort aufgeregt.«

»Weil du in meinem Privatleben herumtrampelst.«

»Worüber soll ich denn sonst reden? Über die sozialpolitischen Beziehungen im Portugal des sechzehnten Jahrhunderts? Oder hätte ich lieber was über dein Kleid sagen sollen? Dein Kleid ist sehr hübsch, nichts dagegen zu sagen. Wir haben darüber gesprochen, wie man leben soll, wie man glücklich werden kann, und deswegen wollte ich dir zeigen, wohin der Weg eines weißen Schafes führt. Denn du hältst dich doch für ein weißes Schaf, oder?«

»Nur zu«, sagt die Lehrerin leise. »Ich höre dir aufmerksam zu.«

»Sag mir zuerst, ob du glücklich bist in deiner Ehe?«

»Bin ich nicht«, sagt die Lehrerin. »Du bist ziemlich gut informiert. Und die Schule geht mir auch auf die Nerven. Und was folgt daraus?«

»Warum läßt du nicht einfach alles sausen?«

»Gut«, sagt die Lehrerin. »Tun wir einfach mal so: Ich verlasse meinen Mann, mein Zuhause, meine Arbeit. Und wo soll ich dann hin? Auf die Straße? Glaubst du, das Glück wartet an der nächsten Straßenecke?«

»Willst du dich bis zum Ende deines Lebens weiter so quälen?«

»Höchstwahrscheinlich ja. Das ist so gut wie sicher.«

»Das verstehe ich nicht«, sagt Kasia. »Man hat nur ein Leben. Und die moralische Pflicht – du bist doch eine Masochistin, oder?«

Sie schauen sich schweigend an. Und ich beobachte sie heimlich im Fenster und habe ein schreckliches Kratzen im Hals, aber ich kann doch jetzt unmöglich husten. Das Schweigen hält an. Endlich sagt die Lehrerin:

»Die moralische Pflicht eines Lebens im Glück ... ein sehr interessantes Postulat.«

»Ich habe das Wort ›Glück‹ nicht benutzt«, sagt Kasia.

»Ja, ja ...« Die Lehrerin seufzt aus tiefster Seele. »Wenn man jung ist, hat man große Pläne für sein Leben. Und dann kommt dieses Leben, und es ist so, wie es ist. Man muß jeden Tag aufstehen und das tun, was zu tun ist ...«

»Was zu tun ist?«

»Das verstehst du vielleicht irgendwann einmal ... Als ich die Aufnahmeprüfungen für das Biologiestudium machte, wollte ich eine große Wissenschaftlerin werden, ich wollte ganz neue Gesetze entdecken, die die Natur regieren ...«

»Und?«

»Nichts und. Ich habe mich anstrengen müssen, um das Abschlußexamen zu schaffen. Ich hatte damals andere Dinge im Kopf. Ich war verliebt bis über beide Ohren. Nur umgekehrt war es nicht so. Ich habe ihn angefleht, ich hab alles versucht, doch er hat mich verlassen. Es wurde alles vollkommen sinnlos. Schau mal.« Die Lehrerin schiebt ihren Ärmel zurück und zeigt Kasia das Handgelenk. »Wenn meine Freundin, mit der ich das Studentenzimmer geteilt habe, nicht ein bißchen früher gekommen wäre ...«

Kasia nimmt ihre Hand und drückt sie an ihr Gesicht. Sie küßt sie.

»Liebchen«, sagt sie leise. Die Lehrerin umarmt sie. Sie sitzen schweigend aneinandergedrückt da, und ich halte es nicht mehr aus. Gott im Himmel, hilf mir, tu was, damit ich husten kann, sonst werde ich auf der Stelle verrückt, es kratzt höllisch. Wenn die Lehrerin doch endlich gehen oder wenigstens ein Blitz einschlagen würde!

Neben dem Schornstein auf dem Dach gegenüber taucht wieder der Schornsteinfeger auf. Er kann dort soviel husten, wie er will. Wenn ich jetzt doch nur mit ihm tauschen könnte. Wenn ich auf der Stelle loshusten könnte, würde ich dafür sogar freiwillig vom Dach runterfallen. Ich halte es nicht mehr aus. Aber ich muß es aushalten, ich muß, ich muß.

Die Lehrerin sagt leise:

»Wenn Anton nicht gewesen wäre, wenn er sich damals nicht um mich gekümmert hätte, hätte ich's nochmal gemacht.«

»Anton ist dein Mann?« fragt Kasia.

»Ja. Er liebt mich wirklich, und wir haben einen wundervollen Sohn ...«

»Ich bin doch zu blöd«, sagt Kasia. »Seien Sie mir nicht böse. Sie wissen doch, daß ich manchmal ein bißchen daneben bin.«

»Ich bin dir nicht böse«, sagt die Lehrerin. »Ich mag dich sehr, Kasia. Früher war ich auch so wie du. Na, und wir haben uns ein bißchen unterhalten. Ich muß jetzt gehen.«

Sie stehen vom Sofa auf.

Geht das nicht auch etwas schneller! Raus mit ihnen! Gleich fang ich an zu husten, und alles fliegt auf.

»Nehmen Sie's mir bitte nicht übel«, sagt Kasia.

»Schon gut«, sagt die Lehrerin und küßt Kasia auf die Wange. »Hauptsache, du kommst jeden Tag in die Schule und hütest ein wenig deine Zunge. Versprichst du mir das?«

»Ich verspreche es«, antwortet Kasia. Sie gehen aus dem Zimmer, ich höre, wie die Wohnungstür zufällt. Seltsam, auf einmal muß ich nicht mehr husten. Kasia kommt zurück.

»Mienchen, wo bist du?« fragt sie laut. Ich schiebe mich hinter dem Vorhang hervor. Ich komme mir blöd vor, weil ich gelauscht habe, aber Kasia lächelt mich an. Sie fächelt mit der Hand vor ihrem Gesicht.

»Mach das Fenster auf«, sagt sie. »Was für ein ekelhaftes Parfum. Diese Tussi muß einen ganzen Tankwagen über sich ausgekippt haben. Glaub mir, es stinkt nach Schule.«

Ich öffne das Fenster.

»Hast du das Tonband eingeschaltet?« fragt Kasia.

»Ich?« wundere ich mich. »Nein ...«

Kasia hebt die Hände. Und ruft lachend:

»Weißt du, was passiert ist? Dieses ganze idiotische Geschwätz ist aufgenommen worden! Toll, ich höre es mir zu gern noch einmal an.«

Sie spult das Band zurück und drückt die Taste.

»Warum läßt du nicht einfach alles sausen?« ertönt Kasias Stimme aus den Lautsprechern. Und die Stimme der Lehrerin: »Gut, tun wir einfach mal so: Ich verlasse meinen Mann, mein Zuhause, meine Arbeit. Und wo soll ich dann hin? Auf die Straße? Glaubst du, das Glück wartet an der nächsten Straßenecke?«

Kasia schaltet das Tonband ab und sagt:

»Vielleicht würde sie es an der übernächsten oder überübernächsten finden. Ich bin doch wirklich zu blöd. Wie kann man eine Kuh zum Fliegen überreden wollen, wenn sie lebenslang nichts anderes macht als ihr Maul ins Gras zu stecken und zu kauen. Komm mit in die Küche, wir essen was, ich sterbe gleich vor Hunger. Fräulein Zenobia hat uns heute vollkommen im Stich gelassen.«

»Wer ist denn Fräulein Zenobia?«

»Unsere Luxushaushälterin, die für uns kocht. Ich habe keine Ahnung, was mit ihr los ist. Vielleicht ist die arme Oma unter die Räder gekommen?«

Kasia grinst. Und ich sage:

»Darf ich an deinen Knopf fassen?«

»Bitte sehr«, antwortet Kasia. »Und wozu soll das gut sein?«

Ich fasse ihren Knopf an und zeige mit der anderen Hand zum Fenster. Auf dem Dach des Hauses gegenüber spazieren nun zwei Schornsteinfeger herum.

Wir sitzen am Küchentisch und essen belegte Brote. Ich eins

mit Schinken, Kasia eins mit Käse, weil sie keinen Schinken mag. Wie kann man Schinken nicht mögen? Und obendrein noch mit Tomaten und Gurken.

Zu trinken gibt es Orangensaft aus der Dose.

»Ich hab was Interessantes entdeckt«, sagt Kasia. »Wenn ich mit jemandem rede, der dumm ist, werde ich sofort noch dümmer.«

Offensichtlich habe ich gerade das Gesicht verzogen, weil Kasia mich anschaut und sagt:

»Du nicht. Du hast es noch nicht geschafft, dumm zu werden. Ich meine diese arme Verrückte, die mit ihrem eigenen Leben nicht zurechtkommt, sich aber in ein fremdes einmischen will.«

Sie krempelt den Blusenärmel auf und zeigt mit dem Finger aufs Handgelenk.

»Schau doch, Kind, diese breite, blutige Narbe«, sagt sie laut und theatralisch. »Das ist das Andenken an meine unglückliche Liebe. Wenn Anton nicht gewesen wäre, würde meine fette Leiche schon längst im Grabe vermodern!«

Kasia lacht. Ich sage nichts. Sie wird wieder ernst.

»Hast du dich etwa von diesem Pulsaderaufschneiden beeindrucken lassen?«

»Kann doch sein, daß sie's wirklich getan hat«, sage ich leise.

»Und wenn schon. Ich war einmal bei Mama im Notdienst. Innerhalb einer Nacht hatten sie drei solche Fälle. Das heißt heute emotionale Erpressung. Wenn du mich verläßt, bringe ich mich um. Der Kerl hatte Glück, daß er sie verlassen hat. Ein ganzes Leben lang so eine unerwachsene Gans am Hals zu haben … Fürchterlich. Für dich bin ich jetzt wahrscheinlich ein hundsgemeines Schwein.«

»Bist du nicht«, sage ich ganz leise.

»Brauchst kein Mitleid mit ihr zu haben«, sagt Kasia. »Du wirst sehen, sie wird mich hassen. Nein, sie haßt mich schon jetzt, in diesem Augenblick.«

»Sie war doch sehr nett, als ihr euch verabschiedet habt.«

»Weil sie da noch nicht kapiert hatte, daß sie sich hat reinlegen lassen. Und von wem? Von irgendeiner neunmalschlauen Rotzgöre. Ich könnte jetzt jeden Tag zur Schule kommen und nach dem Unterricht eine Stunde lang fegen, Blumen gießen und mit der Zunge die Tafel ablecken, und du wirst sehen, daß ich trotzdem eine Vier in Betragen kriege. Frau Turska wird schon dafür sorgen. Glaubst du mir etwa nicht?«

Ich sage nichts.

»Ich zeig dir mein Zeugnis, dann siehst du's selber«, sagt Kasia. Sie schaut mich an, als warte sie darauf, daß ich etwas sage. Aber was soll ich denn sagen? Ich schaue auf meinen Teller. Plötzlich schiebt Kasia ihren Stuhl nach hinten. Steht auf. Wirft ihr belegtes Brot in die Spüle und geht zum Fenster. Sie bleibt dort stehen und dreht mir den Rücken zu.

»Kasia«, sage ich leise. Sie schüttelt den Kopf.

»Scheiße«, sagt sie. »Eine einzige, riesige, ekelhafte Scheiße. Und ich habe mich auch noch selbst damit beschmiert, weil ich daran glauben wollte, daß es nicht so ist, daß es anders sein kann. Eine stinkende Scheiße ist das alles.«

Sie spuckt auf die Fensterscheibe, dreht sich um, schaut mich an.

»Ich dachte, daß wenigstens du anders bist«, sagt sie laut, »aber du bist genauso. Wenn du mich so nicht magst, dann geh! Hau ab, ich brauch niemand.«

Ich lege mein belegtes Brot auf den Teller.

»Muß ja nicht gleich sein«, sagt sie. »Iß erstmal auf.«

Ich sitze mit gesenktem Kopf am Tisch und meine Tränen, tropf, tropf, landen auf dem Teller. Ich hab doch nichts Böses gesagt. Ich spüre, daß Kasia mich umarmt.

»Meine Kleine! Entschuldige. Ich bin gemein. Wirklich, ich wollte es nicht ... Entschuldige. Bitte.«

Ich will sagen, daß ich ihr nicht böse bin, daß sie lieb ist, aber ich kann nicht, weil ich einfach heulen muß.

»Mienchen, wein nicht, ich hab doch nur dich auf dieser Welt«, bittet Kasia und küßt mich auf das nasse Gesicht. Meine Nase läuft, doch das stört sie nicht, sie küßt mich. »Kannst du mir verzeihen?« flüstert sie.

»Ja«, sage ich. Ich sehe, daß auch sie Tränen in den Augen hat.

»Mein liebstes, süßestes Schwesterchen«, flüstert sie. Wie gut ihr Haar riecht. Noch besser als eine gemähte Wiese, wenn die Sonne draufscheint. In den Armen von jemand zu heulen, den man gern hat, ist das allerschönste.

»Weine nicht, ich flehe dich an.«

Sie läßt mich los und nimmt ein Messer vom Tisch.

»Wenn du nicht aufhörst«, sagt sie, »schneide ich mir mit diesem Messer die Zunge ab.« Sie faßt mit den Fingern der linken Hand ihre Zunge und legt die Klinge daran. Ich wische mir schnell die Tränen weg.

»Ich weine nicht mehr«, sage ich. Kasia läßt ihre Zunge los und sagt:

»Glück gehabt. Du hättest sonst nämlich ein mit Zunge belegtes Brot essen müssen. Aber vielleicht hast du das ja ganz besonders gern?«

Ich lache.

»Das nennt man heute emotionale Erpressung«, sage ich.

Nun muß auch Kasia lachen. Sie legt das Messer beiseite und setzt sich mir gegenüber.

»Wir sind ganz schöne Heulsusen«, sagt sie. »Gestern haben wir geweint, heute haben wir auch geweint, wenn das so weitergeht, werden wir in spätestens einer Woche … Die neuesten Nachrichten!« ruft sie und hält die Hände wie einen Trichter vor den Mund. »Zwei Heulsusen in einem Meer von Tränen ertrunken!«

»Aber gelacht haben wir noch mehr«, sage ich. »Gestern und heute.«

»Und morgen und übermorgen«, sagt Kasia. »Tatsächlich. Entweder wir lachen oder wir heulen. Ich finde das toll mit uns beiden. Weil ich felsenfest glaube, daß sich der Mensch, wenn er weint oder lacht, mit etwas … Ach was, ich werd dir doch jetzt nicht damit kommen.«

»Sag's doch.«

»Vielleicht ein anderes Mal«, sagt Kasia. »Mienchen …«

»Was?«

»Ich habe eine große Bitte an dich.«

»Und das wäre?«

»Schwör mir, daß du mich nie hassen wirst.«

»Ich schwöre es«, sage ich.

Kasia wird ernst.

»Du schwörst bei allem, was dir wichtig ist?« fragt sie.

»Bei allem.«

»Und du weißt, was in das Wort ›alles‹ alles hineinpaßt?«

»Klar, weiß ich das«, sage ich. »Alles.«

»Aber es ist ein zu abstraktes Wort«, sagt Kasia. »Schwöre lieber beim Leben von jemand, den du am meisten auf der Welt liebst.«

Ich weiß, daß ich sie niemals hassen werde. Ich hebe die Hand, spüre dabei, wie mein Herz schlägt, und sage:

»Ich schwöre beim Leben von Zenuś.«

»Ist das dein Brüderchen, der kleine, der noch im Kinderwagen liegt?« fragt Kasia.

»Ja.«

»Danke«, sagt Kasia leise. »Das werde ich dir nie vergessen.«

Sie legt ihre Hände vors Gesicht und sitzt einen langen Augenblick schweigend da. Unbeweglich. In der Wohnung ist es still. Nur weit weg tickt etwas ganz leise. Kasia nimmt die Hände vom Gesicht und schaut mich an. Ihre Augen glänzen.

»Ich hab kein Recht, diesen Schwur einfach so anzunehmen«, sagt sie. Sie ist sehr ernst. »Dafür werde ich dich retten, Schwesterchen.«

»Wovor?« frage ich.

»Vor dem Königreich der Armen, vor dem Himmel für die Unschuldigen«, sagt sie feierlich. »Ich verspreche dir, du kommst direkt in die Hölle.«

Ich wache auf, schaue mich um ... Über mir ist ein Baldachin. Ich liege in Kasias Bett in Kasias Zimmer ... Sie sitzt neben mir. Sie legt mir ein nasses Handtuch auf den Kopf.

»Was ist los?« frage ich.

»Ach Mienchen, ich habe mir solche Sorgen gemacht.«

»Was ist denn passiert?«

»Ich weiß es nicht«, sagt sie. »Wir haben in der Küche gesessen. Und plötzlich bist du umgekippt. Ich habe dich hierher getragen. Gerade wollte ich Mama anrufen, damit sie mit dem Krankenwagen kommt.«

Ich will mich aufsetzen, doch Kasia hält mich an den Schultern fest.

»Nein«, sagt sie, »bleib noch ein bißchen liegen. Du bist noch ganz blaß. Hast du so was öfter?«

»Ich war noch nie ohnmächtig«, sage ich.

»Du mußt unbedingt noch ein bißchen liegen bleiben.«

Also bleibe ich liegen. Kasia sitzt auf dem Bettrand, schaut mich an und ist traurig. Ich schließe die Augen. Ich mache ihr ständig Scherereien. Nur gut, daß sie ihre Mutter noch nicht angerufen hat.

Ich liege da und plötzlich, aus heiterem Himmel, fällt mir ein, wie ich einmal meine ganze Familie vor dem Tod gerettet habe.

Und das war so:

Ich hatte einen Traum. Ich träumte, ich sei im Vorraum eines Kinos. Alle warteten darauf, in den Saal eingelassen zu werden, aber noch ließ man uns nicht hinein. Alles war voller Leute, wir standen da und ... plötzlich ging die Tür auf und von draußen kam ein schreckliches Monster hereingestürzt. Alle schrien auf, und das Monster schnappte mit den Zähnen zu, verschlang den Kopf eines Mannes, knacks, knacks, und lief wieder hinaus. Und wir standen wieder da und warteten. Eine andere Tür ging auf. Wieder stürzte das Monster herein und starrte mich plötzlich direkt an. Ich wich zurück, das Monster schnappte sich eine Frau, ihr Kopf knackte in seinem Maul, und verschwand. Und wieder standen wir da und warteten auf Einlaß. Alle lachten, redeten und lutschten Bonbons, weil sie das Monster schon vergessen hatten, nur mir ging es nicht aus dem Kopf, weil ich wußte, daß es meinetwegen immer wieder hereingestürzt kam, daß es mich auffressen wollte und es nur ein Zufall war, daß es mich noch nicht verschlungen hatte.

Und wieder stürzte es herein, auch diesmal durch eine andere Tür. Es wollte mich packen. Ich hockte mich auf den Boden und versteckte mich hinter den Leuten. Es griff sich wahllos jemanden und verschwand. Ich drängelte mich zwischen den Menschen hindurch, blieb mit dem Rücken an einer Stelle der Wand stehen, wo es keine Tür gab. Hier konnte es mich nicht überraschen. Plötzlich ein Krachen, Getöse, Gepolter und dann eine gigantische Erschütterung. Ich sprang von der Wand weg. Dort klaffte nun ein großes Loch. Das Monster polterte herein, riß sein Maul auf, warf sich auf mich. Ich sprang zurück ... und wachte auf. Mein Kopf tat schrecklich weh, überall war Rauch, alles war schwarz vor Rauch.

Der Rauch kam aus dem Ofen. Wie durch ein Wunder gelang es mir, aus dem Bett zu kommen, alles um mich herum drehte sich, ich fiel hin. Ich kroch zum Fenster, schlug die Scheibe ein, schnappte nach Luft und versuchte, Papa und Mama zu wecken. Aber sie wachten nicht auf. Auch Tadzio und die Zwillinge waren nicht wachzukriegen. Sie kamen erst zu sich, als ich die Tür aufgemacht hatte. Es zog und wurde kalt. Alle hatten schreckliche Kopfschmerzen. Ich erzählte ihnen meinen Traum, und Mama sagte, daß wir dem Monster unser Leben zu verdanken hätten, denn wenn es mich nicht verfolgt hätte, wäre ich nicht aufgewacht und wir wären alle erstickt.

Dann dachte ich über die Angst nach, die ich damals vor dem Monster gehabt hatte, obwohl es doch mein bester Freund war und mich nur erschrecken wollte, damit ich aufwachte. Seinetwegen hatte alles ein gutes Ende genommen. Nur daß Mama damals schwanger war, und als Zenuś geboren wurde, stellte sich heraus, daß er blind war und es sein ganzes Leben lang bleiben würde. Er hat einen beschädigten Sehnerv, und es ist gut möglich, daß der Rauch aus dem Ofen schuld daran ist ...

Ich spüre, wie Kasia meine Hand streichelt.

Ich mache die Augen auf.

Ich schaue sie an. Ich bin irgendwie ganz leicht und fröhlich.

»Schon geht's mir wieder gut«, sage ich, und sie: »Das ist wunderbar.« Und ich: »Wie spät ist es?«

»Fünf vor vier.« Warum habe ich gefragt? Ich hab doch selbst eine Uhr. Auf der ist es Viertel nach vier. Geht sie vor? Ich muß sie stellen. Und ich muß nach Hause, habe aber keine Lust.

»Ich mache uns etwas Heißes zu trinken«, sagt Kasia.

»Ich will nichts trinken«, sage ich und setze mich auf. »Weißt du, was ich jetzt gerne tun würde?«

»Was?«

»Ein bißchen trommeln.« Ich zeige auf die Trommeln in der Ecke.

»Na, dann los«, sagt Kasia. »Tu dir keinen Zwang an.«

Ich setze mich auf den Hocker hinter die Trommeln und nehme die Stöcke, in jede Hand einen. »Da ist das Fußpedal«, sagt Kasia. Ich trete darauf, der Paukenschlegel schlägt mit seinem dicken Kopf auf die Baßtrommel.

Stille. Ich schlage mit den Stöcken leicht auf die Trommel direkt vor mir, sie springen von selbst wieder zurück, als wären es zwei dünne Eidechsen, die ich an den Schwänzen festhalte. Es klingt wie Regen, wie ein trockener Regen, ganz leicht und trocken, jeder Tropfen wie eine Rosine. In meinem Mund ist es süß. Plok plok plok. Die Erde braucht nicht Regen, sondern Hagel. Ich schlage immer schneller, immer stärker. Ich schlage mit ganzer Kraft. Kasia geht zum Klavier. Sie schlägt die Tasten an ... Aus den Lautsprechern kommt ein dünner Ton und beginnt, mein bum bum bum zu verfolgen. Ich schlage noch schneller, sause davon, und hinter mir, hinter meiner Trommel mit den zwei vorgespannten Eidechsen, fliegen die Töne von Katarzyna. Sie holen uns ein, drehen sich im Kreis und kichern.

Ich treibe meine zwei geflügelten Drachen an. Wir fliegen in die Lüfte, immer höher und höher. Ich schaue mich um ... Kasias Töne fliegen wie bunte Seifenblasen hinter mir her.

Ich habe keine Kraft mehr und setze mich auf eine Wolke.

Und dort, auf der anderen, sitzt Kasia. Sie wirft mit Seifenblasen nach mir, und ich schlage sie mit meinen Zauberstöckchen zurück. Jede Seifenblase gibt einen anderen Ton von sich, zerplatzt in schillernde Teilchen und fällt auf die Erde. Bald ist die ganze Erde bunt und glitzernd.

»Komm zu mir!« ruft Kasia von der anderen Wolke. Ich lege die Stöcke weg und laufe zu ihr. »Nimm den Yamaha«, sagt sie, »und ich setze mich an den Korg.«

Ich drücke eine Taste und da ... puieeee!

Ein Springbrunnen aus Gold und Silber schießt in die Höhe. Ich drücke die nächste Taste, der zweite Springbrunnen legt los, bald ist alles voller Fontänen, klingend und glänzend, alle meine Finger arbeiten, und jeder Finger arbeitet ganz für sich.

Springbrunnen, überall Springbrunnen, und alle gehören sie mir. Zwischen ihnen kurven lustige Bänder herum, Kasias Musik, die mit meiner spielt. Goldener und silberner Schaum, alles ist voll davon. Kasia schlägt den Schneebesen, es wird ein großer Baiserkuchen, er wächst bis zum Himmel und ist süß, knusprig und durchsichtig.

Herrlich, so Musik zu machen.

Ich komme nach Hause. Mama ist wütend, weil es schon nach sechs ist.

»Wo warst du?«

»Bei einer Freundin.«

»Ich werd dir deine Freundinnen noch zeigen! Du hast schon viel zu lange keine Tracht Prügel mehr gekriegt.«

Papa sitzt in der Küche und trinkt Obstsaft. »Tag, Papa«, sage ich und gehe in mein Zimmer, um die Schulbücher auszupacken. Mama kommt hinter mir her, und hinter ihr, in der Tür, stehen meine beiden Schwestern, Zosia und Krysia.

»Ich brauche Hilfe zu Hause, und keine mißratene Tochter«, sagt Mama. »Deinetwegen hat es kein Mittagessen gegeben, weil kein Gemüse mehr da war.«

»Ich konnte nicht früher kommen, es ging wirklich nicht.«

»Und warum, wenn ich fragen darf?«

»Wir haben … Musik gemacht und Musik gehört«, sage ich und komme mir ziemlich blöd und dämlich vor.

»Du wirst die Musik gleich hören, wenn ich dir was hinter die Ohren gebe!« Mama schlägt zu, es tut richtig weh, und dann sagt sie: »Was ist denn das, hast du etwa Papas Pullover an?«

»Ich hatte nichts anzuziehen für die Schule.«

»Und da mußtest du unbedingt diesen Pullover nehmen! Hast du das gehört, Vater?!«

»Was denn?« ruft Papa aus der Küche.

»Zieh deine Hose aus, deine Tochter hat nichts anzuziehen für die Schule!«

Zosia und Krysia kichern. Auch Mama muß lachen.

»Und was hast du denn da für eine Strumpfhose an?« Sie schaut auf meine Beine. »Zieh die sofort aus, aber schnell!«

Ich setze mich auf die Couch und ziehe die Strumpfhose aus.

»Ich hab sie dir nicht zum Rumlaufen gekauft«, sagt Mama, »sondern für den Schulabschluß und für die Prüfung an der Berufsschule.«

»Das ist doch erst im Juni«, sage ich, »und dann ist es bestimmt viel zu warm.«

»Letztes Jahr war es kalt, und in diesem kann es genauso sein.« Mama nimmt mir die Strumpfhose weg. »Zieh dich um, wir müssen die Vorhänge aufhängen. Man läuft hier ja rum wie in einem Aquarium.«

Ich hänge die Vorhänge im großen Zimmer auf. Zosia und Krysia helfen mir dabei, sie halten sie unten hoch, damit sie nicht schmutzig werden. Mama sitzt am Tisch, sieht mit einem Auge fern und achtet mit dem anderen darauf, daß ich keinen Fehler mache.

Papa schnarcht auf der Couch.

Zenuś spielt im Bettchen mit einer Rassel.

Als die Vorhänge und Gardinen hängen, springe ich vom Fensterbrett. Einen Augenblick später klopft es von unten. Wir schauen auf den Fußboden.

»Wer macht denn da solchen Krach?« fragt Mama.

»Der Nachbar von unten«, sage ich. »Als ich runtergesprungen bin, hat es bei ihm wahrscheinlich gescheppert.«

»Immer noch«, sagt Mama. »Wie lange soll das denn noch gehen?« Sie stampft mit dem Fuß auf den Boden. Und noch einmal.

Von unten klopft es weiter.

»Was soll denn das«, ruft sie. »Hat man doch wohl noch das Recht, in seiner eigenen Wohnung herumzulaufen!«

Sie geht auf den Balkon, beugt sich über das Geländer und ruft:

»Herr Nachbar!«

»Was ist denn da los?« ruft eine dünne Stimme von unten, dünn, weil es kein Nachbar ist, sondern eine Nachbarin.

»Was klopfen Sie denn so?« fragt Mama. »Brennt es bei Ihnen, oder was?«

»Sie klopfen doch auch ständig!«

»Was? Ich? Ständig?« wundert sich Mama. »Und wer hat als erster auf den Fußboden geklopft?«

»Ich habe gegen die Decke geklopft«, sagt die Nachbarin. »Weil es bei Ihnen geklopft hat.«

»Ihnen hat wohl was im Ohr geklopft!« ruft Mama laut. »Und klopfen Sie bitte in Zukunft woanders. Wir können auch klopfen.«

»Ordinäre Ziege«, sagt die Nachbarin, und man hört, wie sie die Balkontür zuwirft. Mama kommt ins Zimmer zurück.

»Das ist vielleicht eine blöde Kuh!« sagt sie und schlägt mit ihrem Latschen kräftig auf den Boden. Wir lauschen, ob die Nachbarin von unten zurückklopft, aber irgendwie klappt es nicht, es ist still, nur der Mann im Fernseher redet. »Na«, sagt Mama triumphierend und setzt sich. »Das soll sie nur nochmal versuchen, hier so rumzuklopfen.«

»Laß sie doch«, sagt Zosia. »Sie wird bald den ganzen Putz runterklopfen.«

Wir lachen alle drei. Zenuś hört unser Lachen und beginnt zu glucksen.

»Genug gegackert für heute«, sagt Mama. »Die Zwillinge ins Bad, und du an deine Hausaufgaben.«

Sie rekelt sich, gähnt und stößt Papa an.

»Wach auf, Vater, wir müssen die Couch ausklappen.«

Halb mache ich Hausaufgaben, halb bin ich in Gedanken versunken. Ich habe Kopfhörer auf, Kasia hat mir einen winzigen Kassettenrecorder mit Batterien geliehen. Ich höre ihre Musik. Die Musik ist über mich. Das Stück heißt »Die Mienchen meines Mienchens«. Sie hat es für mich aufgenommen, damit ich es mir anhören kann.

Die Musik ist mal lustig und mal traurig. Und noch irgendwie anders, aber ich weiß nicht wie. Sie verändert sich ständig. Kasia sagt, wie meine Mienen. Dabei weiß ich nicht einmal, daß ich welche mache.

Ich muß sie mir im Spiegel im Bad anschauen. Er ist klein, doch wenn er Papa zum Rasieren reicht, muß er auch für mich reichen.

Ich will gerade ins Bad gehen, da ruft Mama aus der Küche: »Was hast du denn da auf dem Kopf?«

Ich gehe zu ihr. Tadzio ißt sein Abendessen, und Mama raucht eine Zigarette.

»Das ist ein Kopfhörer«, sage ich. »Und da kommt Musik raus.« Ich ziehe Kasias Kassettenrecorder aus der Tasche.

»Woher hast du das?« fragt Mama.

»Kasia hat ihn mir geliehen. Die Freundin, die selber komponiert.«

Tadzio streckt seine Hand aus, nimmt mir den Kopfhörer ab und setzt ihn sich auf die Ohren.

»Ein ziemlicher Krach«, sagt er.

»Gib mal her«, sagt Mama. Sie setzt sich den Kopfhörer auf und verzieht sofort ihr Gesicht. Ich drehe schnell den Ton leiser, aber nach Gefühl, weil ich ja selbst nichts hören kann.

»Das ist Kasias Komposition«, sage ich.

»Ach was, das soll eine Komposition sein?« sagt Mama. »So ein Geschepper und Gezisch ...«

»Das ist moderne Musik«, sage ich. Mama nimmt den Kopfhörer ab. Tadzio setzt ihn sich wieder auf.

»Das hat ja gar keine Melodie, so ein Quatsch«, sagt sie. »Die Kasia Sobczyk, die hat schön gesungen. Von diesem Musikus aus dem Rosencafé.«

»Jetzt hört es sich so an, als ob jemand Nägel verstreut!« sagt Tadzio laut. Er lacht. Ich nehme ihm den Kopfhörer weg.

»Und so machst du also deine Hausaufgaben?« fragt Mama.

»Musik stört dabei doch nicht«, sage ich. »Mit Musik kann ich besser denken.«

»Kann schon sein«, sagt Mama. »Ich hab meine Hausaufgaben bei Radiomusik gemacht, und eure Großmutter hat sie immer ausgeschaltet.«

Ich gehe ins Bad und schließe mich ein. Schaue in den Spiegel. Dort ist mein Gesicht, das Thema von Kasias Komposition. Ich setze den Kopfhörer auf und mache Mienen zur Musik.

Ich mache ein Gesicht wie Ewa Bogdaj, wenn sie jemandem zuhört. Ich werfe die Lippen auf, sauge die Wangen ein und hebe leicht die Augenbrauen, so ein bißchen ironisch. Wie seltsam ich jetzt aussehe. Als wäre nicht ich es, sondern ein anderes Mädchen. Was soll ich morgen bloß anziehen? Kasia hat es gut. Sie trägt immer dieselbe Bluse und denselben langen Rock. Warum zieht sie sich so komisch an? Ihre Eltern sind doch reich und könnten ihr alles kaufen, was sie will. Oder haben sie vielleicht das ganze Geld für diese Synthedings und Tonbänder ausgegeben?

Wir haben bis jetzt auch nur Geld ausgegeben. All die neuen Möbel, und die waren vielleicht teuer! Außerdem mußten wir was für die Wohnung bezahlen, die Miete. Früher hatte ich mehr Kleider, aber da war ich nur halb so groß. Jetzt kann ich meine Anziehsachen an den Fingern einer Hand ohne Daumen abzählen. Na, und die zwei Röcke dazu.

Ich habe auch eine Hose, aber die ist jetzt zu eng, und für Tadzio noch zu groß. Der Pullover, den ich habe, sieht irgendwie blöd aus, mit so einem großen breiten Kragen … Wenn ich auf die Textilschule gehe, in die Damenschneiderei, dann werde ich mir lauter tolle Kleider nähen. Und den Zwillingen und Mama auch. Die von der Stange passen ihr eh nicht, weil sie zu dick ist, und die Schneiderinnen ziehen einem das Fell über die Ohren. Nur für Papa kann ich nichts nähen, weder einen Anzug noch eine Hose, weil man in der Damenschneiderei keine Hosen näht.

Aber vielleicht lerne ich jemand von der Herrenschneiderei kennen, dann nähe ich für seine Mutter ein Kleid, und er für meinen Papa einen Anzug.

Als ich noch auf die Schule in Krzeszów ging, hatte ich keine Probleme mit den Kleidern, obwohl dort manche Mädchen auch sehr schön anzogen waren … Vielleicht ist es jetzt schwieriger, weil ich eine Frau geworden bin.

Jemand rüttelt an der Klinke, ich höre Tadzios Stimme:

»Was machst du da?«

»Kacken.«

»Mach schnell, ich muß nämlich auch!« Tadzio läßt einen gewaltigen Furz los.

»Sau«, sage ich.

»Selber Sau«, antwortet er. »Ich bin ein Eber.«

Es geht nicht anders, morgen werde ich Papa wieder seinen schwarzen Pullover stibitzen. Und dazu vielleicht den dunkelblauen Winterrock anziehen. Er ist etwas zu eng, dafür aber lang, bis übers Knie. Ich weiß schon. Ich werde den Reißverschluß nicht ganz zumachen, den Rock so weit es geht umkrempeln und mit einem Gürtel festmachen, damit er nicht rutscht. Ich werde ihn im Fahrstuhl hochziehen, wenn niemand mitfährt. Wenn Mama sehen würde, daß ich mit einem kurzen Rock in die Schule gehe … Wenn ich dazu bloß eine schwarze Strumpfhose hätte. Vielleicht gelingt es mir morgen, Mama zu beschwatzen, mir schwarze Textilfarbe zu geben. Ich sag ihr, daß schwarze Strumpfhosen nicht so schnell schmutzig werden.

Tadzio sieht fern, ohne Ton, weil Mama und Papa schon schlafen, und ich bügele in unserem kleinen Zimmer. Die Bluse mit den braunen Pünktchen ist schon fertig, sie paßt zu den braunen Schuhen.

Als letztes bügele ich das Blatt Papier mit dem Habicht, den Kasia gezeichnet hat. Ich habe es in der Pause aufgehoben und in meine Schultasche gesteckt. Ich wollte es Kasia zurückgeben, hab's aber vergessen. Ich werde es mit Stecknadeln an die Wand heften. Und meine Zeichnung darunter. Dann hängen zwei Bilder an der Wand. Der Habicht von Kasia wird herumfliegen, und der zweite, meiner, wird dastehen und den fliegenden anschauen.

Was Kasia jetzt wohl macht. Ob sie schon schläft? Oder vielleicht komponiert sie gerade und denkt an mich? Was sie wohl denkt? Vielleicht lacht sie mich aus. Mit der Klassenlehrerin hat sie zum Schluß auch so nett geplaudert, und dann hat sie über sie gelacht und gesagt, sie sei eine Kuh, die ihr Maul permanent im Gras hat.

Vielleicht bin ich ja auch so eine, die den ganzen Tag nichts anderes macht als an der Kette Gras zu fressen.

»Ich mußte Mama heute früh den Stundenplan zeigen, und sie hat gesagt, daß sie mich, weil der Unterricht um halb zwei zu Ende ist, spätestens um zehn nach zwei zu Hause sehen will.«

»Du hättest zwei Stunden dazuschreiben müssen«, sagt Kasia.

»Woher soll ich denn ahnen, daß ich ihr den Plan zeigen muß?«

Wir sitzen an der Bushaltestelle, nur wir zwei. Die Schule ist aus, und Kasia will unbedingt, daß ich mit zu ihr gehe. Der zweite Bus Nummer acht ist auch schon weg, es ist fast zwei.

»Na komm, du wirst dir schon was ausdenken«, sagt Kasia.

»Aber ich muß für Mama einkaufen gehen.«

»Das hat sie doch bestimmt schon selbst gemacht.«

»Versteh doch, Kasia . . .«

»Sag nicht immer ›Kasia‹ zu mir!«

»Entschuldige, Katarzyna, es ist mir rausgerutscht«, sage

ich. »Versteh doch, sie wird mich umbringen, wenn ich nicht gleich komme. Ihre Krampfadern tun ihr weh, sie kann nicht so weit laufen, und die Läden in der Siedlung sind alle ziemlich weit weg. Und außerdem hat sie noch Zenuś. Und die Mädchen sind ihr auch keine Hilfe, sie sind noch zu dumm.«

»Was sollen wir tun?« fragt Kasia.

»Weiß ich nicht.«

Ich möchte gern zu Kasia, aber heute geht es wirklich nicht. Nur gut, daß Mama nicht auch den Stundenplan für die anderen Wochentage kontrolliert hat ... ich werde jeden Tag eine oder zwei Stunden dazuschreiben.

Der Bus kommt. Er kommt immer näher, es ist die Nummer acht. Ich stehe von der Bank auf.

»Ich muß los.«

»Dann fahr doch«, sagt Kasia.

»Ich muß wirklich.« Der Bus hält, die Tür springt auf. »Dann tschüs, bis morgen!« rufe ich und hüpfe hinein. Er ist rappelvoll.

Ich nehme meinen Fahrschein heraus, drängele mich zum Stempelautomaten. Ich kann heute wirklich nicht bei Kasia bleiben, es ist nicht meine Schuld. Wir haben viel Zeit miteinander verbracht, wir waren in den Schulstunden und in den Pausen ständig zusammen. Kasia hat sich mit niemandem gestritten und ist bis zum letzten Klingelzeichen geblieben. Es war wirklich prima. Zięmbiński lief mit einer geschwollenen Nase herum, aber er hat weder Kasia noch mich angestänkert. Ewa Bogdaj war schon wieder anders angezogen. Sie hatte ein dunkelgrünes Kleid mit Schnallen an, wunderschön. Und Kasia hatte dasselbe an wie gestern und vorgestern. Unsere Klassenlehrerin hatte heute keinen Unterricht bei uns, aber wir haben sie auf dem Flur getroffen. Sie hat Kasia angelächelt und ihr sogar zugezwinkert, und Kasia hat zurückgezwinkert.

Haltestelle. Ein Mann mit einem Kind steigt aus. Ich stelle mich an seinen Platz am Fenster. Ich schaue mir die Straße und die Menschen an. Ein bißchen habe ich mich schon daran gewöhnt, daß es überall so viele Leute gibt. Und an den Bus Nummer acht ebenfalls. Von zu Hause bis zur Schule sind es zwölf Haltestellen. Zurück müßten es eigentlich genauso viele sein, gleich kommt die zweite.

Plötzlich hält mir jemand die Augen zu.

Ich drehe mich erschrocken um, und da steht Kasia vor mir. Wie ist es möglich, daß sie im Bus ist?

»Du bist's«, sage ich. Kasia lacht.

»Ich bin vorne eingestiegen. Ich dachte mir, wir könnten doch zusammen einkaufen gehen. Gute Idee.«

»Ja«, sage ich, »sehr gut.«

»Lädst du mich zu dir nach Hause ein?«

»Du mußt alle kennenlernen.«

»Wie dumm wir waren, daß wir nicht gleich drauf gekommen sind«, sagt Kasia.

Wir fahren, halten uns an den Händen und schauen aus dem Fenster, auf die vorbeiflitzenden Straßen. Eigentlich habe ich schon an der Haltestelle gedacht, daß Kasia heute zu mir kommen könnte. Ich habe aber nichts davon gesagt, weil ich ein bißchen ... Angst habe. Was Mama zu Kasia und ihrer Kleidung sagen wird. Na, und ich weiß ja, wie Kasia ist. Mama wird was Dummes sagen, und Kasia schreit sie dann an. Aber was soll's, soll doch kommen, wie's kommt. Ich freue mich, daß Kasia endlich die Mädchen, Tadzio und Zenuś sieht. Na, und Mama. Sie wird sich jedenfalls nicht wundern, daß Mama so dick ist, weil ich es ihr schon erzählt habe.

»Erlauben Sie, die jungen Damen, Fahrscheinkontrolle«, sagt jemand. Wir drehen uns um, vor uns steht ein großer alter Mann mit einer Mütze und einer großen Nase. Oh je, wo habe ich bloß den Fahrschein hingetan! Da ist er, in der Blusentasche.

Ich gebe ihn dem Kontrolleur, er reißt ihn ein und schaut dann Kasia an. Aber die schaut aus dem Fenster. Der Kontrolleur tippt ihr auf die Schulter.

»Und Sie, Fräulein?«

Kasia dreht sich um, schaut in die Runde, stellt sich dazu auf die Zehenspitzen. Dann zeigt sie auf einen Mann, der weit von uns entfernt an der Tür steht.

»Dieser Karierte da«, sagt sie, »das ist mein Papa. Er hat meinen Fahrschein.«

Der Kontrolleur zwängt sich zu dem Mann mit dem karierten Jackett durch, und Kasia flüstert mir zu:

»Hast du einen für mich?«

Oh Gott. Ich öffne meine Tasche und suche mit zitternden Händen nach einem Fahrschein für sie.

»Schneller«, flüstert Kasia. Jetzt fällt es mir wieder ein, sie sind im Buch, hinter dem Plastikumschlag. Ich nehme einen heraus, gebe ihn Kasia, sie steckt ihn in den Entwerter, locht ihn ganz leise. Und steckt ihn in ihre Blusentasche.

Einen Augenblick später ist der Kontrolleur wieder bei uns. Böse.

»Das ist nicht komisch, junges Fräulein«, sagt er zu Kasia. »Bitte den Schülerausweis.«

»Warum das denn?« Kasia tut erstaunt.

»Weil das was kostet«, sagt der Kontrolleur und öffnet seinen Formularblock. »Der Herr hat keine Tochter.«

»Papa!« ruft Kasia. Alle schauen uns an, auch der Mann im karierten Jackett. Und Kasia: »Papa, das ist wirklich nicht nett! Die eigene Tochter zu verleugnen!«

Kasia droht dem Mann schelmisch mit dem Finger. Der Mann macht ein erstauntes Gesicht. Kasia sagt laut, daß der ganze Bus es hören kann:

»Er schämt sich sicher, daß er schon so alt ist und eine so große Tochter hat!«

Die Leute um uns herum lachen, nur der Kontrolleur ist immer noch böse. Der Karierte hat's endlich kapiert und sagt:

»Ich bin doch keine Frau, die ihr Alter verheimlichen muß. Darf man denn nicht mal ein bißchen Spaß machen?«

»Na sehen Sie«, sagt Kasia zu dem Kontrolleur und gibt ihm ihren Fahrschein.

»Aber du hast doch gesagt, daß dein Vater den Fahrschein hat.«

»Ich habe da was durcheinandergebracht«, antwortet sie. Der Mann reißt ihren Fahrschein ein und ... schaut mich mißtrauisch an.

»Zeig mal deinen«, sagt er.

»Hab ich doch schon.«

»Zeig her, mach schon.«

Ich gebe ihm den Fahrschein. Er betrachtet ihn aufmerksam, gibt ihn mir zurück und geht. Ich atme auf, es hat geklappt. Ach, was ist die Kasia doch schlau. Ich könnte das nicht, ich würde bestimmt anfangen zu heulen

Der Bus nähert sich Sandberg. Wir stehen an der Tür, gleich kommt die Haltestelle. Vom Fenstersitz aus ruft der Mann im karierten Jackett:

»Tschüs, Töchterchen!«

Kasia dreht sich um, wirft ihm eine Kußhand zu und sagt: »Wiedersehen, Papa!«

Wir springen aus dem Bus.

»War das wirklich dein Vater?« frage ich. Kasia prustet los.

»Wie kommst du denn darauf. Der hat keine so schicken Jacketts!«

Wir kommen zu unserem Haus. An der Teppichstange schaukeln Zosia und Krysia mit ein paar Mädchen aus der Nachbarschaft.

»Die zwei da«, sage ich, »sind meine kleinen Schwestern.«

Wir stehen vor der Teppichstange.

»Könnt ihr das auch?« fragt eines der Mädchen. Sie läßt die obere Stange los, läßt sich nach hinten fallen, hängt mit den Kniekehlen auf der unteren Stange und schaukelt, der Kopf fünf Zentimeter über dem Boden, die Haare wischen über den Beton.

Auch Zosia und Krysia lassen die obere Stange los und schaukeln, bis sie sich schließlich von der Haltestange rutschen lassen.

»Ich hab sie gleich erkannt«, sagt Kasia. »Echt witzig, die beiden, und so ähnlich.«

Ich sehe, daß Zosia ein Loch in der Strumpfhose hat.

»Was ist denn da passiert?« frage ich und gehe auf sie zu. »Wie läufst du denn rum?«

»Das ist ein altes Loch«, sagt Zosia.

»Als wir Schlitten gefahren sind«, sagt Krysia.

»Ihr lügt wieder. Ich hätte es doch beim Stopfen gesehen. Kommt her. Das ist meine Freundin Katarzyna. Könnt ihr vielleicht mal ›Guten Tag‹ sagen?«

»Guten Tag«, sagen sie, schauen Kasia an und drücken sich ein wenig aneinander. Immer wenn sie sich schämen, drücken sie sich aneinander. Kasia lächelt.

»Wißt ihr was«, sagt sie, »ihr seid richtige Schätzchen. Wer von euch ist denn Zosia und wer Krysia?« Kasia hockt sich vor sie hin.

»Ich«, sagen beide gleichzeitig.

»Wie haltet ihr sie denn auseinander?«

»Ganz einfach«, sage ich. »Sie sehen nur in den ersten fünf Minuten gleich aus.«

Krysia zeigt mit dem Finger auf Zosia und sagt:

»Sie hat mehr Sommersprossen.«

»Stimmt gar nicht, du hast mehr«, sagt Zosia. Und Kasia fragt: »Eßt ihr gerne Kuchen?«

»Ja.«

Kasia kramt in ihrer Tasche. Die Mädchen kommen näher, schauen in die Tasche. Kasia nimmt tausend Złoty heraus, gibt sie Krysia.

»Dann kauft euch welchen«, sagt sie. »Für das ganze Geld, und gebt euren Freundinnen was ab.«

»Aber wir wissen doch gar nicht, wo's Kuchen gibt«, sagt Krysia und steckt das Geld ein.

»Ich weiß es«, sagt eines der Mädchen von der Teppichstange. »Ist nicht weit.«

»Ich weiß es auch«, sagt ein anderes. »Ich zeig's euch.«

Kasia und ich bleiben an der Teppichstange zurück. Alle Mädchen sind mit Zosia und Krysia mitgegangen.

»Das muß ja toll sein, zwei so witzige Hüpfer zu Hause zu haben«, sagt Kasia. »Ich beneide dich richtig darum.«

Punkt halb drei sind wir in der Wohnung. Ich habe ein bißchen Angst vor Mama, weil ich zwanzig Minuten zu spät gekommen bin.

Sie sitzt – ich kann's kaum glauben – mit Frau Kamińska aus Jawiszów in der Küche.

»Oh, da ist ja Marysia«, sagt Frau Kamińska, als ich durch die Tür komme. »Ich war gerade bei Kazio in seiner Einheit, er hat nach dir gefragt. Er läßt dich grüßen. Ich habe eben zu deiner Mama gesagt, wie schön ihr es hier habt. Schon was anderes als unsere Baracke. Richtiger Luxus.«

»Guten Tag«, sage ich. Hinter mir ist Kasia in die Küche gekommen.

»Guten Tag«, sagt auch sie und geht auf meine Mutter zu. »Ich bin eine Freundin von Ihrer Tochter und heiße Katarzyna Bogdańska.« Sie streckt Mama die Hand entgegen. Mama steht auf, gibt ihr die Hand und sagt ein bißchen geniert: »Kawczak.«

»Ich freue mich sehr, Sie kennenzulernen«, sagt Kasia. »Mienchen hat mir viel von Ihnen erzählt.«

Da steht doch wahrhaftig auch Frau Kamińska auf und gibt Kasia die Hand.

»Kamińska, angenehm«, sagt sie.

»Freut mich sehr«, antwortet Kasia. Ich sehe sofort, daß Mama auf Kasias Rock schielt, deshalb sage ich schnell: »Mama, ich bin ein bißchen zu spät, weil ich so lange auf den Bus warten mußte.«

»Ja, ja«, mischt sich Frau Kamińska ein, »mit diesen Bussen, das ist eine Affenschande. Da kann einem der Kragen platzen, bis endlich mal einer kommt. Ich bin einmal im Winter hergefahrn. Habe gewartet und gewartet, und nichts war. Als der Bus endlich kam, war ich nur noch ein Eiszapfen.

»Ich fahre nie Bus«, sagt Mama. »Seitdem wir hier wohnen, bin ich kein einziges Mal mit dem Bus gefahren. Bin nur ein bißchen durch die Siedlung gelaufen.«

»Eine ausgesprochen hübsche Siedlung«, sagt Kasia und lehnt sich dabei an den Herd.

»Eine Geschmacksverirrung, wolltest du wohl sagen«, schnauft Mama verächtlich. »Das Volk haben sie in Wohnblöcke gesteckt, und da soll es auch bleiben. Und da sitzt man hier oben wie auf einer Stange, was soll man denn tun. Man hat ja sogar Angst, aus dem Fenster zu schauen.«

Kasia lacht.

»Sie haben recht«, sagt sie. »Das haben Sie gut gesagt. Aber ich hab das ernst gemeint, weil es hier im Gegensatz zu diesen häßlichen Neubauschachteln wirklich ausgesprochen schön ist. Und ein schöner Name ist es auch: Sandberg.«

Mama nickt.

»Stimmt«, sagt sie. »Ein schöner Name.«

»Und schauen Sie sich doch mal diese Aussicht an«, sagt Kasia mit ausholender Geste. Mama schaut zum Fenster, Frau Kamińska ebenfalls. In dem Moment ziehe ich Kasia beiseite.

»Komm mit«, sage ich, »ich zeige dir Zenuś.«

»Entschuldigen Sie uns bitte einen Augenblick«, sagt Kasia zu Mama. Wir gehen ins große Zimmer. Zenuś schläft nicht. Er nuckelt am Schnuller und zupft mit seinem Händchen an der Bettdecke.

»Der ist ja zu goldig«, sagt Kasia begeistert und beugt sich über das Bettchen. »Darf ich ihn anfassen?«

»Nur zu.«

Sie nimmt seine Hand.

»Wie winzig diese Finger sind«, sagt sie. »Und die Fingernägel, sieh doch nur . . .«

»Ja«, sage ich. »Ich mag an ihm auch die Fingerchen und Fingernägel am liebsten.«

»Und was für ein süßes Frätzchen, und die Augen«, begeistert sich Kasia. »Hallo, hallo! Herr Zenek, schauen Sie mich doch mal an!«

Zenuś spuckt den Schnuller aus, beginnt leise zu glucksen und den Kopf in alle Richtungen zu drehen. Kasia schneidet ihm süße Fratzen. Ich bring es nicht fertig, ihr zu sagen, daß er nichts sehen kann.

Kasia dreht sich zu mir um.

»Ein Brüderchen zum Abschlecken«, sagt sie. »Mmm, ich könnte ihn auf der Stelle auffressen.«

Ich ziehe sie in mein Zimmer.

»Hier wohn ich mit Tadzio. Ein bißchen eng, aber es geht schon irgendwie.«

Kasia schaut sich um und sieht die Zeichnungen an der Wand.

»Mein Habicht«, sagt sie erstaunt. »Wie kommt der denn hierher?«

»Ich hab ihn aufgehoben und gebügelt«, sage ich. Kasia drückt mich an sich und küßt mich auf die Wange.

»Ach Mienchen, du weißt gar nicht, wie ich mich freue, daß ich hergekommen bin«, sagt sie. »Jetzt weiß ich, wo so ein Engel wie du herkommt.«

Ich schäme mich. Kasia sagt manchmal Dinge über mich, daß ich mir ganz blöd vorkomme. Mich hat noch niemand gelobt, und sie tut es ständig. Wir stehen da und schauen die Habichte an.

»Weißt du«, sage ich leise, »sag lieber nicht ›Mienchen‹ zu mir, wenn meine Mama dabei ist, sie lacht mich sonst nur aus.«

»Entschuldige, Liebchen«, sagt Kasia. »Ich tu's nicht wieder. Hör mal ... vielleicht sollen wir jetzt einkaufen gehen? Dann haben wir's hinter uns.«

»Gut«, sage ich und gehe in die Küche. »Mama, was soll ich denn einkaufen?«

»Ist alles schon da«, sagt Mama. »Iß du mal dein Mittagessen. Vielleicht möchte deine Freundin ja mitessen?«

»Wir haben schon in der Schule gegessen«, sagt Kasia plötzlich. Ich drehe mich um, sie steht hinter mir. Was soll das denn nun wieder?

»Warum in der Kantine essen, wenn es zu Hause das Mittagessen gibt?« fragt Mama. Man sieht ihr an, daß sie unzufrieden ist. »Was kostet es denn in der Schule?«

»Wir haben es umsonst bekommen«, sagt Kasia. »Weil jemand nicht gekommen ist und wir kostenlose Essensmarken gekriegt haben.«

»Das ist was anderes«, sagt Frau Kamińska. »Einem geschenkten Gaul guckt man nicht ins Maul. Stimmt's?«

»Scheint so«, sagt Mama. Und Kasia:

»Eigentlich habe ich eine wichtige Frage an Sie. Der Herr Direktor hat mich persönlich darum gebeten, Sie zu fragen, ob Marysia zu den Proben kommen kann.«

»Was für Proben?« fragt Mama.

»Für die Schulabschlußfeier, weil der stellvertretende Bildungsminister zu uns kommen soll. Heute wurden die begabtesten Schüler ausgesucht und Marysia soll ein Gedicht aufsagen. Ich werde Klavier spielen. Und der Chor macht auch mit, und die Tanzgruppe.«

»Marysia soll ein Gedicht aufsagen?« wundert sich Mama.

»Ja«, sagt Kasia. »Sie hat eine sehr gute Aussprache, die beste von allen.«

»Na, na«, sagt Mama und schaut sich nach Frau Kamińska um. »Da sehen Sie's mal, wir haben eine Künstlerin im Haus.«

»Sie sind einverstanden?« fragt Kasia.

»Da kann man wohl nichts dagegen haben«, sagt Mama. »Wenn der Direktor sie ausgesucht hat, dann wird er sicher nicht auf sie verzichten wollen.«

»Heute um halb vier fangen die Proben an«, sagt Kasia. »Und jetzt ist es schon fast drei ...«

»Na, dann lauft mal los«, sagt Mama. »Daß ihr bloß nicht zu spät kommt.«

»Ja dann auf Wiedersehen«, sagt Kasia, und zu mir: »Komm schnell, vielleicht schaffen wir's noch.«

Ruckzuck sind wir aus der Tür und fahren mit dem Fahrstuhl nach unten.

»Na, habe ich das klug arrangiert?« fragt Kasia.

»Ja.«

»Jetzt kannst du jeden Tag zu mir kommen, und wenn sie meckern, sagst du, du wärst bei der Probe gewesen. Oder magst du mich nicht mehr, willst du gar nicht zu mir kommen ...?«

Kasia macht ein trauriges Gesicht.

»Quatsch«, sage ich. »Es ist nur alles so schnell gegangen ... ich kann's kaum glauben.«

Wir sitzen an einem Tisch mit einer weißen, bestickten Tischdecke. Das Restaurant ist nicht groß, aber wunderschön. An den Wänden hängen herrliche Bilder in goldenen Rahmen, und alles glänzt. An den Tischen sitzen elegant gekleidete Herrschaften und unterhalten sich leise.

Wir sind mit dem Taxi hergekommen. Eine lange Fahrt. Fünfzehn Kilometer von Wałbrzych. Während wir hier sitzen, wartet der Taxifahrer draußen auf uns, um uns zurückzufahren. Und die ganze Zeit läuft das Taxameter. Wie reich Kasia sein muß.

Ein Kellner kommt zu uns an den Tisch. Ein großer Junge mit schwarzen Locken. Die weiße Serviette hat er über den Arm gehängt. Er verneigt sich und sagt:

»Es ist mir eine Ehre, Sie zu begrüßen, Frau Katarzyna.« Und zu mir: »Guten Tag, meine Dame, willkommen in unserem Lokal.«

»Hallo, Herr Wojtek«, entgegnet Kasia.

»Guten Tag«, sage ich und spüre, wie mir die Röte ins Gesicht schießt.

»Haben Sie schon gewählt?« fragt Herr Wojtek.

»Zweimal Borschtsch mit diesen ... wie heißen sie denn noch, diese Stereostangen.«

»Mit den Diabolo-Stangen.« Herr Wojtek lacht.

»Genau«, sagt Kasia. »Für mich ein Omelett mit Erbsen, und für die Dame die Spezialität des Hauses. Und natürlich Eis.«

»Sehr gern, die Damen«, sagt Herr Wojtek, verneigt sich und geht.

Mmmm.

Es ist kaum eine halbe Stunde vergangen, und schon haben wir das Mittagessen verputzt. Das Eis ist hundertmal besser als das im Café vorgestern. Herr Wojtek ist um uns herumgesprungen wie um Prinzessinnen. Und er hat mit Kasia ständig Witze gemacht. Sie kennen sich gut, weil Kasia oft mit ihrer Mama hierherkommt. Es ist ein privates Restaurant, das beste weit und breit. Die Portionen sind riesig. Superlecker, ich weiß nicht mal, was das alles war. Ich habe den ganzen Teller verputzt. Nur den Salat habe ich nicht geschafft, weil die Schüssel so groß war wie der halbe Tisch. Herr Wojtek hat den Rest mitgenommen. So eine Verschwendung. Ich kann mich kaum noch bewegen, und das Eis ist auch zu groß, aber es ist viel zu gut, um es stehenzulassen.

»Ich spiel was für dich«, sagt Kasia aus heiterem Himmel. Sie steht auf, geht zu einer kleinen Bühne, auf der ein Flügel steht, setzt sich auf den Hocker und öffnet den Deckel. Sie schaut mich von weitem an, lächelt und beginnt zu spielen.

Ganz leise, eine wunderschöne, traurige Melodie. Nicht so wie die, die sie auf ihren Synthe...dings spielt, sondern eine normale. Ich schaue mich um, niemand ißt, alle hören aufmerksam zu. Herr Wojtek hat sich an den Geschirrschrank gelehnt. Sogar der Koch mit seiner riesigen Mütze lugt hinter dem Vorhang vor und lauscht.

Und je trauriger die Melodie wird, die Kasia spielt, um so schöner wird sie. Sie bohrt sich mir geradewegs ins Herz, bis es weh tut. Und plötzlich muß ich an Oma selig denken.

Ich habe sie sehr geliebt. Als die Zwillinge geboren wurden, war ich ein ganzes Jahr bei ihr. Damals wohnten wir noch in Książ Wielki bei Krakau, bei Tante Jasia, Papas Schwester. Später hat sich Mama dann furchtbar mit ihr zerstritten, und wir sind nach Jawiszów gezogen.

Oma selig hatte eine kleine Hütte am Waldrand, drei Kilometer vom Haus meiner Tante entfernt. In der Hütte gab es nur eine einzige winzige Stube. Oma war auch winzig. Sie ging ganz krumm und konnte den Rücken nicht mehr gerade machen. Sie war richtig lieb. Morgens half ich ihr immer beim Anziehen der Strümpfe und kämmte ihr Haar. Es war grau und knielang. Und dann holte ich Wasser aus dem Bach, in Eimern an einer Tragestange.

Es war das schönste Jahr in meinem Leben. Abends saßen wir in der Hütte. Im Ofen brannte ein Feuer und Oma selig erzählte spannende Geschichten aus ihrem Leben. Am liebsten mochte ich die vom Großvater, der in einem Ballon geflogen und sogar in Brasilien gewesen ist. Er war groß, über zwei Meter, und hatte vor niemandem Angst. Als Oma ihn heiratete, war er schon fünfzig, aber ein Mordskerl. Bald nach der Hochzeit fuhr er nach Brasilien. Großmutter sollte ihm folgen, aber es gab nichts, wohin sie hätte fahren können. Erst zehn Jahre später war Großvater reich, baute ein schönes Haus und kam nach Polen, um Oma zu holen. Sie schafften es nicht mehr abzureisen, weil da der Krieg mit Hitler ausbrach. Und am Ende des Krieges wurde Opa erschossen. Gerade als mein Vater geboren werden sollte, kamen zwei Deutsche auf Fahrrädern. Opa war bei den Partisanen, aber er hat ausgerechnet an dem Tag Großmutter besucht und schlief im Bett, weil er die ganze Nacht durch den Wald gewandert war. Der eine Deutsche stellte sich ans Fenster, der andere an die Tür und sagte auf deutsch: »Hände hoch!« Opa wachte auf, hob seine Hände und ging aus dem Haus. Aber plötzlich packte er den einen Deutschen an der Gurgel und drückte ihn an die Wand. Er hat ihn erwürgt. Den zweiten schaffte er nicht, weil der schoß und meinen Großvater tötete. Warum er nicht auch Oma umgebracht hat? Man weiß es nicht. Vielleicht hatte er Mitleid, weil Oma meinen Papa im Bauch hatte und Tante Jasia und Tante Pola noch klein waren und furchtbar weinten.

Wenn mein Großvater meine Großmutter etwas früher geholt hätte, dann hätte er noch lange gelebt, aber in Brasilien, und mein Papa wäre in Brasilien geboren. Und ich auch. Und Tadzio und die Zwillinge und Zenuś. Moment mal – dann hätte Papa ja nicht Mama getroffen, denn er wäre in Brasilien gewesen und Mama in Polen und ich hätte wahrscheinlich eine andere Mama, eine aus Brasilien … Oder ich würde Papa nicht kennen, denn Mama hätte mich in Polen geboren, das heißt meine wirkliche Mama. Aber dann hätte ich einen anderen Papa.

Oder ich wäre dann vielleicht überhaupt nicht geboren, wenn der Deutsche meinen Großvater nicht getötet hätte. Es wäre ein anderes Mädchen geboren.

Und ich?

Wo wäre ich dann?

Ich erinnere mich an ein schreckliches Gewitter, überall war es hell von den Blitzen. Großmutter und ich knieten mitten in der Nacht nieder und beteten zu Gott, er soll unsere Hütte verschonen. Und er verschonte sie, es folgte ein sonniger Morgen. Im Obstgarten lag alles voller Birnen, die der Sturm von den Bäumen gerissen hatte. Sie lagen eine neben der anderen, so daß ich dachte, unsere ganze Erde besteht nur aus saftigen und duftenden Birnen.

Dann starb Oma und lag im Sarg. Da sah ich sie zum ersten Mal ausgestreckt. Es sind vier Jahre seitdem vergangen, und ich erinnere mich immer noch an sie und auch an den Geschmack und den Geruch der Birnen, die nach dem Gewitter im Obstgarten lagen.

Kasia spielt pausenlos immer dieselbe Melodie. Sie scheint schon leise zu werden, doch dann wird sie wieder laut und beginnt von neuem. Vielleicht ist es die Melodie, die keinen Anfang und kein Ende hat und ewig spielt, und obwohl niemand sie spielt, spielt sie von allein, und niemand kann sie hören außer Kasia.

Großvater war groß, aber alle seine Kinder, das heißt Papa und die Tanten, sind ziemlich klein. Ich bin die einzig Große in der Familie. Vielleicht gerate ich nach meinem Großvater. Ob ich auch einmal mit einem Ballon nach Brasilien fliege?

Kasia spielt immer leiser und leiser, bald ist nichts mehr zu hören, jetzt hat sie aufgehört. Krachend läßt sie den Deckel fallen.

Alle im Restaurant klatschen. Kasia kehrt zu unserem Tisch zurück, und ich bin sehr stolz darauf, daß ich die Freundin und die Wahl-Schwester einer so hervorragenden Künstlerin bin.

»Hat es dir gefallen?« fragt sie.

»Sehr.«

»Das war ›Die Nacht auf dem kahlen Berge‹«, sagt sie und trinkt das rosafarbene geschmolzene Eis aus ihrem Eisbecher in einem Zug aus.

Ich färbe meine Strumpfhose schwarz. Mama hatte noch schwarze Farbe da und war mit dem Färben einverstanden. Sie hat mir auch zwei Paar ramponierte Strumpfhosen von Zosia und Krysia gegeben.

Kasia hat Mama sehr gefallen, weil sie so resolut war und gut reden kann. Nicht wie ich. Mama hat sich nur darüber gewundert, daß Kasia sich so blöd anzieht, wie eine Zigeunerin, aber sie war noch mehr verwundert, als ich ihr erzählte, daß Kasia auch so in die Schule kommt. Ich habe gesagt, sie sei die Tochter einer Frau Doktor und sehr reich, und daß ihre Kleidung neueste Pariser Mode sei.

Tadzio stürzt in die Küche.

»Was kochst du da?«

»Schwarze Suppe«, sage ich und hole mit der Suppenkelle eine Strumpfhose aus dem Topf. Ich zeige sie ihm. Zosia, die dasitzt und Sauerkraut aus dem Glas mampft, sagt:

»Marysia kocht Strumpfhosensuppe.«

»Ich färbe die Strumpfhosen schwarz«, erkläre ich.

»Wozu denn das?« wundert sich Tadzio. »Gehst du zu einem Begräbnis?«

»So ein Quatsch, Blödian«, sage ich. »Dann werden sie nicht so schnell schmutzig.«

»Laß mich mal rühren«, bittet er.

»Aber vorsichtig.«

Ich gebe ihm die Suppenkelle. Er rührt. Er tut so, als würde er das schwarze Wasser kosten.

»Gute Suppe«, sagt er. »Fehlt nur ein bißchen Pfeffer.«

»Und Mayonnaise«, fügt Zosia hinzu.

»Ach was«, sage ich. »Mayonnaise tut man doch nicht in die Suppe.«

»Und wenn man Klöße darin kochen würde«, schlägt Tadzio vor, »dann wären es schwarze Klöße.«

»Möchte nur wissen, wer die essen soll«, sage ich.

»Ich«, sagt Tadzio.

»Na klar.«

»Doch, ich würde sie essen. Ich habe mal ein ganzes Glas Klebstoff aufgegessen. Schwarze Klöße sind nichts dagegen.«

»Er hat einmal einen halben Regenwurm gegessen«, sagt Zosia. »Ich und Krysia hatten fünfzig Złoty für Bonbons, und er hat gesagt, wenn wir ihm das Geld geben, ißt er den Regenwurm. Wir waren einverstanden, aber dann hat er nur den halben gegessen. Und uns die ganzen fünfzig Złoty weggenommen.«

»Weil mir die zweite Hälfte runtergefallen ist und dann ganz staubig war«, protestiert Tadzio. »Soll ich etwa einen Wurm mit Staub essen?«

»Pfui«, sage ich, »solche Ekeldinger soll man überhaupt nicht essen.«

»Das macht mir nichts«, sagt Tadzio. »Ich würde sogar eine Schlange essen, aber ich müßte Hunger haben und tausend Złoty dafür bekommen, tausend und keinen Złoty weniger.«

»Und würdest du auch einen Frosch essen?«

»Für dreihundert Złoty. Und eine Kröte für dreihundertfünfzig.«

»Und ein Krokodil?«

»Ein Krokodil auch, aber nur für Dollars. Und außerdem nicht auf einmal, ich würde es auf eine Woche verteilen.«

»Wir haben heute Cremekuchen gegessen und Waffelröhrchen«, sagt Zosia angeberisch.

»Bei Kuchen«, sagt Tadzio, »würde ich eine Ausnahme machen und ihn sogar umsonst essen.«

Krysia kommt in die Küche. »Die Gute-Nacht-Geschichte!« ruft sie und läuft wieder hinaus. Sofort sind alle Kinder aus der Küche verschwunden. Es ist gut, mal mit seinen Gedanken allein zu sein.

Am wichtigsten ist, daß Mama nichts gegen Kasia hat.

Und auch Kasia mag meine Mama. Sie sagte, sie wirke sehr stolz, wie eine Königin des heimischen Herds. Ich käme nie auf die Idee zu denken, daß Mama eine Königin ist. Aber es stimmt. Sie ist tatsächlich sehr stolz und läßt sich von niemand reinreden. Sogar Papa hat Angst vor ihr.

Nur wenn er getrunken hat, ist er ein bißchen mutiger. Wenn er betrunken ist, streitet sich Mama nicht mit ihm, das kommt für sie nicht in Frage. Sie spricht dann einfach nicht mit ihm. Kein Wort. Als würde sie ihn gar nicht sehen, als wäre er Luft für sie. Einmal hat er ihr irgendwas vorgeworfen und herumgeschrien. Mama sagte daraufhin zu mir: »Marysia, mach das Fenster zu, da muß eine Fliege reingekommen sein, es summt in meinem Ohr.« Darüber hat sich Papa schrecklich aufgeregt und ist schlafen gegangen. Aber er hat so furchtbar geschnarcht, daß wir nicht fernsehen konnten, weil er den Fernseher übertönte. Überhaupt ist es so, daß Papa entweder schläft oder nicht zu Hause ist, weil er ständig arbeitet. Mama sagt, wenn er nicht trinken würde, wären wir schon Millionäre und hätten ein Auto. Immer wenn er getrunken hat, verspricht er ihr am nächsten Tag, daß es das letzte Mal war. Aber dann überreden ihn seine Kumpels doch wieder zu einem Schnaps. Papa hat einen schwachen Willen und läßt sich immer gern überreden.

Mama raucht dafür Zigaretten, auch sie kommt nicht los von ihrer Sucht. Früher hat sie nie geraucht, aber dann ist sie zum Arzt gegangen, weil sie Schmerzen in der Brust hatte, und es stellte sich heraus, daß sie ein sehr krankes Herz hat. Der Doktor schickte sie in ein Sanatorium für Bergarbeiter, weil Papa zu der Zeit schon im Bergwerk gearbeitet hat.

Dort hat Mama Freundinnen gefunden, die geraucht und ihr das Rauchen beigebracht haben. Als sie nach der Kur nach Hause kam, hat sie Kette geraucht. Zuerst rauchte sie heimlich, wenn niemand zu Hause war. Später dann merkte sie, daß alle wußten, daß sie raucht. Nur Mama wußte nicht, daß wir es wußten. Jetzt muß sie immer eine Schachtel ›Popularne‹ in Reichweite haben, und an manchen Tagen reicht eine Schachtel pro Tag nicht aus. Die Raucherei schadet ihrem Herzen und den Krampfadern sehr. Einmal habe ich mit ihr darüber gesprochen und sie gebeten, nicht mehr zu rauchen, weil ich mir solche Sorgen um sie mache. Mama antwortete, sie wisse, daß es nicht gut für sie sei, aber was tun, wenn einen die Zigaretten nicht loslassen; wenn sie nicht rauche, dann hätte sie überhaupt keine Lust mehr am Leben.

Obwohl Rauchen so schädlich ist, läßt sich nichts dagegen machen, wenn man erstmal angefangen hat. Sie hat gesagt, sie würde mich umbringen, wenn sie mich mit einer Zigarette im Mund erwische. Für eine Familie seien ein Vater, der säuft, und eine Mutter, die raucht, mehr als genug.

Arme Mama. Sie hat den ganzen Haushalt am Hals. Einen Säufer zum Mann und fünf Kinder. Dazu noch die Zigaretten. Kein Wunder, daß ihr Herz weh tut.

3

Ach, was sind diese Tage doch merkwürdig. Manchmal dauert einer ewig und sollte längst vorbei sein, und doch ist es noch lang bis zum Schlafengehen. Ein anderer dagegen verfliegt so rasend schnell, als ob man gerade mal gezwinkert hätte … und dann ist nicht nur der nächste Tag um, sondern schon die nächste Woche oder sogar der nächste Monat.

Katarzyna sagt, Zeit sei wie Kaugummi.

Mit Kaugummi kann man die tollsten Dinge anstellen. Man kann auf ihm kauen, ihn als kleine Kugel unter die Zunge tun, aufblasen und knallen lassen, oder aus Versehen herunterschlucken. Und man kann ihn auch als einen dünnen Faden über die Straße ziehen, daß er vom Mund bis zur Straßenlaterne auf der anderen Straßenseite reicht. Wie schade, daß wir die Wohnung in Wałbrzych nicht schon letztes Jahr bekommen haben, zum Beispiel im September. Dann würde ich Katarzyna seit Anfang des Schuljahres kennen, und wir hätten schon viele Tage und Monate zusammen verbracht. Na ja. Es ist gut, daß wir uns überhaupt kennengelernt haben. Denn ich hätte auch in die Schule in der Siedlung kommen können, und dann wären wir uns nie begegnet. Wir sind jetzt wie Schwestern, und sogar noch mehr, weil echte Schwestern nur deswegen zusammen sind, weil sie Schwestern sind. Aber wir haben uns ausgesucht, also sind wir mehr als Schwestern.

Alles hat mit dem Lachen am Springbrunnen angefangen, auf dem Markt. Wir haben wahnsinnig viel gelacht, daß es die Eiswolke über uns nicht mehr aushielt, zersprang und als Hagel herunterfiel.

Katarzyna sagt, es sei ein Zeichen des Himmels gewesen.

Seitdem ist nun schon ein ganzer Monat vergangen. Wie schade, daß er so schnell verflogen ist. Jetzt haben wir Mai. Wenn ich könnte, würde ich jedem Tag auf den Schwanz treten. Aber die Tage flitzen so schnell vorbei, weil sie so lustig und aufregend sind. Weil wir sie gemeinsam verbringen, Katarzyna und ich.

Gleich nach der Schule gehen wir zu ihr und essen das von Fräulein Zenobia gekochte Mittagessen. Dann mache ich mich an die Hausaufgaben, und Katarzyna komponiert und spielt ein paar Musikstücke. Um mich nicht zu stören, hört sie alles über Kopfhörer.

Für sie ist es laut und für mich still.

Manchmal schaue ich vom Heft auf und sehe zu, wie sie komponiert. Sie ist dann nicht im Zimmer, aber wo sie ist, weiß ich nicht. Manchmal ruft oder sagt sie etwas ... ich schaue auf, weil ich denke, sie meint mich, aber sie spricht mit sich, und ihre Augen wandern durchs Zimmer und springen mal hierhin und mal dorthin. Dann habe ich den Eindruck, daß überall Töne herumfliegen, daß sie sie sieht und mit ihrem Synthesizer wie Schmetterlinge in einem Netz fängt.

Einmal habe ich es ihr gesagt, und sie:

»Ja, sie fliegen tatsächlich herum. Siehst du sie nicht?«

Nein, ich sehe sie nicht. Aufmerksam beobachte ich, ob irgendwo einer herumfliegt, aber nein, für mich fliegt nichts in dieser Stille. Ich sehe die Töne erst ein bißchen, wenn Katarzyna spielt und sie aus den Lautsprechern zu hören sind.

Jeden zweiten Tag um fünf renne ich in die Kirche, zur Religionsstunde. Die Kirche ist ganz in der Nähe, danach kann ich wiederkommen und noch ein Stündchen mit meiner Schwester zusammen sein.

Katarzyna ist sehr unzufrieden mit dem, was sie komponiert. Sie meint, es wäre besser, Regenwürmer zu dressieren, statt die Zeit mit Komponieren zu vertun. Ich tröste sie und sage, daß sie Unsinn erzählt, weil mir ihre Musik sehr gefällt und ich finde, daß es die schönste Musik auf der ganzen Welt ist und niemand so schön komponiert wie sie. Dann lacht mich Katarzyna aus und meint, ich würde mich da nicht auskennen, was natürlich stimmt. Sie spielt mir vom Tonband oder auf dem Plattenspieler die Stücke verschiedener zeitgenössischer

Komponisten vor, aber mir gefallen diese Kompositionen viel weniger, obwohl manche sehr schön und interessant sind. Ich habe es gern, wenn Kasia mir Opern vorspielt. Besonders mag ich Arien, in denen ein Sopran vorkommt. Wenn ich eine Sopranstimme höre, geht mir das durch Mark und Bein. Einmal haben wir meine Stimme getestet, dabei hat sich herausgestellt, daß ich eine warme Altstimme habe. Katarzyna hat versprochen, ein Lied für mich zu schreiben, mit dem ich alle Hitparaden stürmen werde. Bis jetzt hat sie es noch nicht geschrieben, weil sie keine Lieder mag, sie komponiert gar keine.

Sie komponiert nämlich Suiten. Die längste ist fünfzehn Minuten und sechsunddreißig Sekunden lang. Immer wieder versucht sie, was Längeres zu komponieren, aber es klappt nicht. Einmal hat eine Suite über eine halbe Stunde gedauert, aber Katarzyna sagte, daß sie Scheiße sei, lauter Wiederholungen. Denn sie träumt davon, ein langes Stück für beide Seiten einer Langspielplatte zu komponieren. Leider geht ihr nach fünfzehn Minuten die Luft aus. Als sie versucht hat, mehrere Stücke zu einem zusammenzumontieren, hat sich herausgestellt, daß sie sich nicht miteinander vertragen, obwohl jedes für sich in Ordnung ist. Man hört es fast, wie die Übergänge knistern.

Ich mag es sehr, wenn es ihr gelingt, etwas zu spielen, was ihr gefällt; doch wenn es nicht klappt, tut sie mir richtig leid, so traurig ist sie. Manchmal wird sie sogar richtig böse und schreit mich an. Ich nehme das aber nicht mehr so ernst wie am Anfang, weil ich weiß, daß sie sich nur deshalb so aufführt, weil ihr nichts gelingt.

Einmal, erinnere ich mich, habe ich Hausaufgaben gemacht, und sie hat gespielt.

Plötzlich wirft sie die Kopfhörer auf den Boden und schreit: »Dshigi, du hirnloser Arsch! Was ist los mit dir! Dshigi, ich flehe dich an ...« Sie faltet die Hände und sagt mit Tränen in den Augen: »Warum quälst du mich so? Ich hab dir doch schon alles gegeben! Ich hab doch nichts mehr, was willst du denn noch ...?«

Dann sagt sie nichts mehr, stiert vor sich hin und sieht so aus, als ob sie jemandem zuhören würde, der unsichtbar ist. Und wieder schreit sie:

»Nein, das nicht! Ausgerechnet das nicht! Verzieh dich, du Vollidiot! Hörst du? Verzieh dich!«

Sie fällt auf den Boden und beginnt furchtbar zu schluchzen. Und ich schaue bang zu, habe Angst, zu ihr zu gehen, und auch mir kommen die Tränen. In dem Moment steht Katarzyna auf, ist lustig und lacht.

»Na toll«, sagt sie. »Dann krepieren wir eben beide, ist ja keine große Sache. Aber du auch, du auch!«

Plötzlich bemerkt sie mich und wird wieder böse.

»Was machst du denn hier?« fragt sie.

»Ich? Hausaufgaben.«

Sie schaut mich verwundert an, als ob sie mich nicht wiedererkennen würde, als wäre ich eine Fremde.

»Ach, du bist es«, sagt sie endlich. Sie setzt sich neben mich aufs Sofa und trinkt ein ganzes Glas Coca-Cola in einem Zug aus. Sie legt ihren Kopf auf meine Knie, drückt ihr Gesicht an meinen Bauch und bittet leise: »Streichle mich ...«

Ich streichle ihr übers Haar.

»Mein liebes Mienchen. Bei dir fühle ich mich sicher«, flüstert sie. Eh ich mich's versehe, ist sie eingeschlafen. Ich sitze da, streichle ihr übers Haar und habe Angst, mich zu bewegen, weil ich sie nicht aufwecken will. Wenn man sich nicht bewegen darf, schlafen einem gleich die Beine ein. Und wenn man sich bewegen kann, wie man will, kann man auch zwei Stunden bewegungslos dasitzen, und nichts ist. Also sitze ich da, und meine Beine sind völlig eingeschlafen. Kasia schläft auf meinen Knien, und es ist schon fast fünf Uhr. Ich muß zum Religionsunterricht ...

Sie ist erst nach dreiundvierzig Minuten aufgewacht. Sie hat nicht mehr gespielt an diesem Tag. Wir haben nur noch geredet und gelacht. Was mit ihr los war, als sie so geschrien und geschluchzt hat, habe ich nicht erfahren. Sie selbst hat nichts dazu gesagt, und ich habe mich nicht getraut zu fragen. Ich hatte auch ein bißchen Angst zu fragen, weil es ihr sonst vielleicht wieder passiert wäre.

Mama hat sich schon daran gewöhnt, daß ich kaum zu Hause bin. Entweder bin ich im Religionsunterricht oder bei den Proben für die Jahresabschlußfeier in der Schule. Es ist nicht gerade angenehm, Mama zu belügen. Ich habe noch nie gelogen, und jetzt muß ich es immer öfter tun. Na ja, aber ich muß lügen, um soviel wie möglich mit Kasia zusammen zu sein.

Um Zenuś kümmern sich jetzt übrigens die Zwillinge. Mama sagt, es sei höchste Zeit, daß sie es lernen, weil ich ohnehin irgendwann die Schneiderschule beenden und bestimmt heiraten und eine Familie gründen werde. Als Tadzio so klein war wie Zenuś, war ich, genau wie meine Schwestern heute, auch fünf Jahre alt und habe für ihn gesorgt. Ich habe seine Windeln gewechselt, und Mama ließ mich ihn baden. Und bitte, er ist zu einem properen Jungen herangewachsen.

Einmal war Katarzyna bei uns zum Mittagessen. Sie hat Mama sehr gelobt und gesagt, daß man solche Piroggen wohl nur im Himmel kocht. Mama winkte verächtlich ab. Ich habe aber deutlich gesehen, daß sie sich über das Kompliment sehr gefreut hat. Mama sagt, daß mir Bekanntschaften mit reichen Mädchen für die Zukunft sehr nützlich sein können, wenn ich die Schneiderschule beendet habe, denn ich werde mit Sicherheit zu Hause nähen wollen, und man weiß ja, daß die reichen Frauen aus der Intelligenz am besten zahlen.

Dann habe ich endlich Katarzynas Mama kennengelernt.

Sie ist wunderschön und sieht aus wie ein junges Mädchen. Obwohl sie genauso alt ist wie meine Mama, könnte sie ihre Tochter sein. Katarzyna spricht sie mit Vornamen an, sie heißt Karolina. Sie reden miteinander, als ob sie Freundinnen wären, und nicht Mutter und Tochter. Sie sehen sich selten, weil Frau Karolina immer im Krankenhaus arbeitet oder Notdienst hat. Kaum zu glauben, daß eine so junge, zerstreute Frau Ärztin ist und Menschen hilft.

Einmal habe ich sie auf der Straße in einem sehr schönen Auto gesehen. Sie saß am Steuer und neben ihr ein gutaussehender Junge. Das heißt, es war ein Mann, aber ein junger.

Katarzyna hat keinen Papa.

Das heißt, doch, sie hat einen, aber er ist weit weg, in Afrika. Katarzyna hat ihn noch nie gesehen, und er sie auch nicht. Sie kennen sich nur von Fotos. Trotzdem lieben sie sich sehr. Sie schreiben sich lange Briefe, aber nicht auf polnisch. Auf französisch. Obwohl er in Afrika lebt, ist er kein Neger, sondern ein Franzose.

Sie telefonieren oft miteinander. Einmal rief er an, als ich da war. Sie haben bestimmt eine halbe Stunde geredet, aber ich habe nichts verstanden von dem, was Katarzyna sagte, weil sie Französisch sprach. Ich habe sogar ein bißchen Französisch gelernt. »Ui« heißt ja, »Non« nein. »Schamä« niemals. Und »schetäm« ich liebe dich. »Mon scher« heißt mein Lieber, und so weiter. Katarzynas Vater ist sehr reich. Er schickt ihr ständig Geschenke und Geld. Er hat ihr auch die Musikanlage gekauft, auf der sie spielt. Die Synthesizer, Computer und Tonbänder haben zusammen über zehntausend Dollar gekostet. Das sind ziemlich viele Millionen Złotys. Ich müßte mein ganzes Leben lang arbeiten und würde trotzdem nicht so viel verdienen.

Katarzynas Mama und Papa haben sich in Tunis kennengelernt. Er hat sie sehr geliebt, aber sie wollte ihn nicht, nicht einmal, als sie schwanger war und Katarzyna geboren wurde. Sie ging nach Polen zurück, er reiste ihr hinterher, aber sie jagte ihn fort. Und so fuhr er wieder weg, gründete eine andere Familie und hat andere Kinder. Doch Katarzyna liebt er am meisten, und er bittet sie immer wieder, ihn zu besuchen, weil er sie unbedingt sehen möchte. Er ist schon alt, sechzig. Katarzyna will ihn auf jeden Fall kennenlernen. Gleich nach Beendigung der Hauptschule will sie zu ihm fahren, also ziemlich bald.

Ich weiß nicht, was ich ohne sie anfangen soll.

Katarzyna versucht mich zu überreden, mitzukommen, sie will meine Fahrkarte bezahlen, aber erstens wird Mama mich nicht fahren lassen. Und zweitens, was soll Katarzynas Papa mit einem fremden Mädchen.

Katarzynas Mama will auch nicht, daß sie nach Afrika fährt, sie fürchtet, daß sie nicht zurückkommt. Aber die Entscheidung liegt bei Katarzyna, und wenn sie Lust hat zu fahren, wird sich ihre Mutter nicht dagegen stellen. Zum Glück für mich und für Frau Karolina zögert Katarzyna noch, ob sie schon dieses oder erst nächstes Jahr fahren soll. Weil sie nicht mit leeren Händen hinfahren will. Sie will ihrem Vater eine echte Schallplatte mit ihrer Musik mitbringen, mit ihrer großen Komposition.

Das hat damit zu tun, daß sie sich einmal vor ihm am Telefon gebrüstet hat, diese Komposition gerade beendet zu haben, und daß sie auf Schallplatte herauskommen wird. Sie spielte ihm sogar ein Fragment in den Hörer. Damals war sie sich sicher, daß es ihr in den nächsten Tagen gelingen würde, die Musik zu komponieren, weil sie schon einen wunderschönen Anfang hatte ... Dann stellte sich heraus, daß es nur ein Anfang war und nicht mehr. Also wird sie wohl erst nächstes Jahr nach Afrika fahren. Denn selbst wenn sie ihr wunderschönes Musikstück bald fertig hat, wird es mit der Schallplatte noch eine Zeit dauern. Vielleicht regt sie sich deswegen so auf, wenn es mit dem Komponieren nicht klappt, weil die Komposition zwischen ihr und ihrem Papa steht. Es gibt Tage, an denen sie völlig niedergeschlagen ist. Ich muß sie dann trösten und umarmen. Dann spielt sie Platten mit Stücken berühmter Komponisten und sagt, daß es eigentlich ganz einfach sei, aber nur, weil es bereits komponiert ist. Und ein anderes Mal sagt sie dann wieder, sie könnten sie alle mal. Die Musik, der Papa, die Mama und die ganze Welt. Sie wird dann ganz albern, alles bringt sie zum Lachen, ich weiß aber, daß es eine falsche Fröhlichkeit ist, die mit Tränen endet. Wir heulen dann zusammen.

Einmal bin ich sogar über Nacht bei ihr geblieben.

Obwohl ich es nicht wollte, hat Katarzyna mir das Taxigeld für die Hin- und Rückfahrt gegeben. Ich bin also nach Hause und habe gesagt, daß ich über Nacht bei Kasia bleiben müßte, weil sie eine Nierenkolik habe und ihre Mama Nachtdienst mache, und ich sie, falls irgend etwas passiert, anrufen müßte. Meine Mutter war sehr besorgt und hat mir geglaubt. Und ich bin mit demselben Taxi, das die ganze Zeit vor dem Haus auf mich gewartet hat, zurückgefahren. Richtig war nur, daß Frau Karolina Nachtdienst machen mußte und Katarzyna Angst hatte, alleine zu bleiben.

Es war eine seltsame Nacht.

Katarzyna sagt, wenn ich nicht bei ihr gewesen wäre, hätte sie diese Nacht nicht überlebt, und ich hätte zum Begräbnis einer Freundin gehen müssen.

Zum ersten Mal sah ich sie nicht in ihrem Zigeuneraufzug, sondern im Schlafanzug. Ich hatte genau so einen, nur in einer anderen Farbe. Als wir uns im Spiegel anschauten, sahen wir ganz ähnlich aus, nur daß sie einen roten Schlafanzug mit gelben Blümchen anhatte und ich einen blauen mit weißen Blümchen. Später schenkte sie ihn mir, ich schlafe jetzt jede Nacht darin.

Wir haben unsere Haare zu Zöpfen geflochten. Kasia hatte lange, dicke Zöpfe und ich zwei lustige Mäuseschwänzchen. Erst da habe ich gesehen, was für ein schmales Gesicht Kasia hat, es ist sonst immer hinter den Haaren versteckt. Kasia hat zuerst gebadet, und dann ich. Ich habe schnell geduscht. Da ich nicht wußte, wo das Scheuerpulver für die Badewanne war, lief ich mit einem Handtuch bekleidet aus dem Badezimmer, um sie danach zu fragen.

Kasia hatte gerade ihren Schlafanzug angezogen, im Zimmer ihrer Mama, wo kein Licht an war. Ich gehe hinein und sage: »Katarzyna ...« Und sie schreit los: »Raus hier!« Ich habe mich furchtbar erschrocken und bin ins Bad zurückgerannt. Einen Augenblick später kam sie dann an und entschuldigte sich. Sie sagte, sie habe geschrien, weil sie nicht wollte, daß ich sie nackt sehe. Sie habe, als sie klein war, einen furchtbaren Autounfall gehabt und ihr ganzer Körper sei voller Brandnarben.

Dann legten wir uns ins Bett, und Kasia bat mich, sie zu streicheln und ihr was zu erzählen. Da habe ich sie gestreichelt und erzählt, wie ich einmal die Stube in Omas Hütte am Waldrand weiß gestrichen habe. Ich war damals zehn Jahre alt und wollte sie damit überraschen, wenn sie vom Blaubeerenpflücken zurückkam. Den halben Tag habe ich die Wände gekalkt. Zum Schluß war ich genauso weiß wie die Wände. Ich habe den Fußboden aufgewischt und gewartet, daß Oma zurückkam, und weil sie lange Zeit nicht kam, ging ich sie suchen.

Ich lief durch den Wald und rief: »Oma, Oma!« Plötzlich steht mir ein furchtbar schmutziges Schwein gegenüber. Und neben ihm ganz viele kleine, die auch ganz schmutzig sind. Ich gehe näher heran, um sie zu streicheln, weil ich kleine Schweinchen sehr gerne mag. Aber sie liefen alle weg.

Als ich Oma endlich gefunden hatte und ihr erzählte, wem ich begegnet war, kam heraus, daß es kein schmutziges Schwein war, sondern eine Wildsau mit ihren Jungen, und daß sie mich hätte umbringen können.

Kasia dazu: »Grunz, grunz ...«

»Was sagst du?« frage ich.

»Du hast gesagt, daß du gern kleine Schweinchen streichelst«, sagt Kasia, und wieder: »Grunz grunz, grunz grunz ...«

Ich habe sie so lange gestreichelt, bis sie eingeschlafen ist. Ich bin dann auch irgendwann eingeschlafen und habe nicht einmal mehr das Nachttischlämpchen ausgemacht. Plötzlich wache ich mitten in der Nacht auf, weil jemand entsetzlich schreit und mich würgt. Kasia. Sie drückt mich so fest, daß meine Rippen knacken. Ich schreie:

»Kasia, Kasia!«

Sie wacht auf und ist ganz naß von Schweiß und Tränen. Sie läßt mich los und beginnt zu schluchzen.

»Liebchen, was ist mit dir?« frage ich. Sie preßt sich an mich und bittet flehentlich:

»Rette mich, rette mich.«

»Was soll ich tun?«

»Rette mich, rette mich«, wiederholt sie pausenlos und wälzt sich in Krämpfen übers ganze Bett. Ich packe sie bei den Händen und halte sie fest. Obwohl sie versucht, sich loszumachen, bin ich stärker. Ich weiß nicht, woher ich soviel Kraft habe.

»Kasia! Bitte, beruhige dich!« schreie ich. Sie wird ruhiger. Ich sitze rittlings auf ihr und halte ihre Hände fest.

»Ist es vorbei?« frage ich. Sie liegt unter mir, ihre Augen quellen hervor, und sie starrt mich an. Sie gibt ein ekelhaftes, gepreßtes Piepsen von sich, wie eine Ratte. Ich spüre die Angst wie Nadeln in meinem Kopf. Kasias Gesicht verzieht sich zu einer ekligen Grimasse.

»Kasia!« rufe ich verzweifelt. Unter mir liegt eine schreckliche lebendige Leiche. Sie wird immer kräftiger, ich kann ihre Hände nicht mehr halten. Das ist nicht Kasia, das ist jemand anders. Jemand, der röchelt und sich mit Spucke vollsabbert. Der mich mit entsetzlichem Blick anstarrt und durchdringend kreischt:

»Laß los, du Huuure!«

Gott steh mir bei. Großvater, hilf mir. Großvater! Plötzlich fließt eine große Kraft in mich.

»Ich lasse dich nicht los«, sage ich und quetsche dem Monster die Handgelenke zusammen. Das ist nicht meine Kasia, die ich da festhalte, sondern ganz sicher jemand anders, und obwohl ich es nicht weiß, weiß ich doch, daß es Dshigi ist, der unter mir liegt, und ich weiß außerdem, daß etwas Schreckliches geschieht, wenn ich ihn loslasse.

»Ficksau, heilige Scheiße, laß mich los!«

Er jault, windet sich unter mir wie eine mit einer Mistgabel festgenagelte Schlange. Ich lasse ihn nicht los, weil ich stärker bin als er. Ich bin sogar stärker als mein Großvater, in mir stecken hundert Großväter. Ich bin so stark, daß ich sogar Eisenstangen verbiegen könnte.

Dshigi spuckt mich an. Dann ich ihn.

»Ich bring dich um«, jault er. Ich lache ihm ins Gesicht.

»Ha ha ha, tu's doch, na, mach schon!«

Er tritt mit den Füßen wie ein Wildpferd, aber was sind schon Wildpferde für mich, ich könnte eine ganze Herde auf einmal zähmen. Er beginnt zu heulen, immer lauter, immer schrecklicher. Ich nehme es nicht ernst, weil ich weiß, daß das Zimmer schalldicht ist und niemand außer mir dieses Geheul hören kann.

Dann ist es plötzlich still, das Monster ist weg. Unter mir liegt Kasia. Ganz schwach und blaß. Ich lasse ihre Hände los und lege mich neben sie. Ich drücke sie an mich und sage:

»Schon gut, mein Liebchen, ist ja gut.«

Sie schluchzt leise in meinen Armen, und ich fühle mich, als ob ich eine Mutter wäre und mein winziges Töchterchen in den Armen hielte, das aus einem Alptraum aufgewacht ist.

Ich küsse ihre blau angelaufenen Hände, die Spuren meiner Finger auf ihren Handgelenken.

»Hab keine Angst, mein Kleines«, flüstere ich ihr ins Ohr. »Dshigi ist weg, er ist nicht mehr da.«

»Woher weißt du denn, wie er heißt?«

»Ich weiß es«, sage ich. »Du hast dich doch mit ihm gestritten.«

Kasia drückt sich noch enger an mich.

Nachdem sie sich endlich beruhigt hat, gehe ich in die Küche und mache zwei Gläser Tee. Ich trage sie ins Zimmer und setze mich zu ihr ins Bett. Kasia erzählt mir von Dshigi.

Es hat alles vor sehr langer Zeit angefangen, als Kasia noch ganz klein war. Ihre Mutter fuhr durch die ganze Welt, weil sie für die UNESCO arbeitete, und Kasia lebte bei ihrer Großmutter, die die Rechtsanwaltskammer in Breslau leitete und immer sehr beschäftigt war. Kasia war tagelang mit dem alten Dienstmädchen allein zu Hause. Da dachte sie sich einen kleinen Jungen aus. Sie nannte ihn Dshigi und spielte mit ihm, und wenn sie etwas angestellt hatte, schob sie es immer auf ihn.

Später ging sie zur Schule und vergaß ihn. In der Musikschule nahm sie Klavierstunden, und schon bald stellte sich heraus, daß sie ein Wunderkind war. Mit neun Jahren komponierte sie ihr erstes Stück, von dem alle begeistert waren. Die Jahre vergingen. Kasia spielte immer besser, komponierte immer bessere Musikstücke. Bis sie beschloß, der größte Komponist der ganzen Musikgeschichte zu werden. Und damit begannen die Schwierigkeiten. Sie setzte sich ans Klavier, aber ihr fiel nichts ein. Das ging Wochen und Monate so, bis sie genug vom Klavier und der Musik hatte; sie verließ die Musikschule und war furchtbar niedergeschlagen.

Eines Nachts, vor etwa zwei Jahren, hatte sie einen Traum. Sie träumte von einem komischen, häßlichen Jungen mit großen Ohren. Er sagte, er hieße Dshigi und sei der Komponist ihrer Musik, und wenn sie wolle, daß er weiterhin für sie komponiere, müsse sie ihm elektronische Instrumente besorgen, weil ihn das Klavier inzwischen furchtbar langweile. Kasia lachte ihn aus und setzte ihn vor die Tür. Doch als sie am nächsten Morgen aufwachte, schrieb sie einen langen Brief an ihren Papa und bekam schon bald einen nagelneuen Synthesizer und Geld für die dazugehörigen Apparaturen.

Sie begann wieder zu komponieren. Es klappte immer besser. Aber sie hatte auch immer öfter den Eindruck, daß sie nicht allein war, daß jemand in ihr saß und ihr beim Spielen half. Sie war sich sicher, daß es Dshigi war. Am Anfang war er nett, und sie mochte ihn sehr. In ihrer Phantasie führte sie mit ihm lange Diskussionen über die Musik und das Leben, und dank ihm konnte sie sogar die Gedanken anderer Menschen lesen.

Plötzlich aber begann er, seltsame Dinge von ihr zu verlangen.

Eines Tages befahl er ihr, sich von nun an wie eine Zigeunerin zu kleiden. Bis dahin war sie immer sportlich angezogen, mit T-Shirts und Jeans. Sie fand Zigeunerinnen und ihre bunten Lumpen furchtbar. Deshalb ignorierte sie den Befehl, aber von diesem Tag an blieben die Musikideen aus. Sie setzte sich an den Synthesizer und spielte ihre alten Stücke. Doch schließlich ging sie zur Schneiderin, ließ sich etwas einigermaßen Geschmackvolles im Zigeunerstil machen, zog es an, setzte sich an den Synthesizer… und nichts. Sie hörte nur Dshigis Kichern und seine Worte: »Keine Zigeunerin, keine Musik! Nur wenn du eine Zigeunerin bist, gibt es Musik.« Da begriff sie, daß man ihn nicht betrügen kann. Sie fuhr mit einem Bekannten ihrer Mutter in ein Zigeunerlager und kaufte von den Zigeunerinnen einen Haufen Kleider aus Seide und Baumwolle mit den ekelhaftesten Mustern der Welt. Zu Hause wusch sie sie, dekorierte sich damit wie einen Weihnachtsbaum und komponierte innerhalb einer Stunde ihre schönste Suite, die Dshigi »Die Zigeunerprinzessin« nannte. Er erklärte ihr, sie müsse sich nun bis an ihr Lebensende so kleiden.

In ihrem merkwürdigen Aufzug bekam sie natürlich sofort Schwierigkeiten in der Schule und zu Hause mit ihrer Mama. Aber Kasia drohte, überhaupt nicht mehr in die Schule zu gehen, und wurde in Ruhe gelassen, man gewöhnte sich einfach daran. Ihr Kleiderschrank platzt beinahe, so voll ist er mit wunderschönen Anziehsachen, ihr Vater schickt ihr ständig neue. Aber sie muß in diesen wallenden Gardinen herumlaufen, wenn sie einmal etwas anderes anhätte, würde Dshigi den Schlüssel zum Land der Musik für immer verstecken.

Mit dieser Kleidergeschichte war die Angelegenheit jedoch noch nicht zu Ende. Mit einem Mal hatte Dshigi an Kasias Haaren etwas auszusetzen. Bis dahin hatte sie es verhältnismäßig kurz getragen. Dshigi befahl ihr nun, es nie wieder abzuschneiden. Ihr Haar wächst so schnell und ist so gekräuselt, daß es immer schwieriger wird, es zu kämmen.

Dshigi hat immer wieder neue idiotische Wünsche. Kasia muß sie ausführen. Und jetzt, wo sie ein großes Stück für ihren Papa komponieren will, stellt er beinahe unerfüllbare Forderungen, sie streiten ständig miteinander...

»Und du hast mir gesagt, du würdest einen langen Rock tragen, weil du Brandnarben an den Beinen hättest«, sage ich. »Du hast also gar keine Brandnarben?«

»Natürlich nicht!« empört sich Kasia. Sie krempelt die Beine ihres Schlafanzugs hoch und zeigt mir ihre Waden. Sie sind genauso glatt wie meine.

»Warum hast du mich dann angeschrien?« frage ich.

»Seinetwegen«, sagt Kasia. »Weil er mir befahl, ins Bad zu gehen, zu dir. Und...«

»Und was?« frage ich.

»Kann ich dir nicht sagen.«

»Bitte, sag es.«

»Bitte mich nicht darum, ich kann es dir nicht sagen. Jedenfalls habe ich mich gegen ihn gewehrt. Und in dem Augenblick kamst du ins Zimmer, und es war, als hätte er dich absichtlich zu mir geschickt… Ich schrie dich an, denn wenn du nicht weggelaufen wärst…«

»Was dann?«

»Ich hätte dir nie mehr in die Augen schauen können. Ach, Mienchen, wenn du wüßtest. Ich komm mir vor wie ein Monster.«

Kasia drückt sich an mich. Ich umarme sie, streichle ihr über den Kopf.

»Du bist kein Monster«, sage ich. »Du bist wunderbar.«

»Und was dann kam«, sagt Kasia, »das war seine Rache. Weißt du, was er machen wollte? Er wollte aus mir heraus. Ich weiß nichts mehr, ich erinnere mich nur, daß es schrecklich weh getan hat. Sag… was hab ich gemacht?«

»Nichts Besonderes«, sage ich. »Du hast dich im Bett hin- und hergewälzt und mich angeschrien.«

»Was habe ich geschrien?«

»Na, so… verschiedene Schimpfwörter, ich hab's vergessen.«

Kasia seufzt, drückt sich noch fester an mich. Die Arme. Warum hat sie sich überhaupt mit diesem Dshigi eingelassen? Er ist doch aus ihr herausgekrochen, ich habe es mit eigenen Augen gesehen. Aber ich kann es ihr nicht sagen, es ist besser, wenn sie es nicht weiß. Vielleicht war es falsch, daß ich ihn festhielt. Vielleicht wäre er, wenn er ganz rausgekrochen wäre, für immer verschwunden und würde Kasia in Ruhe lassen? Aber was wäre dann mit Kasia? Er war auch Kasia, er hatte Kasias Körper, nur die Stimme war wohl seine eigene. Ich verstehe nichts davon. Wie kann das sein, daß ein anderer in einem Menschen sitzt und ihn verfolgt… Das ist doch nicht möglich.

»Kasia«, sage ich, »kann man denn nichts machen, um ihn loszuwerden?«

Kasia seufzt und sagt leise:

»Vielleicht will ich ja gar nicht, daß er weggeht. Ich weiß, er ist ekelhaft und bösartig. Aber es gibt auch Augenblicke, wo er wunderbar ist. Durch ihn habe ich viele Geheimnisse kennengelernt. Einmal hat er mich an einen Ort gebracht, wo es traumhaft schön war… So schön, daß ich es dir gar nicht schildern kann. Wenn er nur nicht diese ekligen Wünsche hätte, könnte ich ihn sogar gern haben, obwohl er entsetzlich häßlich ist. Weißt du, daß alle Verstorbenen auf ihn hören? Er ist ihr Herrscher. Er hat versprochen, mich zu ihnen zu führen …«

»Oh Gott, Kasia, red nicht so blöd daher!«

»Hab keine Angst, er sagte, daß ich zurückkäme. Wenn es ihn nicht gäbe, wäre ich eine ganz normale Fünfzehnjährige.«

»Na und«, sage ich, »dann wärst du es eben! Es ist nichts Schreckliches, ein normales fünfzehnjähriges Mädchen zu sein. Schau mich an. Ich lebe und bin zufrieden. Und niemand überredet mich zu etwas oder würgt mich.«

Kasia lächelt traurig.

»Du weißt gar nicht, wie ich dich beneide. Daß du so wenig brauchst, um froh zu sein«, sagt sie. »Aber vielleicht ist es nur deshalb so, weil du nicht weißt, was dir entgeht. Wenn du wenigstens einmal dieses Gefühl des Einsseins mit Milliarden von Geistern kennengelernt hättest, wärst du jetzt vielleicht nicht so verdammt zufrieden mit dir.«

»Ich bin gar nicht zufrieden mit mir«, sage ich. »Ich mache mir sogar ziemlich oft Vorwürfe, und wenn ich könnte, würde ich mich manchmal verprügeln. Aber wie soll man sich selbst verprügeln?«

»Ganz einfach«, sagt Kasia.

»Wie denn?« frage ich. »Wenn ich mich einmal schlagen würde, täte es weh, und ich könnte nicht weitermachen.«

»Aber man kann zum Beispiel den Finger auf ein heißes Bügeleisen legen. Das tut hundertmal so weh.«

Ich blicke sie an und berühre vorsichtig mit dem Finger die Narbe an ihrer Wange, neben dem Mund. Kasia nickt und beantwortet so meine Frage, die ich noch nicht gestellt habe. Sie kuschelt sich an mich. Sie schweigt, und auch ich sage nichts. Ich strecke mich, knipse die Nachttischlampe aus. Hinter dem Fenster dämmert es bereits.

Was hat sie nur angestellt, daß sie sich so bestrafen muß?

Als der Wecker klingelte, schaffte ich es nur mit Mühe aufzustehen. Ich wusch mich schnell und machte Frühstück. Wie durch ein Wunder gelang es mir, Kasia zu wecken. Sie sagte, die Schule und die ganze Welt könnten sie mal, aber ich zerrte an ihr, bis sie aufstand und wie betäubt ins Bad ging. Als sie duschte, hatte ich eine Idee und zog ihre Zigeunerkleider an. Ich stand vor dem Spiegel und konnte mich nicht an mir sattsehen, so hübsch sah ich aus und so gut fühlte ich mich in diesen Sachen. Kasia kam gerade aus dem Bad, als ich eine Pirouette vor dem Spiegel drehte, so daß all die Unterröcke und Röcke herrlich um mich kreisten. Sie lachte schallend und erlaubte mir nicht, mich umzuziehen, sie verschwand und kam kurz darauf ebenfalls als Zigeunerin zurück. Wir stellten uns vor den Spiegel. Wir sahen jetzt aus wie zwei waschechte Schwestern aus einem Zigeunerlager.

Sie redete auf mich ein, daß ich so zur Schule gehen müßte. Ich wollte es nicht, doch sie schloß meine Sachen im Schrank ein und versteckte den Schlüssel. Ich war wütend, ich schämte mich, in diesem Aufzug auf die Straße zu gehen, es war bereits kurz vor acht, was sollte ich tun ... Wir konnten doch nicht zu spät kommen! In der Klasse fühlte ich mich entsetzlich. Es kam mir vor, als würden mich alle anstarren und über mich lachen, doch ich gewöhnte mich bald daran.

Nach dem Unterricht sind wir durch die Stadt spaziert und haben Blödsinn gemacht. Wir haben uns Kopftücher umgebunden und sahen aus wie echte Zigeunerinnen. Wir haben verschiedene aufgedonnerte Frauen angequatscht und ihnen vorgeschlagen, ihnen aus der Hand zu lesen. Sie flohen vor uns und drückten ihre Handtaschen fest an sich.

Vor der Polytechnischen Hochschule haben wir eine seltsame Frau bemerkt. Sie war jung und ordentlich angezogen, aber sie benahm sich irgendwie merkwürdig.

Wir gingen ihr nach. Sie hielt ein Stöckchen in der Hand, als wäre es ein Mikrophon, und sagte laut:

»Hier Görlitz, Pannenhilfe. Pannenhilfe? Scheißhilfe. Scheiße, Scheiße, Scheiße, Scheißhilfe! Hier Görlitz, Pannenhilfe. Pannenhilfe? Scheißhilfe. Scheiße, Scheiße, Scheiße, Scheißhilfe!«

Immer dasselbe, wie ein Leierkasten.

Kasia hebt plötzlich einen Stock von der Erde auf und äfft die Frau nach: »Hier Görlitz, Pannenhilfe. Pannenhilfe? Scheißhilfe. Scheiße, Scheiße, Scheiße, Scheißhilfe! Hier Görlitz, Pannenhilfe. Pannenhilfe? Scheißhilfe. Scheiße, Scheiße, Scheiße, Scheißhilfe! Hier Görlitz ...«

»Hör auf«, sage ich und halte ihr den Mund zu. Sie reißt sich los und macht weiter:

»Pannenhilfe? Scheißhilfe. Scheiße, Scheiße, Scheiße, Scheißhilfe!«

»Ich bitte dich, hör doch auf, dich über sie lustig zu machen.«

»Ich mache mich gar nicht lustig über sie«, antwortet Kasia. »Ich trainiere bloß. Das ist schließlich meine Zukunft.«

»So ein Blödsinn«, sage ich. Und da kommt diese Frau mit ihrem Stöckchen wieder zurück. Sie geht an uns vorbei und redet ununterbrochen von dieser Scheißhilfe. Dann ist sie weg, hinter der Straßenecke verschwunden.

»Wie kommt es«, frage ich, »daß manche Leute so verrückt sind?«

»Es gibt zwei Schulen«, sagt Kasia.

»Verrücktenschulen?« frage ich verwundert. Kasia lacht.

»Nein. Manche glauben, es wäre eine Krankheit mit einer physischen Ursache, und andere sagen, sie wäre psychisch. Ich persönlich bin für die Psychologie.«

»Was soll das denn wieder heißen?«

»Daß die psychische Krankheit vom Denken kommt, und nicht von Veränderungen im Gehirn. Mateusz aus Swiebodzice zum Beispiel hat mir gesagt ...«

»Was für ein Mateusz?« unterbreche ich sie.

»Ein Freund von mir, ein toller Musiker«, antwortet Kasia. »Aber er lebt schon seit über einem Jahr nicht mehr.«

»Was ist mit ihm passiert?«

»Nichts Besonderes«, entgegnet Kasia lachend. »Er hat sich mit Draht umwickelt und dann die Drahtenden unter Strom gesetzt. Vor seinem Tod hat er noch einen Brief an mich geschrieben. Weißt du, wie er ihn unterschrieben hat? Mit ›Schweinekotelett‹.«

»Oh Gott!«

»Mateusz meinte, daß es normale Menschen gar nicht gibt, daß die Normalen Verrückte seien, die nur so tun, als wären sie normal. Und als verrückt bezeichnen die Leute diejenigen, die sich nicht verstellen oder nicht die Kraft dazu haben, oder die, denen nichts daran liegt, jemand irgendwas vorzuspielen.«

»Warum hat er das getan?« frage ich.

»Mateusz?«

»Mhm.«

»Weil ihm eine Gitarrensaite gerissen ist und er keine Lust hatte, eine neue aufzuziehen. Er war der Meinung, daß alles eine riesengroße Krankheit sei. Und die schlimmste aller Krankheiten sei das Leben. Um gesund zu werden, müsse man sterben. Er hatte genug von diesem Krankenhaus, er wollte schnell gesund werden. Er hat es richtig gemacht. Ist doch klar, daß man jeden Tag ein bißchen stirbt.«

»So hab ich das noch nie gesehen. Aber es ist sicher wahr. Nur – warum soll man denn ständig daran denken?«

»Und woran soll man denken?« fragt Kasia. In dem Moment kommt ein kleiner Junge angelaufen, ganz außer Atem, und fragt:

»Wie spät ist es?«

»Viel zu spät«, antwortet Kasia.

»Danke«, sagt der Junge und läuft weiter. Er hat es so eilig, daß er nicht einmal die Antwort abgewartet hat. Wir lachen über ihn. Ich schaue auf die Uhr, es ist schon Viertel vor fünf.

Jesus Maria! Wie gut, daß mir der Liebe Gott diesen Jungen geschickt hat.

»Komm schnell nach Hause«, sage ich zu Kasia. »Ich muß mich umziehen!«

»Was ist denn los?«

»Na, was wohl? Religionsstunde!«

Ich laufe los, zum Markt. Kasia rennt hinter mir her und ruft:

»Kannst du denn nicht so gehen?«

»Wie kommst du denn darauf!«

Natürlich wollte sie den Schrank nicht öffnen, in dem meine Kleider waren. Sie hat mir den Schlüssel erst gegeben, als ich ihr versprochen habe, mich jeden Tag nach der Schule als Zigeunerin anzuziehen und bei ihr zu Hause immer so angezogen zu sein. Das Versprechen habe ich gehalten. Seit vielen Tagen ziehe ich nun, sobald ich zu Kasia komme, meine normalen Sachen aus und werde Zigeunerin. Ich mag mich in diesem Aufzug. Er ist hübsch und hundertmal bequemer als normale Kleider. Dieser Dshigi hatte wirklich eine tolle Idee. Ich verstehe nicht, warum sie Kasia nicht gefallen hat. Wenn meine Mama, die Leute und die Schule nicht wären, könnte ich bis zu meinem Lebensende so herumlaufen, und zwar mit Handkuß. Wenn ich dazu noch durchstochene Ohrläppchen hätte und goldene Ohrringe tragen könnte, wäre die Sache perfekt.

Ich kam auf die letzte Minute, saß in der Bank und hörte der Religionslehrerin zu, die gerade das Leben Jesu abfragte und eine Sechs nach der anderen austeilte. Ich dachte an Katarzyna, statt mich auf das Thema zu konzentrieren. An sie und Dshigi.

Wie jetzt auch.

Wie kommt es, daß ich, obwohl ich nicht so schlau bin und nur drei Kleider besitze, zufrieden bin und glücklich darüber, daß ich auf der Welt bin? Und wenn die Sonne scheint, geht's mir noch besser.

Katarzyna ist klug und reich, sie kann alles haben, was sie

will, und doch ist sie ständig unzufrieden. Sie denkt permanent an so unnötige Dinge. Mir kommen solche Gedanken nie. Niemandem fällt so etwas ein, nur ihr.

Wenn wir zum Beispiel über irgend etwas sprechen und ich sage, daß mir etwas gefällt, sagt sie gleich, was ihr daran nicht gefällt. »Das hat dir nicht gefallen?« frage ich, und sie: »Nein, warum, es hat mir sehr gefallen.« Was ist bloß los mit ihr? Entweder gefällt einem was, oder es gefällt einem nicht. Und ihr gefällt es und gefällt es auch wieder nicht.

Oder zum Beispiel die Sache mit der Kirche.

Kasia geht überhaupt nicht in die Kirche. Als ich das erfahren habe, hatte ich Angst, daß sie vielleicht so eine Art Zeuge Jehovas sein könnte, eine, die von Haus zu Haus geht und den Leuten mit dem Ende der Welt Angst einjagt. Mama schickt diese Leute immer weg. Gott sei Dank hat sich herausgestellt, daß Kasia damit nichts zu tun hat. Dann dachte ich noch Schlimmeres von ihr. Daß sie vielleicht eine Atheistin oder Satanistin ist, eine von denen, die die Gräber auf Friedhöfen schänden. Aber das ist sie auch nicht.

Sie glaubt an Gott, meint jedoch, daß er eher auf dem Klo zu finden ist als in der Kirche. Und dann hat sie noch schrecklichere Dinge erzählt. Ich habe versucht, nicht zuzuhören, denn ich müßte sonst ziemlich lange beichten. Ich habe es wirklich versucht. Ich habe leise gebetet, aber trotzdem alles gehört.

Sie hat so gelästert, daß ich Angst hatte, gleich würde sie ein Blitz treffen und töten, und mich dazu. Aber es schlug kein Blitz ein, Gott sei Dank. Und sie hat mich ausgeschimpft, weil ich mir die Ohren zugehalten habe. Sie hat mich als dummes Schaf beschimpft. Ich habe geweint und gesagt, daß ich ihr nicht übelnehme, daß sie mich Schaf genannt hat, denn alle Menschen auf der Erde sind Schäfchen Gottes, und der Herrgott ist unser Hirte und hütet uns.

Kasia hat geantwortet, daß er uns zwar hütet, aber nur, um Wolle, Fell und Fleisch zu haben. Da bin ich weggelaufen, weil ich es nicht mehr aushielt. Am nächsten Tag in der Schule war alles wieder gut, als wäre nichts passiert. Aber Kasia hat mit mir nicht mehr darüber gesprochen.

Ich weiß, sie verachtet mich dafür, daß ich in den Religionsunterricht gehe. Ich hätte gern, daß sie mich für alles mag, was ich tue. Aber was soll's. Nur gut, daß sie mich für irgendwas mag.

Warum denkt sie über alles anders als die anderen? Alle gehen in die Kirche. Mama sagt, daß sogar Parteileute hingehen, obwohl sie offiziell nicht glauben. Wenn Kasia nicht an Gott glauben würde ... dann könnte ich sie vielleicht verstehen, aber sie glaubt an Ihn, und einmal hat sie so schön über Ihn gesprochen, viel schöner als unser Pfarrer. Sie liebt Gott. Wie geht das bloß zusammen?

Damals, als sie über Gott sprach, hatte ich fast Tränen in den Augen, und sie auch. Und plötzlich begann sie zu lästern, daß der Herrgott in mir und ich Gott sei. Ich bin aber nur ein gewöhnlicher Mensch! Der Herrgott steht über uns und herrscht über uns, und es könnte gut und wunderbar auf der Welt sein, wenn der Teufel Ihn nicht immer stören würde. Wie soll ich, Marysia Kawczak, Gott sein können? Ich bin dumm und herrsche über gar nichts. Außerdem ist der Herrgott ein Mann, und ich bin ein Mädchen. Und ich sündige ständig und muß beichten. Bei der Beichte müßte ich auch sagen, daß ich Kasias Lästerungen zugehört habe. Aber wenn ich das alles wiederhole, würde der Pfarrer mich umbringen oder aus der Kirche jagen. Oder er würde fragen, von wem ich diese Lästerungen gehört habe, und dann müßte ich sagen, daß es Kasia war, und er könnte ihr was tun.

Oder vielleicht würde er ihr gar nichts tun? Vielleicht würde er sie zu sich bestellen und davon überzeugen, daß man so nicht reden darf, weil einen sonst die Strafe Gottes trifft. Ich bin zu dumm dazu, ich kann sie nicht überzeugen.

Aber ich mache mir Sorgen um sie. Ich würde sie nach dem Tod so gern im Himmel treffen, oder zumindest im Fegefeuer. Wenn Opa noch leben würde ... Oma selig hat erzählt, daß er mit dem Pfarrer befreundet war und sie manchmal sogar zusammen einen getrunken haben. Ich würde Opa von Kasia erzählen, und er würde bei seinem Freund, dem Pfarrer, Rat holen. Leider lebt er schon seit vierzig Jahren nicht mehr. Schade, daß er uns nicht sehen kann. Weder mich, noch Tadzio, noch Zosia und Krysia, noch Zenuś. Er hat nicht einmal unseren Vater gesehen, weil der, als die Deutschen Opa umbrachten, noch in Großmutters Bauch war.

Aber vielleicht sitzt er im Himmel und schaut uns die ganze Zeit von oben zu und freut sich darüber, wie gut wir sind …

Großvater, sag mir doch bitte, wie ich Kasia helfen soll.

Vielleicht ist es Dshigi, der sie so lästern läßt? Ja, er ist es ganz bestimmt. Er erpreßt sie vielleicht, daß er ihr, falls sie nicht über Gott lästert, die Tür zum Land der Musik nicht öffnet. Ich an Kasias Stelle würde ihn mit seinem Schlüssel und seiner Musik verjagen.

Aber Kasia kann ohne Musik nicht leben, sie lebt nur für die Musik. Ich verstehe sie. Meine Mama sagt auch immer, daß sie nur für uns lebt. Um uns großzuziehen und anständige Menschen aus uns zu machen. Wenn ihr jemand ihre Kinder wegnehmen würde, was hätte sie dann noch?

Nichts mehr, wofür sie leben könnte.

Einmal, in der Chemiestunde, kam mir ein Gedanke.

»Weißt du was«, sage ich zu Kasia. »Wir müssen ihm den Schlüssel stehlen.«

»Und wie soll das gehen?« fragt Kasia.

»Darüber müssen wir nachdenken.«

Wir haben sehr lange darüber nachgedacht. Viel ist uns nicht eingefallen. Wenn Dshigi ein echter Junge wäre, wäre die Sache einfach, denn Kasia sagt, daß er große Angst vor mir hat und sich in meiner Anwesenheit viel höflicher benimmt. Ich würde ihn einfach am Schlafittchen packen und ihm den Schlüssel wegnehmen.

Es bleibt uns nur eine einzige Möglichkeit. Kasia erzählt, daß sie oft von ihm träumt. Und ich habe mir gedacht, daß ich ihn, wenn auch ich von ihm träumen könnte, in diesem Traum überfallen würde und er mir den Schlüssel zurückgeben müßte. Ich würde ihn schon dazu zwingen. Kasia hat mir genau erzählt, wie Dshigi aussieht, damit ich ihn wiedererkenne, wenn ich von ihm träume. Jeden Tag vor dem Einschlafen denke ich: »Dshigi, du sollst in meinem Traum vorkommen, du sollst in meinem Traum vorkommen, du sollst in meinem Traum vorkommen ...«

Aber es hat noch nie geklappt.

Einmal habe ich gedacht, ich hätte von ihm geträumt, oder vielleicht war es tatsächlich so, aber dann habe ich ihn wohl verpaßt.

Es war so:

Ich schlafe tief, und plötzlich wache ich auf. Ich will die Augen öffnen, aber meine Lider sind so schwer, daß sie jedesmal, wenn ich sie hebe, sofort wieder zufallen. Die ganze Welt blinzelt ununterbrochen. Endlich bekomme ich die Augen auf, und alles im Zimmer steht schief. Ich schaue genauer hin ... und was sehe ich? Daß gar nicht alles schief ist, sondern ich quer in der Luft hänge.

Ich höre jemanden ans Fenster klopfen. Ich versuche, mich umzudrehen, mache eine Bewegung und fliege plötzlich hoch zur Decke, wie ein Kosmonaut in einer Rakete. Ich kann meine Bewegungen nicht kontrollieren. Wenn ich nur leicht einen Arm oder ein Bein hebe, dreht es mich sofort in eine unerwartete Richtung.

Endlich gelingt es mir, zum Fenster zu schauen.

Es ist dunkel, und es ist nur eine Hand zu sehen, die gegen die Scheibe klopft.

Ich denke, Dshigi ist aufgetaucht und fordert mich zu einem Duell. Vor Angst stehen mir die Haare zu Berge. Aber ich reiße mich zusammen und stoße mich vom Lampenschirm ab ... und fliege in Richtung Fenster, hinter dem Dshigi lauert. Doch während ich darauf zufliege, überfällt mich die Angst, daß ich gleich die Fensterscheibe kaputtmache und Mama mich ausschimpft. Ich hechte mit aller Kraft nach hinten und wache noch einmal auf, diesmal tatsächlich.

Ich war wütend auf mich, denn wenn ich keine Angst um die

Fensterscheibe gehabt hätte, hätte ich Dshigi getroffen, ich hätte mit ihm abgerechnet und ihm den Schlüssel zur Musik weggenommen. Kasia war ganz traurig, als ich ihr erzählte, was passiert war.

Tja, dachte ich mir, vielleicht wird er nächste Nacht wieder anklopfen. Leider habe ich in der Nacht darauf von Sonnenblumen geträumt. Sie sahen normal aus, aber sie waren höher als das Hochhaus, in dem wir wohnen. Ich beugte mich aus dem Fenster, drehte den Kopf nach oben, und sah, daß es keine Sonnenblumen waren, sondern Sonnen. Lauter Sonnen. Ich war so gebannt, daß ich Dshigi glatt vergessen habe.

Wenn ich einschlafe, hoffe ich jedesmal, daß ich endlich von diesem Jungen mit den hundertachtundzwanzig Zähnen und sieben Fingern an jeder Hand träume. Er ist mager und hat einen großen Kopf, und die Ohren sind noch größer. Kasia sagt, daß nur das Gesicht klein sei wie bei einem Kind, doch der Schädel sei riesig und beinahe kahl, obwohl Dshigi erst fünfzehn ist.

Es wird mir nicht schwerfallen, ihn zu erkennen.

Ich bin sehr neugierig, wie in ein so kleines Gesicht so viele Zähne hineinpassen. Sie müssen ganz klein und dünn wie Nadeln sein. Seine Hand habe ich schon gesehen, als sie an die Fensterscheibe klopfte, aber ich habe vergessen, die Finger zu zählen.

Es waren bestimmt sieben.

Heute habe ich mit Katarzyna und ihrer Mama einen Ausflug nach Sobótka gemacht. Das ist ein hübsches, kleines Städtchen am Fuß des Ślęża. Wir sind mit dem Auto gefahren, Kasias Mama saß am Steuer. Wir haben Kasias Großmutter besucht. Sie ist erst sechzig, sehr lustig und wohnt allein in einem schönen, großen Haus mit Garten. In diesem Haus ist Kasia geboren, und später hat sie hier lange mit ihrer Großmutter zusammengelebt. Ihre Mama hat sie erst nach Wałbrzych mitgenommen, als sie zehn Jahre alt war, und jetzt besuchen die beiden die Großmutter fast jeden Sonntag. Ein älterer Herr, von dem ich anfangs dachte, er sei Kasias Opa, war auch da. Ich hörte dann aber, daß ihr Großvater seit langem nicht mehr lebt und dieser Herr ein Freund der Großmutter ist. Er gefiel mir gut. Er hatte ein weißes, kurzärmeliges Hemd an und trug eine gepunktete Fliege. Wir aßen alle zusammen im Garten unter einem Baum zu Mittag. Wir haben gelacht und Spaß gehabt, weil der Wind kräftig wehte. Als Kasia und ich den Tisch deckten, flog immer wieder die Tischdecke weg.

Wenn Kasia dieses Jahr nicht nach Afrika fährt, und alles deutet darauf hin, daß sie erst nächstes Jahr fährt, wird sie die ganzen Ferien bei ihrer Großmutter verbringen. Sie hat mich gefragt, ob ich mitkommen will. Ihre Großmutter und ihre Mama haben mich auch gefragt. Hoffentlich ist Mama damit einverstanden. Frau Karolina hat versprochen, notfalls mit ihr zu reden. Kasia will ihre ganze Musikanlage aus Wałbrzych mit einem Lasttaxi hierher bringen. Vielleicht gelingt es ihr, in diesen zwei Monaten ihr großes Musikstück zu komponieren. Natürlich nur unter der Bedingung, daß ich ihr helfe. Und wie kann ich ihr helfen? Ich kann nur aufpassen, daß Dshigi nicht zuviel Mist baut. Na, und wir werden Ausflüge machen, an den Stausee zum Baden fahren, uns im Garten sonnen … Es wird ganz wunderbar.

Nach dem Mittagessen sind Kasia und ich spazierengegangen. Wir sollten eigentlich gleich wieder zurück sein, kamen aber erst nach vier Stunden wieder, weil Kasia mir auf dem Weg unbedingt etwas zeigen wollte und wir den Touristenweg hochsteigen mußten.

Zuerst war es ein ziemlich breiter und ganz bequemer Weg, doch dann kamen Steine und kleine Felsbrocken. Kasia kletterte wie ein Reh, ich war auch nicht schlecht, und bald kamen wir zu einer merkwürdigen Stelle, zu zwei großen Steinstatuen, die über tausend Jahre alt sind. Es war dunkel und kühl. Die Statuen befanden sich unter einem kleinen Dach und waren von einem Drahtzaun umgeben. Auf der einen Seite war der Zaun weg und wir konnten uns auf einen steinernen Bären setzen, der mich allerdings eher an ein großes Schwein erinnerte.

Eine Armlänge davon entfernt stand eine Statue ohne Kopf. Kasia sagte, daß sie ›Jungfrau mit Fisch‹ hieße. Diese Jungfrau war, obwohl sie keinen Kopf mehr hatte, doppelt so groß wie wir. Kasia hat in einem Buch gelesen, daß sich ihr Kopf wahrscheinlich im Museum in Breslau befindet, aber ob es wirklich ihr Kopf ist, weiß man nicht, weil es ein Männerkopf ist.

Kasia kommt gern hierher, weil sie hier die besten Musikideen hat. Früher waren der Maschenzaun und das Dach nicht da, da soll es noch schöner und seltsamer gewesen sein. Einmal ist sie hier sogar eingeschlafen und hatte den schrecklichsten Traum ihres Lebens. Es war alles ein bißchen verändert ... Die Bärenstatue war nicht da, nur die Jungfrau mit Fisch, aber größer und eckiger, nicht so glatt wie jetzt. Plötzlich hörte sie einen entsetzlichen Schrei. Sie erschrak und versteckte sich im Gebüsch. Einen Augenblick später wimmelte es um die Figur herum von schrecklichen, bärtigen Männern in Lederanzügen mit glänzenden Nieten, bewaffnet mit Äxten und Bögen. Sie schleppten ein schönes, junges Mädchen herbei. Sie war nackt und mit Stricken gefesselt, schrie in einer unverständlichen Sprache und flehte wohl um Gnade. Ein hochgewachsener Greis mit zerzaustem grauem Haar stellte sich über sie. Er schlug ihr mit einer Keule auf den Kopf. Das Mädchen fiel hin. Da zerteilten die Bärtigen ihren Körper mit Äxten, spießten die blutigen Teile auf die Spitzen ihrer Speere, hoben sie hoch zum Kopf der Statue und schrien: »Omni moa aaa! Omni moa aaa! Ooo aaa!« Kasia, vor Entsetzen versteinert, sah das Gesicht der Jungfrau mit Fisch. Ein grauenerregendes Gesicht mit vorquellenden, funkelnden Glotzaugen und einem furchtbaren Mund voller scharfer Zähne ...

Ich klettere vom Bären herunter und stelle mich ein Stück weiter weg von der Jungfrau mit Fisch.

»Und wie viele Zähne waren in diesem Mund?« frage ich. »Vielleicht hundertachtundzwanzig?«

»Ich habe sie doch nicht gezählt«, sagt Kasia. Sie schaut mich erstaunt an. »Denkst du, daß er es vielleicht war?«

»Er ist es ganz sicher«, sage ich. Wir stehen da und schauen hoch, dahin, wo einmal der Kopf der Figur gewesen ist. Kasia nimmt mich bei der Hand.

»Und erinnerst du dich, wann du den Traum hattest?« frage ich.

»Lange her. Vor zwei Jahren oder drei ...«

»Das paßt zusammen«, sage ich. »Kurz danach erschien er dir im nächsten Traum und befahl dir, deinem Papa zu schreiben, damit er dir die elektronischen Instrumente schickt.«

»Aber das ist doch eine Frau, die Jungfrau mit Fisch«, sagt Kasia.

»Sie ist ebensowenig eine Jungfrau, wie ich ein Kerl bin«, sage ich. »Ich bin hundertprozentig sicher, es war Dshigi. Du hast selbst gesagt, daß dir hier die besten Musikideen kommen. Weißt du noch, was uns die Biologielehrerin vom Bandwurm erzählt hat? Es genügt, daß sein Kopf bleibt. Der Rest des Körpers wächst ganz schnell nach.«

»Na und?«

»Das heißt«, sage ich und spüre Schauder über meinen Rücken laufen, »daß sein Kopf damals in dich hineingeschlüpft ist. Jetzt bist du seine Ernährerin.«

Kasia läßt meine Hand los und läuft weg. Ich renne ihr nach. Sie bleibt unter einem Baum stehen und übergibt sich. Dann kommt sie ganz blaß zurück. Sie sagt mit einem Gesicht voller Ekel:

»Du bist widerlich. Wegen dir habe ich mir vorgestellt, daß ich einen Bandwurm in mir hätte, und sofort hatte ich das Gefühl, als ob er sich in meinem Mund bewegt.«

»Entschuldige bitte.«

»Schade um das gute Mittagessen. Denkst du wirklich, daß es Dshigi ist, oder redest du nur Blödsinn?«

»Glaub mir«, sage ich, »er ist es ganz bestimmt. Jetzt wissen wir wenigstens, wo der Schlüssel zum Land der Musik zu suchen ist. Ich werde nach ihm suchen, und du bleibst hier und rührst dich nicht von der Stelle.«

Ich kehre zur Steinfigur zurück. Kasia läuft mir hinterher.

»Mienchen, spiel nicht verrückt! Der Schlüssel existiert

doch gar nicht wirklich. Er ist doch nur so etwas wie ein Symbol.«

»Na und? Ich werde dennoch nach ihm suchen«, sage ich. »Geh lieber nicht näher ran, ich habe keine Angst vor ihm.«

»Was denn, denkst du, ich hätte Angst vor ihm? Wenn schon, dann laß uns wenigstens zusammen suchen.«

Wir kriechen unter das Dach und suchen. Ich grabe mit einem Stock auf der einen Seite der Jungfrau mit Fisch, Kasia auf der anderen Seite. Plötzlich sehe ich etwas glänzen.

»Da ist er!« rufe ich. Kasia ist sofort bei mir. Ich grabe einen Kronkorken mit der Aufschrift Coca-Cola aus. Kasia lacht los, und ich gleich mit. Kasia hebt den Kronkorken auf und steckt ihn in die Tasche. Ich untersuche die Statue Stück für Stück. Auf dem steinernen Fisch gibt es zwei sich kreuzende Furchen.

»Hier ist etwas eingeritzt«, sage ich. »Was kann das bedeuten?«

»Das ist ein Kultzeichen«, sagt Kasia. »Es bedeutet Sonne. Für die Heiden war die Sonne die größte Gottheit.«

Ich berühre das schräge Kreuz mit den Fingerspitzen und schließe die Augen. Etwas dringt in mich hinein. Wärme, Licht ... Die Sonne, ich sehe die Sonne.

Omni moa aaa. Omni moa aaa. Ooo aaa.

»Ist was?« fragt Kasia.

»Nichts«, sage ich und öffne die Augen. Ich drehe mich von der Jungfrau weg, springe auf den Rücken des steinernen Bären. Ich strecke meine Arme nach oben. Ich erreiche die Jungfrau nicht. Ich stoße mich kräftig mit den Füßen ab, bekomme den Rand ihres Rumpfes mit den Händen zu fassen, ziehe mich hoch und stütze den Fuß auf die Wölbung des Fisches.

»Und wozu ist das gut?« fragt Kasia.

Ich rutsche zum abgeschnittenen Hals. Da oben ist was Rotes ...

Mein Fuß rutscht ab, die Finger lassen los. Ich falle nach hinten und peng! eine Granate goldener Sternchen zerplatzt. Etwas hat schrecklich gekracht, als ob es im Inneren der Erde wäre. Mein Kopf ist auf einen Stein geknallt. Zwischen den Sternchen erscheint Kasias Gesicht.

»Mienchen!«

»Schon gut, es ist nichts«, sage ich und halte mir den Kopf. Kasia beugt sich über mich, schiebt meine Hand weg, streicht mir das Haar zurück.

»Kein Blut zu sehen«, sagt sie. »Du hättest tot sein können. Warum bist du da raufgeklettert?«

»Weil ich dachte, daß da dieser Schlüssel liegt«, sage ich und lächle. Ich stehe auf und bewege vorsichtig den Kopf. Merkwürdigerweise tut er nicht weh. Es rauscht nur entsetzlich laut. So muß sich eine Ameise fühlen, wenn sie sich in einer leeren Muschel verlaufen hat.

Endlich kommen wir aus dem Wald und auf die Landstraße. Dahinter ist eine abfallende Wiese, und von dort sind die Häuser des Städtchens zu sehen. Kasia geht ein paar Schritte vor mir. Sie ist sauer auf mich. Alles wegen meiner Dummheit.

Als wir vom Berg herunterkamen, hat sie mir von den Geheimnissen des Verstandes erzählt. Sie sagte, das Bewußtsein des Menschen sei wie ein Lastwagenfahrer mit einem riesigen Anhänger, der nicht weiß, was sich in dem Anhänger befindet, aber auch nicht anhalten und nachsehen kann, was unter der Plane ist. Deshalb müsse er über die verschiedensten holprigen Straßen fahren und aus dem Verhalten des Lastwagens die Art der Ladung, ihr Gewicht und alles Weitere erraten. Man muß also risikofreudig und zugleich sehr vorsichtig sein, denn jeden Moment kann es zu einer Katastrophe kommen. Sie sagte, daß der Vergleich mit dem Lastwagenfahrer deshalb so gut sei, weil er die Mühe und Gefahr des Sich-selbst-Kennenlernens ausdrücke.

Da habe ich gesagt, wozu soll man sich so quälen. Kann man nicht einfach vor sich hin fahren und nicht daran denken, was man transportiert? Und Kasia daraufhin: Bitte sehr, ich könne ständig auf einer Straße fahren, die alle benutzen, am besten auf einer Autobahn, zusammen mit Millionen anderer, doch auf diesem Wege würde ich nie erfahren, wer ich wirklich sei, und würde genauso dumm krepieren, wie ich geboren bin.

Sie hat mich richtig angeschrien, und jetzt redet sie schon seit über einer halben Stunde nicht mehr mit mir. Was kann ich denn dafür, daß ich so dumm bin, daß ich sie nicht verstehe. Kasia hat so viele kluge Bücher gelesen, und ihre Mama ist Ärztin und ihr Papa ein Franzose in Afrika. Und ich? ... In den Schulbüchern steht über solche Dinge nichts. Zwar gibt es in der Schule in Krzeszów eine Bibliothek, doch woher soll ich denn wissen, welche Bücher ich lesen soll und welche nicht. Und alle zu lesen schafft man sowieso nicht. Übrigens war die Frau, die sich um die Bibliothek kümmerte, meistens nicht da. Einmal hatte ich ein Buch ausgeliehen, doch dann hat mich Mama ausgeschimpft, daß ich Märchen lese, statt zu lernen ...

»Kasia!« rufe ich. »Ich möchte doch gerne wissen, was ich transportiere, wozu und wohin!«

Kasia bleibt stehen, wartet auf mich und lächelt milde.

»Ich weiß doch, Mienchen, daß du's willst«, sagt sie. »Ich bin zornig geworden, weil ich so gerne möchte, daß du alles weißt, was ich weiß. Das ist zwar nicht viel, aber immerhin etwas mehr als gar nichts. Nur eins mußt du begreifen, wenn du was rauskriegen willst, darfst du nicht so viele Scheuklappen haben.«

»Ich habe doch gar keine.«

»Du hast Unmengen davon, du bist blind wie ein Maulwurf. Ich weiß, du kannst nichts dafür, aber irgendwann mußt du sie halt runterreißen. Sonst macht's ja niemand.«

»Dann reiß ich sie halt herunter«, sage ich. »Aber wie? Ich seh sie doch nirgends!«

»Beispielsweise dein Glaube an Gott ...«

»Bitte, Kasia, nicht jetzt auch noch Gott. Ich flehe dich an.«

»Das ist die allerblödeste Scheuklappe.«

»Nein! Sag nichts!«

»Warum nicht?«

»Darum! Weil, es geht nicht. Es gibt furchtbare Strafen dafür, ich flehe dich an, sag nichts!«

»Ich sag dir nur eins«, sagt Kasia. »Wenn Gott tatsächlich so ist, wie du ihn dir vorstellst, wie kannst du ihn dann lieben und an ihn glauben. Er verdient Verachtung und Haß. Er ist ein Tyrann, ein rachsüchtiger Idiot, ein blutrünstiger Psychopath.«

»Hör auf!« schreie ich, um sie zu übertönen, damit der Herrgott sie nicht hört. Ich halte mir die Ohren zu. Kasia sagt noch etwas. Ich renne von der Landstraße auf die Wiese, laufe den Hang hinunter.

Ich stolpere und falle, und schon ist Kasia bei mir und sagt wieder etwas. Schreiend halte ich mir die Ohren zu. Kasia setzt sich rittlings auf mich und reißt mir die Hände von den Ohren. Ich schreie und schreie. Sie drückt meine Arme ins Gras und schaut auf mich herunter. Ich liege da, kann mich nicht aus ihrem Griff befreien und schreie.

Dann habe ich keine Kraft mehr. Es ist still, die Vögel zwitschern. Und Kasia sagt lächelnd:

»Stell dir vor, du hättest von jemandem zum Geburtstag ein riesiges, wunderschönes Schloß geschenkt bekommen. Hell, geräumig und traumhaft eingerichtet. Überleg mal: Wenn du dich in einer verstaubten Kammer unter der Schloßtreppe verkriechen und dort bis zu deinem Lebensende hausen würdest – der Schenkende wäre doch beleidigt, oder?«

»Ja«, sage ich, »sicher.«

»Genau so ein Schloß, ein Geschenk von Gott, ist der Verstand. Kompliziert und unbegreiflich. Und du tust so, als wäre er eine verrostete alte Sardinenbüchse. Ich bin es nicht, die gotteslästerliche Reden führt, sondern du, du lästerst ununterbrochen!«

»Ich lästere nie, das stimmt nicht!«

»Stimmt aber doch! Du behandelst Gott wie einen kleinen Beamten, dem man ständig Schmiergeld rüberschieben muß.«

»Unsinn, und Schmiergeld gebe ich ihm schon gar nicht!«

»Wie soll man es denn sonst nennen, wenn du jede Woche zur Messe rennst und brav dein Abendgebet herunterleierst? Oder deine Sündensammlung, die du einmal im Monat im Beichtstuhl vor den Priester hinkippst? Oder das Runterrattern von zehn Gegrüßetseistdumarias zur Buße, und auf Wiedersehen bis zum nächsten Mal?«

»Was soll ich denn noch tun? Der Priester hat nicht gesagt, daß man jeden Tag in die Messe kommen soll! Wenn er es gesagt hätte, würde ich hingehen! Was kann ich denn dafür, daß er mir nie tausend Gegrüßetseistdumarias, sondern immer nur zehn aufgegeben hat...?«

»Es war nicht der Priester, der dich erschaffen hat, sondern Gott. Er hat dich erschaffen, damit du versuchst, ihm in seiner Weisheit zu gleichen. Und vor allem hat er dich erschaffen, damit du frei bist, auch von ihm, verstehst du? Frei, frei, frei! Die Freiheit ist das Gebet, das Gott die größte Freude macht. Bete zu ihm mit deiner Freiheit.«

»Laß mich los«, sage ich wütend. Kasia lockert ihren Griff und setzt sich ins Gras. Sie seufzt gequält. Dreht sich von mir weg. Ihr Rücken beginnt zu zittern. Ich berühre sie.

»Kasia«, sage ich, »nicht weinen.«

»Du tust mir so leid«, sagt sie mit sich verschluckender Stimme. »Es gibt soviel, soviel Güte in dir, und du merkst nicht, daß du sie verlierst...«

Sie schluchzt immer lauter.

»Mach dir keine Sorgen, ich verlier nichts.«

»Doch, du wirst sie verlieren, weil sie wie ein riesiger, schwerer Stein ist, den man sein ganzes Leben lang tragen muß. Und man muß sehr klug sein, um ihn tragen zu können. Denn er ist so schwer, daß auch den Besten irgendwann mal die Kraft ausgeht. Dann muß man wissen, wo man ihn ablegt, um sich auszuruhen und ihn dann weiterzuschleppen.«

»Und du weißt es?«

»Nein. Ich hab ihn schon längst weggeworfen. Aber du mußt es wissen, weil es auch auf dich zukommt. Ich habe richtig Angst deswegen. Eines Tages wirst du diesen Stein mit Karacho wegwerfen und alles verlieren, weil du ohne ihn nicht leben kannst.«

»Was soll ich denn tun?«

»Begreifen, daß deine Seele dir gehört. Und nichts und niemand ein Recht darauf hat. Sei mir nicht bös wegen all dem, was ich dir gesagt habe, ich hab dich einfach sehr gern, du bist mir das Liebste auf der Welt.«

Kasia fängt wieder an zu weinen. Ich auch. Wir heulen, und die Sonne geht unter, und alles wird kitschig orangefarben. Der Himmel, die Kurve der Straße unter uns, Kasias Gesicht und meine Hände. Alles sieht unglaublich schön aus. Wir weinen nicht mehr. Wir sitzen da und bewundern die goldenen Zöpfe der Wolken.

»Ich will dir«, sagt Kasia, »noch was von Dshigi erzählen. Du glaubst, er ist mein Feind. Das ist nicht wahr. Dshigi ist ein Teil von mir. Und obwohl er mich gerne fressen möchte, will ich ihn nicht loswerden. Ich muß gegen ihn kämpfen, mich vor seinen Zähnen schützen, wenn er stark ist und sein ekelhaftes Maul aufreißt. Doch wenn er schwächer wird, muß ich ihn schonen. Und wenn er mich auffressen sollte, werde ich verrückt und muß ins Irrenhaus. Also muß ich ständig gegen ihn kämpfen, Waffenruhe schließen und sie wieder brechen ... immer wieder, immer wieder.«

Ich lege meinen Kopf auf ihre Knie und schließe die Augen. Die Gedanken schwirren herum wie die Fliegen, die Tadzio einmal in ein Marmeladenglas gesteckt hat. Kasia streichelt mich sacht.

»Warum ist der Dshigi so böse und häßlich?« frage ich.

»Ich weiß nicht. Vielleicht, weil ich so bin. Vielleicht wird es mir irgendwann mal gelingen, ihn ein bißchen zu erziehen. Liebes Mienchen, du weißt nicht, wie sehr ich mich verändert habe. Durch dich. Aber ich will dir auch was geben. Vielleicht will ich dich deshalb unbedingt wachrütteln.«

»Aber ich schlafe doch gar nicht«, sage ich und öffne die Augen. Ich schaue Kasia an, ihr Gesicht ist eingerahmt von Haaren und Wolken. In den Wolken ist weniger Gold und immer mehr Rot.

»Ich habe was unheimlich Schönes gesehen«, sagt sie. Sie breitet ihre Arme aus und bewegt sie langsam, als würde sie fliegen.

»Erzähl«, sage ich leise.

»Es ist etwas ganz Winziges, winziger noch als nichts, aber auch etwas Riesiges. Ich kann dir nicht mehr darüber sagen. Aber ich möchte gern, daß du es selbst einmal kennenlernst.«

»Wie soll ich es kennenlernen, wenn ich nicht einmal weiß, was es ist und wie es aussieht.«

»Kennenlernen darfst du es jetzt noch nicht.«

»Woher weißt du das so genau? Vielleicht darf ich es doch.«

»Er ist so schön«, sagt Kasia, »daß es einen sogar töten kann.«

Sie sieht wie ein Engel aus. Vielleicht ist sie ja einer. Ich knie mich vor sie hin, falte meine Hände wie zum Gebet und sage lachend: »Ich flehe dich an, führe mich dorthin, ich will es sehen, dieses Schöne.«

Nachdem wir in das Haus von Kasias Großmutter zurückgekehrt waren, schaute sich Frau Karolina meinen Kopf und meine Augen an und sagte, es sähe so aus, als ob ich nochmal Glück gehabt hätte. Und wenn mir in der Nacht schlecht würde oder ich mich schlecht fühlte, müsse ich sie sofort anrufen. Dann sind wir nach Wałbrzych zurückgefahren. Sie brachten mich bis vor mein Haus.

Es war noch nicht einmal neun Uhr, und doch schliefen schon alle, Mama, Papa und die Zwillinge waren vor dem Fernseher eingenickt, nur Tadzio saß da und glotzte hartnäckig. Ich brachte die Zwillinge in ihre Betten, badete schnell und ging ebenfalls schlafen.

Jetzt ist es kurz nach elf.

Ich kann nicht einschlafen, liege in der Dunkelheit und habe so viele Gedanken im Kopf, daß ich nicht weiß, mit welchem ich anfangen soll. Sie drängen sich von überall her auf. Ich kann nicht unterscheiden, welcher welcher ist.

Kasia tut mir unendlich leid. Sie ist klug und tapfer, aber wenn sie weiterhin solches Mitleid mit ihrem Dshigi hat, wird er sie eines Tages auffressen. Wenn sie sich damals in der Nacht gesehen hätte ... das war nicht sie, das war Dshigi.

Dann ist es doch besser, innerlich ganz leer zu sein, als verrückt zu werden und herumzuschreien und sein Leben lang zu zappeln. Und auch wenn sie nicht verrückt wird, wird sie sich mit ihm rumquälen und immer streiten. Schrecklich. Es ist, als hätte man einen Wurm im Mund und könnte ihn nicht ausspucken. Und so soll man sich bis zu seinem Lebensende quälen? Das ist doch eine Mordsarbeit und kein Leben! Hat man denn nicht schon Schwierigkeiten genug, muß man sich auch noch welche suchen? Man muß in die Schule gehen, sich um sich selbst kümmern, um die Geschwister, und dann auch noch Hausaufgaben machen. Kaum hat der Tag angefangen, ist er schon wieder zu Ende. Woher soll man die Zeit nehmen, um ständig nachzuschauen, was in dem Lastwagenanhänger ist. Und dabei darf man sich weder umdrehen noch anhalten. Ob ich auch so jemanden wie Dshigi in mir habe? Ich glaube nicht. Woher auch. Und wenn ja… wie würde er dann aussehen? Wäre er auch so häßlich wie Dshigi? Ich würde ihn zu gerne mal sehen, und sei es nur für eine Sekunde. Was habe ich eigentlich alles im Inneren? Klar, man hat Adern, ein Herz, die Leber, Nieren und den Magen. Was noch? Im Magen ist das, was ich esse. Es gibt außerdem noch das Blut, aber das fließt immer erst dann heraus, wenn man sich gestochen hat. Dann ist da noch die Spucke im Mund, ich kann sie immer ausspucken. Und was ist im Kopf? Das Gehirn. Und im Gehirn Gedanken. Wie sie wohl aussehen?… Mit Sicherheit sind sie sehr klein, weil der Kopf doch nicht größer ist als ein Ball, und trotzdem paßt soviel hinein. Wie kann so ein Gedanke aussehen, abgesehen davon, daß er klein ist? Wenn man beispielsweise etwas denkt und es ausspricht, dann sind es Wörter. Aber Wörter sind unsichtbar. Wenn man sie auf einen Zettel schreibt, verwandeln sie sich in Worte. Und schon weiß man, wie sie aussehen. Sie bestehen aus Buchstaben. Ich schreibe kleine Buchstaben, gerade und deutlich. Andere schreiben sie schräg. Die einen nach links, die anderen nach rechts. Manche schreiben große, andere noch kleinere als ich, so daß sie schwer lesbar sind. Wenn also die Gedanken wie Worte aussehen, dann sehen sie bei jedem anders aus. Anders bei Polen, noch anders bei Russen, und wieder anders bei Franzosen. Und es gibt doch auch Gedanken, von denen man nicht weiß, wie man sie aussprechen und aufschreiben soll. Wie sehen die dann aus? Vielleicht wie Tintenkleckse? Und woher kommen all diese Gedanken? Sind sie von Anfang an im Gehirn, schlafen sie nur, und manchmal wachen einige auf, und dann beginnt der Mensch zu denken? Oder kommen sie von irgendwoher angeflogen? Aber von wo? Nur fremde Gedanken kommen angeflogen. Wenn jemand etwas zu mir sagt, dann fliegen seine Gedanken als Worte in meine Ohren. Und wenn ich etwas lese, dann fliegen sie als Worte in meine Augen hinein. Die eigenen Gedanken schlafen wahrscheinlich im Inneren, im Gehirn. Aber wodurch werden sie geweckt? Ich werde vom Wecker geweckt. Einmal weckt er mich, wenn er im anderen Zimmer für Papa klingelt, und dann stellt Papa ihn in unser Zimmer, und er weckt mich zwei Stunden später nochmal. Und wenn ich ihn nicht höre, dann weckt mich Mama. Oder Tadzio, aber meistens wecke ich ihn. Und wenn ich aufwache, werden auch meine Gedanken wach. Aber nur manche. Welche das sind, hängt von verschiedenen Dingen ab. Die einen wachen auf, wenn ich wegen der Schule aufstehe, andere wiederum erwachen nur am Sonntag. Was ich gerne wissen möchte, ist: Schlafen meine Gedanken, wenn ich schlafe? Vielleicht schlafe ich, und die toben rum? Warum träumt man denn? Vielleicht, weil die Gedanken nicht einschlafen, wenn der Mensch einschläft. Dann ist es nicht mehr der Mensch, der denkt, es sind die Gedanken, die sich selber denken und Träume erschaffen. Manche sind so seltsam, daß ich kaum glauben kann, daß es meine sind. Mama sagt, wenn man vom Feuer träumt, muß man aufpassen, daß die Wohnung nicht von Dieben ausgeraubt wird. Warum träumt man dann aber nicht von Dieben? Und was träumt man, wenn es ein Feuer werden soll?

Als der Ofen so qualmte, träumte ich von diesem Monster im Kino … Vielleicht war das mein Dshigi? Ach, lieber nicht. Es war so furchtbar, jedesmal, wenn ich mich daran erinnere, läuft mir ein Schauer über den Rücken. Diese Unmengen von Zähnen. Aber am schrecklichsten waren die Glotzaugen. Tiefliegend und winzig. Ganz unbeweglich. Es sah mich an wie eine Schlange. Sogar als es die anderen Leute fraß, starrte es mich unverwandt an, als ob ich als nächste dran wäre. Es sah ziemlich klein aus, doch als es sein Maul aufriß, verschwand der ganze Kopf des Mannes darin, den es aufgefressen hat. Und es war nackt, ich habe jedenfalls keine Kleider gesehen. Auch keine Arme. Am besten erinnere ich mich an die Glotzaugen. Obwohl es keine Flügel hatte, flog es wahnsinnig schnell herum, knapp über dem Fußboden. Und doch war es groß, weil ich seine Augen über den Menschenköpfen gesehen habe, ganz hoch oben. Ja, und es war grau und naß. Oder vielleicht doch nicht naß, sondern trocken. Grau, aber ein bißchen weißlich. Ekelhaft. Ich möchte ihm nie wieder begegnen.

Obwohl es eigentlich mein Freund war. Es hat mich ja nur im Traum erschreckt und die Leute aufgefressen, in Wirklichkeit hat es mich und die ganze Familie vor dem Tod gerettet. Ich bin gemein. Man darf nicht so häßlich von einem Freund denken, auch wenn er ekelhaft ist.

»Entschuldige, Monster. Sei mir nicht böse. Ich danke dir sehr, daß du damals in meinem Traum aufgetaucht bist und mich gewarnt hast. Wer weiß, vielleicht bist du sehr schön und hast dich nur deshalb in diesem Aufzug gezeigt, weil ich sonst gar nicht aufgewacht wäre und weiterhin geschlafen hätte, um dich in deiner wunderschönen Gestalt so lange wie möglich anschauen zu können. Aber selbst wenn du so aussiehst wie in meinem Traum, mag ich dich, weil du ein gutes Herz hast. Wenn du willst, kannst du zu mir kommen, wann immer du willst. Und bitte sei mir nicht böse. Ich schwöre dir, irgendwie werde ich mich schon an dich gewöhnen. Vielleicht nicht sofort, aber mit der Zeit wird's schon klappen.«

Heilige Mutter Gottes, jetzt erinnere ich mich. Das Monster sah wie ein riesiger Blutegel aus. Nicht ganz so, aber fast. Und es war hart, und nicht so glibberig wie ein Blutegel.

Ich bin wirklich ekelhaft und gemein …

»Ich schwöre dir, ich werde mich an dich gewöhnen, liebes Monster, hab nur ein bißchen Geduld und gib mir etwas Zeit. Ich bin gespannt, wie du heißt. Ich heiße Marysia. Aber Kasia sagt ›Mienchen‹ zu mir. Du kannst mich nennen, wie du willst. Du kannst ›Marysia‹ oder ›Mienchen‹ sagen. Und weißt du … wenn du nichts dagegen hast, würde ich am liebsten ›Pimpuś‹ zu dir sagen. Gefällt dir ›Pimpuś‹? Darf ich, wenn ich dich wiedersehe, ›Pimpuś‹ zu dir sagen?«

Doch Pimpuś macht keinen Mucks und sagt nichts. Vielleicht rettet er gerade ein anderes Mädchen vor dem Tod? Vielleicht gehört er gar nicht nur mir?

Dshigi gehört nur Kasia. Er ist sehr musikalisch, deshalb spielt und komponiert sie so schön. Vielleicht hat auch Pimpuś irgendwelche besonderen Begabungen? … Vielleicht kann er gut nähen, und wenn er nur mir gehört, werde ich eine sehr gute Schneiderin, und alle Kundinnen werden mich loben und sich über die von mir genähten Kleider freuen. Ich werde nicht viel dafür nehmen, aber zu billig darf es auch nicht sein, weil Mama sagt, wenn die Schneiderin zu billig ist, sagen die Leute, daß sie nichts taugt. Wenn sie was taugte, würde sie es nämlich nicht so billig machen. Also wird das, was ich nähe, weder zu teuer noch zu billig sein. In den drei Jahren in der Textilschule kann man viel lernen. Schnitte und verschiedene Nähte. Ich möchte auch gern Hochzeitskleider nähen können. Und für die Mädchen Kommunionkleider.

Meins hat Frau Marysia genäht, die Frau von Herrn Krzysiek. Es war sehr schön, aber der Stoff hat nicht ganz gereicht, deshalb ging das Kleid nicht bis zum Boden, es fehlten fünf Zentimeter. Bei den meisten sah man die Schuhe nur, wenn sie gingen. Und ein Mädchen hatte ein zu langes Kleid; als es zum Altar ging, stolperte es und fiel hin. Alle in der Kirche lachten, nur das Mädchen nicht.

Dann ist es schon besser, das Kleid ist zu kurz.

Vor der Kirche war Matsch. Deswegen war der Fußboden drinnen ziemlich dreckig. Als das Mädchen aufstand, war das ganze Kleid vorne schmutzig. Das Mädchen wollte aus der

Kirche rennen, aber seine Mutter hat es festgehalten und so schmutzig, wie es war, zum Altar geführt. Der Priester legte ihm die Oblate auf die Zunge, aber weil es so furchtbar heulte, verschluckte es sich und spuckte die Oblate wieder aus. Es bekam dafür von seiner Mutter was hinter die Ohren, aber der Priester sagte, das macht nichts, und gab ihm eine zweite Oblate, und die schluckte es dann, obwohl es noch lauter heulte.

Bei mir klebte die Oblate am Gaumen fest. Ich bekam sie mit der Zunge nicht ab und mußte mit dem Fingernagel nachhelfen. Aber das hat niemand gesehen. Natürlich hätte ich das nicht machen dürfen, weil es doch der Leib Christi ist, aber was soll man denn tun, wenn er so festklebt.

Es war der schönste Tag in meinem Leben. Tadzio war damals vier, er stopfte sich mit Torte voll, schaffte es nicht bis zum Klo und machte in die Hose. An einem normalen Tag, oh je, da hätte er sich von mir was eingefangen ... aber so – ich habe ihm die Hose ausgezogen und ihn gewaschen. Ich habe ihn nicht angeschrien und mich auch nicht vor ihm geekelt. Und ich habe mir vorgenommen, ihn nie wieder anzuschreien, nie wieder, doch das habe ich leider bald vergessen und mich seitdem einige Male heftig mit ihm gestritten. Einmal habe ich sogar Mama barsch geantwortet. Ist noch gar nicht lange her, letztes Jahr. Ich bekam dafür ganz schön was aufs Maul. Außerdem hat Mama sehr lange nicht mehr mit mir gesprochen, doch dann haben wir uns wieder vertragen. Ich hatte sowieso Glück. Einmal hat ein Mädchen seine Mutter so angeschrien, daß sich sein ganzes Gesicht dabei verzerrte und dann so blieb, bis zu seinem Tod. Es wurde eine alte Jungfer und hatte keine Kinder, denn wer hätte so jemanden schon geheiratet.

Tadzio kommt ins Zimmer. Im Dunkeln huscht er ins Bett.

»Schläfst du?« fragt er.

»Nein.«

»Das war vielleicht ein Film. Über so ein Weib, das Männer umbringt. Und dann hat eine andere Frau sie umgebracht und es stellte sich heraus, daß die andere ein verkleideter Polizeiinspektor war. Schade, daß du's nicht gesehen hast. Sie hatte 'ne Superpistole. Ganz winzig, aber als sie losballerte, hat es der anderen Frau den halben Kopf weggerissen. Sie hat eine Packung Zigaretten genommen, um der anderen eine anzubieten, aber es waren gar keine Zigaretten, sondern eine Pistole ... und bums, verdammt ...«

»Red nicht so blöd daher.«

»Sie hatte nur noch eine einzige Kugel. Wenn sie nicht getroffen hätte, wäre es mit ihr vorbei gewesen, weil die andere auch einen Revolver in der Hand hatte, einen großen, mit vielen Patronen.«

»Hast du schon gebetet?«

»Klar.«

»Wann denn?«

»Noch vor dem Fernsehen.«

»Das glaubst du ja wohl selber nicht«, sage ich, und es fällt mir ein, daß ich auch noch nicht gebetet habe. Ich rutsche von der Couch und ziehe Tadzio am Schlafittchen unter der Decke hervor. Wir knien uns hin und beginnen im Chor:

»Vater unser im Himmel geheiligt werde dein Name dein Reich komme dein Wille geschehe wie im Himmel so auf Erden unser tägliches Brot gib uns heute und vergib uns unsere Schuld wie auch wir vergeben unsern Schuldigern und führe uns nicht in Versuchung sondern erlöse uns von dem Bösen denn dein ist das Reich und die Kraft und die Herrlichkeit in Ewigkeit Amen. Gegrüßet seist du Maria voll der Gnade der Herr ist mit dir gebenedeit bist du unter den Frauen und gebenedeit ist die Frucht deines Leibes Jesus Heilige Maria Mutter Gottes bitte für uns Sünder jetzt und in der Stunde unseres Todes Amen. Ehre sei dem Vater und dem Sohne und dem Heiligen Geist wie im Anfang so auch jetzt und alle Zeit und in Ewigkeit Amen.«

Tadzio will schon zurück auf die Couch, doch ich erwische ihn gerade noch am Fuß und sage: »Und der Schutzengel?«

Da kniet er sich wieder hin, und wir sprechen:

»Du mein Schutzgeist Gottes Engel weiche weiche nicht von mir leite mich durchs Tal der Mängel bis hinauf hinauf zu dir laß mich stets auf dieser Erde deiner Führung würdig sein daß ich immer besser werde und mein Herz stets bleibe rein sei zum Kampf an meiner Seite wenn mir die Versuchung winkt steh mir bei in letzter Stunde wenn mein müdes Leben sinkt...«

Plötzlich sehe ich ganz oben auf der Jungfrau mit Fisch, dort, wo früher mal der Kopf war, eine Aufschrift mit roter Kreide. Ich sehe sie ganz genau, genauso, wie in dem Moment, bevor ich heruntergefallen bin. Ich hatte sie vollkommen vergessen, aber jetzt sehe ich sie wieder. Sie leuchtet rot in der Dunkelheit.

»KASIA INS HELLE MARYSIA IN DIE HÖLLE«

Oder war das nur im Traum?

4

Ich sitze mit Kasia auf dem Balkon. Wir sollten eigentlich lernen, doch das Buch liegt auf dem Tisch, und wir lümmeln uns in die Liegestühle und haben zu nichts Lust, weil es so heiß ist.

Vor uns steht ein Ventilator und dreht seinen Kopf. Er pustet mal Kasia an, mal mich, und zwischendurch spielt er mit den Buchseiten. Wäre er lebendig, hätte er sicher schon lange keine Lust mehr, zwei faule Mädchen zu erfrischen. Schon den dritten Tag tun wir nichts anderes als uns auf dem Balkon zu sonnen. Ich bin braun und Kasia bronzefarben. Wir haben die gleichen T-Shirts an. Sie sind gelb, und auf dem einen steht »GLIMP« und auf dem anderen »GLUMP«. Als wir sie das erste Mal anhatten, sagte Kasia den ganzen Tag Glump zu mir, und ich zu ihr Glimp.

Unter den Augenlidern ist es rosa von der Sonne, und ich habe schreckliche Gewissensbisse. Vor einer Stunde habe ich gesündigt, und zwar schwer. Und das war so:

Wir kommen aus der Schule und schlecken Vanilleeis.

»Katarzyna«, sage ich. »Was würde ich sehen, wenn ich sehr mutig wäre?«

»Was?«

»Na, dieses Schöne, das einen sogar umbringen kann, wenn man es sieht … Wie sieht es aus?«

»Bitte frag nicht, weil ich es dir sowieso nicht sage.«

»Bitte!«

»Hör auf, sonst sag ich es dir doch noch, und es wird mit dir genauso enden wie mit Ewa.«

»Ewa hast du es also gesagt, und mir willst du es nicht sagen?«

»Was?« Kasia schaut mich erstaunt an. »Ich? Der Ewa?«

»Du hast es doch selbst gesagt«, sage ich. »Ewa Bogdaj.«

Kasia lacht.

»Dummbax«, sagt sie. »Ich meine die Eva aus dem Paradies. Und eigentlich ist alles nur Humbug. Ich hab damals doch nur Spaß gemacht.«

»Ich glaube dir kein Wort.«

»Soll ich schwören?«

»Ja, schwör.«

»Dann schwöre ich auf dieses Eis, daß ich nichts davon weiß. Wenn ich gelogen habe, soll es mir aus der Hand fallen.«

Ich schlage auf ihr Eis, und schon liegt es auf der Straße. Kasia schaut betreten darauf herunter.

»Was soll das denn?«

»Hier hast du meins«, sage ich und will ihr mein Eis geben.

»Ich brauch dein Eis nicht«, antwortet sie kurz.

»Du willst es wirklich nicht?«

»Nein!«

»Dann will ich es auch nicht!« Und patsch, werfe ich mein Eis ebenfalls auf die Straße. Auf dem Bürgersteig liegen jetzt zwei Eistüten.

»Blöde Kuh«, sagt Kasia.

»Aber du hast gelogen, weil dir das Eis aus der Hand gefallen ist.«

»Du hast es mir aus der Hand geschlagen.«

»Katarzyna, bitte, erzähl mir doch von diesem Schönen. Ich werde sonst wirklich verrückt, ich muß ständig daran denken.«

»Blöd, daß ich überhaupt davon gesprochen habe.«

»Aber du hast davon gesprochen. Sag's mir.«

»Mienchen«, sagt Kasia sanft, »es ist Geheimwissen, nur für Auserwählte.«

»Heißt das, daß ich schlechter bin als du?«

»Das habe ich nicht gesagt.«

»Erzähl nur ein ganz kleines bißchen, was ist denn schon dabei ...«

»Du mußt selbst dahinterkommen.«

»Dann sag doch wenigstens, wie. Dann komme ich schon allein dahinter.«

»Es ist vielleicht zu schwierig für dich. Vielleicht bist du nicht dazu gemacht, es zu sehen ... Vielleicht bist du einfach geboren, um zu leben.«

»Woher willst du denn wissen, wozu ich geboren bin?«

Kasia seufzt und zertritt die auf dem Bürgersteig liegenden Eiswaffeln. Sie zerplatzen mit leichtem Knacken. Kasia schaut mich an und beißt auf ihre Unterlippe. Schließlich sagt sie:

»Willst du es wirklich wissen?«

»Ja.«

»Siehst du die Oma dort?«

Sie zeigt mit dem Finger auf eine ältere Frau, die in dem kleinen Park gegenüber allein auf einer Bank sitzt.

»Ja.«

»Geh hin und sag laut zu ihr ›Du arme alte Kuh‹.«

»Spinnst du?« sage ich empört.

»Das heißt, du willst es nicht wissen.«

»Wenn ich es zu ihr sage, kriege ich es dann heraus?«

»Es könnte der Anfang sein«, sagt Kasia geheimnisvoll. »Mit irgend etwas muß man anfangen.«

»In diesem Fall«, sage ich entschlossen, »will ich gar nichts wissen oder sehen.«

»Das gefällt mir«, sagt Kasia. Sie nimmt mich bei der Hand und wir gehen. Doch ich bleibe plötzlich stehen, weil ich es tatsächlich zu gern wissen möchte.

»Warte auf mich«, sage ich und gehe zu der Alten. Komme, was da wolle, ich sage es. Sie kann mir höchstens mit ihrem Stock gegen die Beine hauen.

Ich stelle mich vor sie, atme tief durch und sage laut:

»Du arme alte Kuh!«

Die Alte sieht mich an, zieht die Augenbrauen hoch und legt lächelnd ihre Hand hinters Ohr.

»Was hast du gesagt, Kindchen?«

»Entschuldigen Sie bitte«, sage ich und renne zu Kasia. »Sie ist schwerhörig.«

Kasia kichert, sie kann gar nicht mehr aufhören. Mir ist ganz und gar nicht zum Lachen zumute.

»Du hast Glück«, sagt Kasia endlich. »Das war eine Warnung. Offensichtlich sollst du es nicht erfahren.«

»Ich kann es zu einer anderen alten Frau sagen«, sage ich. Kasia wird ernst.

»Würde ich dir nicht raten. Offensichtlich ist es zu einfach für dich. Ich habe deine Frechheit unterschätzt. Schämst du dich denn gar nicht, so zu einer alten Frau zu reden, die vielleicht deine Oma sein könnte?«

»Du hast mich angestiftet«, sage ich wütend.

»Ich habe nur gesagt: Wenn du das sagst, wirst du vielleicht etwas erfahren. Das war deine Entscheidung, du hättest nicht hingehen brauchen. Und hast du etwas über dich erfahren, oder nicht?«

Kasia schaut mich seltsam an. Als würde sie mich verachten. Und ich beginne, mich schrecklich zu schämen. Wie konnte ich das tun? Was war nur los mit mir? So eine nette alte Frau, und ich war so häßlich zu ihr. Mein Glück, daß sie es nicht gehört hat. Ich werde alles beichten und zur Buße den ganzen Tag knien und beten.

»Ach, was für ein bezauberndes Wesen«, sagt Kasia spitz. »Sie stellt einer Alten ein Bein, dann beichtet sie blitzschnell und hat wieder ein ganz sauberes Gewissen, das sie wie ein Eis ablecken kann.«

Ich weiß nicht, wo ich hinschauen soll. Ich senke den Kopf und würde am liebsten losheulen.

»Ich weiß«, sage ich, »ich bin ein mieses Schwein. Aber ich habe ihr kein Bein gestellt.«

Kasia prustet los. Sie drückt mich an sich.

»Mein süßes, kleines Schweinchen«, sagt sie liebevoll. »Nimm das doch nicht alles so ernst, es ist meine Schuld. Komm, wir kaufen ein neues Eis.«

Das Eis hat für den ganzen Heimweg gereicht, bis vors Haus.

Und? Ich habe nichts erfahren, und obendrein noch gesündigt. Kasia verachtet mich bestimmt.

»Katarzyna ...«

»Was?« fragt sie schläfrig.

»Mit dieser alten Frau auf der Bank«, sage ich, »habe ich dich beschummelt. Ich habe ihr gar nichts Häßliches gesagt. Ich habe sie nur gefragt, wie spät es ist, und sie sagte, sie habe keine Uhr. Ich hab dich angelogen, weil ich doch unbedingt will, daß du mir's erzählst.«

Kasia lächelt, ohne die Augen zu öffnen.

»Ich hab's geahnt. Ich weiß doch, Mienchen, daß dir sowas nie über die Lippen kommen würde. Und dafür liebe ich dich.«

Mein Gott, wie niederträchtig ich bin. Kasia hat mich lieb, und ich habe sie belogen.

»Katarzyna«, sage ich.

»Was denn nun schon wieder?«

»Ich hab dich vorhin nicht beschummelt. Erst gerade eben. Weil ich diese ekelhaften Sachen doch gesagt habe. Ich bin eine Saubacke und eine Lügnerin.«

Kasia schaut mich an und lacht.

»Und dafür«, sagt sie, »liebe ich dich noch mehr.«

»Wofür?«

»Dafür, daß du nicht mal lügen kannst!«

Sie bekommt einen Lachanfall. Sie hält sich den Bauch, windet sich im Liegestuhl und lacht und lacht und kann nicht mehr aufhören.

Der kleine Ventilator zwischen uns dreht seinen Kopf hin und her, als ob er zu mir sagen wollte: »Nein, nein, du kannst nicht mal lügen. Nein, nein, Kasia wird dir niemals was von diesem kleinen großen Schönen erzählen. Nein, nein, diese Schönheit wirst du niemals sehen.«

Ich bin in der Kirche und knie, aber nicht in der Bank, sondern daneben, auf dem Steinfußboden. Irgendein Krümel piekt in mein rechtes Knie. Soll er doch pieken!

Ich habe gebeichtet und wollte dem Priester auch von der alten Frau erzählen, habe dann aber plötzlich Angst bekommen und es ihm doch nicht gesagt. Statt dessen habe ich erzählt, ich hätte zwei Sonntagsmessen geschwänzt. Der Priester hat mir nur eine leichte Buße aufgegeben. Woher soll er denn auch wissen, was für ein sauberes Früchtchen ich bin. Daraufhin habe ich beschlossen, zwei Stunden lang zu knien, und keine Minute weniger. Ich werde mich nicht bewegen und nicht aufstehen, egal was da kommt.

Es sind erst zwanzig Minuten vergangen, und schon halte ich es kaum noch aus mit diesem Krümel unter dem Knie. In der Kirche ist es dunkel, nur am Altar brennen ein paar Kerzen. Manchmal kommt eine Oma, bleibt eine Weile sitzen, betet und geht wieder.

Ich knie hinter einer Säule, so daß mich niemand sehen kann.

Verzeih mir, lieber Herrgott. Ich habe unanständige Worte zu einer älteren Person gesagt und bin eine Lügnerin. Ich habe Kasia belogen. Obwohl ich es gleich zugegeben habe, habe ich doch gelogen. Und meine Mama belüge ich auch ständig. Sie plagt sich allein mit dem Einkaufen, den Kindern und dem ganzen Haushalt, und ich tu gar nichts, sondern sitze ständig nur bei Kasia rum.

Ich möchte gern Tag und Nacht mit ihr zusammen sein und mich nie von ihr trennen. Warum bin ich nicht ihre echte Schwester? Dann wären wir immer zusammen. Wie Zosia und Krysia. Sie sind Zwillinge und sind immer zusammen und gehen immer überall gemeinsam hin. Warum kann ich das nicht auch mit Kasia?

Warum hat uns Kasias Mutter nicht zusammen geboren? Oder meine Mama? Natürlich wäre es besser, wenn uns Kasias Mutter geboren hätte, denn wie sollte Kasia in meiner Familie das Geld für all ihre Synthesizer und Geräte auftreiben? Und wer weiß, vielleicht wäre sie dann auch nicht so begabt.

Ich bin jedenfalls nicht begabt. Oder vielleicht bin ich es doch, weiß aber noch nicht, wofür. Ich nähe gern, habe aber bis jetzt nur mit der Hand genäht, ich weiß also nicht einmal, ob ich mit einer Nähmaschine zurechtkomme. Das wird sich in der Textilschule herausstellen, falls ich die Aufnahmeprüfungen bestehe.

Ich weiß nicht, was aus mir werden soll, wenn Kasia nach Afrika fährt. Ich liebe Mama und Zenuś sehr, und die Zwillinge, Tadzio und Papa, aber am meisten liebe ich Kasia. Warum das so ist, weiß ich nicht. Selbst wenn sie aufhört, mich zu lieben, werde ich sie nie vergessen und ewig liebhaben. Herr im Himmel, was soll ich nur tun, damit sie nicht wegfährt?

Kasia hat wieder angefangen zu komponieren und sagt, wenn sie es schaffen sollte, würde sie eventuell auf die Schallplatte verzichten und ihrem Papa eine Kassette mitbringen. Dabei sollten wir doch die zwei Monate Ferien im Haus ihrer Großmutter verbringen. Sogar meine Mama war damit einverstanden.

Lieber Gott, ich kann nicht mehr, dieser Krümel hat sich ganz tief in mein Knie gebohrt, und ich muß noch so lange knien. Diese Stunde geht schon rum, aber dann kommt noch eine! Lieber Gott, hilf mir, durchzuhalten. Es tut so weh, noch nie hat etwas so weh getan.

Und, Lieber Gott, tu bitte etwas, damit Kasia dieses Jahr nicht nach Afrika fährt, sie soll erst nächstes Jahr fahren. Gib mir noch dieses eine Jahr mit ihr, dann werde ich gehorsam und gut sein und nie wieder lügen, wirklich wahr. Wenn sie nicht fährt, verspreche ich, jeden Tag eine Stunde lang so zu knien. So wie jetzt, gerade aufgerichtet und nicht auf den Fersen sitzend, denn so ist es hundertmal schlimmer. Ich zittere und kann es bald nicht mehr aushalten, obwohl erst eine halbe Stunde vergangen ist. Aber ich werde bis zum Ende dieser Stunde durchhalten und die nächste Stunde auch. Aber sorge bitte dafür, Lieber Gott, daß Kasia nicht wegfährt und wir die Ferien bei ihrer Großmutter in Sobótka verbringen können.

Ich werde ihr helfen, sie wird ganz bestimmt eine tolle Komposition hinkriegen, die schönste auf der ganzen Welt. Sie braucht sich wirklich nicht so zu beeilen, sie ist noch so jung, erst fünfzehn, und kann noch viele Jahre komponieren und spielen.

Laß mich, Lieber Gott, dieses Knien aushalten, ich werde gleich verrückt. Ich bin schon ganz naßgeschwitzt. Das ist wirklich viel, eine ganze halbe Stunde, und anderthalb habe ich noch vor mir. Herr im Himmel, hilf mir, das auszuhalten.

Ich kann bald nicht mehr. Wenn ich mich wenigstens auf die Fersen setzen könnte ... aber ich darf nicht. Nimm mir wenigstens diesen Krümel unter dem Knie weg. Es ist sicher ein kleines Steinchen. Wer bringt denn sowas in die Kirche? Ich habe mich doch etwas weiter vorn hinknien wollen ... Ich kann nicht mehr!

Was heißt: Ich kann nicht? Ich muß, und Schluß. Ich halte durch. Lieber Gott, wenn du mir dieses Jahr mit Kasia schenkst, dann nehme ich das Steinchen mit, das unter meinem Knie ist, und werde mich jeden Tag draufknien. Irgendwie werde ich mich schon daran gewöhnen. Man kann sich an alles gewöhnen. Viele Menschen sind schwer krank, manchmal haben sie jahrelang Schmerzen, und sie halten es aus. Dann kann ich es auch.

Hinter mir sind Schritte, eine Frau, ihre Absätze klappern.

Ich höre auf zu zittern, falte die Hände und neige meinen Kopf. Die Frau geht an mir vorbei und setzt sich unweit von mir in eine Bank, mit dem Rücken zu mir. Ich zittere wieder. Ich bin so verschwitzt, als wäre ich hundert Kilometer gelaufen. Ich kann echt nicht mehr. Ihr Engel, rettet mich! Die Zeit kriecht so langsam dahin. Die Frau sieht sich um. Ich beruhige mich für einen Augenblick. Ich darf nicht so laut atmen, weil es in der ganzen Kirche zu hören ist. Kasia, rette mich. Gib mir nur noch dieses eine Jahr. Dann werde ich versuchen, dich zu vergessen, ich werde irgendwie leben und auf die Textilschule gehen. Es geht nicht mehr! ...

Verzeih mir, Lieber Gott, ich konnte wirklich nicht mehr.

Zuerst habe ich mich auf die Fersen gesetzt, und gleich danach bin ich zur Seite gekippt. Jetzt sitze ich auf dem Boden und möchte meine Knie strecken, es geht aber nicht.

Ich muß es langsam angehen. Das Steinchen ist so winzig wie ein Streichholzkopf, vielleicht sogar noch etwas kleiner. Ich pule es aus dem Knie heraus, stecke es in ein Taschentuch und dann unter den Rockgürtel.

Alles ist verloren, jetzt wird mich der Herrgott nicht mehr erhören. Ich habe es versprochen und mein Wort nicht gehalten.

Au.

Das Laufen tut weh. Als ob ich Holzstöckchen hätte und keine Beine.

Ich setze mich mühsam in eine Bank. Meine Beine sind riesig, aufgeblasen wie Luftballons, sie sind eingeschlafen, obwohl sie ganz normal aussehen. Beim nächsten Mal wird es mir sicher gelingen.

Ich werde mich auf dasselbe Steinchen knien, und du wirst sehen, Lieber Gott, daß ich zwei Stunden aushalten kann. In meinem Zimmer werde ich mich heute nacht hinknien, wenn Tadzio eingeschlafen ist. Sei geduldig, lieber Herrgott. Ich schwöre, ich halte es durch. Heute nacht. Ich ruhe mich nur ein bißchen aus, und heute nacht ...

Kasia unterbricht ihr Spiel mitten im Takt und sagt wütend:

»Was glotzt du mich die ganze Zeit so an!«

»Weil ich nicht wußte, wie ich die Aufgabe lösen soll«, sage ich. »Also habe ich nachgedacht und aufgeschaut ...«

»Schon gut, Ruhe jetzt!«

Wieder beginnt sie zu spielen. Die Musik dröhnt so, daß ich sie auf meinem Körper spüre, als ob Wind aus den Lautsprechern wehte. Ich beuge mich über Kasias Heft. Meine Hausaufgaben werde ich später zu Hause machen.

Seit Anfang der Woche hat Kasia die Schule ziemlich abgeschrieben. Am Montag hat sie eine Sechs in Mathe bekommen. Sie würde bestimmt wieder aufhören, in die Schule zu gehen, wenn ich nicht die Hausaufgaben für sie machen und nicht ständig darum bitten würde zu kommen. Ich habe ihrer Mutter versprochen, auf sie aufzupassen. Ich tu, was ich kann. In der Schule muß ich ständig auf sie aufpassen, damit sie sich nicht mit den Lehrern streitet, weil sie immer gereizt ist und wegen jeder Kleinigkeit Streit anfängt.

Gestern hat die Physiklehrerin sie an die Tafel gerufen, und ich wußte genau, das geht schief, ich hatte schreckliche Angst, daß sie sich mit Frau Zelenow streiten würde, weil auch die furchtbar nervös ist. Also begann ich plötzlich zu stöhnen, hielt mir den Bauch und fiel auf den Boden. Ich habe so entsetzlich gestöhnt und mich vor Schmerzen gekrümmt, daß die Lehrerin gleich losrennen und einen Krankenwagen rufen wollte, aber zum Glück klingelte es, und danach ging es mir wieder gut. Kasia war gerettet.

Ich habe gelernt, ihre Handschrift nachzuahmen. Das war schwierig, weil ich selber kerzengerade Buchstaben schreibe. Bei Kasia ist jeder Buchstabe anders, einmal geht er nach links, einmal nach rechts, einmal ist einer groß, dann wieder so klein, daß man nicht weiß, ob es ein Buchstabe ist oder eher ein Punkt. Aber schließlich habe ich es gelernt, und zwar so, daß nicht mal Kasia weiß, was sie geschrieben hat und was ich.

Dafür passiert es mir jetzt manchmal, daß ich, wenn ich meine eigenen Hausaufgaben mache, ein solches Gekrakel aufs Blatt schmiere, daß man eigentlich auweia schreien müßte.

Bis zum Ende des Schuljahres sind es nur noch wenige Tage. Manche Lehrer geben Ruhe und haben ihre Zensuren bereits verteilt, andere machen Druck bis zum Schluß, wie zum Beispiel die Physiklehrerin und der Mathematiklehrer. Manche Dinge hat man längst wieder vergessen, und nun muß man sie sich wieder einpauken.

Mama hat ein paarmal nach den Proben für die Schulabschlußfeier gefragt, aber ich habe mir einfach etwas ausgedacht und irgendwelchen Unsinn erzählt. Einmal wollte sie, daß ich das Gedicht aufsage, das ich dort vortragen soll. Zum Glück fiel mir dieses eine ein, in dem »die ausgespuckte Lunge schon nicht mehr weh tut...«, und ich habe es laut aufgesagt. Mama hat es sehr gefallen, und sie sagte, daß sie keine blasse Ahnung davon gehabt hat, eine so begabte Tochter zu haben. Den Mädchen und Tadzio hat es auch gefallen, nur Zosia spuckte nachher den halben Tag. Als ich sie fragte, warum, sagte sie, sie spucke ihre Lunge aus. Ich hatte das Gedicht schon vergessen und Angst gekriegt, daß sie vielleicht krank ist. Aber sie sagte, es sei nur vorsichtshalber, wenn sie die Lunge ausspucke, täte sie nie wieder weh. Ich habe schrecklich gelacht und die Sache Mama erzählt, und Mama entgegnete darauf: »Sieh mal an, was für ein Schlaukopf.«

Tadzio meinte, daß Papa eine ganz schwarze Lunge haben müßte, weil er immer ganz schwarze Spucke hat. Da erinnerte sich Zosia daran, wie ich einmal Strumpfhosensuppe gekocht habe und sagte, daß Papa sich vielleicht vertan und sie gegessen habe und jetzt damit spuckt. Aber Mama sagte, es käme vom Bergwerk, daß Papa Kohle spucke. Darauf sagte Tadzio, wenn er groß sei, würde er auch im Bergwerk arbeiten und dann den ganzen Balkon der Nachbarin von einem Stock tiefer schwarzspucken. Sie sitzt uns ständig auf der Pelle, weil wir zuviel Lärm machen. Die Mädchen haben schon richtig Angst, durch die Wohnung zu laufen.

Mama läßt die beiden jetzt nicht nach draußen, weil vor kurzem ein Mädchen aus unserer Siedlung von einem Auto überfahren wurde und gestorben ist. Die Zwillinge schwören zwar, daß sie nur an der Teppichstange spielen, aber Mama hat Angst, weil die Autos inzwischen so verrückt fahren, daß sie auch gegen die Teppichstange prallen könnten. Sie ist sehr unglücklich, daß wir hier wohnen. Sie sagt, wenn Frau Marysia und Herr Krzysiek nicht schon einen Durchbruch von ihrer Wohnung in unsere gemacht hätten, würde sie am liebsten die Klamotten packen und nach Jawiszów zurückkehren, obwohl es dort eng und unbequem sei. Sie freut sich schon auf September, wenn die ganze Familie wieder hinfährt, um die Kartoffeln zu ernten. Papa war einmal mit dem Fahrrad dort und sagte, es sei alles in Ordnung, sie würden wachsen.

Wie still es geworden ist. Kasia sagt dazu immer: »diese berühmte klingende Stille«.

Sie spult das Band zurück und läßt sich neben mich aufs Sofa fallen.

»Achtung«, sagt sie. Ich lege meinen Kugelschreiber weg, an dem ich sowieso die ganze Zeit nur herumgekaut habe, und setze mich bequem hin. Aus den Lautsprechern donnert die Musik, und wir sitzen da und hören zu.

»Und wie findest du's?« fragt Kasia.

»Sehr schön«, sage ich.

»Dann hör jetzt gut zu, gleich mache ich's kaputt«, sagt sie und verzieht das Gesicht. Plötzlich lächelt sie. »Nein, sehr gut. Ist sogar besonders schön geworden, diese Wellenbewegung. Hast du's gehört?«

»Mhm.«

Als Kasia das Band abschaltet, sage ich:

»Ich glaube, ich wärme jetzt mal das Mittagessen auf.«

»Ich habe keine Lust zu essen«, antwortet Kasia. »Mach nur für dich was warm.«

Sie schaltet das Tonband auf Aufnahme und setzt sich an den Synthesizer. Wieder Musik.

Ich habe Hunger, aber ich will das Mittagessen nicht für mich alleine aufwärmen. Ich esse später was, wenn ich nach Hause komme. Ein bißchen tut es mir leid, weil Fräulein Zenobia heute so gute Laune hatte, und wenn sie gute Laune hat, schmeckt es immer besonders gut. Sie hat einen Brief von ihrem Sohn aus Deutschland bekommen. Er schreibt, daß er schon eine Arbeitserlaubnis hat und ihre Enkelin bereits sitzen kann. Die Enkelin heißt Grete. Fräulein Zenobia macht sich ein bißchen Sorgen darüber, daß sie von klein auf Deutsch brabbeln wird.

Oh, mein Tee ist kalt geworden.

Ich werde einen neuen machen. Früher hatte ich Angst, mich auch nur zu bewegen, wenn Kasia aufnahm, aber inzwischen weiß ich, daß das Tonband direkt aus dem Synthesizer aufnimmt und man herumschreien und -springen kann, und doch nur die Musik aufs Band kommt.

Ich gehe ins Bad, wasche mir die Hände mit duftender Seife, gehe in die Küche, setze Teewasser auf, schaue in die Töpfe und stibitze eine kalte Dillkartoffel. Dann noch eine. Und noch eine. In der Pfanne sind Koteletts. Wie zart sie sind. Sehr lecker, schon habe ich ein ganzes verputzt. Ich nehme die Suppenkelle, tauche sie in den Topf. Kalte Rote-Bete-Suppe. Supergut. Ich esse zwei große Suppenkellen davon. Nun habe ich doch zu

Mittag gegessen. Und schon kocht das Wasser. Ich mache zwei Gläser Tee, stelle sie auf ein Tablett. Es müßte eigentlich auch Nachtisch da sein … Ich schaue in den Kühlschrank. Tatsächlich. Götterspeise mit Sauerkirschen und Schlagsahne. Ich stelle die Schälchen aufs Tablett und gehe vorsichtig ins Zimmer.

Stille. Kasia liegt auf dem Sofa und starrt an die Decke. Ich stelle das Tablett auf das Tischchen neben ihr.

»Willst du ein bißchen Götterspeise?« frage ich.

»Her damit.«

Ich reiche ihr Schälchen und Löffel. Sie steht nicht auf, sondern ißt im Liegen.

»Schmeckt's?«

»Es geht.«

Ich löffle ruckzuck mein Schälchen leer. Sehr gut. Kasia stellt ihr leeres auf den Tisch zurück und sagt:

»Es ist furchtbar. Ich bin zu intelligent, um eine große Komponistin zu werden.«

»Warum?«

»Darum. Ich denke zuviel und spür zu wenig. Und hab niemand, mit dem ich darüber reden könnte. Schade, daß Mateusz nicht mehr lebt. Oder wenn du ein bißchen Ahnung davon hättest. Aber du stellst dir immer was vor, Wiesen, Blümchen, Engelchen, Vögelchen …«

»Und du stellst dir nichts vor, wenn du spielst?« frage ich.

»Das hat gerade noch gefehlt!« Kasia nimmt den Löffel und schlägt damit gegen das Schälchen. »Ein Ton ist ein Ton. Das reicht doch.«

Plötzlich schmeißt sie den Löffel in die Ecke und beginnt zu jammern. Sie ist oft entsetzlich launisch. Liegt da, starrt zur Decke und jammert. Nur gut, daß sie sich nicht auf dem Sofa hin und her wirft oder über den Teppich rollt.

Ich sage nichts und rühre mich nicht. Meistens enden ihre Launen so, daß sie zu mir kommt, sich an mich drückt und ich sie streicheln muß.

»Ich kann nicht, ich kann's einfach nicht«, sagt sie. »Was soll ich tun, sag, was soll ich tun?«

»Weiß nicht.«

»Dann schrei ein bißchen, ja?«

»Gut«, sage ich und beginne zu schreien. Ich schreie laut, immer lauter. Ich schreie, und sie schaut mich an. Dann hab ich keine Kraft mehr.

Was für eine angenehme Stille.

Kasia hockt sich auf ihre untergeschlagenen Beine. Die Laune ist offensichtlich vorbei.

»Verstehst du«, sagt sie, »der Inhalt der Musik ist ihre Form. Die Form erzählt die Form. Und amen, das ist alles. Kristallvakuum. Capito?«

»Ist mir deshalb«, frage ich, »wenn du spielst, mal traurig und mal fröhlich zumute?«

»Das ist eine Frage der Wahrnehmung. Die Tonimpulse kommen durchs Ohr ins Gehirn und regen verschiedene Zentren an. Ganz einfach.«

Ich zucke die Achseln.

»Mensch, siehst du heute hübsch aus«, sagt sie plötzlich.

»Wirklich?« sage ich und lächle.

»Wirklich! Wie eine schielende Kröte in einer Soße aus zerdrückten Kakerlaken.«

»Ich schiele nicht.«

Kasia lacht.

»Ich habe dir nur die Wirkung von Impulsen gezeigt«, sagt sie. »Sprechen ist wie das Drücken von Tasten, wie in der Musik. Jeder Satz eine andere Taste. Nur daß der Weg der Wortimpulse indirekt ist, also etwas länger. Bei der Musik geht's ohne Umwege.«

Kasia gähnt.

»Warum bin ich bloß nicht taub geboren«, jammert sie. Sie legt sich wieder aufs Sofa. »Ich wäre gern taub, blind, stumm und gelähmt.«

»Nimm das sofort zurück!«

»Bin ich viel zu schwach dazu. Ich glaub, ich leg mich hin. Schlafen.«

»Dann geh ich nach Hause«, sage ich.

»Mhm«, brummt Kasia schläfrig.

»Aber ich habe deine Hausaufgaben noch nicht fertig. Na, ich bring sie morgen mit in die Schule.«

»Mhm ...« Sie schließt die Augen und schmiegt ihr Gesicht an die Sofalehne. Ich packe ihre Hefte in meine Schultasche.

»Zieh die Kleider aus«, sage ich, »wenn du dich hinlegst.«

»Gut.«

»Dann tschüs.«

»Und kein Küßchen?« fragt Kasia. Ich gebe ihr einen Gutenachtkuß. Dann ziehe ich die Zigeunersachen aus und meine Sachen an, schalte das Licht im Flur aus, gehe hinaus und schlage die Tür hinter mir zu.

In dem Moment höre ich das Telefon läuten. Wenn ich noch in der Wohnung gewesen wäre, würde ich hinlaufen und abheben. Kasia hat sicher keine Lust aufzustehen, und es wird so lange klingeln, bis es aufhört.

Die Straßen sind leer. Sobald die Geschäfte schließen, verschwinden die Leute. In ihre Häuser, in ihre Löcher.

Kein Stückchen blauer Himmel. Nur ein großer Stein, ganz dunkelgrau. Die Sonne kratzt dran, kommt aber nicht durch, weil sich alle Wolken verabredet und zu einer einzigen riesigen, steinernen Wolke zusammengeballt haben. Wenn ein Vogel zu hoch geflogen ist, muß er auf der anderen Seite übernachten. Seine Mama wird sich die ganze Nacht Sorgen machen. Aber vielleicht ist es auf der anderen Seite viel schöner, weil dort die Sonne scheint.

Kein einziger Mensch zu sehen. Ich laufe, und bei jedem dritten Schritt hüpfe ich kurz. Die Häuser sind wirklich riesig.

Ich gehe und hüpfe, obwohl ich gar keinen Grund zum Hüpfen habe. Ich bin dumm, weiß nichts und werde nicht mehr viel lernen. Dafür ist Kasia klug für uns beide. Ich würde gerne soviel wissen wie sie. Und dieses Schöne sehen, das sie gesehen hat. Wenn sie mir wenigstens vor ihrer Abfahrt sagt, wie man dorthin kommt ... Aber sie wird wegfahren und mir nichts sagen. Nichts zu machen. Leider. Soll sie doch nach

Afrika fahren. Sie wird mir sehr fehlen, aber vielleicht werde ich dafür ruhiger. Früher war ich nicht so nervös wie jetzt. Irgend etwas ist ständig in mir am Zittern.

Mama sagt, daß sie auch immer so zittrig ist. Sie sagt, das läge an Wałbrzych. Sie hat jetzt ständig Herzschmerzen. Ich muß ihr mehr helfen. Wenn Kasia in Afrika ist, werde ich Mama die ganzen Ferien über helfen, sie braucht nur dazusitzen und Anweisungen zu geben. Aber wie ich sie kenne, wird sie das nicht aushalten.

Plötzlich ... ruft mich jemand.

Ich schaue mich um. Niemand da. Dort oben? Ich schaue hoch, da steht jemand auf dem Dach. Ich sehe ihn kaum, weil es schon fast dunkel ist.

Er winkt mir zu. Ein Schornsteinfeger? Aber er ist gar nicht schwarz, sondern irgendwie grau. Ich sehe, wie er sich langsam vorbeugt. Herr Gott im Himmel, er fliegt nach unten! Er fliegt leise durch die Stille. Ist das vielleicht nur ein Sack ...?

Oh Gott!

Er ist nur ein paar Meter entfernt aufgeschlagen. Die Arme sehe ich, und den Kopf, aus dem etwas Graues sickert. Sogar das Blut ist grau. Ich schaue mich um. Niemand da.

Ich gehe leise weg, auf Zehenspitzen.

Es hat bereits geklingelt, und Kasia ist noch nicht da. Die Lehrerin überprüft die Anwesenheitsliste. Wie immer beginnt sie mit Bogdaj.

»Hier«, sagt Ewa.

»Bogdańska.«

»Hier«, sage ich.

»Daszkiewicz.«

»Hier!«

Und schon ist sie bei Zucharska. Nach Zucharska kommt immer Kawczak, Maria.

»Kawczak.«

»Nicht da«, sage ich. Die Lehrerin hakt die Liste ab und schließt das Klassenbuch. Einige aus der Klasse starren mich an und machen ein komisches Gesicht. Ich reagiere nicht. Ich habe einfach nur etwas durcheinandergebracht.

Vielleicht kommt es davon, daß ich in der Nacht zuvor nicht einschlafen konnte. Ich hatte vor irgend etwas Angst, aber ich weiß nicht vor was. Und als ich endlich eingeschlafen war, klingelte der Wecker, und ich mußte aufstehen. Ich stand am Fahrstuhl. Als er kam, stieg ich ein, fuhr los und sah, daß ich noch die Hausschuhe anhatte. Ich fuhr bis ganz nach unten und dann wieder nach oben, um meine Schuhe anzuziehen. So ist das. Wenn man nachts nicht schläft, schläft man am Tag. Aber jetzt habe ich keine Lust zu schlafen.

Nach der Schule gehe ich zu Kasia. Ich klingle an der Tür. Fräulein Zenobia öffnet mir.

»Komm rein, Kindchen«, sagt sie. »Wo ist Kasia?«

»Ist sie denn nicht da?« frage ich überrascht.

»Nein. Komm rein, sie wird bestimmt gleich kommen. Mittagessen gibt's in einer halben Stunde.«

In Kasias Zimmer herrscht furchtbare Unordnung.

Gestern habe ich doch alles ordentlich hinterlassen.

Ich mache schnell das Bett, streiche alle Falten der Tagesdecke glatt und nehme mir den Schreibtisch vor. Er sieht aus wie ein Papierkorb mitten im Müll. Überall Papier, Fotos, Briefumschläge, Briefe. Die Schubladen sind aus den Schreibtischschränkchen herausgezogen, eine liegt umgestürzt auf dem Boden. Mein Gott, was ist denn hier passiert? Als hätte ein Dieb hier rumgewühlt.

Blitzschnell lege ich die Papiere zusammen, die Briefe zu den Briefen, und aus den Fotos mache ich ein Extrapäckchen. Ich lege es in die Schublade. In den anderen Schubladen ist alles durcheinander... Kabel und Drähte, bunte Löschblätter, ein Puppenkopf. Ich würde gern mehr aufräumen, aber wenn Kasia nicht da ist, kann ich nicht einfach in ihren Sachen herumkramen. Also stopfe ich alles nur so hinein, damit man zumindest die Schubladen wieder zumachen und das Schränkchen schließen kann.

Und was ist das? Etwas Schwarzes ... Aus der untersten Schublade hängt etwas, das aussieht wie ein langer, schwarzer Hundeschwanz. Wie lang der ist! Über einen halben Meter.

Bin ich blöd! Ich habe mich richtig erschrocken. Dabei ist es nur ein Zopf aus schwarzem, glänzendem Haar. Wozu braucht Kasia einen schwarzen Zopf? Vielleicht ist es ja ihr Haar, vielleicht hat sie es abgeschnitten, geflochten und schwarz gefärbt, so wie ich meine Strumpfhose. Der Zopf ist mit einem blauen Bändchen zusammengebunden. Er hat etwas Schreckliches an sich, wie der Schwanz des Teufels. Ich stopfe ihn in die Schublade zurück, schließe sie und schlage die Tür des Schränkchens zu. Aus den Augen, aus dem Sinn.

Jetzt nehme ich mir die Unordnung auf dem Schreibtisch vor. Polnische Bücher zwischen französischen. Warum ist es hier nur so naß? Meine ganze Hand ist schwarz. Tusche. Oder Tinte. Ich wische die Hand am Taschentuch ab. Mein schönstes Taschentuch! Das wird sich wohl nicht mehr auswaschen lassen. Also wische ich den Schreibtisch damit ab.

Im Bad wasche ich mir die Hände und spüle das Taschentuch aus. Schade, das ist hin. Höchstens noch als Lappen zu gebrauchen. Ich gehe ins Zimmer zurück und wische den Schreibtisch feucht ab. Eines der Bücher ist schmutzig geworden. Und da ist wieder dieses eklige kleine Teufelchen mit der Hand an seinem Schniepel. Pfui Teufel.

Das Taschentuch habe ich weggeworfen und zehnmal meine Hände gewaschen. Fräulein Zenobia ist längst weg. Ich stehe am Fenster und schaue, ob Kasia kommt. Warum nennt sie Fräulein Zenobia »Fräulein«, obwohl sie doch verheiratet ist mit einem Rentner, und einen Sohn und eine Enkeltochter in Deutschland hat?

Eine ganze Stunde ist vergangen, und meine Kasiulka ist noch immer nicht da. Es ist so leer ohne sie, und kalt. Draußen ziehen sich Wolken zusammen, im Zimmer wird es immer dunkler. Das Mittagessen ist ganz bestimmt schon eiskalt. Ich hab nichts gegessen, irgendwie habe ich nichts runterbekommen. Wo steckt Kasia bloß? Die Synthesizer stehen traurig da, still wie nie. Ich stecke den Stecker in die Steckdose. Lustige Lichter gehen an.

Ich drücke eine Taste.

Wie es in den Lautsprechern klirrt! Ich ziehe meinen Finger gleich zurück. Stille. Ich drücke eine andere Taste. Etwas hat geklingelt. Nein, nicht hier, jemand hat an der Wohnungstür geklingelt. Ich laufe in den Flur, öffne die Tür. Niemand da. Ich schließe sie, wieder das Klingeln. Es ist das Telefon in Frau Karolinas Zimmer. Bestimmt ruft Kasia an.

»Hallo!« sag ich.

Im Hörer schwafelt jemand, kein Polnisch, es ist kaum zu hören ... Sicher falsch verbunden. Ich lege auf. Es wird immer dunkler draußen. Ich gehe auf den Balkon und schaue in alle Richtungen, Kasia ist nirgends zu sehen, und gleich wird es regnen. Ich geh sie suchen.

Ich war in den beiden Cafés und in der Buchhandlung, überall dort, wo wir gemeinsam immer hingehen, aber Kasia war nirgends. Vielleicht ist sie mit ihrer Mama in dem Restaurant, wo wir einmal waren. Aber da komme ich nicht hin, weil es zu weit weg ist und kein Bus hinfährt. Vielleicht ist ihr was passiert? Nein ... was soll denn schon passieren. Ich renne durch Wałbrzych und bin schon ganz naß, weil es die ganze Zeit regnet. Kasia ist weg. Oder vielleicht ist sie inzwischen zu Hause?

Ich laufe zum Markt, hetze die Treppe hoch, klingle, niemand öffnet, hinter der Tür ist es still. Sie ist nicht da. Vielleicht ist sie in die Halden gegangen, sie geht doch gerne dorthin ...

Ich springe in den Bus, fahre schwarz, weil ich keinen Fahrschein dabeihabe, laufe über die Halden und rufe: »Katarzyna! Katarzyna!« Nichts. Zurück in die Stadt. Und immer durch den Regen, die ganze Zeit über regnet es. Wieder stehe ich vor ihrer Tür, wieder klingle ich, niemand öffnet. Noch einmal in beide Cafés und in den Presseclub ...

Kasia ist nicht da.

Ich spüre meine Füße nicht mehr. Lieber Gott, mach, daß

ihr nichts passiert ist. Bald ist es fünf. Ich renne durch den Regen in die Kirche. Ich werde ein bißchen beten und hoffentlich ein bißchen trocknen.

Kühl und leer ist es hier drin, aber wenigstens regnet es nicht.

Ich knie mich hin, bekreuzige mich, stehe auf, schaue mich um ... ich danke Dir, Lieber Gott, Kasia sitzt dort drüben in der Bank. Ich habe sie an ihrem silbrig glitzernden Regenumhang erkannt und an ihrem Haar, das im Kerzenlicht des Altars glänzt. Ich möchte zu ihr und sie küssen, nein, lieber nicht, vielleicht betet sie, vielleicht hat sie sich ja alles anders überlegt ... Soll sie beten, ich werde sie nicht stören. Ich setze mich leise hin. Wenn sie fertig ist und geht, wird sie mich schon sehen.

Und so sitzen wir da, sie dort, ich hier, und wir beten. Ich mag den Geruch der Kirche. Ich mag das Klingeln der Glöckchen, wenn der Ministrant das Weihrauchfaß hin und her schwingt. Und die aus dem Tabernakel genommene Monstranz so schön glänzt. Immer denke ich, daß hinter der Monstranz noch etwas versteckt ist. Warum der Priester es nicht herausnimmt ... Es muß noch etwas sein. Etwas Kleines, und wenn man es herausnähme, wäre es riesig. Es würde leuchten wie die Sonne, wie tausend Blitze.

Ich weiß nicht, woher ich es weiß, aber ich weiß es. Warum ist es nur so kalt hier? Meine Zähne klappern vor Kälte, ich zittere am ganzen Körper.

Laß uns nach Hause gehen, Kasia, laß uns von hier weggehen.

Ist sie vielleicht eingeschlafen?

Ich werde nachschauen. Ich schleiche mich leise heran, setze mich neben sie. Sie schaut mich gar nicht überrascht an. Ich lächle, sie reagiert nicht. Erkennt sie mich nicht?

»Kasia«, flüstere ich. »Ich suche dich schon den ganzen Tag.«

Keine Reaktion. Sie schaut mich nur an, als sähe sie mich zum ersten Mal.

»Willst du immer noch«, sagt sie, »dieses Etwas kennenlernen, von dem ich dir nicht erzählt hab?«

»Ja«, sage ich, »will ich.«

»Bist du mutig und hast keine Angst?«

»Nein, ich habe keine«, sage ich. Sie steht auf, streckt mir ihre Hand entgegen. Ich gebe ihr meine. Sie drückt sie fest und führt mich zum Ausgang. Ich bin furchtbar neugierig und habe entsetzliche Angst, gebe es aber nicht zu, ich muß es sehen.

Wir bleiben an der Kirchentür stehen. Es gießt. Kasia sagt:

»Du brauchst viel Spucke in deinem Mund.«

»Warum?«

»Viel Spucke, schnell! Und jetzt spuck.«

»Wohin?«

»Hierhin!«

Sie reißt mich gewaltsam herum, dreht mich mit dem Rücken zu sich. Ich spucke. Im Steinbecken, im Weihwasser, schwimmt meine Spucke. Mein Gott! Meine Spucke schwimmt im Weihwasser. Ich höre sie lachen. Ich höre Kasia lachen.

»Es ist genau das gleiche Wasser wie überall«, sagt sie. »Wie in der Badewanne, wie im Klo.«

Ich falle auf die Knie, drücke mein Gesicht auf den Boden und schluchze, weine, heule. Sie schüttelt mich.

»Beruhige dich«, sagt sie. »Mienchen, beruhige dich!« Sie hält mir den Mund zu. »Beruhige dich doch endlich!« schreit sie.

Ich beiße ihr in die Hand, sie läßt mich los. Ich wimmere mit dem Gesicht am Boden. »Warum hast du das getan«, heule ich, »warum hast du das getan!«

Sie reißt mich hoch, schlägt mich einmal und dann ein zweites Mal ins Gesicht, und schreit:

»Sei still, du Idiot!«

Ich knie und ich wimmere, ganz leise. Sie hockt sich neben mich, umarmt mich und küßt mich auf den Mund.

»Liebchen, hör auf«, flüstert sie. »Alles ist zu Ende, alles ist zu Ende.«

»Geh weg«, sage ich. »Laß mich.«

Ich heule und schluchze. Sie steht auf.

»Was hast du denn gedacht«, sagt sie von oben herunter. »Daß es ganz einfach ist? Möchtest du ohne Fahrkarte in die Hölle?«

Ich starre sie an. Ihr verächtliches Lächeln.

»Erinnerst du dich nicht?« fragt sie. »Wir haben es uns doch versprochen. Und du hast geschworen, du würdest mich nie hassen. Quäl dich allein weiter. Meine Woche der Tierliebe ist jetzt vorbei, sie hat sowieso viel zu lange gedauert. Ich habe die Nase voll.«

Sie setzt ihre Kapuze auf und geht.

Ich knie im Vorraum der Kirche und schaue ihr nach. Sie läuft hinaus in den strömenden Regen.

»Kasia!« schreie ich. Ich springe auf, renne ihr hinterher. »Kasia!«

Sie bleibt stehen, dreht sich zu mir um. Ihr Umhang glänzt im Regen. Auch ihre Augen glänzen.

»Was ist?«

»Kasia«, sage ich weinend. »Sag mir ... hat Dshigi es dir befohlen? Sag mir, war es Dshigi?«

Sie lächelt ironisch, hebt ihre Augenbrauen.

»Was für eine Kasia, welche Kasia ... Es ist schon ein Jahr her, daß ich deine Kasia aufgefressen habe. Ich erinnere mich nicht einmal mehr, ob sie mir geschmeckt hat.«

Sie stochert zwischen den Zähnen herum und schmatzt.

»Doch, sie hat sehr gut geschmeckt«, sagt sie. »Schade, daß du sie nicht probiert hast.«

Sie geht. Verschwindet.

Meine allerliebste Kasia. Ich weiß, daß ich sie nie wiedersehen werde. Sie hat sich mit mir angefreundet, um mir eine Fahrkarte zur Hölle zu geben.

ER. Ich habe gespürt, daß ER sich irgendwo ganz in der Nähe herumtreibt, aber ich habe nicht gewußt, daß ER in jemandem ist, den ich sehr liebgewonnen habe.

Gut. Jetzt weiß ich es.

Vaterimhimmel. Ich dachte, Du wärst für alle Menschen auf

der Erde da, doch nun weiß ich, daß Du nur für manche da bist.

Gerade wollte ich noch zurücklaufen, um mit meinem Pullover das ganze Weihwasserbecken auszuwischen, damit durch meine Spucke nicht die krummen Finger einer Oma beschmutzt werden. Wie dumm von mir. Soll sich doch Dein Kirchendiener darum kümmern.

Amen und leb wohl.

Zweites Buch

Zwei Tage lang war ich nicht in der Schule. Am dritten Tag komme ich mit einer eigenhändig von meiner Mutter geschriebenen Entschuldigung, »Meine Tochter Maria Kawczak fühlte sich gesundheitlich sehr schlecht, hochachtungsvoll, Sława Kawczak.«

Sława ist der Vorname meiner Mutter.

Ich habe aufgepaßt, daß sie keinen Fehler macht, doch es sind nur vier Wörter, in denen man welche hätte machen können, wir sind ohne Rechtschreib-Lexikon zurechtgekommen.

Ich sitze allein in der Bank. Kasia ist natürlich nicht in der Schule. Ich weiß nicht, woher ich es weiß, doch ich weiß, daß sie in den knapp zwei Wochen bis zu den Ferien nicht mehr kommen und ihre Mutter oder Fräulein Zenobia schicken wird, um das Abschlußzeugnis abzuholen.

Übrigens ... was geht mich das an.

In der großen Pause kommt Ewa Bogdaj zu mir und fragt, was mit Kasia los sei. Ich sage ihr, sie sei krank.

»Das weiß ich. Gestern war ihre Mutter da und hat ein Attest gebracht. Ich habe gesehen, wie sie mit Frau Turska gesprochen hat. Was hat sie denn?«

»Weiß man noch nicht«, sage ich. »Was Kompliziertes.«

»Kann ich mir vorstellen«, sagt Ewa und lächelt dabei fast unmerklich. »Weißt du ... ich mache mir wirklich Sorgen um sie.«

Sie legt ihre Hand in den Nacken. Immer schon hat mir diese Geste gefallen.

»Dir wäre es doch lieber, wenn sie stirbt!« sage ich.

»Du hast dir da irgendwas zusammengesponnen in bezug auf mich«, sagt Ewa. »Ich bin gar nicht so, wie du denkst.«

»Woher willst du wissen, was ich denke?« frage ich und lächle ebenfalls.

»Und was denkst du?«

»Vielleicht dasselbe, was du ...«

»Ich habe gerade gedacht, daß du sehr nett bist.«

»Seltsam«, sage ich. »Und ich habe gerade gedacht, daß du sehr nett bist.«

Ewa lacht.

»Dann sieht es ja ganz danach aus, daß wir beide nett sind«, sagt sie.

»Dann sieht es ja ganz danach aus, daß wir beide nett sind«, wiederhole ich. Ewa sieht mich mißtrauisch an.

»Spielst du Papagei?«

»Spielst du Papagei?« wiederhole ich.

Ewa wird ernst. Sie beißt sich auf die Unterlippe und sagt nichts. Ich beiße mir ebenfalls auf die Unterlippe und sage nichts. Ich stülpe meine Lippen genauso vor wie sie. Wer von uns ist wer? In diesem Moment überrascht uns das Klingelzeichen. Die Flure leeren sich. Nur wir beide stehen noch da.

Wie das wohl enden wird.

Gar nicht. Ewa zuckt die Achseln und geht. Als sie in der Mitte des Flurs ist, ertönt ein lauter Pfiff. Das bin ich. Ewa bleibt stehen, dreht sich um. Sie schaut mich von weitem an. Ich lächle. Auch sie lächelt. Ein unsicheres, verlegenes Lächeln. Und das soll Ewa Bogdaj sein, vor der ich immer solche Angst hatte?

Ich fange an, laut zu lachen. Mein Gelächter hallt durch den Flur.

Ewa verschwindet im Klassenzimmer.

Ich stehe allein da, und um mich herum ist nur Luft.

In der Physikstunde habe ich ihren Blick gespürt. Ich habe mich umgedreht, sie hat schnell weggeschaut.

Ich gehe die Maria-Konopnicka-Straße hinunter und höre einen Pfiff. Ich schaue mich um, sie ist es. Auf der anderen Straßenseite sitzt sie auf ihrem riesigen schwarzen Motorrad und winkt mir zu.

Ich gehe zu ihr.

»Ich bring dich nach Hause«, sagt sie. »Willst du?«

»Gern.«

Ich setze mich hinter sie, suche nach den Fußstützen. Und sie: »Drück dich fest an mich und leg dich in die Kurven wie ich, und wenn ich zu schnell fahren sollte, stoß mir das Kinn in den Rücken. Meistens hilft das.«

Wir fahren mit Getöse los.

Schon sind wir weg.

Eine Straße, noch eine ... und schon sind wir am Markt.

Ewa bringt das Motorrad vor Kasias Haustür zum Stehen.

»Ich wohn hier doch gar nicht«, sage ich. Ewa springt vom Motorrad und stellt es auf den Ständer.

»Weiß ich. Aber du möchtest doch sicher wissen, wie es unserem Fräulein Katarzyna Bogdańska geht. Oder?«

»Toll. Danke. Bis bald.«

»Ich warte hier auf dich.«

»Es kann lange dauern, vielleicht bis zum Abend ... ich weiß nicht.«

»Das macht nichts. Ich habe sowieso nichts vor. Ich habe versprochen, dich nach Hause zu bringen.«

»Ich komm schon zurecht. Irgendein kluger Mensch hat die Busse erfunden.«

»Er war nicht so klug wie der Erfinder der Motorräder«, antwortet sie und lacht. »Ich warte.«

»Gut, ich bin in einer halben Stunde zurück«, sage ich. »Bis dann.«

Durch die Haustür, die Treppe hoch. Bin schon in der zweiten Etage. Ich werde nicht klingeln. Dritte Etage, vierte. Ich gehe aufs Dach.

Es ist eine große Terrasse mit einem steinernen Geländer. Ich war schon einmal hier. Kasia und ich hatten zwanzig Schwalben gefaltet, jede zehn, und wir veranstalteten einen Schwalbenwettkampf.

Die Schwalben sausten über den Markt. Ganze drei flogen in dasselbe offene Fenster auf der anderen Seite des Platzes. Alle drei waren von mir. Eine von Kasia fuhr auf dem offenen Anhänger eines Lastwagens davon. Eine andere stieg ganz hoch in die Luft und verschwand in den Wolken. In das Fenster, in das meine drei gesegelt waren, flog keine mehr.

Als ich später nach Hause ging, sah ich Kinder, die mit unseren Schwalben spielten. Und ich war irgendwie froh, daß sie immer noch flogen, und eine vielleicht auch noch morgen und übermorgen fliegen würde.

Ich trete ans Geländer und schaue nach unten, auf Ewa, die von hier aus ganz klein aussieht mit ihrem Motorrad. Eine halbe Stunde vergeht, vierzig Minuten, und sie fährt nicht weg.

Ich gehe runter.

»Katarzyna ist gestorben«, sage ich mit Grabesmiene. Ewa schaut mich an. Ihre Augen sind bewegungslos wie die einer Puppe, ihre leicht geöffneten Lippen erstarrt.

Was ist denn nun passiert?

Ewa liegt vor meinen Füßen.

»Hallo«, rufe ich, »hier ist ein Mädchen ohnmächtig geworden.«

Ein Mann hebt sie auf und trägt sie zum Springbrunnen. Ich hinterher. Sofort hat sich eine Menschenmenge um uns versammelt. Ich spritze ihr Wasser ins Gesicht. Sie öffnet die Augen, setzt sich auf eine Mauer und wischt sich mit einem Zipfel des T-Shirts das Wasser aus dem Gesicht.

Die Leute um uns zerstreuen sich. Ewa ist noch ganz benommen, ich muß sie wieder auf Trab bringen.

»Hast du das etwa geglaubt?« frage ich.

Sie schaut mich mit großen Augen an. Das Weiße darin ist weiß, mit einer Spur Blau, die Pupillen sind schwarz, fast dunkelblau. Ich muß mich wohl geirrt haben, vor mir sitzt ein normales, nettes Mädchen.

»Mit Katarzyna ist alles in Ordnung«, sage ich. »Sie ist zu ihrer Großmutter nach Sobótka gefahren.«

Ewa holt tief Luft. Ihr Gesicht hat wieder Farbe.

»Du hast mich ganz schön auf den Arm genommen«, sagt sie, »und ziemlich heftige Späße drauf.«

»Es ist ein Spiel, das ›Tastendrücken‹ heißt. Wie findest du es?«

»Toll. Du mußt es mir beibringen.«

Ich schnippe mit den Fingern.

»Jetzt kannst du es.«

In nicht einmal fünf Minuten sind wir in meiner Straße. Der Bus braucht dafür eine halbe Stunde.

»Hier wohne ich«, sage ich. Ewa bremst und fährt bis vor die Eingangstür. Ich steige ab.

Ewa: »Wenn du ein bißchen Zeit hast ... können wir noch rumfahren.«

Klar habe ich Zeit! Viel sogar. Ich bin doch gerade bei der Probe für die Abschlußfeier, und dann muß ich mich um die kranke Kasia kümmern.

»Hab ich«, sage ich.

»Und hast du keine Angst, mit mir zu fahren?«

»Warum?«

»Ist es dir nicht zu schnell?«

»Ich wollte dich gerade fragen, warum du so langsam durch die Straßen geschlichen bist.«

»Weißt du überhaupt, was das für ein Motorrad ist?«

Ewa zeigt mit dem Finger auf die goldenen Buchstaben auf dem glänzenden schwarzen Tank. YAMAHA. Na bitte, wie wunderbar sich alles wiederholt. Den in der Sonne funkelnden Springbrunnen hatten wir auch schon mal. Fehlt nur noch, daß sich eine zweite Eiswolke abhagelt.

»Yamaha«, lese ich laut. »Das heißt doch auf japanisch ›Schildkröte‹?«

»Das wird dir noch leid tun«, sagt Ewa und setzt ihre dunkle Motorradbrille auf. »Steig auf!«

Ich klettere auf den Sozius und schlinge meine Arme um Ewa. Ich spüre ihre Rippen und ihren Herzschlag, bis die Vibration des Motors einsetzt.

Langsam fahren wir zur Wrocławskastraße. Plötzlich gibt Ewa Gas und kurvt auf der Gegenfahrbahn zwischen den Fahrzeugsschlangen stadtauswärts.

Schon haben wir Wałbrzych hinter uns gelassen. Wir fliegen mit dröhnendem Motor dahin, und ich weiß nicht, ob wir noch die Landstraße unter den Rädern haben oder schon abgehoben haben. Betäubt und blind schmiege ich mich an das schwarze Leder von Ewas Jacke.

Die Bäume huschen vorbei wie Zaunpfähle.

Die uns entgegenrasenden Autos explodieren mit Gedröhn.

Wenn es doch endlich passierte. Jetzt gleich, sofort. Zack und vorbei.

Was ist los ... sie wird langsamer, bremst ab. Wir bleiben am Straßenrand stehen. Ich sehe zwei Engel in Uniform, mit weißen Helmen und weißen Riemen unter dem Kinn, mit bedrohlichen Gesichtern, wie Polizisten auf Streife eben aussehen.

»Meine Damen, Ende der Fahrt.«

Wir steigen ab. Ewa läßt den Motorradständer einrasten. Die Engel kommen näher. Der eine ist blond mit einem hellen Schnurrbart, der andere dunkelhaarig mit einem dunklen Schnurrbart.

»Kleinen Augenblick, die Herren, laßt mich erst mal zu Atem kommen«, sagt Ewa lachend. Sie zieht einen Ausweis aus der Tasche und gibt ihn dem Dunkelhaarigen. Der liest und schaut sie an.

»Das ist aber gar nicht schön, Frau Carola«, sagt er. »Wegen solcher Sachen beschlagnahmen wir normalerweise das Fahrzeug.«

»Wegen welcher Sachen?« fragt Ewa zuckersüß.

»Hundertfünfzig Stundenkilometer und keine Sturzhelme. Wegen solcher Sachen.«

»Ihr Radargerät muß kaputt sein.« Ewa lacht. Sie nimmt die Sonnenbrille ab. Sie zwinkert mal dem einen, mal dem anderen zu. »Woher sind Sie denn, wieso kenne ich Sie nicht?«

»Vor Gericht werden Sie uns besser kennenlernen«, sagt der Blonde.

»Na, selbst wenn die Herren Polizisten Witze machen, verstehen sie keinen Spaß«, zwitschert Ewa.

»Sie erlauben? Den Zündschlüssel«, sagt der Dunkelhaarige.

»Ganz kleinen Augenblick, ihr zwei Süßen, laßt mich eine

Sekunde nachdenken!« ruft Ewa und zieht den Zündschlüssel aus dem Schloß. Der Blonde streckt seine Hand aus, Ewa tritt einen Schritt zurück.

»Moment, Moment, ich muß ihn erst ganz lieb verabschieden«, sagt sie, küßt den Schlüssel und steckt ihn schnell in ihre obere Jackentasche. Dann legt sie beide Hände darauf, was so aussieht, als drücke sie sie aufs Herz, und sagt voller Kummer, aber doch kokett:

»Oh je, meine Herren, läßt sich da wirklich nichts machen? ... Mein Mann wird mich umbringen. Er ist farbenblind, ich muß ihn ständig mit dem Auto chauffieren. Und für diese Dummheit hier ist man schnell den Führerschein los.«

»Geben Sie mir den Schlüssel«, sagt der Dunkelhaarige.

Ewa macht ein Schmollmündchen.

»Jungs, habt doch Mitleid mit einer schwangeren Greisin.«

Die Polizisten lachen.

»Machen Sie sich keine Sorgen«, sagt der Blonde. »Ich bringe Sie mit dem Auto zur Wache, und mein Kollege probiert das Motorrad aus.«

»Na gut«, sagt Ewa. Sie kramt in ihrer Tasche, zieht den Schlüssel heraus und gibt ihn dem Blonden. Er drückt seine Hand zu, Ewa zieht ihre zurück. Ich glaub, ich seh nicht recht ... und sie hat den Schlüssel immer noch. Was aber hat dann der Blonde in der Hand? Der Dunkelhaarige streckt seine Hand aus.

»Gib her«, sagt er. »So eins bin ich noch nie gefahren.«

»Ich weiß nicht, ob der paßt«, antwortet der Blonde und zeigt ihm, was er in der Hand hat. Der Dunkelhaarige hebt die Augenbrauen und sieht Ewa an. Sie macht große Kulleraugen und zwitschert katzenfreundlich:

»Und ein Küßchen.«

»In Ordnung«, sagt der Dunkelhaarige. »Das Küßchen hat die Sache entschieden.«

»Was für eine Sache?« wundert sich Ewa. »Es gibt doch gar keine Sache.«

Sie geht auf den Dunkelhaarigen zu und küßt ihn auf den

Mund. Dann den Blonden. Er will sie umarmen, sie schlüpft ihm weg.

»Und vielen Dank, Jungs, bis zum nächsten Mal«, sagt Ewa. »Ich heiße Carola. Und das ist Ewchen, meine kleine Schwester.«

Sie macht eine Kopfbewegung in meine Richtung.

»Franek«, stellt sich der Blonde vor.

»Edek«, sagt der Dunkle, und fügt hinzu: »Das Schwesterchen ist wohl nicht so fürs Küssen?«

»Sie ist noch Jungfrau«, antwortet Ewa.

»Na ja«, sagt Edek. »Alle Damen sind Jungfrauen.«

Franek droht mit dem Finger.

»Beim nächsten Mal gibt's Ärger«, sagt er.

»Beim nächsten Mal gibt's einen Zungenkuß«, sagt Ewa. Und Edek:

»Vielleicht machen wir jetzt schon mal 'ne Probe, wie das geht, mit Zunge?«

»Nur unter der Bedingung, daß ihr uns einholt«, lacht Ewa. Sie steigt aufs Motorrad, ich setze mich hinter sie.

»Mit dieser Mühle?«

Edek zeigt auf das Auto, das hinter Bäumen versteckt ist. Ewa gibt Gas. Wir lassen unsere Schutzengel in einer blauen Rauchwolke zurück.

Auf dem Rückweg halten wir an einer Gaststätte. Ewa bestellt zwei Cola.

»War doch nett, oder?« sagt Ewa.

»Ja, sehr.«

»Dieses ›nett‹ hat zwei Zehner gekostet.«

»Zwanzig Złoty?«

»Tu nicht so blöd.«

»Zwanzigtausend?«

»Zwanzig Dollar. Das ist nicht viel, aber immerhin kriegt man was dafür. Und ich habe geglaubt, ich kenne sie jetzt alle.«

Ich nehme mein Glas und trinke einen Schluck. Irgend etwas ist mir entwischt. Etwas sehr Wichtiges. Schon heute nacht habe ich gemerkt, daß es sich davonmacht. Ich lag da, ohne zu schlafen, als wäre ich krank, und träumte mit offenen Augen irgendwelche Personen, die mir etwas ... ich war ganz nah dran. Es gab viele Zimmer, und überall wurde Billard gespielt. Männer in karierten Hemden. Sie ... Ich wollte fliehen, aber ich hatte einen viel zu engen Rock an. Und irgendein Kind war noch da ... ich und ein Mädchen. Keine Ahnung.

»Woran denkst du?« fragt Ewa. Sie legt ihre Hand auf meine. Zieht sie aber gleich wieder zurück. Sie ist ganz Bewegung, und jede ihrer Bewegungen hat etwas Funkelndes, Eigenes.

Ich war ganz nahe dran, ganz nahe.

Ewa schaut mich an. Ich lächle. Sie lächelt zurück.

»Ich war bescheuert. Kasia war einfach schneller und hat dich mir geklaut. Verzeihst du mir?«

Ich schaue mich um und sage:

»Ein angenehmes Lokal.«

»Ja, sehr«, sagt Ewa.

»Es ist ekelhaft«, sage ich.

»Absolut ekelhaft«, gibt mir Ewa recht. »Verstehst du, ich spiele mich vor diesen blöden Ziegen doch nur auf. Ich langweile mich und spiele mich halt ein bißchen auf ...«

»Das Lokal ist doch angenehm«, sage ich.

Ewa seufzt und sagt: »Give me a chance.«

Ich zucke die Achseln. »Was willst du von mir?«

»Nichts. Nur ...«

»Das ist zuviel«, sage ich. »Ich kann dir höchstens die Hälfte davon geben.«

Ich stehe auf, nehme das Glas und lasse es auf den Boden fallen. Klirr. Scherben. Alle schauen zu uns herüber.

Ich gehe hinaus.

Ich laufe über den Parkplatz, auf ein paar Bäume zu. Ich kann den Knoten nicht lösen. Alles Träume und Schäume. Ich setze mich auf Ewas schwarzes Motorrad. Halte den Lenker.

Ewa kommt aus der Gaststätte. Wohin ich auch schaue, überall Ewas.

»Willst du fahren?« fragt sie.

»Ich kann's nicht.«

»Ich werde es dir beibringen.«

Ich rutsche auf den Sozius. Sie setzt sich vor mich, wirft aber nicht den Motor an, sondern sitzt einfach nur mit den Händen am Lenker da. Ich umarme sie. Schmiege mich an sie.

»Ewchen ...«

»Ja?«

»Ab in die Hölle.«

Ewa beugt ihren Kopf nach hinten, berührt mein Gesicht. Ich spüre ihr weiches, duftendes Haar an meinem Mund.

»Ich hab's geahnt«, flüstert sie. »Ich tu alles, was du willst ...«

»Dann laß uns Schluß machen«, sage ich.

»Ja«, flüstert sie. »Aber jetzt noch nicht.«

Ich schließe die Augen. Als ich sie wieder öffne, sehe ich eine riesige weiße Villa zwischen sattgrünen Bäumen. Wir sind in Szczawno-Zdrój.

»Wie gefällt dir mein Knusperhäuschen?«

»Es geht.«

»Kommst du mit rein?«

»Vielleicht für einen Moment ...«

In der großen Diele steht eine blondierte Frau, ziemlich hübsch, im Minikleidchen.

»Hallo Mimi«, sagt Ewa. »Ich möchte dir Majka vorstellen, meine neue Freundin.«

»Hallo«, antwortet die Blonde. Sie nickt mir zu und sagt ins Telefon: »Klar, ich fahr gleich los.«

Sie legt den Hörer auf und dreht eine doppelte Pirouette.

»Wie sehe ich aus?« fragt sie.

»Wunderbar«, sagt Ewa.

»Amüsiert euch gut, ihr zwei Hübschen«, sagt die blonde Mimi. »Bin schon weg.«

Und ist aus der Tür. Ewa nimmt mich an die Hand und führt mich die Treppe hinauf in einen riesigen, hellen Salon. Am anderen Ende des Raumes sitzt an einem runden Tisch ein schwarzhaariger, gutaussehender Mann. Er ißt und liest dabei die Zeitung.

Wir gehen zu ihm.

»Hi, Tutu«, sagt Ewa. Der Mann hebt den Kopf. Er blickt zu Ewa, dann zu mir.

»Hi, ihr beiden Hübschen«, sagt er. Ewa zeigt auf mich.

»Tutu, ich möchte dir meine beste Freundin vorstellen. Sie heißt Majka.«

Der Mann steht auf und streckt mir seine Hand entgegen. Ich gebe ihm meine. Er sagt:

»Bogdaj, sehr angenehm.«

»Ganz meinerseits.«

»Die Suppe ist hervorragend«, sagt er. »Kann ich den Damen nur empfehlen.«

Er schaut auf die Uhr.

»Ich verschwinde«, sagt er. Und verschwindet. Wir sind allein.

»So, jetzt hast du meine Alten kennengelernt«, sagt Ewa. Sie zeigt auf einen Stuhl am Tisch, wir setzen uns. Ewa ruft:

»Fräulein Zenobia! Zwei Gedecke!«

Am Ende des Salons geht eine Tür auf. Ich traue meinen Augen nicht ... da steht Fräulein Zenobia.

»Stets zu Diensten, meine Damen«, ruft sie, verschwindet und erscheint wieder, ein Wägelchen mit Tellern vor sich herschiebend. Sie stellt das, was sie mitgebracht hat, auf den Tisch, schöpft Suppe aus einer Terrine. Sie hat mich angeschaut, aber irgendwie nicht einordnen können, und schon ist sie wieder verschwunden.

In der Suppe schwimmt etwas Seltsames. Ich nehme es auf den Löffel. Blaue, durchsichtige Nudeln. Fräulein Zenobia erscheint wieder. Sie läuft geschäftig um uns herum, serviert den zweiten Gang, verschwindet.

»Warum hast du sie so angestarrt?« fragt Ewa.

»Weil sie mich an jemanden erinnert.«

»Ich weiß sogar, an wen.«

»An wen?«

»An sich selbst.«

»Ist sie das?«

»Wer?«

»Na ... Fräulein Zenobia.«

»So heißt sie.«

Ich ziehe den Teller zu mir heran und nehme Messer und Gabel. Das Messer biegt sich, als ich das Fleisch damit schneide. Über den Tisch läuft ein Marienkäfer. Ewa lacht. Später versinken wir in Ewas Zimmer in blauen, durchsichtigen Sesseln und trinken etwas Gutes und Kaltes aus hohen Gläsern.

Ewa springt auf, läuft zum Kassettenrecorder.

»Hast du irgendwelche Wünsche?«

»Ich weiß nicht.«

Sie sucht eine Kassette aus und schiebt sie in das Gerät. Jarrett beginnt, auf die Tasten zu dreschen.

»Verdammt, die falsche Kassette«, sagt Ewa.

»Laß doch.«

Ewa kommt zurück und läßt sich auf den Sessel fallen.

»Magst du diesen Blödian?« fragt sie.

»Du?«

»Die Kassette ist nicht von mir. Aber ich halt es schon aus.«

»Ich mag's«, sage ich. »Ich stelle mir einen goldenen Ball vor, der eine endlose Treppe hinunterrollt.«

»Das hast du aber schön gesagt«, sagt Ewa. »Ich habe einen tollen Lippenstift. Wenn du willst, schenke ich ihn dir.«

Sie läuft zum Schminktisch, kommt zurück. Sie schminkt sich rasch den Mund.

»Schau, er ist goldfarben«, sagt sie. Sie wirft die Lippen auf. Sie sind golden. Sie gibt mir den Lippenstift, ich male mir einen Fingernagel damit an.

»Cool«, sage ich.

»Bist du Jungfrau?« fragt Ewa.

»Alle Damen sind Jungfrauen«, antworte ich. Ewa kichert.

»Wenn du willst, tanze ich dir was vor.«

Sie springt vom Sessel und tanzt nach der Musik von Jarrett.

Der goldene Ball rollt die endlose Treppe hinunter. Soll ich ihm hinterher rennen oder noch bleiben und Ewchen zuschauen?

Ich bleibe.

Sie tanzt wie eine richtige Balletteuse, nur hundertmal schöner. Ich schaue begeistert zu. Sie ist der goldene Ball von Jarrett.

»Du bist ganz anders, als ich gedacht habe«, sage ich.

»Weil du mich nicht gekannt hast.« Ewa springt hoch, berührt mit ihrem Kopf fast die Decke, wiegt sich einen Augenblick hin und her und schwebt dann langsam wieder auf den saphirfarbenen Teppich herab.

Ich schließe die Augen und kann sie nicht mehr öffnen.

»Ich weiß nicht warum, aber ich habe unendliche Lust zu schlafen«, sage ich und kann nur mit Mühe die Lippen bewegen.

»Dann leg dich doch hin«, erreicht mich von weitem Ewas Stimme. Ich lege mich auf das blaue Sofa. Versinke darin. Fühle, wie Ewa mich mit etwas Leichtem zudeckt und spüre, daß sie mir die Schuhe auszieht.

»Soll ich die Musik ausmachen?«

»Laß sie an«, sage ich ganz leise, so leise, daß ich meine eigenen Worte nicht mehr höre. Ich höre nur Jarrett und sehe seinen goldenen Ball – das tanzende Ewchen. Ich werde leicht, und schon gelingt es mir, hinterherzulaufen. Sie läuft die endlose Treppe aus weißem Marmor hinunter. Ich ihr nach.

Um uns herum sind Schlingpflanzen, Schlangen und stinkende Tümpel voll schweigender Frösche mit starren Augen.

Plötzlich stolpere ich und verschwinde in Dunkelheit und Stille.

Dsh … dsh … dsh …

Als blinder und tauber Regenwurm winde ich mich auf dem Grund eines unterirdischen Sees.

Aaaaaaaaaa. Ooooooo.

Irgendwo wimmert etwas. Irgendeine Luftblase im Vakuum. Wiiiiii … na …

Ooooooooooooodyyyyyyyyyy…

Eeeeeeeeeeeeeeeee.
Ich will etwas berühren.
Hieeeeeeeeeee ...
Leere in Lee ... re leere Leeren lee ...
Mprr ...
A
Mprstw ... mein.

Ich habe richtig Angst. Mama bat mich, den Aschenbecher auszuleeren. Ich gehe zwischen den Häuserblocks hindurch und suche nach den Müllcontainern. Ein Mann läuft mir auf schwankenden Beinen nach. In der Hand hat er einen Stock, eine Neonlampe, sie leuchtet unentwegt. Er will mich damit schlagen, ich laufe weg. Zwei Jungen kommen, wir fliehen gemeinsam. Sie biegen nach links ein, ich nach rechts. Der Säufer mit dem Neonlicht setzt mir nach. Auf der anderen Straßenseite geht ein Polizist. Er ist jung und sieht gut aus. Ich werde ihm den Aschenbecher zeigen und alles erzählen. Ich laufe auf die Fahrbahn. Ein Radfahrer weicht mir im letzten Augenblick aus. Er kommt unter ein Auto, alle sind tot, aus dem Auto fließt Blut. Ich drehe mich abrupt um. Vor mir steht ein hochgewachsener Mann in einem grauen Pullover, mit Brille.

»Marysia«, sagt er, »lauf nicht weg. Ich will dir doch nur helfen.«

Ich springe in den Fahrstuhl. Renne den Flur entlang. Bin in der Wohnung. Wie leer es hier ist. Wie klein das Fenster. Wie schmutzig die Scheibe. Ich werde mich an den Strom anschließen, damit ich es schneller putzen kann.

»Ein Eichen!« ruft jemand. »Ein Eichen!«

5

Ich öffne die Augen. Neben mir sitzt ein wunderschönes, braungebranntes Mädchen in einem weißen Bademantel. Ich weiß sofort, wer das ist. Meine Klassenkameradin, Ewa Bogdaj. Was mache ich hier? Und was habe ich da in der Hand?

Oh, den Zipfel einer Wolldecke.

Ewa schaut mich an.

»Majkalein«, sagt sie liebevoll. »Es ist schon sehr spät, beinahe zwölf.«

Ich richte mich auf.

»Bin schon weg«, sage ich.

»Wieso denn«, sagt Ewa. »Du kannst hier schlafen, das Bett ist schon gemacht.«

»Geht nicht«, sage ich. »Ich muß gehen. Mama würde mich umbringen.«

»Ruf doch an und sag, daß du bei mir bleibst.«

»Wir haben kein Telefon zu Hause«, sage ich. Ich stehe auf. Ich taumele, so verschlafen bin ich.

»Bitte, bleib«, sagt Ewa. »Ich habe dir ein Bad eingelassen.«

»Es geht wirklich nicht.«

Ich schaue mich nach meinen Schuhen um. Da sind sie. Ich hocke mich hin und ziehe sie an.

»Schade«, sagt Ewa. »Ich hab mich schon so gefreut ...«

»Wo ist meine Schultasche?«

»Irgendwo«, sagt Ewa und macht einen Schmollmund. »Mußt du wirklich nach Hause?«

»Wirklich.«

»Ich kann dich nicht heimbringen, weil ich gerade gebadet hab. Ich bestelle dir ein Taxi.«

»Nein, nicht, ich hab kein Geld dabei«, sage ich. »Ich nehme den Bus.«

»Busse fahren jetzt nicht mehr«, sagt Ewa. »Ich bezahle das. Setz dich, ich rufe ein Taxi.«

Ewa nimmt das Telefon vom Tischchen und kommt zu mir aufs Sofa. Es ist kein richtiges Telefon, eigentlich nur ein Hörer.

Sie drückt die Tasten. Niemand nimmt ab. Wir lassen es etwa eine Minute lang klingeln.

»Nichts zu machen«, sagt sie, »geht niemand ran. Du mußt bleiben.«

»Unmöglich«, sage ich, »dann geh ich eben zu Fuß.«

»Warte, ich bin gleich zurück.« Sie legt das Telefon hin und geht aus dem Zimmer. Ich greife nach dem Hörer, es ist tatsächlich ein ganzes Telefon, und drücke die Tasten.

Pip ... pip ... pip ... pip ... pip ...

Sofort lege ich es weg, als hätte ich mich daran verbrüht. Ich habe Kasias Nummer gewählt, eine andere kenne ich nicht.

Wie schön es hier ist. Der flauschige, türkisfarbene Teppich erinnert an eine Wiese, oder eher noch an ein Meer. Die durchsichtigen Sessel sind luftgefüllt. Wenn man mit einer Nadel hineinstechen würde? ... Und dieses wunderbare weiße Schränkchen mit schräg eingelegten Fächern. An den Wänden Bilder, wunderschöne Mädchen mit großen Augen.

Das Bett ist ganz niedrig und riesig und hat abgerundete Ecken. Wir hätten alle darauf Platz, meine ganze Familie. Und die Bettwäsche ist so schön, und ich muß gehen.

Die Tür zum Balkon ist angelehnt. Ich stehe auf und stecke meinen Kopf hinaus. Es ist gar kein Balkon, sondern eine Terrasse. Wie gut es hier duftet.

Ewa kommt zurück, und hinter ihr ein großer, schwarzhaariger Junge.

»Das ist mein Bruder Michael. Und das ist meine Majeczka.«

»Guten Abend«, sage ich.

»Hallo.« Michael sieht Ewa sehr ähnlich, ist aber etwas älter und doch anders. Eben ein Junge.

»Michael bringt dich nach Hause«, sagt Ewa.

»Macht bitte keine Umstände. Ich gehe zu Fuß. Die Nacht ist so schön ...«

»Vielleicht ein anderes Mal«, sagt Michael, »aber heute bring ich dich heim.«

Wir gehen zu dritt hinaus. In der Diele liegt meine Schultasche. Ewa küßt mich auf die Wange.

»Bis morgen«, sagt sie. Sie ist ganz warm und duftet wunderbar.

Wir stehen in der Tür und schauen zu, wie Michael ein großes, weißes Auto aus der Garage fährt. Er winkt mir. Schon sitze ich drin. Es ist sehr bequem.

»Wo müssen wir hin?« fragt er.

»Zum Sandberg.«

Der Motor brummt. Wir fahren langsam los. In der Tür steht Ewa im weißen Bademantel und winkt. Ich winke zurück.

Michael hat das Radio eingeschaltet. Er sagt nichts, ich sage nichts. Da, eine Frau und ein Mann. Sie sind wahrscheinlich betrunken, so wie sie schwanken. Durch den Fensterschlitz kommt ein leichter Wind herein und spielt mit meinen Haaren. Ganz zart, als ob er mich streichelte. Es ist warm.

»Hier«, sage ich plötzlich. »Links!«

Wir biegen ein.

»Rabiegstraße«, sage ich. »Dort, ich glaube, dort ist es . . .«

Ich stehe alleine in der leeren Straße und schaue hinauf. In unserer Küche brennt Licht. Sie schlafen noch nicht, was wird das wohl werden? Hoch oben über unserem Haus ist alles voller Sterne.

Ich setze mich auf die Bank vor dem Haus und schaue hinauf in das Gefunkel. Die Sterne zwinkern mir zu. Ich denke an Ewchen im weißen Bademantel und ganz braungebrannt. Wenn das alles wahr war, wenn es nicht nur ein Traum war, wird sie mich retten. Sie ist in Ordnung. Man denkt viel zu schnell schlechte Dinge von den Leuten, nur weil man sie nicht kennt. Und wenn man sie kennenlernt, stellt sich heraus, daß sie gar nicht so übel sind.

Ich glaube schon, daß sie mich mag. Ich mag sie auch. Sie

wird mich retten. Ich weiß nicht, woher ich es weiß, aber ich weiß es.

Sie wird mich schützen. Sie hat vor niemandem Angst.

Ich darf ihr bloß nicht zu viel verraten ... daß ich einfacher Durchschnitt bin. Ich werd mir immer wieder was Tolles einfallen lassen müssen. Etwas, das ihr gefällt. Aber was?

Kasia könnte das ... Und trotzdem mag Ewchen sie nicht. Aber mich. Sie riecht so gut. Und sieht toll aus, die Süße.

Und wenn sie morgen kein Wort mehr mit mir spricht?

Schade, daß ich mich damals zu Kasia gesetzt habe. Sonst würde ich jetzt hinter Ewchen sitzen, und wir könnten reden und zu viert herumalbern. Aber woher soll man denn ahnen, daß Ewa so in Ordnung ist. Irgendwie gut.

Nichts zu machen, ich muß hoch. Das Licht in der Küche will irgendwie nicht ausgehen.

Ich schließe auf. In der Küche sitzt Mama.

»Guten Abend, Mama«, sage ich leise und bleibe in der Tür stehen. Mama antwortet nicht, sondern wird von Sekunde zu Sekunde röter. Hoffentlich zerspringt ihr nicht das Herz vor Aufregung. Sie atmet so laut und schnell ...

Vom Klo ist die Wasserspülung zu hören. Papa kommt heraus, nur mit einer langen Unterhose bekleidet, sein Haar ist zerzaust. Er sieht mich an und geht ins Wohnzimmer.

»Entschuldigung«, sage ich zu Mama. Sie winkt mich heran. Ich gehe ganz langsam. Gleich wird sie mir eine runterhauen. Ich bleibe vor ihr stehen, schließe halb die Augen und beuge mich ein bißchen vor, damit sie mit der Hand mein Gesicht erreicht. Aber sie schlägt nicht zu ...

Papa kommt in die Küche, in der Hand hat er seinen Hosengürtel.

»Ich konnte nicht früher«, sage ich schnell. »Es tut mir leid, es wird nie wieder vorkommen.«

»Ab zum Fenster«, sagt Papa. Ich gehorche. Am Fenster ist mehr Platz zum Prügeln.

»Zieh den Rock hoch.«

»Papa, nein ... Ich flehe dich an, ich mache es nie wieder. Ich konnte wirklich nicht früher kommen. Kasia ist sehr krank, und ich mußte bei ihr bleiben.«

»Sie lügt wie gedruckt«, sagt Mama. »Ich habe vom Balkon aus gesehen, wie du mit einem Jungen vor unserem Haus Motorrad gefahren bist.«

»Das war kein Junge, das war Ewa. Sie hatte Jeans an und kurze Haare. Ich schwöre ...«

»Rock hoch«, sagt Papa und läßt den Gürtel schnalzen. Ich ziehe langsam den Rock hoch, raffe die Falten mit beiden Händen und beiße die Zähne zusammen.

»Dreh dich ein bißchen.«

Der Rock fällt runter, weil meine Hände gezittert haben. Papa verliert die Geduld und schlägt, ohne abzuwarten, bis ich den Rock wieder hochgezogen habe, mit dem Gürtel auf meine Waden.

»Rock hoch!« brüllt er.

»Leiser«, sagt Mama. »Sonst weckst du noch Zenuś.«

»Ich sag's nicht nochmal. Zieh den Rock hoch und zeig deinen Arsch, sonst fahr ich dir mit dem Gürtel übers Maul«, sagt Papa etwas leiser.

Ich beuge mich vor. Meine Beine beginnen zu zittern, sie brennen vor Hitze, als ob jemand sie mit einem Bügeleisen bearbeiten würde. Papa holt aus und stößt dabei an die Spüle, von der ein Glas runterfällt. Das Glas zerklirrt, Papa schlägt. Ich springe im letzten Moment zur Seite, greife nach dem Gürtel und reiße ihn ihm aus der Hand.

Papa schiebt seinen Unterkiefer vor, stürzt sich wütend auf mich. Die ganze Hitze steigt mir aus den Beinen in den Kopf. Ich beginne zu schreien.

»Halt's Maul, du Miststück!« brüllt er, springt hoch und gibt mir eins mit der Hand auf den Kopf. Ich stoße ihn mit ganzer Kraft zurück. Er stolpert, fällt nach hinten, und zack, liegt er auf dem Boden. Er steht sofort wieder auf und stürzt auf mich zu.

»Wenn du mich anfaßt«, schreie ich, »drehe ich das Gas auf und vergifte uns alle! Ich schwöre es bei den Wunden Christi, ich dreh das Gas auf und zünde es an! Ich spreng das ganze Haus in die Luft!«

Papa blickt erschrocken zur Mama. Sie schauen mich beide an.

»Sie ist verrückt geworden«, sagt er. Ich spüre, wie sich mein Gesicht zu einer Grimasse verzieht.

»Versucht es nur«, zische ich durch die Zähne. »Ich dreh das Gas auf, ich schwör's.«

Papa sieht sich um.

»Nein«, sagt er zur Mama. »Das halt ich nicht aus, ich bringe diese Nutte um!«

»Nimm die Axt und bring mich um«, sage ich. »Dann habt ihr was zum Mittagessen! Besser als Kaninchen!«

Er will auf mich los. Mama packt ihn am Gummi seiner langen Unterhose.

»Laß sie«, sagt sie. »Sie ist verrückt geworden.«

»Ich werd ihr schon den Verstand wieder in den Kopf prügeln. Laß los!«

Papa versucht, sich loszureißen, aber Mama hält ihn fest, sie läßt nicht los.

»Laß gut sein, Jan«, sagt sie. »Faß keine Scheiße an, du machst dich nur dreckig. Schau sie dir genau an. Das ist doch nicht unsere Tochter.«

Papa betrachtet mich aufmerksam. Und Mama:

»Das ist ein fremdes Gör, irgendeine Künstlerin aus dem Irrenhaus. Unsere Marysia hat nicht so langes Haar. Ihre Nase ist anders, platter. Und sie ist kleiner.«

»Stimmt«, sagt Papa. »Was macht die denn hier in unserer Küche?«

»Woher soll ich das denn wissen?« sagt Mama. »Sie ist ... komm, wir gehen lieber schlafen. Aber dreh das Gas richtig zu, am besten am Rohr.«

Sie steht auf und will ihn an der Unterhose mitziehen.

»Laß das«, regt sich Papa auf. »Ich kann allein gehen.«

Sie schluffen aus der Küche. Ich höre, wie Papa fragt, wo der Universalschlüssel ist. Dann höre ich, wie das Tischchen in der Diele knarrt und der Schlüssel gegen das Rohr klopft.

Ich drehe mich mit dem Gesicht zum Fenster, zu meinem Nachtspiegel.

Kein Spiegelbild zu sehen.

Jemand steht hinter dem Fenster. Ich gehe näher an die Scheibe, das Mädchen tut dasselbe, auch sie will mich anschauen.

Kasia, bist du es?

Sie sagt nichts, schaut mich nur mit großen Augen an. Nein, es ist doch nicht Kasia. Sie sieht Kasia ähnlich, ist aber doch ganz anders.

Ich glaube, sie sagt etwas zu mir, weil sie ihre Lippen bewegt. Ja, sie schiebt ihr Gesicht näher heran, sagt etwas und schaut mir dabei direkt in die Augen. Ich höre nichts, weil uns die Scheibe trennt...

Ich öffne das Fenster. Sie ist weg, nicht mehr da.

Ich beuge mich hinaus. Sie ist dort unten, neun Etagen tiefer, steht vor dem Haus und winkt mir zu. Ewa ...? Es ist nicht Ewa. Irgendeine andere. Ewchen hätte ich doch erkannt.

Ich muß mich weit vorbeugen, um sie sehen zu können, weil sie auf den Rasen gelaufen ist. Sie hockt sich an der Häuserwand hin, sammelt etwas auf. Steht wieder, schaut mich an, schaut hoch ... ihre Arme voller Blumen. Sie zeigt sie mir und wirft sie in die Luft. Sie fliegen die neun Etagen hoch zu mir.

Wie viele das sind, und wie bunt, wie schön.

Ich beuge mich über die Fensterbank, strecke die Arme aus ... da packt mich jemand hinten am Schlafittchen und zerrt mich vom Fenster weg.

»Ich werd dir zeigen, da runterzuspringen«, sagt Papa. Er zieht mich am Kragen ins andere Zimmer und schließt die Tür. »Schlafen«, sagt er. »Die Nacht ist zum Schlafen da!«

Ich höre, wie er das Küchenfenster schließt.

Jetzt redet er mit Mama ...

Was geht mich das an.

Ich setze mich auf einen Stuhl und stütze die Ellbogen auf

den Tisch. Jemand schmatzt. Tadzio schmatzt im Traum. Er träumt sicher, daß er einen Schokoelefanten ißt.

Gerade habe ich mich hingesetzt, und schon ist eine Stunde vergangen. Das Zifferblatt meiner Uhr leuchtet in der Nacht. Im ganzen Haus ist es totenstill.

Plötzlich fahre ich zusammen, es ist schon hell, bald sieben. Ich habe die ganze Nacht am Tisch geschlafen. Die Hausaufgaben habe ich nicht gemacht, und ich schaffe es auch nicht mehr. Ich packe meine Bücher und Hefte zusammen, weit weg klingelt der Wecker, im großen Zimmer. Ich muß Tadzio wecken.

Er hat gerade einen Fuß unter der Bettdecke hervorgestreckt. Ich kitzele ihn. Der Fuß zieht sich wieder zurück.

»Tadzio, steh auf.«

Er sagt etwas und dreht sich zur anderen Seite.

»Tadzio ...«

»Ja, ja, gleich«, sagt er und schläft wieder ein. Ich gehe ins Bad und wasche mich schnell, nur Gesicht und Hände. In der Küche macht Mama die Milch für Zenuś warm.

»Guten Morgen, Mama«, sage ich. Sie reagiert nicht, als wäre ich gar nicht da. Und da erst erinnere ich mich daran, was gestern los war. Ich habe Papa geschubst und angeschrien. Er hätte mich umbringen können. Wenn Mama nicht dagewesen wäre, hätte er mich umgebracht, und das wäre wohl auch in Ordnung gewesen.

»Mama«, sage ich leise. »Verzeih mir bitte.«

Sie sagt nichts. Nichts zu machen, ich muß zur Schule. Ich nehme meine Schultasche, stupse Tadzio nochmal an und gehe. Es ist sieben Uhr zehn.

Viertel nach acht. Verschwitzt, außer Atem, laufe ich den Schulflur entlang. Das Klingelzeichen ist längst vorbei. Wie ist das passiert, daß ich so viel Zeit verloren habe?

Ich bin mit dem Bus gefahren, eine Haltestelle zu früh ausgestiegen. Dann habe ich mich vertrödelt ... Ich stürze in die Klasse und will etwas sagen, aber es geht nicht, weil mein Mund so trocken ist.

Frau Trauman lächelt.

»Setz dich, du brauchst nichts zu sagen, wir sehen es auch so.«

Ich gehe zu meiner Bank ... und da sitzt Ewchen. Wunderbar und lächelnd.

»Du wirst mich doch nicht aus deiner Bank vertreiben, oder?« fragt sie. Ich atme schwer und kann nichts antworten.

»Ach was«, sage ich endlich. »Aber ich habe keine Hausaufgaben gemacht.«

»Macht nichts«, sagt Ewa. »In der Pause geben wir deine Hefte Magda, dann kann sie dir schnell die Hausaufgaben abschreiben.«

»Ich schreibe sie selbst ab.«

»Warum so anstrengen.«

»Fräulein Bogdaj und Fräulein Kawczak, was ist denn mit euch los?« fragt die Lehrerin. Ewa öffnet ihr Heft und schiebt es mir zu. Sie steht auf.

»Wir streiten uns gerade über Mickiewicz«, sagt sie. »Majka behauptet, daß er groß war, und ich bin mir beinahe sicher, daß er klein war.«

»Also, ehrlich gesagt«, sagt Frau Trauman, »ich habe keine Ahnung. Vielleicht war er bloß – mittelgroß.« Sie lacht. »Habt ihr den Reim gehört? Sowie von einem Dichter die Rede ist, drängen sich mir gleich Reime auf.«

»Er war groß«, sagt Zbyszek Karpiel.

»Woher weißt du das?« fragt die Lehrerin.

»Weil er auf dem Foto meinem Onkel sehr ähnlich sieht. Und mein Onkel ist groß, so groß.«

Zbyszek steht auf und streckt seine Hand über seinen Kopf.

»Ich bleibe bei meiner Meinung«, sagt Ewa. »Ich betrachte die Dichtung von Mickiewicz zwar als mein, aber er war wirklich sehr klein.«

Alle lachen, auch Frau Trauman. Ewa wendet sich an Zbyszek.

»Und wenn er vielleicht groß war, dann nicht größer als Oskar.«

Neues Gelächter. Ewa beruhigt die Klasse mit einer Handbewegung.

»Aber jetzt mal im Ernst, ich bin davon überzeugt, weil man weiß, daß kleine Leute überall nach einer Gelegenheit suchen, sich hervorzutun. Die Geschichte ist voll von solchen Beispielen.

»Napoleon!« ruft Edzio Skała.

»Balzac war auch klein«, sagt Rita Salomon. »Und dick«, fügt sie hinzu. Die Ziege steht auf und zeigt auf Zenek.

»Unser Zenek ist auch klein«, sagt sie. Die Klasse lacht. Nur Zenek nicht. Er schaut sie wütend an und hebt drohend die Faust ans Kinn.

»Man müßte ein Buch über den Einfluß der Körpergröße auf die Lebensleistungen schreiben«, sagt Ewa. »Das könnte sehr interessant sein.«

»Hitler war auch ganz klein!« ruft jemand.

»So klein auch wieder nicht«, widerspricht Florian Gamburowicz. »Eher mittelgroß.«

»Genau wie Mickiewicz«, sagt Marlena Bryćko mit dünner Stimme.

»Du bist doch bescheuert«, sagt Ziębiński zu ihr. »Mickiewicz war mit Sicherheit hundertmal größer als Hitler.«

»Ganz bestimmt nicht«, sagt Florian. »Hitler war alles andere als klein.«

»Und ich sage dir, er war hundertmal kleiner als Mickiewicz«, sagt Ziębiński und wird puterrot.

»Dessen wäre ich mir nicht so sicher«, schimpft Florian. »Wer weiß, ob er nicht vielleicht doch größer war.«

»Paß bloß auf!« Ziębiński wird wütend.

»Und wenn es schon um Genauigkeit geht«, sagt Florian, »wenn Mickiewicz tatsächlich zwei Meter groß wäre, dann wäre der hundertmal kleinere Hitler nur zwei Zentimeter groß. Damit das klar ist.«

Florian zeigt der Klasse, wieviel zwei Zentimeter sind.

»Na bitte, das totale Durcheinander«, sagt Ewa. »Nur weil in den Schulbüchern neben dem Geburts- und Todesdatum keine Körpergröße angegeben ist. In allen westlichen Illustrierten, in allen Artikeln über berühmte Leute wird alles angegeben. Alter, Größe, Gewicht, Name der Ehefrau, Anzahl der Kinder... einfach alles. Und bei uns?« Sie macht eine wegwerfende Handbewegung und setzt sich. Sie sieht mich an.

»Warum schreibst du nicht ab?« fragt sie.

»Schon fertig«, sage ich. »Und Polnisch hatten wir ja gerade.«

»Wozu mache ich denn den ganzen Quatsch?«

Da erst begreife ich's. Die Diskussion zwischen Zięiński und Gamburowicz wird immer lauter.

Ewchen, Claudia und ich sitzen auf der Fensterbank, baumeln mit den Beinen und kauen Kaugummi. Magda schreibt für mich im Klassenzimmer die Hausaufgaben ab. Ich wollte ihr meine Hefte nicht geben, aber Ewa sagte, umsonst würde sie es eh nicht tun, also sollte ich ihr den Job doch lassen. Ich habe gesagt, daß ich kein Geld hätte, um sie zu bezahlen. Ewchen meinte daraufhin, sie habe das Geld schon längst bekommen und arbeite jetzt ihre Schulden ab. Doch wenn ich soviel Mitleid mit ihr hätte, könnte ich ihr aus Dankbarkeit die Füße lecken oder auch was anderes, weil sie es sehr gern habe, geleckt zu werden.

Ich sitze also da und lasse die Beine baumeln.

»Wißt ihr«, sagt Claudia, »was ganz komisch ist? Ich habe zu nichts Lust. Ich habe keine Lust, schlafen zu gehen, und wenn ich aufwache, keine Lust aufzustehen. Und jetzt müßte ich unbedingt mal pinkeln, aber ich habe keine Lust dazu... Mein Gott, ich bräuchte jemand, der mich hinbringt und aufs Töpfchen setzt...«

»Kein Problem«, sagt Ewa und ruft: »Julius!«

Ein großer Junge aus der 8C kommt zu uns.

»Was ist los?« fragt er.

»Du machst doch Bodybuilding. Stimmt's?«

»Stimmt«, antwortet Julius und reckt gleich seinen Oberkörper.

»Dann laß mich mal deinen Bizeps anfassen«, sagt Ewa. Julius rollt seinen Hemdsärmel hoch, beugt den Arm und spannt die Muskeln. Wir befühlen alle der Reihe nach den kleinen, harten Hügel auf seinem Oberarm.

»Ich habe von meinem Bruder gehört«, sagt Ewa, »daß Bodybuilder gar nicht so stark sind, wie sie aussehen. Daß ihre Muskeln nur aufgeblasen sind.«

»Was?« empört sich Julius. »Bring deinen Bruder mal her, dann kann er sich fix vom Gegenteil überzeugen.«

»Er macht Karate.«

»Dann soll er mit seinen Kumpels kommen. Ein Bodybuilder kann drei Karatekas erledigen.«

»Erzähl keine Märchen.«

»Bring sie her, die Jungs. Damit du's mit eigenen Augen sehen kannst.«

»Und würdest du es schaffen, ein Gewicht von fünfzig Kilo bis zum Ende des Flurs zu tragen?«

Julius schnauft verächtlich.

»Das ist 'ne Kleinigkeit.«

Ewa schaut Claudia an.

»Du wiegst doch fünfzig Kilo?« fragt sie.

»Vierundfünfzigeinhalb«, antwortet Claudia.

»Um so besser«, sagt Julius und stürzt sich auf Claudia. Er nimmt sie auf seine Arme und läuft im Trab den Gang entlang. Der Gang in unserer Schule ist lang, er endet hinter dem Horizont. Sie sind schon weit weg, Julius rennt nicht mehr. Er wird immer langsamer, läßt Claudia aber nicht los.

»Oh ja, die Bodybuilder sind wirklich stark«, sagt Ewa nachdenklich.

An der Tür zu unserem Klassenzimmer gibt es eine Schlägerei. Zięmbiński gegen Gamburowicz. Sie ist schnell vorbei. Florian hält sich das Gesicht und wimmert jämmerlich:

»Er hat mir das Auge ausgeschlagen ... das Auge!«

»Soll dir doch Hitler eins abgeben«, sagt Zięmbiński.

»Dicker, komm mal her!« ruft Ewa. Zięmbiński kommt zur Fensterbank.

»Was ist los?«

»Hier, eine Medaille für kämpferischen Patriotismus«, sagt Ewa. Sie zieht fünf Cent aus der Tasche und gibt sie ihm. Er betrachtet die Münze, steckt sie ein und sagt triumphierend:

»Na? Er hat's doch verdient, dieser Hitlerjunge.«

»Bring mir sein Auge, dann geb ich dir fünf Dollar«, sagt Ewa.

»Ich habe ihn nur ein bißchen verdroschen«, antwortet Ziębiński plötzlich erschrocken. Er läuft Gamburowicz nach, der in Begleitung von Marlena gerade zur Toilette geht, um die Wunde an seinem Auge auszuwaschen.

Die Invalidentruppe macht einen Bogen um Julius, den Bodybuilder, der Claudia zurückträgt. Er setzt sie neben uns aufs Fensterbrett und fragt schwer atmend:

»Und?«

»Du hast mich überzeugt«, sagt Ewa. »Du würdest jeden Bodybuilder umbringen.«

Julius schaut sie scharf an.

»Ich bringe keine Bodybuilder um.«

»Oh, jetzt hab ich's durcheinandergebracht. Es ging um Karatekas. Ich sag meinem Bruder und seinen Kumpels, sie sollen einen großen Bogen um dich machen.«

»Und falls«, sagt Julius und lächelt nonchalant, »falls euch jemand mal anstänkern sollte, Mädels, ihr könnt mit mir rechnen.«

»Zenek!« ruft Ewa plötzlich. Zenek kommt zur Fensterbank.

»Was?«

»Stänkerst du uns an?« fragt Ewa.

»Ich? ... Nein.«

»Da hast du aber Glück.«

»Wieso?«

»Wenn du uns anstänkerst, kriegst du es sofort mit Julius zu tun.«

Zenek streckt sich und schaut von unten an Julius hoch. Der sieht erst ihn an, dann uns, und dann dämmert ihm wohl langsam, daß Ewa ihn auf den Arm nimmt.

»Ach«, sagt er, winkt ab und geht. Und wir platzen beinahe vor Lachen.

Claudia und Magda sind auf der Simson hinter uns hergefahren, bis wir sie in den verwinkelten Straßen von Szczawno Zdrój verloren haben. Ich habe einen großen, glänzenden schwarzen Helm auf. Ewa hat genau den gleichen. Wir stoßen ständig damit aneinander, wenn ich mich vorbeuge oder sie den Kopf nach hinten neigt.

Ewa hat keine Lust mehr, sich ständig bei den Uniformierten anzubiedern und ihnen die Taschen mit grünen Dollarscheinen vollzustopfen.

Endlich weiß ich, warum der Polizist gestern »Frau Carola« zu ihr gesagt hat. Ewa fährt mit dem Führerschein ihrer älteren Schwester, die seit einem Jahr in London lebt. Auf Fotos sehen sie sich sehr ähnlich. Deshalb kann Ewa das schwere Motorrad und das Auto fahren, obwohl sie erst fünfzehn ist.

Wir haben die ganze Zeit nebeneinander gesessen. In den Pausen kamen Claudia und Magda dazu, und wir alberten zu viert herum. Noch nie im Leben habe ich soviel gelacht wie heute. Mehr als damals mit Kasia. Ewa kommt immer wieder auf neue Ideen, wie man jemanden auf die Schippe nehmen kann. Sie macht es nicht aus Bösartigkeit, sondern nur zum Spaß, um was zum Lachen zu haben.

Wieder stoßen die Helme zusammen.

Durch das Visier sehe ich die weiße Mauer um Ewas Villa. Das Tor ist offen, wir fahren durch. Vor der Garage parkt ein Auto, aus dem gerade Ewas Vater steigt.

Wir klettern von der Yamaha und setzen die Helme ab.

»Hallo, Tutu!« ruft Ewa, und ich sage: »Guten Tag.«

»Hallo, ihr Hübschen«, antwortet Ewas Papa. Wir gehen zusammen ins Haus.

»Was gibt's Neues im Geschäft?«

»Alles okay«, antwortet ihr Vater. In der Diele trennen sich die Wege. Ewas Vater geht die Treppe hinauf, wir in ihr Zimmer. Ewa wirft ihre Tasche in die Ecke, einen Augenblick später landet auch meine dort. Wir lümmeln uns in die aufgeblasenen durchsichtigen Sessel am Glastisch.

Plötzlich schnippt Ewa mit den Fingern.

Sie springt auf, geht schnell zum Schrank und nimmt ein Kleid aus türkisfarbenem Jeansstoff mit glänzenden Schnallen heraus. Wirft es mir zu.

»Probier's mal an«, sagt sie.

»Warum das denn?«

»Mach schon.«

»Ich will aber nicht.«

»Ich spring aus dem Fenster, wenn du es nicht anziehst.« Sie macht einen Schritt darauf zu. Ich lache, weil es auf die Terasse hinausgeht.

Ewa zieht mir mit Gewalt meine Stretchbluse aus.

»Ich mach's schon selbst«, sage ich, lege den Rock ab und nehme das Kleid. Ich steige mit den Füßen hinein, weil es nicht über den Kopf geht, und ziehe es hoch. Ewa macht mir den Reißverschluß auf dem Rücken zu und führt mich zu einem riesigen Spiegel.

Wie hübsch ich aussehe. Das Kleid liegt eng an, ist unten schmal, hat vorne einen Schlitz und einen ganz tollen Ausschnitt. Ich stecke die Hände in die Taschen.

»Fühlst du dich wohl drin?« fragt Ewa.

»Mhm.«

»Dann gehört es dir.«

»Mach keine blöden Witze ...«

»Es ist ein tolles Kleid und hat neununddreißig Dollar und sechzig Cent gekostet.«

»Ich kann's nur leider nicht bezahlen«, sage ich und schaue noch einmal in den Spiegel.

»Ich schenk's dir.«

»Nein, das kann ich nicht annehmen.«

»Sei nicht blöd. Der Dumme gibt, der Kluge nimmt. Es ist deins, und basta.«

»Und was wird deine Mama dazu sagen?«

»Wieso sollte sie?« wundert sich Ewa. »Sie kennt meine

Kleider doch gar nicht, sie interessiert sich nur für ihre eigenen.«

»Irgendwie gehört sich's nicht«, sage ich leise. »So ein teures Kleid ...«

»Merke dir eins für die Zukunft«, sagt Ewa. »Habe nie Mitleid mit den Reichen, weil sie mit Sicherheit nie Mitleid mit dir haben. Schau doch, wie hübsch du darin aussiehst. Es paßt zu deinem Haar und deinem Teint. Mir ist es sowieso zu eng, schau mal, wie groß meine Titten geworden sind.«

»Dann tausend Dank«, sage ich und möchte sie anlächeln, kann aber nicht, weil ich mir irgendwie dämlich vorkomme.

»Ich habe unheimlich viele supertolle Klamotten, die ich nicht mehr trage«, sagt Ewa. »Aber wenn ich dich jedes Mal auf Knien bitten muß ...«

»Hör auf zu spinnen«, sage ich, »ich bin keine Bettlerin.«

»Du bist meine Freundin«, sagt Ewa, »und es ist doch nun mal so, daß du zu wenig hast und ich zuviel. Das ist weder deine Schuld noch mein Verdienst. Na, willst du nicht noch ein bißchen anprobieren?«

»Nein«, sage ich, »will ich nicht.«

»Ich kann's kaum mitansehen, wie du dich mit deinen zwei Röcken und Blusen durchquälst. Und deine Unterhosen ... da blutet einem ja das Herz. Nein wirklich, sind deine Eltern noch normal? Dein Vater ist doch Bergmann, Bergleute verdienen doch nicht schlecht.«

Ich zucke die Achseln.

»Ist nicht so üppig«, sage ich. »Wir leben zu siebt von einem Einkommen. Kannst's dir ja ausrechnen. Man muß schon ganz schön jonglieren, um nicht zu verhungern. Gott sei Dank verdient Papa nebenbei noch ein bißchen dazu. Außerdem lohnt es sich nicht, für mich irgendwas zu kaufen, weil ich doch immer noch wachse ...«

Ewa lacht. Sie schmiegt sich an mich.

»Du bist mir eine«, sagt sie. »Man muß dich einfach gern haben. Und alles, was du sagst, ist zum Aufessen. Ich wäre gern ein bißchen mehr wie du.«

»Wie denn?« frage ich.

»So sonnig und so stark. Ich könnt dich stundenlang anglotzen. Wenn ich eine Million Dollar hätte, würde ich dich glatt kaufen, für immer. Möchtest du das?«

»Nein«, sage ich. Ewa schmiegt sich noch enger an mich.

»Ach«, seufzt sie, »von wo bist du bloß auf diese idiotische Welt gekommen, von welchem Stern bist du bloß runtergefallen? Gestern hab ich im Bett gelegen und Musik gehört und die ganze Zeit an dich gedacht. Komm, setz dich.«

Wir fläzen uns zu zweit in einem Sessel. Ewa kuschelt sich an mich.

»Hast du's bequem?« fragt sie.

»Ja.«

Ich schaue ihr kleines Ohr an. Es ist wunderschön, wie das ganze Ewchen, und ganz warm. Ewchen beginnt zu schnurren wie unsere Mieze, die wir in Jawiszów gelassen haben. Ich habe große Sehnsucht nach ihr. Sie kam immer zu mir und wollte gestreichelt werden. Wenn ich aufhörte mit Streicheln, hob sie ihr Köpfchen und schaute mir in die Augen. Dann streichelte ich sie wieder, und sie schnurrte. So wie Ewa jetzt, wenn ich ihr über das Haar streichle. Es ist ganz weich und so schwarz, daß es fast dunkelblau schimmert.

»Miez, miez«, sage ich schmusig, und Ewchen: »Miauuu!« Sie schaut mir in die Augen wie die Mieze.

»Ich habe immer davon geträumt, eine echte Freundin zu haben, so eine wie dich«, sagt sie.

»Und Claudia und Magda?«

Ewa verzieht das Gesicht.

»Blöde Ziegen. Claudia ist ein Eiszapfen, und Magda ist nur scharf aufs Geld. Ich leih ihr was, und sie gibt es mir nie zurück. Ich vergesse es, und dann leih ich ihr wieder was. Also muß ich es in natura von ihr zurückverlangen.«

»Wie das denn?«

»Sie bedient mich«, sagt Ewa verächtlich. »Und sie ist in meinen Bruder verknallt.«

»Und er?«

»Er schert sich einen Dreck um sie. Sie fragt ständig, ob er etwas über sie gesagt hat, und ich denke mir dann irgendwelchen Quatsch aus, um sie scharf zu machen. Sie denkt, sie könnte sich in unsere Familie einschleichen. Schade, daß Michael so ein Vollidiot ist ...«

»Wieso denn Vollidiot?«

»Ich würde dich ja gern mit ihm verheiraten, doch leider ist er nur in Computerdisketten verliebt, und du bist keine Diskette. Weißt du, wie blöd er ist? Einmal bin ich um sechs Uhr morgens aufgewacht. Ich habe Geräusche in seinem Zimmer gehört, gehe rein, schau nach, und er sitzt vor dem Monitor und spielt Düsenjäger beim Start. Wenn man bedenkt, daß dieser Mensch schon zwanzig ist, beinahe einundzwanzig. In unserer Familie hat jeder irgendeinen Fimmel. Tutu hat seine Geschäfte, und das fünfundzwanzig Stunden am Tag. Selbst wenn er mit Mimi schläft, denkt er mit Sicherheit an seine Geschäfte. Mimi wiederum hat nie Zeit, ist immer im Streß, immer eine halbe Minute zu spät dran. Sie rennt sich das Herz aus dem Leib und schaut ewig auf die Uhr. Sie hat etwa dreißig Stück davon. Uhrenkaufen ist ihr Hobby. Sie verabredet sich mit Leuten, dann spurtet sie von einem zum anderen und zwischendurch noch zum Friseur, zur Kosmetikerin, zur Massage und ins Solarium. Sie kommt abends völlig fertig nach Hause und setzt sich gleich ans Telefon, um für den nächsten Tag tausendzweihundertsiebenunddreißig Termine zu verabreden. Michael betreibt, wie gesagt, Selbstbefriedigung am Computer. Und wenn du dazu noch Carola kennenlernen würdest ... es ist schon total zum Kotzen. Sie sitzt gerade mal das zweite Jahr in London, aber wenn sie anruft, redet sie Englisch mit uns, weil sie Polnisch angeblich schon verlernt hat.«

Ewa lacht. Sie legt ihre Hand ans Ohr und zwitschert in einen imaginären Telefonhörer: »Helo If! Haudujudu mai dier ... !«

»Und du?« frage ich.

»Was: ich?«

»Na ... wie bist du?«

»Ich? Keine Ahnung. Ich bin wahrscheinlich das Äffchen, das eine Familie aus Draht hatte.«

»Wieso denn aus Draht?«

»Ich hab mal einen Artikel über ein Äffchen gelesen, das gleich nach seiner Geburt von der Mutter getrennt und in einen separaten Käfig mit zwei künstlichen Müttern eingesperrt wurde. Die eine war mit Plüsch überzogen, die andere war aus Draht. Die Drahtmutter hatte Brüste mit Milch. Das kleine Äffchen schmiegte sich den ganzen Tag an die Plüschmutter, nur zum Trinken ging es zu der Mutter aus Draht.«

»Das arme Äffchen«, sage ich.

»Das bin ich«, piepst Ewchen jammervoll und schmiegt ihr Gesicht an meine Brust. Ich umarme sie und streiche ihr über den Kopf. Sie nimmt einen Zipfel meines neuen Kleides in den Mund, schmatzt und tut so, als ob sie saugen würde.

»Ich bin doch nicht aus Draht«, sage ich.

»Du bist aus Samt«, sagt Ewchen. »Aber du hast kleine Brüste und Milch.«

So saßen wir im Sessel bis zum Mittagessen. Es wurde uns wieder von Fräulein Zenobia serviert; es ist wohl doch nicht Kasias Fräulein Zenobia, weil sie mich nicht wiedererkennt. Oder vielleicht sind es Zwillingsschwestern, die eine kocht bei Kasia und die andere bei Ewchen.

Nach dem Mittagessen gehen wir spazieren.

Szczawno ist wunderschön. Jedes Haus ist anders, und jedes scheint aus einem alten Märchen zu stammen. Wenn ein Junge oder ein Mann an uns vorbeigeht, egal ob alt oder jung, blitzt Ewchen ihn mit den Augen an, und er dreht sich gleich nach ihr um. Ewa nennt das Jagd. Sie sammelt Kerle, die ihr nachglotzen, bis sie stolpern und fallen. Seit Anfang des Jahres sind es fünf.

Wir sind jetzt eine halbe Stunde unterwegs, und noch ist keiner hingefallen. Nur einmal ist einer gegen eine Frau mit Kinderwagen gelaufen und hat sich furchtbar dafür entschuldigt, und sie hat ihn angeschrien. Es ist gar nicht so einfach, jemanden zum Fallen zu bringen. Behinderte läßt Ewchen aus. Manchmal jagt sie einen ganzen Monat lang, oder zwei, und nichts, und dann sind es an einem Tag gleich zwei, nur daß der zweite nicht wirklich hingefallen ist, weil er sich im letzten Moment noch irgendwo festgehalten hat.

Am besten ist es, den Kerl in dem Moment anzublitzen, in dem er sich dem Bürgersteigrand oder einem anderen Hindernis nähert. Oder einen anzustrahlen, der neben seiner Frau geht; wenn er sich dann umdreht, macht die Frau meistens ein furchtbares Theater, und sei es später zu Hause. Manchmal allerdings wird es auch blöd, weil es Typen gibt, die nicht lockerlassen. Und wenn einer betrunken ist, dann wird's ernst. Man muß abhauen oder schauen, ob irgendwo ein Polizist ist.

Einmal ist Ewa in ein Taxi gesprungen, und der Kerl hinterher. Da hat sie den Taxifahrer gegen ihn aufgehetzt, weil der Mann nicht aussteigen wollte. Der Taxifahrer zerrte ihn aus dem Wagen und schlug zu, der andere schlug zurück. Sie haben sich richtig geprügelt, und da ist sie geflohen.

»Ich hätte Angst«, sage ich.

»Das ist ja der Witz dabei«, sagt Ewchen. »Wenn du auf einen Tiger schießt und nicht triffst, ist es aus. Aber ich hab noch keinen echten Tiger getroffen.«

»Und wenn du ihn treffen würdest?«

»Würde ich mich von ihm auffressen lassen.« Ewchen lacht. Sie bleibt stehen und sagt: »Ich habe eine gute Idee: Wir spielen Befehlen.«

»Und wie geht das?« frage ich.

»Wir schwören uns Gehorsam, du führst meine Befehle aus und ich deine. Okay?«

»Mhm ...«

»Aber es ist nicht nur ein Spiel.«

»Was denn sonst?«

»Der Schwur gilt für das ganze Leben.«

»Von mir aus«, sage ich.

»Und wenn ich dir was Schreckliches befehle?«

»Zum Beispiel?«

»Na … ich könnte dir befehlen, dich vor einen Zug zu werfen.«

»Dann tue ich es eben«, sage ich. Ewa wird nachdenklich.

»Meinst du das ernst?«

Ich nicke.

»Du wirfst dich dann wirklich vor einen Zug?«

»Wenn du möchtest, daß ich nicht mehr lebe, dann kann ich nichts daran ändern.«

»Das glaube ich dir nicht«, sagt Ewa.

»Dann befiehl mir, mich vor einen Zug zu werfen. Wenn's passiert ist, wirst du mir glauben.«

Ewa schaut mich lange an und beißt sich auf die Unterlippe.

»Ich glaube dir«, sagt sie endlich. »Und denk dran, du kannst mir befehlen, was du willst.«

»Und wenn ich dir sage, du sollst dich vor einen Zug werfen?« frage ich. Ewa antwortet nicht sofort. Sie schaut mich mit einem seltsamen Blick an, atmet schnell.

»Ja«, sagt sie. »Ich schwöre, daß ich jeden deiner Befehle ausführen werde. Jetzt du.«

»Ich schwöre bei allem«, sage ich, »daß ich jeden deiner Befehle ausführen werde.«

»Das können irgendwelche schrecklichen Dinge sein«, sagt Ewchen.

»Das ist dann eben so«, sage ich. »Schwur ist Schwur.«

Wir schauen uns an. Ewa zittert ganz leicht, und ihr Zittern steckt mich an. Wir haben beide Angst, und zugleich ist es das tollste und wunderbarste Gefühl, das ich je hatte. Ewa nimmt meine Hände.

»Dieser Schwur wird dir irgendwann noch mal leid tun«, sagt sie.

»Dir auch!« sage ich mit plötzlicher Wut. »Wenn eine von uns sich nicht daran hält, ist es aus mit der Freundschaft.«

»Ich halte mich daran«, sagt Ewa.

»Ich auch.«

Wir schauen uns wieder an, zitternd, erschrocken und glücklich. Wir sind uns irgendwie nahe wie nie. Oh je, und was jetzt?

»Der Widerruf eines Befehls ist nicht gestattet«, sagt Ewa. »Sogar diejenige, die ihn ausgesprochen hat, kann ihn nicht mehr widerrufen, wenn sie das Wort ›Befehl‹ ausgesprochen hat.«

»Einmal befiehlt die eine, und einmal die andere«, sage ich.

»Und wer zuerst?«

»Du kannst anfangen.«

»Na, sei mal nicht so gütig«, empört sich Ewchen und wendet sich an einen vorbeigehenden Mann: »Haben Sie vielleicht Streichhölzer?«

Der Mann bleibt stehen, sucht in seinen Taschen. Er findet eine Streichholzschachtel und gibt sie Ewchen.

»Bitte sehr.«

Sie nimmt zwei Streichhölzer heraus und gibt dem Mann den Rest zurück.

»Danke.«

Er geht weiter und dreht sich noch ein paarmal nach uns um. Ewa streckt mir ihre Hand entgegen.

»Die mit Kopf befiehlt als erste«, sagt sie. Ich ziehe ein Hölzchen. Das mit Kopf. Ewa stöhnt. Ich muß lachen.

»Was denn ... hast du Angst?«

»Nein, aber denk daran, daß ich mich rächen werde«, sagt sie.

»Ich weiß«, sage ich. »Und jetzt sollst du auf einem Bein bis zum Ende der Straße hüpfen und wieder zurück.«

Ewa verzieht das Gesicht.

»Nein, das ist zu blöd«, sagt sie. Und ich:

»Es ist ein Befehl!«

Ewa winkelt ein Bein an und hüpft davon. Sie ist schon auf halbem Wege bis zur Ecke. Die Leute schauen sich nach ihr um. Ich passe auf, daß sie nicht schummelt.

Am Ende der Straße kehrt sie um und hüpft zurück. Ein Junge hat sich ihr angeschlossen, er hüpft neben ihr her, ebenfalls auf einem Bein. Schon steht Ewa auf beiden Füßen neben mir. Und der Junge sagt zu ihr:

»Wenn du willst, hüpf ich mit dir ewig weiter.«

»Hau ab, Mensch«, sagt Ewa, »sonst platzen dir noch die Krampfadern.«

Sie nimmt mich bei der Hand und zieht mich weg. Sie ist wütend und außer Atem.

»Sei mir nicht böse«, sage ich.

»Befehl ist Befehl.«

Wir sehen uns um, der Junge ist weg.

»Jetzt bin ich dran«, sagt Ewa. Sie schaut sich um und zeigt mit dem Finger. »Siehst du diesen dicken Glatzkopf da?«

Er steht auf der anderen Straßenseite vor einem Laden und hat Blumen in der Hand.

»Du wirst zu ihm gehen«, sagt Ewa, »ihm die Hand küssen, ihm auf die Glatze spucken und die Blumen wegnehmen.«

»Nein ...«, sage ich entsetzt. »Er wird mich packen und zur Polizei bringen. Bitte, denk dir was anderes aus.«

Ewa lächelt ironisch und sagt kurz:

»Das ist ein Befehl.«

Ich bin der Verzweiflung nahe und überquere die Straße. Ich gehe wie zu meiner eigenen Hinrichtung. Wenn mich jetzt ein Auto überfahren würde, wäre das Problem gelöst, aber wie zum Trotz kommt kein einziges.

Wie soll ich es bloß anstellen?

Ihm die Hand zu küssen ist eine Kleinigkeit, man schämt sich nur. Aber wie soll ich ihm auf die Glatze spucken und dazu noch die Blumen klauen? ... Unmöglich.

Ich drehe mich um. Ewa steht unter einem Baum und schaut herüber.

Sie ist wirklich hundsgemein. Ich habe ihr nur befohlen, auf einem Bein zu hüpfen ... wofür rächt sie sich? Und weshalb habe ich überhaupt geschworen?

Ich muß es tun. Wenn ich Ewa das befehlen würde, was sie mir befohlen hat, würde sie es bestimmt tun. Warum bin ich nur so feige. Wenn ich es schaffe, werde ich's ihr heimzahlen, und zwar kräftig ...

Der Mann trägt einen eleganten Anzug ... sicher irgendein Direktor. Vielleicht sollte ich ihn einfach um die Blumen bitten? Er wird sie nicht hergeben, er wartet wohl auf eine Frau, wozu bräuchte er sonst solche Blumen.

Man muß es nehmen, wie's kommt.

Ich mache einen Bogen und nähere mich ihm von hinten. Noch hat er mich nicht bemerkt. Ich schaue mich um, ob jemand zusieht, und spucke plötzlich mit ganzer Kraft in die Luft, aber ein bißchen schräg. Meine Spucke trifft voll die Glatze.

Der Direktor faßt sich an den Kopf, dreht sich zu mir um, ich aber wische mir die Backe mit einem Taschentuch ab und sage, mit dem Blick nach oben:

»Ich hab ihn gesehen. Ein Junge aus dem zweiten Stock. Hat er Sie auch getroffen?«

Der Dicke schaut hoch, geht rückwärts zum Rand des Bürgersteigs.

»He, du da!« schreit er. »Ich komm gleich mal rauf da, aber mit einem Polizisten! Du Hosenscheißer!«

Ewa krümmt sich auf der anderen Straßenseite vor Lachen, und ich habe noch die Blumen und den Kuß vor mir. Ich gehe auf den Mann zu und wische mit dem Taschentuch sein Revers ab.

»Da haben Sie noch ein bißchen Spucke«, sage ich zuckersüß.

»Danke.« Der Dicke lächelt. Er ist sehr sympathisch, vielleicht doch kein Direktor. Ich schaue auf seine Blumen, lege die Hand aufs Herz.

»Oh Gott, was für wunderbare Blumen Sie haben!« sage ich mit Begeisterung. Der Mann schaut auf seine erbärmlichen drei Nelken mit dem welken Myrthenzweig, die mit einem Papierband stramm zusammengebunden sind.

»Findest du sie wirklich schön?« fragt er zweifelnd.

»Wunderschön. Und hübsch gebunden.«

Der Dicke betrachtet sein Sträußchen aufmerksamer.

»Ich kenne mich damit nicht aus.«

»Wunderbar! Ich würde gern solche Blumen bekommen. Mein Leben würde ich dafür geben ...«

Leider leider hat er gar nicht vor, sie mir zu überreichen. Was für ein Grobian! Da habe ich ihm mit meinem Taschentuch die Spucke vom Revers geputzt, und er revanchiert sich nicht. Ich seufze kummervoll.

»Was gibt's zu seufzen?« fragt der Dicke.

»Wenn ich so wunderschöne Blumen hätte, würde ich sie meinem Schwesterchen ins Krankenhaus bringen«, sage ich kläglich und versuche, mir ein paar Tränen aus den Augen zu quetschen. »Sie hat solche Brandwunden, daß man immer noch nicht weiß, ob sie's überlebt.«

Ich drücke das Taschentuch vor die Augen.

»Womit hat sie sich denn verbrannt?«

»Mit kochendem Wasser verbrüht«, sage ich. »Und dazu Brandwunden vom Gasherd.«

»Ein Bekannter von mir wäre auch beinahe verbrannt«, sagt der Dicke. »Im Auto. Das Benzin hat sich entzündet, wie durch ein Wunder ist er gerettet worden. Heutzutage muß man höllisch aufpassen. Wenn sie dich nicht bespucken, dann zünden sie dich an. Und wenn sie dich nicht anzünden, dann bestehlen sie dich.«

»Hören Sie«, sage ich flehend, »geben Sie mir bitte die Blumen. Ich möchte sie meiner armen Kasia ins Krankenhaus bringen. Sie soll sich vor dem Tod an ihrem Geruch freuen.«

»Warum denn ausgerechnet meine?« staunt der Mann.

»Weil sie so schön sind.«

»Im Kiosk gibt's noch viel schönere. Geh hin und kauf dir welche. Ich sag dir, wo.«

»Aber ich habe kein Geld.«

»Na, dann gebe ich dir einen Hunderter«, sagt der Mann widerwillig und greift nach seiner Brieftasche.

»Ich will kein Geld, ich will diese Blumen! Nur diese! Wenn Kasia sie bekommt, dann wird sie wieder gesund. Haben Sie denn kein Mitleid mit einem armen, verbrannten Mädchen?«

»Laß mich in Ruhe«, sagt der Dicke. »Ich warte hier auf eine Frau, um ihr einen Heiratsantrag zu machen. Kannst du mir vielleicht sagen, wie ich ohne Blumenstrauß um ihre Hand anhalten soll? Meinetwegen geb ich dir auch zwei Hunderter.«

»Ich flehe Sie an, geben Sie mir diese Blumen!«

»Ich gebe dir drei Hunderter, und dann verdufte.«

»Bitte ... ich werde Sie bis zu meinem Lebensende in mein Gebet einschließen. Ich muß diese Blumen haben.«

»Dann machen wir es anders«, schlägt der Mann vor. »Ich gebe dir Geld, du läufst zum Kiosk, kaufst neue Blumen, und dann bekommst du diese.«

»Nein, das geht nicht«, jammere ich. »Ich muß diese haben, und zwar sofort ... !«

»Wenn nicht, dann nicht.« Der Dicke wird heftig. »Und jetzt verpiß dich, sonst setzt's was!«

Er macht ein paar Schritte. Ich hinter ihm her. Gleich werde ich ihm diese verdammten Blumen aus der Hand reißen, aber zuerst muß ich noch seine Hand küssen.

»Wenn Sie mir nicht sofort diese Blumen geben«, sage ich, »dann werde ich auf Ihre Braut warten und ihr sagen, daß Sie mir ein Kind gemacht haben.«

Der Dicke wird rot.

»Hau ab, du Klugscheißerin, sonst weiß ich nicht, was ich tue!«

»Ich sage ihr, daß ich schwanger von Ihnen bin!«

Ich habe das sehr laut gesagt. Jemand dreht sich nach uns um, ein paar Frauen, die gerade aus dem Geschäft kommen, starren uns an. Der Dicke lacht nervös.

»Sie wird dir doch nicht glauben.«

»Das werden Sie ja gleich sehen«, sage ich kalt. Der Dicke gibt mir die Blumen und sagt:

»Da hast du sie, und nun verschwinde!«

»Na, na, bitte etwas höflicher«, sage ich. Plötzlich fasse ich seine Hand und küsse sie. Er reißt sie mir weg und schaut mich dabei voller Angst an. Ich mache einen formvollendeten Knicks.

»Vielen Dank.«

Ich gehe mit dem Strauß auf die andere Straßenseite zu Ewchen.

»Für dich, meine Liebe.«

»Oh, was für wundervolle Blumen!« begeistert sie sich und

stopft sie ins Maul eines Pinguins, der als Papierkorb dient. Ich schaue mich nach dem Dicken um. Er hat alles gesehen.

Ich nehme Ewa bei der Hand, und wir hauen ab. Der Dicke trabt über die Straße und zieht seine Blumen aus dem Pinguin.

»Du hast die Reihenfolge geändert«, sagt Ewa, »aber so war es noch besser. Toll. Du spuckst jemandem auf die Glatze, und er gibt dir Blumen dafür. So muß man mit den Kerlen umgehen. Ich dachte schon, du würdest kneifen. Ich bin beeindruckt.«

»Du wirst dich gleich davon überzeugen können, wie beeindruckend ich bin«, sage ich. »Jetzt bin ich dran mit dem Befehlen.«

»Für heute reicht's«, sagt Ewa.

»Du hast hier gar nichts zu sagen.« Ich ziehe sie hinter mir her, schaue mich um und überlege, was ich ihr befehlen könnte. Ewa leistet Widerstand.

»Ich will nicht mehr!«

Was könnte ich ihr bloß befehlen, das sie mindestens ebenso lange in Erinnerung behält, wie ich diesen glatzköpfigen Idioten mit den Blumen …

Wenn ich ihr befehlen würde, jemanden zu treten, wäre das eine Kleinigkeit für sie.

Wenn ich ihr befehlen würde, etwas zu stehlen – ebenfalls eine Kleinigkeit für sie.

Na, ich weiß was, mein Zuckerpüppchen, wart's ab.

Ich zerre sie in die Einfahrt eines niedrigen Hauses. Wir kommen auf einen kleinen, schmutzigen Hof. Er eignet sich noch besser für meine Pläne, als ich gedacht habe. Alle Müllkübel sind überfüllt, überall türmt sich Abfall. Es stinkt durchdringend, dicke Fliegen surren umher.

Ich stoße Ewa zu den Kübeln.

»Hier«, sage ich. Ewa schaut erschrocken.

»Was: hier?«

»Hier wirst du eine halbe Stunde lang knien.«

»Bitte, bloß das nicht!«

»Du sollst hier mit erhobenen Händen knien«, sage ich langsam und weide mich an ihrem Entsetzen und Ekel. »Du darfst dich nicht auf die Fersen setzen oder auch nur für eine Sekunde die Hände runterlassen. Du sollst eine halbe Stunde bewegungslos sein, egal was passiert.«

»Majkalein«, fleht Ewa, »tu mir das nicht an. Ich gebe dir alles, was du willst. Ich gebe dir zehn Dollar. Du kaufst dir etwas im Pewex-Laden … Ich flehe dich an, widerrufe das, sag nicht ›Befehl‹!«

»Nichts zu machen«, sage ich lächelnd. »Ich hatte dich auch gebeten.«

Sie schmiegt sich an mich.

»Bitte … Nicht heute, ich tu es morgen. Außerdem hab ich jetzt keine Zeit mehr, ich muß los. Ich bin verabredet …«

»Nichts zu machen«, sage ich, »knie dich hin! Das ist ein Befehl!«

Ich deute auf eine Stelle, wo sich der Müll besonders hoch türmt. Ewa verzieht das Gesicht, beklagt sich und jammert vor Abscheu, doch dann kniet sie sich hin. Ich zerre ihre Arme nach oben.

»Nicht so hoch«, bittet sie.

»Doch, genau so hoch«, sage ich. Ich gehe einen Schritt zurück.

»Zeig mir die Uhr«, bittet Ewa. Ich zeige sie ihr.

»Es ist vier Uhr fünfunddreißig«, sage ich. »Also: bis fünf nach fünf.«

»Ich hätte nicht gedacht, daß du so gemein sein kannst«, sagt Ewa, kniend und mit erhobenen Händen.

»Du weißt noch vieles nicht von mir«, sage ich und stecke die Hände in die Taschen meines neuen Kleides.

»Die Sonne blendet so«, klagt sie. »Darf ich mich in eine andere Richtung drehen?«

»Zu spät, leider.«

»Das wird dir noch leid tun.«

»Denk jetzt erstmal dran, wie du es durchstehst.«

»Keine Angst, ich halte schon durch. Dafür hältst du nicht durch, was ich dir befehlen werde. Du wirst sehen.«

Sie ist stinkwütend.

»Du hast noch eine ganze halbe Stunde.«

»Pfui, wie das hier mieft«, sagt Ewa.

»Tatsächlich, ekelhaft. Also tschüs, Liebling, ich lasse dich jetzt mit diesem süßen Duft allein.«

Ich halte mir die Nase zu, gehe zum anderen Ende des kleinen Hofes und setze mich auf eine Mauer. Ich beobachte Ewa. Noch kniet sie ruhig da. Fünf Minuten vergehen. Gleich wird die Qual beginnen, ich versteh was davon. Da, sie beginnt den Kopf zu drehen ...

»Fliegen!« ruft sie verzweifelt. Ich sage nichts. Klar, die Fliegen. Ich habe extra so einen Platz mit Fliegen ausgesucht. Und sie schreit:

»Majka! Darf ich sie mir aus dem Gesicht scheuchen?«

»Darfst du nicht!«

»Sie setzen sich auf mein Gesicht!«

»Nichts zu machen!« rufe ich. »Du darfst nur den Kopf bewegen.«

»Komm her, scheuch sie weg!«

»Keine Lust!«

Ich schaue zu, wie sie den Kopf nach allen Seiten wirft.

»Du Sau!« schreit sie. »Ich hasse dich!«

Ich lache laut, damit sie es hört.

Soll sie doch ein bißchen schreien. Es sind erst sieben Minuten vergangen. Bleiben noch dreiundzwanzig. Ich rutsche ein Stück weiter auf der Mauer, bis ich aus dem Schatten bin. So kann ich mich wenigstens ein bißchen sonnen.

»Wie lange noch?!«

»Dreiundzwanzig Minuten!«

»Ich habe was unterm Knie! Darf ich zur Seite rutschen?«

»Darfst du nicht!« schreie ich zurück. Sie jammert laut. Ich springe von der kleinen Mauer und will mir ihre Qual aus der Nähe ansehen. Ich stelle mich vor sie hin. Auf ihr verschwitztes, schmerzverzerrtes Gesicht setzen sich Fliegen. Sie schüttelt den Kopf. Sie fliegen auf und kommen sofort wieder, als wüßten sie, daß sie es noch viele Minuten straflos tun können.

»Mein Armes«, sage ich, »du tust mir so leid.«

»Meine Knie tun mir weh«, klagt sie. »Und der Rücken. Ich kann nicht mehr, ich werde gleich ohnmächtig...«

»Beruhig dich«, sage ich, »nur noch zwanzig Minuten, das hältst du locker durch.«

»Ich schaff es nicht«, jammert sie. »Bitte, nimm diesen Befehl zurück.«

»Nichts zu machen, arme Frau«, sage ich. »Wir haben verabredet, daß man Befehle nicht widerrufen darf.«

»Dann scheuch wenigstens diese Fliegen weg. Ich flehe dich an.«

»Ich hab keine Lust, meine Hände aus den Taschen zu nehmen«, sage ich. Ich stehe vor ihr und schaue zu, wie sie sich quält.

»Ich werde verrückt.« Sie hat Tränen in den Augen.

»Hübsch siehst du aus«, sage ich.

»Verpiß dich!«

»Pfui, warum gebrauchst du so häßliche Ausdrücke?«

»Dumme Sau, blöde Ziege! Ich hasse dich!«

Ich werfe ihr Luftküsse zu und sage:

»Ich habe schon lange keine so netten Komplimente mehr gehört. Vielen Dank.«

»Majkalein, meine Liebe«, wimmert sie erbärmlich. »Tu etwas, hilf mir.«

»Nur noch fünfzehn Minuten.«

»Ich schaff es nicht...«

Sie schluchzt. Sie schluchzt immer lauter. Sie tut mir furchtbar leid, aber ich kann nichts machen, Befehl ist Befehl. Ich hocke mich vor sie und sage zärtlich:

»Meine Kleine, mein armes, mein unglückliches Ewchen.«

»Du wirst schon sehen«, sagt sie, »ich laß dich anschließend bis tief in die Nacht hier knien.«

»Da kann man nichts machen, dann werde ich eben knien. Aber ich habe keine Angst davor, weil du diese fünfzehn Minuten, die dir noch bleiben, sowieso nicht durchstehst.«

»Doch!«

»Bedanke dich lieber bei mir, daß ich dich nur eine halbe Stunde knien lasse«, sage ich. Sie spuckt mich an. Ich springe zurück, sie hat mich nicht getroffen. Dafür spucke ich ihr mitten ins Gesicht.

»Da hast du's!« sage ich. »Auge um Auge, Zahn um Zahn, Spucke um Spucke!«

Ewa senkt den Kopf und schluchzt. Meine Spucke läuft ihr übers Gesicht. Am ganzen Körper zitternd weint sie so verzweifelt, daß es mir fast das Herz bricht. Ich wische ihr die Tränen und meine Spucke aus dem Gesicht.

Sie schmiegt ihr Gesicht an meine Hand.

»Majkalein, meine Liebste, tu was, hilf mir. Ich kann wirklich nicht mehr.«

»Was soll ich denn tun?«

»Ich weiß nicht. Aufhören mit dem Befehlspiel.«

»Das können wir nicht«, erkläre ich und streichle sie. »Wir haben geschworen, es ist fürs ganze Leben. Weißt du das nicht mehr?«

»Doch«, jammert sie. »Aber halt bitte wenigstens einen Augenblick meine Hände ...«

»Ich darf nicht.«

»Ich halte es nicht mehr aus.«

»Dann brichst du den Schwur, und das bedeutet das Ende unserer Freundschaft. Außerdem kannst du dich dann nicht mehr an mir rächen.«

»Du wirst schon sehen, wie ich mich räche!«

»Weiß ich, Liebling, weiß ich«, sage ich und küsse ihr hübsches, verschwitztes Gesicht. Eine alte Frau mit einem Mülleimer kommt aus der Haustür. Sie kippt den Müll neben die Tonne, direkt neben uns. Sie schaut Ewa an.

»Was ist denn mit der los?« fragt sie erstaunt.

»Sie büßt für ihre Sünden«, erkläre ich.

»Aber warum denn auf dem Müll? Soll sie doch in die Kirche gehen.«

»In der Kirche stinkt es nicht so«, sage ich. »Und da sind nicht so viele Fliegen.«

Die Alte kichert.

»Die ist wohl nicht ganz normal«, sagt sie und verschwindet mit dem leeren Eimer in der Haustür. Ewa schüttelt die Fliegen ab.

»Sie werden mich gleich auffressen«, sagt sie. »Scheuch sie weg…«

Ich hebe Zeitungspapier von der Erde auf, umwickele damit ihren Kopf, drehe das Papier hinten zusammen, irgendwie hält es sogar. Ich sage:

»Damit du siehst, daß ich Mitleid mit Tieren habe. Bedank dich dafür.«

»Scheiße!« sagt Ewa unter der Zeitung hervor.

»Ich nehme sie dir gleich wieder weg und gehe«, drohe ich.

»Nein, nein! Vielen Dank!«

»Noch zehn Minuten«, sage ich. Sie zittert und wimmert leise. Plötzlich schallt sehr laute Musik über den Hof. Sie kommt aus dem offenen Fenster im ersten Stock. Geige und Schlagzeug. Und hier, neben den Mülltonnen, zwischen verstreutem Abfall, kniet meine Ewchen mit einer Zeitung anstelle eines Gesichts und hebt die Hände zum Himmel.

Ich gehe leise weg.

Schon bin ich auf der Straße.

Die Leute laufen herum wie immer, alles ist wie immer, langweilig, normal. Niemand weiß, daß sich dort, auf dem Hof, ein Mädchen quält. Nein, ich werde nicht weglaufen, obwohl ich das gerade noch wollte. Ich gehe zu Ewchen zurück, auch wenn mich ihre schreckliche Rache erwartet. Ich habe nur sie auf der Welt. Was soll ich denn machen ohne sie? … Ich gehe leise auf den Hof zurück.

Ewchen zittert und weiß nicht mal, daß ich so lange weg war, weiß nicht, daß ich für immer weggehen wollte. Die Musik aus dem Fenster dröhnt so laut, daß ich Ewas Jammern erst höre, als ich ganz nahe bei ihr bin. Ich schaue auf die Uhr. Es ist zwei nach fünf, noch drei Minuten. Ich ziehe die Krone heraus und stelle die Uhr vier Minuten zurück.

Ich nehme die Zeitung von Ewas Kopf. Ihr Gesicht ist verschwitzt und voller Tränen.

»Wie lange noch?« fragt sie undeutlich, durch die Zähne.

»Noch sieben Minuten.«

»Ich kann nicht …« jammert sie. Ihr Körper wird von Krämpfen geschüttelt. Sie dreht den Kopf nach allen Seiten.

»Nur noch ein bißchen, halt durch, mein Liebchen.«

Sie weint.

»Hilf mir …«

»Wie denn?« frage ich und spüre, wie mir die Tränen in die Augen steigen.

»Streichle mich«, bittet sie. Ich beginne, ihr übers Haar zu streicheln.

»Nein, nicht da … Berühre meine Brüste. Streichle sie, bitte …«

Ich berühre ihre Brüste, streichle sie. Sie sind größer als meine. Ewa preßt die Augen zusammen und bittet: »Mehr.«

Ich streichle sie fester. Zwischen meinen Fingern spüre ich zwei harte Knöpfchen.

»Faß sie an …«

Ich fasse sie an. Ewa beruhigt sich, schnurrt leise.

»Besser?« frage ich.

Sie nickt tränenüberströmt.

Ich spiele mit ihren Knöpfchen. Irgendwann hebe ich den Kopf und sehe im Fenster die Alte, die den Müll rausgebracht hat. Sie starrt uns an. Und aus einem anderen Fenster beobachtet uns ein Junge hinter der Gardine.

Ich lasse Ewas Brüste los.

»Noch ein bißchen, bitte …«, sagt sie, ohne die Augen zu öffnen.

»Schluß. Nur noch zwei Minuten, die ich dich leiden sehen kann.«

Sie öffnet die Augen.

»Du bist eine Hexe«, sagt sie. Ich muß lachen.

»Mhm …«

Ich schaue in ihr Gesicht, das wieder schmerzverzerrt ist. Dann werfe ich einen Blick auf die Uhr.

»Noch eine Minute«, sage ich. Neben mir zittert Ewchen in entsetzlichen Krämpfen …

»Vorbei.«

Ihre Arme fallen nach unten. Schon liegt sie auf der Seite, im Müll, und bewegt sich nicht, sie kann nur noch leise wimmern. Ihre Qual ist zu Ende. Bald wird meine beginnen. Ich beuge mich vor, fasse sie unter den Achseln.

»Faß mich nicht an … es tut weh …«

Ich hebe sie hoch.

»Ich kann meine Beine nicht strecken«, jault sie.

»Das geht gleich vorbei.«

Ich führe sie langsam zur Mauer. Sie geht wie eine Behinderte, bei jedem Schritt stöhnt sie vor Schmerzen auf. Ich helfe ihr beim Hinsetzen.

»Armes Ding.«

»Ooohhh …«

Ich hocke mich vor sie und küsse ihre armen Knie. Auf dem einen ist ein Loch in der Strumpfhose.

»Das werde ich dir nie verzeihen«, sagt Ewa.

»Wie du willst. Aber meine Schultasche ist noch bei dir. Ich muß sie mitnehmen.«

Sie streckt den Arm aus und fährt mir durchs Haar.

»Was hat das damit zu tun? Befehl ist Befehl. Daß ich dir das nie verzeihen werde, ist das eine. Und daß ich dich trotzdem toll finde, ist das andere. Blöde Kuh.«

Sie streckt ihre Beine aus und bemerkt das Loch.

»Mist! Drei Dollar zum Fenster rausgeworfen.«

»Warum hast du denn nicht gesagt, daß sie so teuer waren? Ich hätte dir ein Stück Pappe druntergelegt.«

»Mein Befehl wird dich tausendmal mehr kosten.«

»Ich habe nichts, was so teuer ist. Meine Strumpfhose hat dreihundertfünfzig Złoty gekostet. Es sei denn, dein Kleid. Wenn du willst, schneide es in Stücke.«

»Ich brauche kein Kleid! Wirst sehen, wie du für meine Qual

bezahlen wirst. Ich hab immer nur an meine süße Rache gedacht, das hat mir die Kraft gegeben, bis zum Ende durchzuhalten.«

In dem Augenblick hört die laute Musik, hören die Paukenschläge aus dem Fenster auf. Eine gewaltige Stimme sagt: »Sie hörten die Symphonische Dichtung Opus hundertsieben von Antonin Dvořák!

Ewa lacht.

»Diesen Dvořák werde ich mein Lebtag nicht vergessen.«

»Ich auch nicht«, sage ich.

»Du auch nicht?« wundert sich Ewa. »Aber du hast doch gar nicht im Müll gekniet...«

»Aber ich weiß endlich, was los ist«, sage ich und spüre, daß meine Lippen leicht fühllos werden. »Mit mir.«

»Du bist ein Ungeheuer«, sagt Ewa.

»Mhm.«

»Du wirst mich eines Tages umbringen.«

»Mhm.«

Ewa springt von der kleinen Mauer. Sie streift ihre Schuhe ab, zieht schnell die Strumpfhose aus, dreht sie zu einem Knäuel zusammen und wirft sie weg. Sie schaut mich an.

»Was ist los«, sagt sie. »Wolltest du nicht bis in die Nacht in diesem Müll hier knien?«

Mir wird heiß und kalt zugleich. Aber ich sage nichts. Ewa faßt mich bei der Hand und führt mich zu den Abfalltonnen. Sie zeigt mit dem Finger auf die gleiche Stelle, wo sie gekniet hat.

Ich knie mich hin und hebe die Arme.

»Warum so niedrig? Höher!«

Ich hebe sie höher.

»Und jetzt... wenn du mich ganz lieb bittest, mußt du vielleicht nicht bis tief in die Nacht knien«, sagt Ewa. »Sondern nur eine Stunde.«

»Bitte«, sage ich leise.

»Nicht lieb genug.«

»Ich bitte dich sehr.«

»Nicht lieb genug.«

»Liebstes Ewchen, ich flehe dich an, laß mich nicht bis in die Nacht knien. Ich bitte dich, ich bitte dich sehr ...«

Sie schaut auf die Uhr an meinem nach oben gestreckten Arm und sagt:

»Na gut. Du hast mich so schön gefragt, daß ich zu dem Schluß gekommen bin ... daß ... es besser riechende Orte gibt für meine Rache. Steh auf, du Dummerchen, wir gehen nach Hause.«

Ich springe auf und werfe mich in ihre Arme.

»Meine Süße, meine Liebste, meine Schönste!«

Wir liegen in Ewas Zimmer auf dem Bett, blättern ausländische Kataloge und Modejournale durch und reden über Kleider und alles mögliche.

Ich blättere eine Katalogseite um ... Lauter Uhren. Sie zeigen alle die gleiche Zeit, zehn nach zehn. Auf meiner Uhr ist es zehn nach sieben. Ich seufze.

»Was ist?« fragt Ewa.

»Ich muß nach Hause.«

»Ich habe dir noch keinen Befehl gegeben.«

»Dann gibst du ihn mir morgen. Ich muß jetzt gehen. Wirklich.«

»Aber vielleicht könntest du doch hier bleiben«, sagt Ewa. »Morgen ist Sonntag, wir können bis mittags schlafen. Und später nehmen wir das Auto von Tutu und drehen ein paar Runden.«

»Ich kann nicht«, sage ich und stehe vom Bett auf.

»Ich befehle dir zu bleiben.«

»Nein nein nein«, sage ich schnell. »Sie bringen mich um, wenn ich nicht nach Hause komme.«

»Wer?«

»Papa und Mama. Wenn du wüßtest, was gestern los war, als ich von dir gekommen bin. Papa wollte mich mit seinem Gürtel verprügeln, ich habe ihn weggeschubst, er ist hingefallen und mit dem Kopf gegen den Gasherd geknallt. Ein Wunder, daß er mir verziehen hat. Aber jetzt würde ich's dreifach kriegen. Ich muß wirklich gehen. Glaub mir, ich muß!«

»Du gehst nirgendwo hin!«

»Dann wirst du mich am Montag grün und blau in der Schule sehen.«

»Quatsch.«

»Ich schwöre dir, das ist kein Quatsch. Papa versteht keinen Spaß.«

»Scheint ein fürchterlicher Psychopath zu sein.«

»Nein. Ein richtig guter Mensch, wenn er sich nicht gerade aufregt oder einen gehoben hat.«

»Tatsächlich, ein sehr guter Mensch«, sagt Ewa ironisch. Ich drehe ihr den Rücken zu.

»Mach mir den Reißverschluß auf«, sage ich.

»Warum denn das?«

»Wenn ich in dem Kleid nach Hause komme, wird Mama mich fragen, woher ich es habe.«

»Dann sagst du einfach, daß du es von mir hast.«

»Dann schimpft sie mich aus, daß ich bettle. Mach ihn auf.«

»Mach ihn doch selber auf ...«

»Er klemmt«, sage ich mit einer Hand auf dem Rücken. Ich ziehe stärker an dem Schieber, es hilft nichts, er klemmt.

»Bitte ...«

»Du gehst nirgendwo hin«, sagt Ewa. Und ich:

»Hast du's immer noch nicht kapiert! Was habe ich alles erzählen müssen, damit Mama mir erlaubt hat, eine Nacht bei Kasia zu schlafen. Und nach dem, was gestern war, wird sie mir nichts mehr glauben. Sie hat uns vom Balkon aus gesehen und dachte, du wärst ein Junge.«

»Du hast bei Kasia übernachtet?« Ewa wird böse.

»Weil sie krank war und ihre Mama gerade Nachtdienst hatte.«

»Und woher weißt du, ob ich nicht auch krank bin? Bei ihr konntest du also bleiben. Und bei mir nicht! Das werde ich dir nie verzeihen! Du mußt bis Montag bleiben. Das ist ein Befehl. Hast du's gehört? Ein Befehl.«

Plötzlich lasse ich den Reißverschluß los und setze mich aufs Bett. Ich kriege keine Luft mehr, etwas drückt meinen Hals zusammen. Was ist nur mit mir los? Ich winde mich wie ein zertretener Regenwurm und schlage um mich. Ich ersticke! Ich sterbe …

Im nächsten Augenblick läßt es mich wieder los, ich kann wieder atmen und hole tief Luft. Ewa beugt sich über mich.

»Was hast du?« fragt sie entsetzt.

»Nichts«, sage ich.

»Hast du epileptische Anfälle?«

»Nein. Etwas hat mich gewürgt.«

»Hauptsache, du stirbst nicht.«

»Brauchst keine Angst zu haben«, sage ich. »Unkraut vergeht nicht.«

»Ist der Befehl dran schuld?«

»Weiß nicht. Aber ich hab jetzt kein Zuhause mehr. Sie lassen mich nie mehr rein.«

»Sehr gut«, sagt Ewa. »Wozu brauchst du so ein Zuhause. Du wohnst bei uns, wir brauchen uns nie wieder zu trennen. Du hast allen sehr gefallen. Mimi, Tutu … und Michael hat gesagt, du seist obertoll.«

Ewa legt sich neben mich und drückt mich an sich.

»Du wirst sehen«, flüstert sie, »wir werden es gut haben zusammen. Warum weinst du? Nicht weinen …«

Ich will gar nicht weinen, aber ich weine.

»Majkalein, nicht weinen«, bittet Ewa. Das bin doch nicht ich, die da weint, es ist die blöde Marysia. Sie weint, weil es ihr um Mama, Zenuś, Tadzio und die Zwillinge leidtut. Und um Papa, obwohl er nie zu Hause ist, und wenn er da ist, immer nur schläft.

»Entschuldige«, sage ich. Ich kann gar nicht aufhören zu weinen. Hör auf zu heulen, sage ich zu Marysia. Heul dich woanders aus, laß mich in Ruhe, ich will mit Ewchen lachen.

»Hast du so große Angst?« fragt Ewa.

Ich sage nichts und drücke mein Gesicht ins Kissen. Ewa steht vom Bett auf und sagt:

»Dann wein halt ein bißchen. Ich bin gleich zurück, in einer halben Stunde. Ich habe was zu erledigen in der Stadt. Und damit du mir nicht wegläufst, nehme ich deine Schuhe mit.«

»Wo gehst du hin?« frage ich. Ich hebe den Kopf, aber sie ist schon nicht mehr da, ich habe nur gesehen, wie sich die Tür geschlossen hat. Mein Drahtschwesterchen ist gegangen, und das andere, das aus Plüsch, heult ununterbrochen. Was soll ich nur tun?

Ich wische mir die Tränen ab. Auf dem Bett liegt ein Katalog, in dem wunderschöne Mädchen abgebildet sind, und alle lächeln mich an.

Komm zu uns, lächle, schau doch. Vielleicht möchtest du dieses Kleid? Es kostet nur 48 Dollar.

Das ist billiger, aber auch wunderschön. Nur 42.

Oder vielleicht lieber dieses Kostüm? 66 Dollar.

Oder dieses für 120.

Und diesen Pullover mit Glitzer ... ist er nicht wunderbar? Nur 100.

Diese rosa Jeans verkaufe ich dir für 25 Dollar.

Diesen Rock für 40, schau mal, wie toll er ist, wie toll man darin aussieht. Nimm die Bluse für 19 Dollar gleich dazu.

Und die Pumps für 34,20.

Diese Tasche für lächerliche 28 Dollar.

Und die für 31,30.

Slips, sieben Stück für die ganze Woche, für nur 9,50.

Probier doch mal diesen Badeanzug an. Reines Lycra!

Bikini 24,90.

Badeanzug 22.

Was soll's. Kauf doch einfach alles, es ist alles für dich.

Und schon ist alles meins. In diesem Kleid werde ich am Montag zur Schule gehen, dieses ziehe ich morgen in die Kirche an, und dieses abends, wenn es kühl wird. In dem werde ich mich sonnen, und mit dem in die Berge fahren. Und diese Kleidchen ziehe ich meinen Töchterchen an.

Und dieses Jäckchen ist für meinen kleinen Sohn.

Da sind meine Töpfe, und da meine Teller. Da, mein Wohnzimmer, die Fernsehgeräte. Diesen Teppich lege ich ins Schlafzimmer, und diesen schenke ich Mama. Mit diesem Auto fahre ich zur Trauung. Dieser Junge wird mein Mann. Nein, der hübschere da. Nein, der nicht, was ist denn das für ein Ehemann, der nur eine Unterhose anhat. Hier, den nehme ich. Er wird immer schön braungebrannt sein.

Maikel heißt er. Majka und Maikel.

Hier sind wir im Urlaub. Und hier beim Empfang in der persischen Botschaft. Hier, diese Uhr ist genau richtig für mich. Und diese schenke ich Maikel. Nein, lieber die, die für 210 Dollar.

»Streck deinen Arm aus und schließ die Augen«, sage ich zu Maikel. Er schließt den Arm und streckt die Augen ... »Umgekehrt, du Dummerchen!«

Ich ziehe ihm die Uhr an.

Er lächelt zufrieden.

»Super teim«, sagt er. »Senkju weri matsch ailafju!«

Er küßt mich vor der Garnitur unserer Gartenmöbel und dem ausziehbaren Tisch. Alles zusammen für nur 400 Dollar. Dazu noch ein Sonnenschirm für 30.

»Vielleicht setzen wir uns, weshalb sollen wir hier rumstehen«, sage ich. Wir setzen uns. Wie gut ich Englisch rede, Maikel versteht alles, was ich sage.

»Und wo sind die Kinder?« frage ich plötzlich. Maikel zeigt mit der Hand, an der seine neue Uhr glänzt, zum Swimmingpool. Da sind die Kinder, sie planschen im himmelblauen Wasser.

»Wie spät ist es?«

Maikel zeigt mir seine Uhr. Ah, schon zehn Uhr zehn. Durch den Garten kommt ein Dienstmädchen, es trägt ein Tablett mit Getränken und stellt es auf den Tisch. Ich schaue auf seine Uhr. Sie geht richtig, zehn nach zehn.

Schon kommen die Gäste. Alle braungebrannt, wie wir, nur nicht ganz so dunkel.

»Hello!« rufen sie und setzen sich. Ich schaue ... ihre Uhren gehen alle richtig, auf jeder ist es zehn nach zehn.

Nur einer der Gäste bleibt in einiger Entfernung unter der Palme stehen. Er ist merkwürdig blaß, erschrocken, im grauen Pullover. Er hat keine Uhr. Obendrein ist er Brillenträger. Oh Mann, das muß ein Pole sein.

Ich nehme zwei Gläser des ›Orange Chantage‹-Cocktails und gehe zu ihm. Das Eis klirrt in den Gläsern, meine Absätze klappern auf den Marmorfliesen.

Er ist ziemlich jung, hat aber schon eine Glatze.

»Haudujudu«, sage ich. Verdammt, was kann dieses ›haudujudu‹ bloß bedeuten? Der Mann faßt mich am Arm und zieht mich ins Gebüsch.

»Marysia«, sagt er leise. »Ich will dir helfen.«

Ich reiche ihm das Cocktailglas und eine Uhr.

»Ich heiße den Landsmann herzlich willkommen. Was hört man denn so Neues aus der Heimat?«

Er trinkt den Cocktail in einem Zug aus, als wäre es Wodka, steckt die Uhr in die Tasche und sagt schnell, während er sich nach Maikel und den Gästen umschaut:

»Du mußt hier weg! Flieh, Marysia, ich habe ein Fahrrad.«

Ich reiße mich los.

»Maikel!« rufe ich. »Helpmi!«

»Sei ruhig, Marysia, ich bitte dich«, sagt der Brillenträger und faßt wieder nach meiner Hand. Ich rufe:

»Maikel! Maikel!«

Atänschen plies, schon ist der Kerl weg. Er hat sich in die Büsche verdrückt und ist abgehauen. Maikel kommt, er hat nichts gesehen. Vielleicht ist es besser so.

»Kamon bebi, sit daun«, sagt er und öffnet den Reißverschluß seines Lächelns. Ich zähle seine Zähne. 128. Okay, keiner fehlt. Wir gehen zu unseren Gästen zurück und setzen uns. Wir essen und trinken, plaudern übers Wetter.

Der Cocktail ist ausgetrunken, die Gäste sind weg, die orangefarbene Sonne versteckt sich hinter den weißen Villen. Die Kinder habe ich ins Bett gebracht, jetzt gehe ich in unser Palisanderschlafzimmer. Ich habe ein rosa glänzendes Nachthemdchen an, 35 Dollar. Maikel einen Pyjama für 30. Wie spät ist es?

Was? ... Wieder zehn nach zehn? Ich blicke auf Maikels Uhr, stimmt, auf seiner ist es ebenfalls zehn nach zehn.

Ich schalte den Fernseher aus. Draußen ist es dunkel.

Was wollte der Kerl mit der Brille bloß von mir?

Wir müssen alles gut abschließen, sonst schleicht er sich nachts noch ins Haus. Gleich morgen werde ich einen scharfen Hund kaufen und ihn nachts im Garten loslassen. Interessant, wieviel so ein Hund wohl kosten würde? Gedankenverloren steige ich ins Bett, stoße Maikel an, ohne es zu wollen.

»Aim sorri.«

Maikel ist irgendwie seltsam. Er schaut sich ein Büchlein mit bunten Bildern an und fletscht die Zähne.

»Die Nacht ist zum Schlafen da und nicht zum Lesen!« sage ich wütend und mache das Licht aus. Ich rekele mich wohlig und schlafe ein.

... Die Sonne scheint durch die glänzenden Jalousien in unser Schlafzimmer. Im Bad putzt sich Maikel die Zähne. Wie spät ist es? Nein, schon wieder zehn nach zehn? Na ja, es ist doch Vormittag. Die Kinder kommen in Pyjamas hereingelaufen, umarmen mich, lachen und kreischen.

So ... jetzt haben wir genug gespielt und gefrühstückt, was steht heute auf dem Programm? Wie spät ist es? Nein, schon wieder zehn nach zehn! So eine teure Uhr, und bleibt dann auch noch stehen! Ich rufe die Kinder, auf ihren Uhren ist es natürlich ebenfalls zehn nach zehn. Und auch bei Maikel.

Wie seltsam se Taim doch ist. Einmal rast sie wie eine Rakete, ein anderes Mal ist sie vollkommen versteinert und rührt sich nicht. Was soll's. Wir wollen zum Strand gehen, das gute Wetter ausnutzen, uns sonnen und überhaupt. Warum laufen, wir fahren lieber mit dem Auto. Wir fahren, fahren ... und kommen ans Meer. Alle zusammen gehen wir an den Strand und albern herum.

Der Sand ist gelb, das Meer saphirblau, der Himmel hellblau, und mein Badeanzug aus Lycra ist rot und glänzt, wie nur Lycra glänzen kann. Wunderbar.

»Ich gehe baden«, sage ich.

»Atänschen bebi ailafju«, sagt Maikel und zieht wieder sein Bilderbuch hervor.

»Jes Maikel jes.«

Ich küsse Maikel und die Kinder. Etwas hat auf der Düne geblinkt. Die Brille des Brillenträgers. Etwas kitzelt mich am Fuß. Ich springe zur Seite. Eine große, haarige Spinne gräbt sich in den Sand ein ...

»Bin gleich zurück«, sage ich schnell zu Maikel. »Paß auf die Kinder auf, laß sie nicht in die Dünen. Und wenn einer in einem grauen Pullover hier herumstreunen sollte, dann bitte se Polies um Help.«

Das Wasser ist herrlich warm, ich kann schwimmen, also schwimme ich. Ich schwimme, schwimme und schwimme ... es wird bald ein bißchen langweilig. Ich drehe mich um, der Strand ist nicht mehr zu sehen, überall Meer. Ich sollte umkehren.

Da, dort auf der Wasseroberfläche schwimmt etwas. Bestimmt eine Boje. Ich werde mich bei ihr ausruhen. Ich schwimme näher heran, aber es ist keine Boje, sondern ein Toter, aufgedunsen und grau, stellenweise schon schwarz. Ich werfe mich nach hinten, aber der Tote kommt mir nach. Er faßt mich am Bein, zieht mich unter Wasser, umarmt mich und drückt mich an sich. Oh Gott, Luft, sonst verschlucke ich mich.

Ich höre ein heiseres Flüstern.

»Mary... Mary...«

Oder ist es nur das Meeresrauschen?

Der Tote hält mich umklammert. Der geschwollene, schon ein wenig angefressene Mund im schrecklichen, schwarzen, aufgeblähten Gesicht bewegt sich. Er sagt etwas ... Anstelle von Wörtern springen kleine Fische heraus. Nein, es sind gar keine Fische, es sind Buchstaben und ganze Wörter. Aber keine polnischen. Ich verstehe nichts, obwohl ich doch alles verstanden habe, was Maikel zu mir gesagt hat.

Ich ersticke! Luft!

Ich mache den Mund auf. Wasser dringt hinein, und mit ihm

alle Fische, alle Wörter. Sie dringen in meine Lunge, gleich werde ich platzen. Der Tote drückt seine Lippen an meine Lippen. Er bohrt sich in mich hinein mit seinem Blick, und anstelle von Augen hat er eine Schnecke und eine Perle. Ich stoße ihn weg und springe schreiend auf.

Ewa beugt sich über mich, zieht die Augenbrauen hoch und betrachtet mich aufmerksam.

»Hast du geschlafen?« fragt sie. Ich atme schwer, noch sehe ich den Mund des Toten. Ich schaue mich im Zimmer um und sage:

»Wo ist meine Schultasche? Etwas zum Schreiben! Schnell!«

Ewa reicht mir einen Kugelschreiber und ein großes, grünes Notizbuch. Ich setze mich auf, lege das Notizbuch auf die Knie und schreibe ganz eilig, um nichts zu vergessen.

»Abandoned
hope and love that turns to hate and self
contempt bitterer to drink than blood pain whose
unheeded and familiar speech is howling and keen
shrieks day after day and Hell or
the sharp fear of Hell«

Fertig.

Ewa schaut mir über die Schulter und sagt erstaunt:

»Seit wann kannst du so gut Englisch?«

»Aber ich verstehe kein Wort! Lies mir bitte vor, übersetze es mir. Bitte.«

»Wenn du es geschrieben hast, dann verstehst du es doch auch.«

»Nichts verstehe ich, ich habe es nur geträumt. Es waren Fische, und ich habe sie geschluckt.«

»Nicht möglich.« Ewa lacht. »Ich glaub dir kein Wort.«

»Ich schwöre«, sage ich, »übersetz mir das.«

Ewa nimmt das Notizbuch.

»Aufgegebene Hoffnung und Liebe, die sich in Haß verwandelt hat … self … Selbstverachtung bitterer zu trinken als Blut. Schmerz, dessen … irgendwas, ich weiß nicht … bekannte, vertrauliche Sprache schrecklich ist … und durchdringendes Geschrei tagein, tagaus. Und die Hölle, oder die große Angst der Hölle …«

Ewa starrt mich an.

»Hell … die Hölle. Das ist das letzte Wort. Schau mich nicht so an.«

»Wie denn?« frage ich.

»Höchst seltsam … man kann ja fast Angst kriegen vor dir.«

»Ich hab Angst«, sage ich. Ich stehe auf, gehe im Zimmer auf und ab. Dann setze ich mich wieder in den Sessel. Ich werde nicht entkommen. Niemand wird mich retten.

Ewa setzt sich zu mir.

»Hast du das wirklich geträumt?«

»Ja.«

»Schrecklich … Mach nicht so große Augen, bitte.«

»Majka«, sagt Ewa. Ich schaue sie an, lächle. Nein, ich lächle nicht, ich verziehe nur meinen Mund. Doch Ewa sieht ein Lächeln.

»Ich habe Neuigkeiten für dich«, sagt sie. »Ich war bei dir zu Hause. Ich habe mit deiner Mutter gesprochen.«

»Du hast mit Mama gesprochen?!«

»Ja. Ich habe ihr vorgeschwindelt, daß du eine Blutung bekommen hast und wir einen Arzt rufen mußten, der festgestellt hat, daß es was mit einem Nervenzusammenbruch zu tun hat, der mit der Pubertät zusammenhängt. Und daß du Bettruhe brauchst und man dich jetzt nicht transportieren soll. Ich habe deiner Mutter gesagt, daß du bis Montag bei uns bleibst.«

»Und was hat Mama gesagt?«

»Na … sie hat sich Sorgen gemacht.«

»Arme Mama.«

»Aber ich habe sie beruhigt. Ich habe gesagt, du hättest hier in Szczawno gute Pflege, und der Arzt, der dich untersucht hat, sei unser Nachbar, was übrigens sogar stimmt. Deine Mutter hat mir einen Tee gemacht. Wir haben etwa zwanzig Minuten miteinander geredet.«

»Worüber denn?«

»Über alles mögliche. Auch über dich. Keine Angst. Wenn ich will, dann mag mich jeder. Man muß nur das sagen, was sie gerne hören wollen. Und ich habe deine Schwesterchen kennengelernt, die Zwillinge. Sie haben gerade gebadet. Ich habe ihnen allen möglichen lustigen Quatsch erzählt. Deine Zosia ist ziemlich intelligent.«

»Krysia ist verschlossener. Hast du auch Papa und Tadzio gesehen?«

Ewa schüttelt den Kopf.

»Dieses Vergnügen hatte ich leider nicht.«

»Papa hat wahrscheinlich geschlafen, und Tadzio ist sicher noch draußen gewesen. Aber sag mal ... ahnt Mama wirklich nichts?«

»Für wen hältst du mich denn? Für eine Vollidiotin? Alles hat sie geschluckt, und mit Tee nachgespült. Und als wir uns verabschiedet haben, hat sie sogar gesagt, sie freue sich sehr, daß du eine so seriöse Freundin hast und vielleicht auch bald ernsthafter wirst, wenn du mit mir befreundet bleibst.«

Ewa macht einen Schmollmund, faltet ihre Hände wie zum Gebet. In dieser Pose blitzt sie mich mit den Augen an und sagt mit plötzlich heiserer Stimme:

»Wenn ich genug von der Scheiße habe, trete ich in ein Kloster ein. In ein Männerkloster natürlich.«

Sie springt hoch und schreit: »Jupidee!« Sie läuft zum Kassettenrecorder, schiebt eine Kassette ein und dreht die Lautstärke voll auf. Die Explosion der Musik wirft sie auf meinen Sessel. Eine tobende Welle deckt uns zu.

Ein warmer, angenehmer Abend, zwei Stunden später. Bald ist es zehn vor zehn. Ich sitze auf einem Stuhl, mit dem Rücken zum Spiegel. Ich habe ein wunderschönes Kleid aus weißer Seide mit weinroten Punkten an. Enganliegend, kurz, oben mit Trägern. Und eine dünne Strumpfhose und Stöckelschuhe mit hohen Absätzen, mit denen man leicht stolpern kann.

Ewchen sitzt rittlings auf meinem Schoß und legt mir Lidschatten auf. Sie schminkt meinen Mund und überzieht die Farbe mit Lip gloss.

Pfui, schmeckt scheußlich.

»Leck deine Lippen nicht immer ab, sonst reiß ich dir die Zunge raus«, sagt Ewchen, tritt einen Schritt zurück, taxiert mich. Sie zupft eine kleine weiße Rosenblüte aus der Vase und steckt sie in mein glatt nach hinten gekämmtes Haar.

»Fertig«, sagt sie. »Jetzt schau in den Spiegel.«

Ich stehe auf und drehe mich um.

Da steht ein Mädchen.

Bin ich das?

Dieses schöne, ernsthafte, erwachsene Mädchen ... bin ich das?

Im Spiegel hinter mir steht Ewchen. Auch herausgeputzt und geschminkt. Wie ähnlich wir uns sehen.

»Du bist schöner als ich«, sagt sie.

»Nein«, sage ich, »du bist schöner.«

»Du bist origineller als ich«, sagt sie. »Schau mal, wie weit deine Augen auseinander stehen. Sie sind jetzt endlich richtig zu sehen, weil ich dir die Haare aus der Stirn gekämmt habe.«

Ich schaue in den Spiegel.

Meine Stirn ... seltsam hoch. Und die Augen sind noch seltsamer. Ich drehe mich zu Ewchen um und schaue ihr feines, zartes Gesicht aus der Nähe an.

»Du bist das schönste Mädchen auf der ganzen Welt«, sage ich.

»Und du das wunderschönste«, sagt Ewchen. »Du bist so schön, daß ich dich gleich auffressen werde.«

»Ich dich auch.«

Und wieder wandern unsere Augen zum Spiegel.

Ich betrachte mich lange und erkenne mich immer noch nicht wieder. Wenn ich so ein Mädchen auf der Straße träfe, würde ich mich nicht trauen, es anzusprechen. Dabei bin ich es doch, nur ich. Ich öffne leicht den Mund, das andere Mädchen macht es nach. Ich bin es doch.

Ich.

Ich könnte hier ewig stehen und mich bis zum Ende der Welt anschauen.

Ewchen zieht die Wangen ein und macht einen Schmollmund. Ich mache dasselbe und werde noch schöner, noch fremder.

»Und?« fragt Ewchen. Ich schmiege mich an sie, aber vorsichtig, wegen des Make-ups.

»Ich liebe dich«, flüstere ich mit Fernsehstimme.

»Und ich dich, Prinzessin, aber noch viel mehr«, flüstert sie. »Du wirst sehen, wir werden die ganze Welt erobern. Aber du mußt immer auf mich hören.«

»Ja«, flüstere ich. Die Perlenclips pieksen in meine Ohrläppchen.

»Unsere Fotos werden auf die besten Titelblätter kommen. Wir werden eine halbe Million Dollar im Jahr verdienen. Ich verspreche es dir. Du mußt nur immer zu mir halten.«

»Ja«, flüstere ich und fühle mich ganz zittrig. Ich werde wohl gleich sterben, so wunderbar ist mir zumute.

»Komm, wir zeigen uns mal im Garten«, sagt Ewchen. »Die Weiber werden platzen vor Neid.«

Ich drücke ihre Hand.

»Nein, ich trau mich nicht …«

»Jetzt zier dich nicht. Komm.«

Sie zieht mich hinter sich her. Ich sperre mich ein wenig, aber nur ein wenig. Wir treten aus dem Zimmer auf die Terrasse.

Hinten im Garten glimmen kleine Lämpchen. Leise Musik kommt von dort, und Stimmen, und Lachen. Wir gehen die Treppe hinunter und dann weiter einen schmalen Steinplattenweg entlang, der zwischen Bäumen hindurchführt. Meine Beine sind wie Gummi, und ich muß aufpassen, mit meinen Absätzen nicht umzuknicken. Die Gartenlaube ist voller Leute. Etwa zehn Personen. Damen und Herren, alle sehr elegant. Sie sitzen um einen weißen Tisch, reden, trinken und lachen.

Ewa und ich treten ins Licht. Ewas Papa pfeift.

»Oh, wir haben Prinzessinnenbesuch«, sagt er. »Bitte sehr, Eure Hoheiten.«

Schon sind wir in der Gartenlaube. Ewchen begrüßt alle. Sie umarmt die Frauen, und die Männer küssen ihr die Hand. Sie lachen und spaßen.

»Und das ist Majeczka«, sagt Ewchen und deutet auf mich. »Meine beste Freundin.«

»Guten Abend«, sage ich leise. Es hätte nicht viel gefehlt, und ich hätte einen Knicks gemacht. Alle schauen mich an.

»Dürfen wir uns einen Augenblick zu euch setzen?« fragt Ewchen.

»Ihr dürft euch sogar zu uns legen«, entgegnet einer der Männer. Allgemeines Gelächter. Ewchen setzt sich auf die weiße Bank am Geländer. Sie weist mit der Hand auf den Platz neben sich. Also setze ich mich hin, drücke die Knie zusammen, hebe die Augen und senke sie gleich wieder, weil niemand etwas sagt. Sie schauen uns nur an.

»Was glotzt ihr so?« fragt Ewchen. »Gebt uns lieber einen Drink. Wir sind nüchtern und genieren uns.«

»Grzesio, einen Tropfen Gin mit viel Eis für unsere zwei Hübschen«, sagt Ewas Mama und lacht uns an. Sie sieht sehr schön und sehr jung aus in der weißen, glänzenden Bluse und dem weißen kurzen Rock. Wenn sie lauthals lacht, dann klingt es, als hätte sie eine besonders heisere Stimme.

»Ihr seid wirklich bildschön«, sagt eine Frau mit Brille zu uns. »Ihr solltet zusammen bei den Misswahlen antreten.«

»Wir werden uns gegenseitig keine Konkurrenz machen«, antwortet Ewchen. Herr Grzesio, der ganz graue Haare hat, aber sehr gut aussieht, gießt in zwei niedrige Gläser etwas aus einer bunten Flasche und dann etwas aus einer weißen. Er gibt Eiswürfel dazu und reicht uns die Gläser. Er schaut mich genau an. Ich sage: »Danke« und weiß nicht weiter. Und obwohl mir alles irgendwie furchtbar peinlich ist, fühle ich mich seltsam wohlig.

Gefällt mir gut hier.

Bald bin ich erwachsen. Ich werde mit anderen Erwachsenen über alle möglichen Themen reden. So wie Ewchen, die überhaupt nicht verkrampft ist. Sie erzählt gerade was, und die Leute lachen. Es ist wunderbar, an einem Sommerabend in einer beleuchteten Gartenlaube zu sitzen, mit Freunden zu reden und zu lachen. Sie sagen etwas, aber ich weiß nicht was, ich höre nicht zu, weil ich mich so wohl dabei fühle, mich mit mir selbst zu unterhalten ... Wenn Tadzio mich jetzt so sehen könnte oder Kazio Kamiński. Der würde sich wundern. Oder Mama ... würde mir sofort eins übern Kopf hauen und mich nach Hause schleppen. Ach nein, sie würde sich nicht trauen hereinzukommen.

In drei Jahren werde ich achtzehn. Ich werde meine Mama weiterhin lieben, ihr aber nicht mehr erlauben, sich in mein Leben einzumischen. Das Eis klirrt in meinem Glas. Die Würfel schmelzen langsam. Ewchen hat ihr Glas beinahe leergetrunken. Also hebe ich mein Glas ebenfalls und nehme einen Schluck. Schmeckt bitter, aber auch ein bißchen süß. Irgendein Schnaps, gemischt mit etwas anderem. Bei Zenuś' Taufe hat sich Papa betrunken und mir befohlen, einen Wodka zu kippen. Kaum hatte ich meine Lippen am Glas, mußte ich losrennen, um mich zu übergeben. Obwohl ich einen großen Schluck genommen habe, geht es mir jetzt blendend. Und im Bauch wird mir heiß und angenehm, im Kopf genauso. Was soll's, noch ein Schlückchen. Auf einem Bein kann man nicht stehen. Stammt von Frau Marysia, der Frau von Herrn Krzysiek, wenn sie mit Papa und Herrn Kamiński im Garten am Zaun tranken. Papa sagte: »Na, denn Prost« oder »Hoch die Tassen«. Herr Kamiński sagte: »Na, dann auf uns«, und Herr Krzysiek: »Auf den Kommunismus, damit er uns nicht überlebt«. Und dann sangen alle im Chor: »Laßt uns auf Ex trinken, laßt uns auf Ex trinken, und nach dem Glas im Rausch versinken ...« Und zum Schluß sangen sie Lieder über starke Kerle.

Hier in der Gartenlaube von Frau und Herrn Bogdaj wird auch gut getrunken, aber anders. Jeder hat sein Glas und trinkt, wann er will. Und sie versuchen nicht, sich gegenseitig zu überschreien, sondern reden anständig miteinander.

Ewchen tippt mir plötzlich auf die Schulter.

»Bin ich blöd«, sagt sie. »Grzesio könnte uns das doch übersetzen.«

»Was wollt ihr übersetzen?« fragt Herr Grzesio.

»Wir haben einen komischen englischen Text, den Majka geträumt hat. Ich hole ihn.«

»Nein, nein«, sage ich. »Ich hole ihn schon!«

Ich tauche in die Dunkelheit des Gartens ein. Was würde ich alleine machen, ohne Ewchen. Wenn mich jemand etwas fragen würde, wüßte ich nicht, was ich antworten sollte. Oh je, ich habe das Glas mitgenommen, und da ist noch soviel drin ... Ich bleibe stehen, und schon ... habe ich alles ausgetrunken. Gar nicht schlecht. Ich werde das Glas hier abstellen, wenn ich zurückkomme, nehme ich's wieder mit. Fast wäre ich gestolpert. Blöde Absätze, ich muß endlich damit laufen lernen. Ewchen hat genauso hohe und schwebt dahin, als wäre sie barfuß ... Statt nach links einzubiegen, wo die Terrasse und Ewas Zimmer sind ... gehe ich rechts rum. Ich werde einmal ums Haus herumgehen, den gepflasterten Weg entlang und ein bißchen laufen üben.

Die Absätze klappern ... Ich muß kleinere Schritte machen, sonst geht es nicht. Irgendwie läuft es sich viel besser, wenn man mit dem Po wackelt. Klar, Ewchen tut es auch. Deshalb wackeln all die Models im Fernsehen immer mit dem Po. Ich dachte immer, die albern nur rum, dabei müssen sie es tun, um nicht umzufallen.

Na, schon besser.

»Hallo Marysia!«

Ich schaue mich um, da steht jemand hinter der Mauer, ein Soldat. Ich gehe näher hin.

»Ah, Kazio, guten Abend. Was machst du denn hier?«

»Bin gerade auf Urlaub. Und du? Wie geht's denn so?«

»Ich bin gerade aus London zurückgekommen. Morgen fliege ich nach New York, ich habe dort eine Modenschau.«

»Du siehst echt toll aus. Willst du nicht ein Stück mit mir spazierengehen? Mein Urlaub ist bald zu Ende.«

»Entschuldige, aber die Gäste warten auf mich. Gute Nacht.«

Ich stöckle weiter, laufe am Tor vorbei ... Und wer steht da hinter dem Gitter? Jesusmaria, das sind doch Mama und Tadzio, zwei Schemen im Dunkel.

»Oh, Mama, wie gut, daß ich dich sehe. Ich wollte ihn schon mit der Post schicken ... Bitte, hier ist ein Scheck über hunderttausend Dollar. Der Professor in Wien wartet bereits. Er sagt, es dauert nur zwei Wochen, und Zenuś wird wieder sehen. Zwanzigtausend für die Operation, weitere zwanzigtausend für dein Herz und die Krampfadern. Für den Rest kauft auf dem Lande ein Haus mit Garten. Wenn was übrigbleibt, bitte als Rücklage für Kleinigkeiten verwenden. Und sag Papa, er soll keinen Wodka mehr trinken, der taugt nichts, sondern Gin. Hier, Tadzio, hier hast du hundert Dollar für Eis. Denk nur daran, daß du es mit den Zwillingen teilen sollst. Na, dann tschüs, ihr Lieben. Ich würde euch gern mit dem Auto nach Hause fahren, aber ich habe noch so viel zu erledigen ... Ich rufe euch aus Bombay an, wiedersehn.«

Ich schwebe auf meinen Absätzen die Treppe zur Terrasse hoch. Schon klappert nichts mehr, weil ich bereits auf dem Teppich laufe, auf den Spiegel zu. Ganz in schimmernde Seide gekleidet, strahlend, wunderschön. Ich lasse meine Hände über meinen Körper gleiten, berühre die Perlenkette am Hals. Das bin alles ich.

Was wollte ich hier? Das Notizbuch holen! Es liegt auf dem Tischchen, so wie ich es liegengelassen habe. Ich nehme es, und plötzlich stecken tausend Nadeln in meinem Kopf.

Das Blatt mit dem englischen Text ist herausgerissen. Nur der zerfetzte untere Rand ist noch da mit dem »Hell«. Ich spüre einen Blick auf mir. Drehe mich ruckartig um. Dort, hinter dem Fenster... Mein Spiegelbild im Fensterglas. Nein, doch nicht.

Wer steht da.

Ich möchte fliehen, kann aber nicht. Meine Füße kommen nicht von der Stelle. Blechernes Sausen in meinen Ohren.

Schmutzig bräunlichgrauer Nebel hüllt alles um mich herum ein. Ich taumle in Richtung Sessel. Aber da ist kein Sessel, sondern nur ein rostfarbener Büschel. Ich kauere mich zusammen. Meine nackten Schultern überzieht eine Gänsehaut. Überall Wasser, zähflüssig wie Suppe. Ekelhaftes Blubbern. Blasen zerplatzen, etwas taucht langsam auf. Stumpf glotzen mich eingefallene, kalte Augen an, bewegen sich auf mich zu.

Es ist dunkel, ich sehe nichts. Etwas berührt und umklammert mich mit schleimigen Tentakeln, drückt sich in mich hinein, bis meine Knochen knirschen. Es ist schon in mir. Windet sich in meinen Bauch, in meine Glieder. Ich bin nur noch die Hülse für jemand anderen.

Lachen, Schritte ... Menschen sind hereingekommen, es sind zwei. Einer sagt etwas, ein Riesengesicht nähert sich mir. Dann wird es wieder winzig klein. Zwei biegsame, mit Körper und Stoff bedeckte Skelette tanzen um meinen Kopf herum. Ihre Worte hallen in der Luft nach.

Im nächsten Moment sind sie verschwunden, weg.

Bin ich drinnen oder draußen?

Hände. Ihre Hände? Meine Hände?

Finger. Meine?

Wir drehen das Periskop um. Aha, die Haut auf dem Bauch ist glatter als an den Händen. Weiß, mit weinroten Kreisen.

Beine, auf denen man läuft. Alles hat einen Namen, alles dient zu etwas. Der Sessel zum Sitzen. Oh, ich weiß fast schon alles.

Sag mir nur noch, wie ich heiße und wozu ich diene. Und wem ich diene ...?

Hinter der Glastür ist die Antwort. Gehen wir dorthin. Ich gehe.

Jemand kommt mir entgegen. Ein Mädchen, es kommt mir bekannt vor. Ich suche nach der Türklinke, sie sucht nach der Türklinke, aber die Tür hat keine.

»Wie heißt du?« frage ich.

»Majka«, antwortet sie. »Und du, hast du auch einen Namen?«

»Ja. Majka.«

Das ist irgendein Rum. Jamaika-Rum. Ach, so heiße ich also. Jamaika. Das ist eine Insel. Bin ich eine Insel und werde literweise von Matrosen getrunken? Dann weiß ich ja Bescheid, vielen Dank. Ich löse mich vom Spiegel, gehe weg, drehe mich um, winke ihr zum Abschied zu. Ob wir uns nochmal wiedersehen werden?

Ich gehe auf die Terrasse.

Irgendwo stöhnt jemand. In der Dunkelheit, unter dem Baum, unter dem Mond, steht Ewchen. Sie küßt Herrn Grzesio und stöhnt. Seine Hände gleiten unter dem hochgeschobenen Kleid über ihren Po.

Ich schaue zu. Selbst unsichtbar.

Was sie tun, ist teils ekelhaft und teils wunderbar. Dieses Stöhnen ist wie Musik. Weit entfernt, unendlich fern. Und süß wie eine Kirsche.

Der weißhaarige Kopf rutscht nach unten, Herr Grzesio kniet sich hin. Er küßt Ewchen auf den Bauch. Sie stöhnt leise und so aufreizend, daß ich Lust bekomme, ihr Stöhnen abzuschlecken.

Genug jetzt, es reicht. Ich rufe:

»Ewchen!«

Sie zucken zusammen. Herr Grzesio steht auf, Ewchen schaut zu mir hoch. Ich sehe ihr Gesicht, es schimmert irgendwie geistesabwesend … Sie lachen, und Herr Grzesio verschwindet in der Dunkelheit. Ewchen zieht ihr Kleid runter und kommt die Terrassentreppe herauf. Sie setzt sich neben mich auf das Geländer. Und sagt, mit baumelnden Beinen:

»Ich schlafe manchmal mit ihm … Mit ihm habe ich meine Jungfräulichkeit verloren. Er hat mir viele interessante Dinge beigebracht. Er ist alt, aber super. Und was ist mit dir, hast du dich mit Gin betrunken?«

Ich stelle mich vor sie hin, ganz nahe. Ich lege meine Hände auf ihre Schenkel. Sie lächelt mich an.

»Majkalein«, sagt sie. »Ich freue mich so, daß du hier bist.«

»Sag nicht ›Majkalein‹ zu mir, ich heiße ›Jamaika‹.«

»Ach, wunderschön. Das wird aber ›Dschamaika‹ ausgesprochen! Du hast dich betrunken, deine Augen verraten dich.«

Ich nehme ihre Hände und gehe einen Schritt zurück. Sie springt vom Geländer, folgt mir und ahnt nicht einmal, daß sie, dieses Haus, die ganze Stadt, alles nur durch mich existieren. Wenn ich nicht hier wäre ...

»Nicht so fest«, sagt Ewchen und versucht, ihre Hände aus meinem Griff zu befreien. »Laß mich los, du tust mir weh! Blöde Kuh, laß doch endlich los!«

Ich gebe ihre linke Hand frei und schlage ihr mit der rechten ins Gesicht.

»Das war für die blöde Kuh«, sage ich. »Willst du noch mehr?«

Sie ist erschrocken, möchte weglaufen, aber sie kann nicht, ich habe ihre beiden Hände wieder im Griff. Sie beginnt zu weinen. Ich presse sie an mich, ohne ihre nach hinten gedrehten Arme loszulassen.

»Was willst du von mir?« fragt sie voller Angst. »Warum hast du mich geschlagen? Laß mich los, sonst rufe ich Papa.«

Ich lecke die Tränen von ihrem Gesicht. Sie schmecken gut, salzig.

»Ich wollte einfach deine Tränen kosten.«

»Bitte, laß mich!« fleht Ewchen, und dabei kullern ihr neue Tränen herunter. Ich spüre das Salz auf meinen Lippen.

»Wenn ich will, meine Hübsche, verwandle ich dich in eine Kröte. Oder ich lasse dich verschwinden, es wird dich nirgends mehr geben. Und wenn ich es will, wird die ganze Welt verschwin-

Der Prinz verzieht sein Gesicht.

»Mutti ... das ist jetzt Mode, man trägt sie jetzt schräg.«

»Es ist mein Geburtstag, also mach deiner Mutter eine Freude.«

Der Prinz schiebt seine Krone seufzend auf die Mitte seines schön frisierten Köpfchens. Einen Augenblick später machen drei Prinzessinnen wie Papageien dasselbe mit ihren Kronen. Meine Töchter. Ein Rauschen geht durch den Saal. Es sind die Hütchen und Hauben der Höflinge und Hofdamen, die auf die Mitte des Kopfes geschoben werden.

Der nächste Gesandte kommt mit Geschenken in den Saal. Der nächste dicke Botschafter entrollt das nächste Pergament mit den nächsten Glückwünschen. Und in dem Moment fällt mir etwas ... etwas ... etwas ... fällt was? Ach, ich weiß schon. Es fällt mir ein. Ich hebe die Hand.

»Still!« sage ich. »Bewegt euch nicht, seid einen Moment lang still, weil mir etwas ein ...«

Ich beuge einen Finger, klopfe mir damit an den Kopf.

Ein was? Ach, einfällt. Aber was? Etwas ist mir eingefallen und gleich wieder entfallen.

Wieso ist es hier so still, und warum stehen alle wie angewurzelt da? Vor mir steht die versteinerte Gestalt des dicken Botschafters mit erhobenem Pergament und aufgesperrtem Maul, in dem still ein Goldzahn glänzt. Um ihn herum lauter Statuen höfischer Würdenträger. Und hier die Statuen meiner Sprößlinge, wie versteinert. Ach ja, ich hatte ihnen befohlen, sich nicht zu bewegen und still zu sein ... Gut, eins ist mir also schon eingefallen. Und das andere? Was war das, das schon verschwunden ist?

Ich schaue aus dem Fenster. Das Feuerwerk zeichnet Girlanden an den Nachthimmel. Seit dem frühen Morgen lärmt die

Musik. Diese Krone drückt mich so, daß es mir nicht gelingt, mich an irgend etwas zu erinnern. Ich hebe den Kopf, die Krone rutscht zur Seite, ja, so ist es viel besser. An der Decke ein großes ›M‹ aus Gold und das Zeichen ›$‹ aus Brillanten. Irgendwie komisch. Die Brillanten funkeln so, daß man blinzeln muß, um die Ziffer lesen zu können. Jetzt sieht man, daß es eine ›50‹ ist.

Ja, das ist wahr, es ist mein fünfzigster Geburtstag.

Hinter dem Fenster ist ein dünner Chor dicker Eunuchen zu hören: »Lang lebe unsere Gnädigste Gebieterin, ohhh, lang soll sie leben!!!«

... Was war das, ich hatte es bereits auf der Zunge ... Habe ich's verschluckt, oder was? Moment, gleich hab ich's.

»Miranda!« rufe ich. Mein jüngstes Töchterchen kommt angelaufen, kniet sich neben mich. Nein ... das war es nicht, sie war es nicht. Ich weiß, es war Marika, ja, Marika.

»Marika!«

Meine mittlere Tochter verneigt sich neben der jüngsten. Nein nein nein nein, sie ist es auch nicht, es war doch ... ja, ich hab's.

»Marcelina!« rufe ich. Ja, es war ganz sicher Marcelina. Nein, sie ist es auch nicht, meine älteste Tochter, die einen vornehmen Knicks macht. Hinter ihr verbeugen sich die prächtig herausgeputzten Hofdamen und Höflinge stillschweigend bis zum Fußboden.

Plötzlich schnippe ich mit den Fingern, meine Ringe rasseln aneinander.

Ich weiß, sie hatte rabenschwarze Augen.

»Marysia!« rufe ich triumphierend. »Es ist Marysia.«

Marysia, klar, es ist Marysia. Jahrelang ging mir der Name durch den Kopf, hatte sich hinter anderen Namen versteckt, als ich wollte, daß er mir wieder ein ... ein ... einfällt. Marysia.

Ich schaue mich im Saal um.

»Wo ist Marysia?« frage ich. »Warum ist meine teuerste Marysia nicht bei mir?«

Ich sehe sie nirgends ... Hat sich diese Schelmin wieder versteckt.

»Hat jemand vielleicht Marysia gesehen?«

Die Hofdamen und Höflinge schütteln die Köpfe, heben die Augen zur Decke, breiten die Arme aus. Das sind vielleicht Schmarotzer. Wenn's ums Essen geht, sind sie die ersten, und wenn die Königin etwas fragt, ist keiner da, der antwortet.

Aha, mein Erster Minister sortiert die Falten seines goldenen Gewandes, bereitet sich für die Verbeugung vor, er wird wohl gleich erzählen, wo er Marysia gesehen hat. Na, endlich hat er sich verbeugt, und schon öffnet er den Mund ...

»Gnädigste Herrin«, sagt er feierlich. »An unserem Hof gibt es außer den allergnädigsten Prinzessinnen Marcelina, Marika und Miranda unter den Hofdamen sechs Magdalenas, elf Malwinas, zwei Mariannen, siebenundvierzig Mathilden, vierundzwanzig Michaelas, drei Monikas, eine Maura und sogar eine Modesta ... Aber eine Marysia gibt es hier nicht, wir kennen keine einzige Marysia, Euer Gnaden.«

Das war's. Er verbeugt sich und ordnet erneut sorgfältig die Falten seines Gewandes.

»Wie ist es möglich, daß ihr meine Marysia nicht kennt, meine allerliebste Hofdame, mein Wahlschwesterchen Marysia?«

Ich frage einfach so, rein rhetorisch, ohne Sinn und Zweck. Wir können zum nächsten Punkt dieser Feierlichkeit übergehen, der Botschafter mit der Rolle in der Hand wartet auf ein Zeichen, um mit seiner Rezitation zu beginnen ... Aber nein, noch gebe ich ihm kein Zeichen, weil meine alte Hofmeisterin sich in der Menge bemerkbar macht, als ob sie etwas sagen wollte, und nun doch zögert.

Ich winke sie heran.

Schon kommt sie mit einer Geschwindigkeit von sechs Metern pro Stunde auf mich zu. Zu ihrem hundertsten Geburtstag werde ich ihr Rollschuhe kaufen. Endlich hat sie sich vor dem Thron eingefunden und fällt mir zu Füßen, wobei ihr eine Stufe des Thronpodests ein wenig zuhilfe kommt.

»Meine Gnädigste Herrin«, ächzt sie außer Atem, »ich weiß, ich erinnere mich, wie sollte ich mich denn nicht an Marysia erinnern, den Liebling Eurer Majestät.«

»Was ist los mit ihr?« frage ich. »Warum ist sie nicht hier?«

»Es geschah, halten zu Gnaden, am fünfzehnten Geburtstag Eurer Majestät.«

»Am fünfzehnten???«

»Am fünfzehnten. Majestät hatten Marysia etwas übelgenommen, aber was, daran erinnere ich mich nicht mehr…«

»Was heißt hier: was!« sage ich, und sogleich fällt mir alles ein, so daß mir die Röte ins Gesicht schießt und sogar den Puder rötet. »Ist doch klar! Weil sie mir die letzte Rosine aus meinem Eis rausgefressen hat, als ich gerade die fünfzehn Kerzen meiner Geburtstagstorte ausblies! Aber dann? Ich habe ihr das übelgenommen, das stimmt, aber dann habe ich sie irgendwie aus den Augen verloren…«

»Ah… weil…«, stammelt die Greisin, »weil Majestät befahlen, sie in den Karzer zu werfen und in Ketten zu legen.«

»Genau, so kann's gehen«, sage ich und schlage mir auf die Stirn. »Ich hatte mich wirklich mächtig aufgeregt. Bringt sie schnell her!«

Zwei Höflinge spurten in den Karzer, der Mundschenk und der Stuhldreher. Ich klatsche gut gelaunt in die Hände und sage:

»Da seht ihr's, meine Lieben, wie seltsam so ein Gedächtnis doch ist. An jedem Geburtstag ging mir etwas durch den Kopf, doch irgendwie kam es nie raus, und jetzt… Marysia. Das war vielleicht ein Früchtchen. In ihrem Eis waren Unmengen von Rosinen, aber sie mußte die letzte aus meinem Eis rauspicken! Was sollte ich denn tun? Ich mußte sie bestrafen, ein bißchen einschüchtern und fünf Minuten in Ketten legen, damit ihr der Ernst des Lebens nicht verloren geht und die Rosine im Gedächtnis bleibt… Ihr glaubt gar nicht, wie ich mich freue, daß es mir endlich eingefallen ist und ich gleich meine allerliebste, teuerste Marysia sehen und umarmen werde.«

Hinter der Tür zum Thronsaal macht jemand ein abscheuliches Geschrei. Schon führen die beiden Höflinge, die zum Karzer gespurtet waren, eine alte, zahnlose, dreckige, zerlumpte und beinahe kahlköpfige Hexe herein.

Die Hexe versucht sich loszureißen, heult und rasselt mit den Ketten.

Ich betrachte sie, und mein Sohn, der Prinz, meine Töchter, die Prinzessinnen, und alle Hofdamen und Höflinge halten sich mit spitzen Fingern die Nase zu. Was riecht hier so streng? Pfui Teufel, der Gestank kommt von der Hexe.

»Wen habt ihr mir denn hier gebracht?« frage ich lachend. »Bringt mir Marysia. Das muß ein Irrtum sein, Marysia sitzt sicher in einem anderen Karzer.«

»Es gibt nur eine Frau dort unten«, sagt der Mundschenk. »Außer ihr ist dort weder eine lebende noch eine tote Seele.«

»Aber das ist doch nicht Marysia«, sage ich. »Marysia hatte rabenschwarze Augen und ein hübsches Gesicht, und schön war sie. Aber das hier ist eine Kröte, eine verrückte Hexe, werft sie zurück ins Verlies, damit sie uns die Luft im Königreich nicht verpestet.«

Die Hexe fängt ein gellendes Geschrei an, streckt mir ihre langen Krallen entgegen und heftet ihre roten Glotzaugen auf mich. Der Mundschenk und der Stuhldreher schleppen sie aus dem Saal, ich fächele mir mit einem parfümierten Taschentuch Luft zu ... Ein großes Flattern ist zu hören, der ganze Hofstaat fächelt mit den Taschentüchern und produziert auf diese Weise einen besonders blumigen Geruchscocktail.

»Hast du gesehen, meine Liebe, wen mir diese Tölpel anstelle von Marysia gebracht haben?« frage ich die greise Hofmeisterin. Sie nickt, nimmt Riechsalz, verdreht die Augen, ist ganz blaß und wird gleich ohnmächtig werden.

»Du erinnerst dich doch an unsere Marysia«, sage ich leise zu ihr. »War sie nicht bezaubernd?«

»Oh ja, Allergnädigste, ich erinnere mich. Sie war das bezauberndste Wesen am ganzen Hof, abgesehen natürlich von Euch, Euer Ehren. Und sie sah Majestät so ähnlich, daß niemand es bemerkte, als die Allergnädigste einmal mit ihr die Kleider tauschte. Erinnern sich Euer Gnaden?«

»Tatsächlich? Nein, ich erinnere mich nicht«, sage ich. »Na, da ist wohl nichts zu machen, es hat mal eine Marysia gegeben, und jetzt gibt's sie nicht mehr. Solche kleinen Erinnerungen sind sicher ganz nett, aber die Pflichten gehen nun mal vor.«

Ich hebe meine Augen zu dem Gesandten.

»Unterbrechen Sie sich nicht, Herr Botschafter«, sage ich gnädig. »Lesen Sie Unserer Majestät die Wünsche Ihres Herrn vor.«

Der Botschafter verneigt sich tief und fegt dabei mit dem Kinn über den Boden. Er schaut in die Rolle und verkündet mit Trompetenstimme:

»Im Namen unseres Gnädigsten Herrn erkläre ich Euch, Ungnädigste Hoheit, den Krieg!«

Mit einem Ruck zieht er eine Trillerpfeife aus der Brusttasche und pfeift aus ganzer Kraft. Auf dieses Signal hin klirren die Waffen. Geschrei und Gekreische. Schwerter, Dolche und Messer blitzen auf. Ich sehe meine Töchter, die Prinzessinnen, unter den Schlägen von stacheligen Keulen fallen. Der Prinz, mein allerliebster Sohn, greift nach seinem kleinen Schwert, schon hat er es zur Hälfte gezogen ... und er zieht es immer noch, obwohl sein teures Köpfchen bereits wie ein Ball davonrollt und mit dem eigenen Blut die kunstvoll frisierten Locken besudelt.

Auf mich zielt der Botschafter höchstpersönlich mit einer Pistole.

Ich ziehe meinen kleinen Dolch aus dem Ärmel. Schon fliegt er, schon steckt er in des Botschafters Auge. Aus dem zweiten Ärmel ziehe ich meinen zweiten Dolch und streiche mit der Klinge, das kleine Durcheinander im Saal ausnutzend, über die am höfischen Kuchen gemästete fette Kehle der Hofmeisterin, wie mit einem Bogen über die Saiten. Sie, die einzige Zeugin, ist zu meinen Füßen an ihrem Asthma erstickt. Unglückselige Greisin.

Ich entkomme durch eine hinter dem Thron versteckte Tür und stürze die Treppe zum Turm hinauf, um meinen wunderbaren Zauberdiamanten zu holen. Hinter mir Gerassel und Getrampel: die Hexe aus dem Karzer.

Verdammt und zugenäht! In meinem Dutt habe ich keine

einzige vergiftete Nadel mehr, auch die Ampullen mit ätzender Säure aus meinem Gürtel sind alle verbraucht. Ich renne die gewundene Treppe hinauf, als ich plötzlich einen Ruck spüre. Die Hexe hat meine Schleppe gepackt und reißt mir mein Kleid herunter ... Ich renne splitterfasernackt weiter und reiße die eiserne Tür im Turmzimmer auf.

Mein Astrologe, der verrückte Kauz, wringt ein riesiges Buch wie nasse Wäsche über einem großen Bottich aus und sagt schluchzend:

»Die ganze Handschrift ist mit Tränen benetzt. Ich weine und weine, weil das Salz in meinen Wunden brennt.«

»Mein Zauberdiamant!« schreie ich. »Wo hast du ihn versteckt? Her damit!«

»Schau mal durch das Fernrohr, Königin, ich habe ihn dem Himmel übergeben.«

Ich springe zum Teleskop. Schaue hinein ... da glänzt in allen Regenbogenfarben ein neuer Stern am dunkelblauen Himmel. Plötzlich höre ich kreischendes Gekicher. Ich drehe mich um, vor mir steht die Hexe. In ihrem verrosteten Gesicht ist mir einzig das Blitzen der Augen vertraut ...

»Verzeiht mir, Allergnädigste«, flüstere ich und kann vor Angst kaum meine Lippen bewegen. Ich weiche einen Schritt zurück, blaß, nackt, zitternd. Ich stolpere über etwas, es ist der Bottich, und ich falle hinein.

»Das sind meine Tränen«, krächzt sie. »Ersaufen sollst du darin, ersaufen in meinen toten Stunden!«

Und sie schlägt mir, klatsch, mit ihren Ketten auf den Kopf.

Wir sitzen nackt auf dem Wannenrand und trocknen uns gegenseitig mit zwei Föns, einem orangen und einem gelben, die Haare.

»Du hast so schöne dicke Haare«, sage ich. »Warum trägst du sie nicht lang?«

»Soll ich sie wachsen lassen?« fragt Ewchen.

»Ja.«

»Na dann. Ab heute werde ich keinen Millimeter mehr abschneiden.«

Ich schalte den Fön aus, schaue Ewchen an und stelle mir vor, wie sie mit langen Haaren aussieht. Sie schaut auf den Boden und sagt leise:

»Jamaika . . .«

»Was?«

»Ich habe auf einmal solche Lust auf...«

»Ja?«

»Küß mich . . . dort . . .«

»Wo?«

»Auf die Möse.«

Ich beuge mich vor und küsse ihre weichen Härchen unter dem Bauch.

»Und jetzt ich dich«, sagt sie und kniet sich vor mich hin, öffnet meine Schenkel und küßt mich. Sie hebt den Kopf und schaut mich an. Sie seufzt.

»Weißt du«, sagt sie, »wir sind wahrscheinlich lesbisch . . .«

»Und was ist das?«

»Weißt du's wirklich nicht?«

»Nö.«

»Lesbierinnen sind Mädchen, die zusammen ins Bett gehen.«

»Dann sind wir eben Lesbierinnen, wenn wir zusammen zu Bett gehen«, sage ich.

»Findest du das blöd, mich dahin zu küssen?«

»Wie kommst du denn darauf! Kein bißchen. Ich könnte dich überallhin küssen. Ich könnte dich wie ein Eis schlecken, daß nichts mehr von dir übrigbleibt. Nur der Stiel.«

»Du bist schon komisch manchmal«, sagt sie. »Bei dir weiß man nie, ob du einen nicht auf den Arm nimmst ...«

Immer noch auf Knien, berührt sie mit ihrer Wange meinen Schenkel und schaut mich mit etwas Zartem im Blick an. Ich mag es sehr, wenn das Weiße ihrer Augen in ihrem braunen Gesicht aufleuchtet. An einem Haken hängt der Gürtel von ihrem Bademantel. Ich nehme ihn und wickle ihn ihr um den Hals. Ich ziehe an seinen Enden, er schneidet in ihren Hals, ich ziehe noch stärker. Ewchen öffnet die Lippen, schaut mich an und hat, obwohl sie bestimmt gleich erstickt, keine Angst in den Augen. Es gibt etwas anderes in ihnen, etwas sehr Merkwürdiges.

Ich lockere den Druck des Gürtels ein wenig.

»Was machst du mit mir?«

»Soll ich dich ein bißchen erdrosseln ...«

»Nein.«

Wieder ziehe ich an den Gürtelenden. Ich sehe, wie ihr das Blut ins Gesicht schießt, doch sie versucht nicht, sich loszureißen, sondern schaut mich ununterbrochen mit ihren großen Augen an. Ich weiß jetzt ein bißchen, was in ihnen ist. Ich weiß nicht, woher ich es weiß, aber ich weiß es. Ich lockere die Gürtelenden. Ewchen stöhnt leise.

»Hat es weh getan?«

»Ja.«

Sie umarmt mich. Drückt ihr Gesicht an meinen Bauch.

»Nicht erdrosseln, danach sieht man häßlich aus.«

»Das macht nichts«, sage ich und ziehe wieder an den Gürtelenden. Sie wehrt sich nicht, sondern drückt sich nur noch mehr an mich. Ich wickle den Gürtel auseinander. Sie flüstert:

»Warum bist du so gemein zu mir?«

»Weil ich so bin.«

»Aber du magst mich doch.«

»Na klar.«

»Warum tust du mir dann weh?«

»Einfach so.«

Ich nehme den Gürtel, lege ihn ihr wieder um den Hals und mache eine schöne Schleife. Ewchen steht auf, schaut in den Spiegel, dreht eine Pirouette und sagt verführerisch:

»Eine bescheidene, aber sehr kleidsame Abendtoilette. Wir empfehlen sie insbesondere praktisch veranlagten Damen über sechzig.«

Da ziehe ich den Gürtel aus dem an der Tür hängenden gelben Bademantel, binde ihn mir um die Taille und mache ebenfalls eine Schleife. Mit dem nackten Po wippend verkünde ich:

»Und hier sehen Sie ein ebenso bescheidenes typisches Ballkleid. Besonders geeignet für hochschwangere Jungfrauen!«

Ewchen legt ihre Hand auf meinen Bauch.

»Ah, es strampelt schon«, sagt sie. »Welcher Monat?«

»Frag lieber, welche Sekunde«, antworte ich. Wir lachen uns halb tot.

Hand in Hand schleichen wir uns in unseren sparsamen, aber sehr kleidsamen Abendtoiletten durch den dunklen Garten. Es war Miss Ewchen, die diese Idee hatte, aber Miss Majka hatte nichts dagegen. In der beleuchteten Gartenlaube spielen sie Karten. Wir stehen versteckt hinter Bäumen, beobachten sie und albern leise herum.

»Machen wir 'ne Modenschau?«

»Das wäre was ...«

»Wenn dort nur Kerle wären, warum nicht.«

»Aber ich würde mich gerade vor denen schämen.«

»Weil du noch nie mit einem geschlafen hast.«

»Wieso habe ich mit keinem geschlafen? Ich schlafe jeden Tag mit einem Mann im Bett.«

»Ach Quatsch.«

»Echt. Mit Tadzio, meinem Bruder.«

»Brüder gelten nicht. Aber sag, würdest du es gern?«

»Was?«

»Mit einem Mann schlafen!«

»Weiß nicht ... ich glaub nicht.«

»Und warum?«

»Pfui Teufel, die pinkeln doch damit ...«

»Blödkopf. Wir pinkeln doch auch.«

»Hast du's schon mal gemacht?«

»Klar.«

»Und?«

»Nichts und. Es ist der Wahnsinn. Als ob man sterben würde, nur hundertmal besser. Es ist das Tollste überhaupt. Sogar noch besser als Drachenfliegen.«

»Bist du schon mal geflogen?«

»Klar.«

»Ich bin auch schon geflogen, aber ohne Drachen.«

»Mit einem Flugzeug, na und?«

»Nicht mit dem Flugzeug, ich bin ohne was geflogen.«

»Hä?«

»Wenn Kasia mir was vorgespielt hat.«

»Was hast du immer mit dieser Kasia? Sie ist doch vollkommen durchgeknallt, und dazu noch mythoman.«

»Was ist denn das schon wieder?«

»Das ist eine Verrückte, die alles mögliche zusammenspinnt und auch noch selbst dran glaubt.«

»Sie hat nichts zusammengesponnen. Daß ihr Vater in Afrika ist, das stimmt wirklich. Ich habe selbst gehört, wie sie mit ihm am Telefon geredet hat. Und ich hab seine Briefe gesehen.«

»Das ist doch nichts Besonderes, einen Vater in Afrika zu haben. Wenn mein Tutu sich in eine Schwarze verlieben würde, dann hätte ich auch einen Papa in Afrika. Hat sie dir mal ein Foto gezeigt?«

»Nein.«

»Er hat einen Buckel. Ein buckliger Zwerg.«

»Das glaubst du doch selber nicht! Wirklich?«

»Ich dachte, du wüßtest es.«

»Und woher weißt du's?«

»Jemand, dem sie ein Foto gezeigt hat, hat es mir erzählt.«

»Vielleicht stimmt's ja auch ... Sie hat mal im Spaß gesagt, sie wäre die Tochter einer Wassernixe und eines Pferdchens mit Buckel.«

Wir haben mehr als die Hälfte des roten Martiniflasche ausgetrunken, und bei mir dreht sich's im Kopf wie verrückt. Das Licht ist aus, wir liegen im Bett. In der Dunkelheit höre ich Ewchen, die sich an mich gekuschelt hat, flüstern.

»Bringst du mich um?«

»Ja«, sage ich. »Ich bring dich um.«

»Dann muß ich dir aber vorher noch das Küssen beibringen.«

Sie küßt mich. Oder ist sie das gar nicht? Vielleicht ist es die warme Dunkelheit, die mich küßt, und die Musik von draußen, und das Rauschen der Bäume im Garten ...

Ich schwimme durch die Dunkelheit, alles ist dunkel und rauscht. Mein dunkles Töchterchen nuckelt an meiner Brust. Ich streichle sie. Sie stöhnt leise. Ich will ihr Stöhnen hören und ihr Zittern spüren. Ich berühre ihre nach hinten gebundenen Hände. Mein armes Kind. Wie wird sie das wohl die ganze Nacht aushalten ... Es ist wie im Fernsehen, ich habe sie gefesselt. Sie hat mich gefragt, ich wollte es nicht, weil ich es richtig blöd finde von ihr. Da hat sie mir den Befehl gegeben, weil sie gerade mit Befehlen dran war. Und wenn sie zum Gottserbarmen darum bittet, ich darf sie bis zum Morgen nicht losbinden ...

»Wann bringst du mich um?« flüstert sie zitternd.

»Bald«, sage ich und spüre, wie schnell ihr Herz klopft.

»Ich erzähl dir aber noch, wie's war beim ersten Mal ... Möchtest du?«

»Ja.«

»Es war spät abends vor fast einem Jahr ... Ich kam von Claudia und ging eine Abkürzung durch die Schrebergärten. Plötzlich hat mich jemand an den Haaren gepackt. Ich hab lange Haare gehabt, bis zur Taille. Sie waren zu dritt, alle stinkbesoffen. Ich hab geschrien ... sie drohten mir, mein Gesicht mit einem Taschenmesser zu zerschneiden. Ich hatte nur noch Angst Angst Angst. Sie rissen mir den Slip herunter ... dann haben sie sich gestritten, wer es zuerst machen darf. Ich habe sie auf Knien angefleht, daß sie mir nichts tun sollen. Sie haben gelacht, sind im Kreis um mich herumgelaufen und haben ihre ... Dinger rausgeholt und gesagt, ich soll sie in den Mund nehmen. Ich mußte sie ablecken, sie stanken nach Pisse. Ich wollte nicht ... da haben sie mich wie verrückt an den Haaren gezogen und geschlagen. Ich hab's gemacht und geheult und mußte es erst dem einen und dann dem anderen machen ... Und einer drückte plötzlich meinen Kopf an sich. Ich spürte das Ding im Hals und mußte fast kotzen, konnte mich nicht losreißen. Auf einmal spritzte was warmes in meinen Mund, der Kerl ließ mich los, und da mußte ich wirklich kotzen. Ich bekam wieder Schläge und sie befahlen mir, Wodka zu trinken. Dann mußte ich mich hinlegen, und sie drangen der Reihe nach in mich ein. Bei zweien ging es schnell .... doch es fing erst an, als der dritte auf mich kroch, bei dem ich gekotzt hab. Er sagte, wenn ihn die obere Etage verschmäht, dann wird ihn das Erdgeschoß nicht verschmähen. Die anderen saßen daneben, tranken und machten Witze ... und er drang in mich ein und drang ein und drang ein ... die anderen sind gegangen, und er hörte nicht auf. Ich heulte vor Schmerz und ... ich weiß nicht, wie lang das gedauert hat. Eine Stunde, oder länger. Es tat mir bald nicht mal mehr weh. Ich lag irgendwie einfach nur da und bin wohl eingeschlafen. Als ich wieder aufwachte, war er weg. Ich lag alleine da, wollte aufstehen, aber es ging nicht. Über mir waren Wolken ... und helles Licht ... und weißt du, was passiert ist?«

»Oh Gott.«

»Jemand ist zu mir gekommen.«

»Wer?«

»Der Mond. Und ich hab ihn richtig geliebt und war selig dabei. Ich schwör's dir, daß es wahr ist. Glaubst du mir nicht?«

»Ich glaub's dir.«

»Du denkst sicher, daß ich verrückt bin ...«

»Ich bin auch verrückt«, sage ich, »das ist doch jeder.«

Wie still es ist. Ich muß eingeschlafen sein. Hab was geträumt ... weiß schon. Ich war Model und bin mit Ewchen im Fernsehen aufgetreten, in einem Werbefilm. Aber wir hatten irgendwelche furchtbar zerrissenen Lumpen an. In London ...

Oh je, ist das heiß hier. Ewchen schläft. Sie ist ganz verschwitzt. Ich auch. Ich würde am liebsten die Terrassentür aufmachen, aber dann wacht sie auf.

Ich bin richtig froh. Endlich habe ich jemanden, der ganz nah ist, jemanden, der mich braucht. Jeder Mensch braucht jemanden, der ihn braucht. Ja, ich weiß, daß sie mich braucht, damit ich sie umbringe. Also, was soll's ... ich werde mein liebstes Töchterchen umbringen. Und dann mich selbst, und wir werden Hand in Hand ins Jenseits marschieren.

Ein seltsames Licht ... Es ist mein Skelett, das grünlich unter dem Lampenschirm schimmert. Mein Skelett, als Gerüst, auf das man einen Papierdrachen gespannt hat.

Ich zittere am Ende der Schnur. Der Wind wird kommen und die Schnur abreißen.

6

Mama wird sich wundern, wenn sie erfährt, daß ich keine Schneiderin werde. Ich will zusammen mit Ewa die Prüfungen für das Gymnasium machen. Ich hatte immer große Angst vor Prüfungen, aber mit Ewa zusammen ist das anders. Wir haben bereits alle Fragen und die Aufsatzthemen.

Woher wir sie haben?

Das ist Ewas Geheimnis.

Nach dem Abitur werde ich Philosophie studieren. Ich werde Philosophieprofessorin, ich werde noch klüger als Kasia Bogdańska sein. Da werde ich mich noch einmal mit ihr über diese Geheimnisse des menschlichen Verstandes und die Lastwagen mit den Anhängern unterhalten.

Reiche Männer sind furchtbare Snobs. Es würde ihrem enormen Ansehen natürlich schaden, wenn sie eine Schneiderin heiraten. Für diese Typen muß man irgendwas Exotisches studieren, je seltsamer und unverständlicher, desto besser. Und was gibt es Seltsameres auf der Welt als Philosophie?

Ein reicher Mann ist natürlich nur eine Notlösung, so eine Art Abschußrampe. Man muß sich doch irgendwie selbständig machen, von der Familie befreien, von diesen armen Entenküken, die vom Ersten des Monats bis zum nächsten Ersten im selben Teich planschen. Ich muß schlau sein, weil ich weiß, daß sie alles tun werden, um mich am Ausbreiten meiner Flügel und am Wegfliegen zu hindern. Wer sonst würde ihnen im Alter ihre Tasse Tee servieren?

Habt keine Angst, ich schick euch aus der Ferne eine ganze Thermoskanne, und zwar eine aus Gold.

Vielleicht werden sie später mal begreifen, daß ich recht hatte. Obwohl ... wie ich meine Mutter kenne, wird sie mir nie verzeihen, daß ich nicht ihren Weg gegangen bin, daß mein Leben keine Kopie ihres Lebens wird.

Es ist ganz einfach, einen reichen Mann nach der Hochzeit loszuwerden. Es genügt, Ewchen auf ihn loszulassen und im richtigen Moment aus dem Versteck ein wunderschönes Farbfoto zu schießen. Ewchen könnte sogar einen achtzigjährigen Kardinal rumkriegen, da ist mein zukünftiger kahlköpfiger Ehemann gar nichts dagegen. Scheidung durch seine Schuld, das Vermögen halbe halbe, und auf Wiedersehen, auf Nimmerwiedersehen. Aber vielleicht werde ich mich ja gar nicht scheiden lassen wollen ...

Ewas Mutter hat ihren Vater auch wegen des Geldes verführt, und jetzt lieben sie sich sehr und sind glücklich miteinander. Wenn sie sich manchmal beim Mittagessen treffen, kann man sich kringeln vor Lachen, so witzig reden sie miteinander. Es ist einfach toll, wenn wir alle am Tisch sitzen und jeder sagt, was ihm gerade einfällt. Ich dachte immer, ich könnte nicht mit Erwachsenen reden. Dabei ist es ganz einfach. Ich weiß auch nicht, woher all die Worte angeflogen kommen, die ich so loslasse. Ich hätte nie gedacht, daß ich so witzig und intelligent bin. Manchmal sage ich was, und alle müssen aufpassen, daß sie vor Lachen nicht ersticken.

Wenn's nach mir geht, hat das Gefühl für Humor damit zu tun, nicht alles zu ernst zu nehmen, ein bißchen Abstand tut immer gut. Wir sitzen zu fünft am Tisch, und die Wörter fliegen wie Funken hin und her. Ich habe nicht gewußt, daß es auf der Welt so glückliche und lustige Familien gibt. Wenn ich bei Ewa zu Hause bin, und ich bin beinahe ständig hier, fühle ich mich, als ob ich schon immer bei ihnen gewesen wäre, als ob ich in dieser Familie geboren wäre. Und sie behandeln mich auch so: als wäre ich ihre Tochter und Schwester.

Mimi und Tutu sind wirklich toll. Immer gut drauf, immer ganz cool. Ewa, Michael und ich fühlen uns bei ihnen wie unter Gleichaltrigen. Und daß wir Respekt vor ihnen haben, liegt nicht daran, daß sie älter sind oder daß es sich so gehört, sondern weil sie klüger sind und immer ein bißchen schneller. Ein Glück, solche Eltern zu haben. Man kann ihnen alles erzählen und sich in allem Rat holen. Ich verstehe nicht, warum Ewa sie nicht mag. Ich begreif sie einfach nicht, die Ewa.

Was Michael angeht, er hat sich in mich verknallt. Er gefällt mir ganz gut, er ist schlank und sieht gut aus. Und ein bißchen ... eigen. Aber Ewa sagt, er ist ein Waschlappen, und aus dem wird nie was. Also trainiere ich bei ihm nur das Anmachen, was mir für die Zukunft vielleicht mal nützlich sein kann. Wenn ich mir überlege, daß er mich am Anfang wie irgendeine hergelaufene Rotznase angeguckt hat, kriege ich einen Lachanfall. Er hat gar nichts zu lachen. Ich mache mein Gesicht Nummer acht, und er wird blaß. Ewa hat meine Mienen numeriert. Sie sagt, die acht würde jeden in die Knie zwingen, egal, wer es ist. Ich habe mich von Michael nur einmal küssen lassen, und jetzt halte ich ihn leicht auf Distanz, also verliebt er sich immer mehr in mich, manchmal hab ich fast Angst, daß ich das später nicht mehr zurückdrehen kann. Aber Ewa sagt, man kann die Liebe immer zurückdrehen. Ich möchte ihm nicht weh tun, und auch nicht, daß er meinetwegen traurig ist, weil – ich hab ihn sehr gern. Im Moment balanciere ich mit ihm anderthalb Meter vor der Dachkante. Der Arme.

Aber alles in allem macht es Spaß, und er beklagt sich auch nicht. Wir spielen oft zusammen an seinem Computer, ich habe viele tolle Spiele gelernt. Kasia hatte auch einen Computer, aber Computerspiele – nichts für sie.

Und ich habe Motorradfahren gelernt. Nicht das Computermotorrad, sondern das echte. Ewchens Yamaha. Natürlich fahre ich nicht auf der Straße damit ... aber sobald wir in einen Wald eingebogen sind, tauschen wir die Plätze, und ich rase so über die Wege, daß Ewchen mir dauernd ihr Kinn in den Rücken stößt, damit ich langsamer fahre. Und dann fahre ich natürlich noch schneller, immer noch ein bißchen mehr.

Ein wahres Wunder, daß wir noch leben. Es ist so einfach, Vollgas zu geben.

Ich denke mir, wenn wir leben sollen, werden wir leben, und wenn wir gegen einen Baum knallen, knallen wir eben gegen einen Baum. Ewchen ist ganz meiner Meinung, aber sie hat auch furchtbare Angst vor einer Gesichtsverletzung. Ich tröste sie, daß der Beifahrer in der Regel auf der Stelle tot ist. Und Ewchen sagt, daß es besser wäre, damit bis zum dritten Facelifting zu warten.

Tolle Sache, dieses Lifting. Man kann über fünfzig sein und wie ein junges Mädchen aussehen. Wir haben also noch vierzig Jahre Jugend vor uns. Natürlich nur unter der Bedingung, daß man Geld hat, viel Geld, und nicht in Złotys. Deshalb muß man leider Englisch lernen, weil die wirklich reichen Männer weder Polnisch noch Russisch sprechen.

Aber wenn es uns gelingt, gefragte Models zu werden, können sich all diese Großkotze ihre Pfund und Dollars in den Hintern stecken. Wir werden unser eigenes Geld haben, selbstverdientes. Dann können sie uns im Fernseher oder auf einem Titelbild anhimmeln. Das Wichtigste ist, von hier wegzukommen. Aber wenn man sich schon verkauft, dann so teuer wie möglich. Und wenn man mal abhaut, dann mit einem Sack voller Geld.

Ewchen hat völlig recht.

Das Geld ist nicht das Wichtigste, aber nur, wenn man es hat. Das Gute ist, daß ich das jetzt schon kapiert habe. Wenn ich wie viele dieser Trullas erst mit vierzig zu dieser Erkenntnis kommen würde, dann könnte ich mich bestenfalls in den Hintern beißen und so bleiben, wie ich bin: mit einem Pantoffelhelden und einer Rasselbande von Kindern am Hals, die alle Jeans für über zwanzig Dollar wollen. Ich habe aber nur fünfzigtausend Złoty bis zum nächsten Monatsersten und muß zusehen, daß wir nicht verhungern.

Es reicht, sich meine Mama anzuschauen, diese hundert Kilo Speck und Miss Krampfader. Vor zwanzig Jahren war sie ein wunderschönes, schlankes Mädchen. Was ist nur mit ihr passiert? Was ist aus dem schönen Mädchen geworden?

Nee, nee, ich werde das nicht mitmachen. Niemand kann mich dazu zwingen. Ewa hat's mir genau auseinandergefieselt, obwohl ich mir fast sicher bin, daß ich es schon immer gewußt habe. Ist es so schwer nachzudenken, wenn man ein bißchen intelligent und noch dazu schön ist? Wenn ich nicht an mich selber denke, wer macht es sonst?

Auch wenn ich alle Meere und Ozeane durchschwimmen muß ... ich muß doch auf diese Insel kommen, wo die Reichen leben. Und die Intelligenten. Weil alle Reichen intelligent sind. Und wenn jemand intelligent und arm ist, dann ist er offenbar gar nicht so intelligent.

Wirklich wahr: Ein Glück für mich, daß ich Ewchen getroffen und mich mit ihrer Familie angefreundet habe, weil ich endlich kapiert habe, wie es zugeht auf der Welt. Die Reichen und Intelligenten halten zusammen und helfen sich, weil sie nur wenige sind, und die Milliarden von dummen Armen prügeln sich in den Warteschlangen. So war es schon immer, und so wird es immer sein. Es kann nur noch schlimmer werden, weil es immer mehr Menschen auf der Erde gibt und immer weniger zum verteilen. Man muß also möglichst viel ranschaffen, man hat nur ein Leben. Und vielleicht ist das auch noch kurz.

Wer weiß ... vielleicht werde ich in fünf Minuten, vielleicht auch gleich, den Lenker nach links drehen und mit hundert Sachen irgendeinen Baum küssen? Und wo jetzt der Motor heult, wird's ganz still sein, nur Vogelgezwitscher und zwei wunderschöne Mädchen in einer roten Pfütze.

Zwei Hexen auf einem schwarzen, japanischen Besen mit einem verdeckten Nummernschild fliegen mit höllischem Geknatter durch ein Dorf, in einer Wolke aus Staub und blauem Rauch.

Unglaublich, daß ein und dieselbe Person so realistisch sein kann und zugleich so verrückt. Denn Ewchen ist vollkommen verrückt, jetzt weiß ich es ... und damit sie nicht völlig durchknallt, muß ich noch verrückter sein als sie.

Oder sind alle Mädchen in unserem Alter so?

Kasia war doch auch – na ja.

Ist Magda etwa nicht verrückt? Sie geht heimlich zu einem Mann, der sechsundsiebzig ist. Zu einem ekelhaften, eleganten alten Knacker im weißen Anzug, mit Hut und Spazierstock. Als Ewa ihn mir auf der Straße gezeigt hat, konnte ich lange nicht glauben, daß Magda zu ihm nach Hause geht, sich einen rosa Unterrock anzieht und Strümpfe und Strapse, und sich von ihm die Möse lecken läßt.

Angefangen hat es damit, daß sie vor zwei Jahren den Schülerladen führte, aber mehr Schokolade selber gegessen als verkauft hat, und ein schreckliches Minus in der Kasse war. Da erzählte ihr ein Mädchen aus einer höheren Klasse, daß sie einen Mann kennt, der zwei Dollar zahlt, wenn sich ein Mädchen von ihm lecken läßt. Magda hat ihm auf Anhieb gefallen, und von da an ging sie dreimal wöchentlich zu ihm. Innerhalb eines Monats hatte sie wieder einen Überschuß in der Kasse. Dann versiegte die Quelle, weil der Bruder des Alten in Amerika gestorben war und die Frau ihm keine Dollars mehr schickte. Er kann Magda seit einem halben Jahr nicht mehr bezahlen, aber sie geht trotzdem zu ihm und macht's umsonst.

Und Claudia … wahrscheinlich auch verrückt.

Na, vielleicht etwas weniger, oder einfach anders, aber sie ist ja auch ein Jahr älter als wir.

Und Bogusia, die ich nicht kenne, weil sie im Krankenhaus liegt … ist wahrscheinlich völlig verrückt. Sie ist von der großen Schanze in Zakopane gesprungen und wird vielleicht bis zu ihrem Lebensende ein Krüppel bleiben. Sie war Claudias beste Freundin, und sie war es auch, die die berühmten »Augenblicke, in denen Mädchen ganz sie selbst sein können« erfunden hat.

Ich wollte wissen, wie dieses Spiel geht, deshalb hat mich Ewa eines Tages zu Claudia mitgenommen. Sie hat einen Urgroßvater, der ein Oberst a. D. ist und bei Tobruk und am Monte Cassino gekämpft hat. Jetzt ist er blind und sitzt im Rollstuhl. Er hat es gern, wenn ihn jemand in seinem Zimmer besucht, dann langweilt er sich nicht so und kann vom Krieg erzählen. Wir gingen zu dritt zu ihm, tranken Schokolade, und er erzählte eine tolle Geschichte nach der anderen. Es tat mir beinahe leid, daß Tadzio nicht dabei war, weil er so gerne

Kriegsgeschichten hört. Plötzlich sehe ich, wie Ewa ihre Bluse hochzieht und mit ihren Brüsten wackelt. Und der Ururgroßvater erzählt weiter und sagt zu Claudia, sie solle seinen Säbel und seine Orden aus dem Schrank holen. Claudia bringt ihm alles und zieht unterwegs ihre Jeans und die Unterhose aus. Beim Gehen streckt sie uns den nackten Po entgegen. Sie mit nackten Po, Ewa oben ohne, und ich? Ich zog einfach alles aus. Der Ururgroßvater tastete einen Orden nach dem anderen ab und erzählte, diesen habe er dafür und jenen für etwas anderes bekommen. Währenddessen setzte ich mir seine Militärmütze auf und schnallte mir seinen Säbel um. Ewa und Claudia bekamen einen Anfall, als sie es sahen, und flohen unter irgendeinem Vorwand aus dem Zimmer, um in Ruhe lachen zu können. Außerdem hatten sie meine Kleider mitgenommen. Also saß ich in Mütze und Säbel allein mit dem Ururgroßvater da, und er erzählte, wie seine drei allerbesten Freunde alle am selben Tag umgekommen sind. Und unter seiner dunklen Brille rollten richtig dicke Tränen hervor.

»Augenblicke, in denen Mädchen ganz sie selbst sein können« – ist, bitteschön, Claudia etwa nicht verrückt? Einen älteren Menschen so zu verspotten ... und dazu den eigenen Urgroßvater?

Entweder verrückt oder einfach eine Sau.

Aber ich bin ja genauso. Ich bin genauso eine Sau wie sie. Vor kurzem erst habe ich häßlich von meiner Mutter gesprochen.

Michael hatte Besuch von einem Freund. Sie sind früher zusammen zur Schule gegangen, dann fuhr Julek mit seinen Eltern nach Österreich und kam erst sieben Jahre später wieder nach Polen zurück. Er hatte einen tollen Wagen, und er selbst war auch nicht übel. Ewa und ich schlossen eine Wette ab, wer von uns beiden ihn schneller rumkriegen würde. So, daß er sich unsterblich verliebt. Ich gewann, weil ich ihn, bevor Ewa nur den Mund aufmachen konnte, an die Hand nahm und in den Garten zog. Ich habe ihm wie das letzte Flittchen gesagt, daß es mein größter und sehnlichster Wunsch sei, eine Spazierfahrt in seinem Auto zu machen, und zwar zu zweit. Er fühlte sich gleich furchtbar geschmeichelt, weil ich so scharf auf ihn war, und lud mich gütigst zu einer kurzen Fahrt ein. Und wir fuhren los, obwohl Ewa und Michael furchtbar wütend auf mich waren. Julek hielt die eine Hand am Steuer und die andere auf meinem Knie, und er überlegte wahrscheinlich die ganze Zeit, in welchem Straßengraben er mich vernaschen könnte. Aber ich hatte keine Angst, weil ich wußte, daß ich stärker bin als all diese Typen, und daß es genügt, mit den Fingern zu schnippen, damit sie sich in Luft auflösen. Ich sagte ihm, ich hätte Lust auf ein Stück Kuchen.

Wir hielten beim nächsten Café, es war in Wałbrzych. Wir stiegen aus, und da rief plötzlich jemand:

»Marysia!«

Ich schaute mich um. Meine Mutter und Tadzio kamen gerade vom Markt. Es war gerade kurz nach dem Ersten, und Mama war in die Stadt gefahren, um für Tadzio Sandalen zu kaufen. Ich habe so getan, als hätte ich nichts gehört, sprang ins Auto zurück, und wir fuhren schnell weg. Julek sah an meinem Gesichtsausdruck, daß irgendetwas nicht stimmte, und fragte, wer mich denn da gerufen habe.

Und ich:

»Das war unser Dienstmädchen.«

Genauso habe ich geredet über meine Mama. Dann fuhren wir in Richtung Ksigż und spazierten durch den Wald. Julek wurde ohne sein Auto furchtbar schüchtern. Oder vielleicht wurde er es, weil ich so ernst war, denn ich dachte an meine Mama und daran, wie ich von ihr gesprochen hatte. Schließlich fiel mir die Wette mit Ewa wieder ein, und ich mußte mir richtig Mühe geben, bis er sich endlich entschloß, mich zu küssen. Als er es dann tat, strich ich mit der Hand über seine Jeans, über die Stelle, die jeder Typ für die wichtigste hält. Sofort wurde er mutig, und ich mußte ihn abkühlen, denn bei der Wette ging es ja nicht darum, sondern um Liebe. Es genügte ein bißchen Spott, eine spitze Bemerkung, ein Blick mit hochgezogener Braue, und er wurde wieder schüchtern, ungeschickt und irgendwie sauer. Und ich wieder zärtlich und sanft.

»Du gefällst mir zu sehr«, sagte ich geheimnisvoll und ging zum Auto. Als wir zurückfuhren, war ich fröhlich und ungeheuer geistreich. Bevor wir zurück in Szczawno waren, fühlte sich Julek wie der letzte Vollidiot neben dem intelligentesten Mädchen der Welt. Erst vor der Villa der Bogdajs berührte ich ihn wieder, biß mir auf die Lippen … und zitterte am ganzen Körper.

»Du kannst einem richtig Angst machen«, stöhnte ich, und damit war die Sache klar. Wenn ich mit ihm so weitergemacht hätte, hätte er nach einer Woche als Fußabtreter vor meinem Kohlenkeller gelegen.

Wir gingen ins Haus, Ewa warf uns einen kurzen Blick zu und wußte, daß sie verloren hatte. Michael trank schon die vierte Dose Bier und sagte nichts.

»Ich weiß nicht, wie es euch geht«, sagte ich, »aber wenn ihr mich fragt, ich könnte auf der Stelle eine Riesenschüssel Eis wegputzen.«

Nach diesen Worten marschierte Julek ins Bad, holte eine große Plastikschüssel, sprang damit ins Auto und war nach zehn Minuten, in denen er sein Leben riskierte, wieder zurück. Die Schüssel war randvoll mit Eis aus der besten Eisdiele in Wałbrzych.

Michael begrüßte ihn herzlich, weil Ewa und ich ihn inzwischen über unsere Wette aufgeklärt hatten. Wir aßen ein bißchen von dem Eis, den Rest brachten wir den Hunden in den Garten, und dann nahm sich Ewchen den Spender vor, weil wir in der Zwischenzeit wieder gewettet hatten. Diesmal darum, ob es ihr gelingen würde, ihn mir abspenstig zu machen. Sie sagte, sie müsse ihm etwas in ihrem Zimmer zeigen … Er warf mir einen sehnsüchtigen, verliebten Blick zu, aber er wäre unhöflich gewesen, wenn er abgelehnt hätte. Michael und ich machten, bis sie zurückkamen, ein kleines Spiel am Computer. Seltsamerweise würdigte Julek mich keines Blickes mehr, sondern starrte nur Ewchen mit tellergroßen Augen an, weil er sich unsterblich in sie verliebt hatte. Er fuhr mit dem festen Vorhaben weg, sie, wenn sie in einem Jahr sechzehn wird, zu sich nach Wien zu holen, um zu heiraten. Später schickte er ihr drei Telegramme. Darin stand: »Nur Du, Du Du. Julek.« Aber Ewa beantwortete keines, und als er anrief, sagte sie ihm am Telefon, es wäre nur eine Wette zwischen uns gewesen, daraufhin ließ er sie in Ruhe und war vollkommen runter mit den Nerven. Außerdem war er sauer auf Michael.

Wenn man bedenkt, daß sie sich nicht einmal von ihm küssen ließ! Eine halbe Stunde quatschten sie über die verschiedensten Perversionen, das heißt Ewchen redete, und er hörte ganz blaß und verschwitzt zu. Welch seltsame Dinge ihr durch den Kopf gehen ... Ewa kann ungeheuer direkt sein, und trotzdem weiß man nicht, worum es überhaupt geht. Am Schluß weiß man gar nichts mehr, außer, daß alles ganz wunderbar ist.

Es lohnt sich wirklich nicht, solche Schweinebacken anzumachen. Kaum ist ein Monat vergangen, schon denken sie, daß sie auch Millionen anderer hübscher Mädchen den Kopf verdrehen können. Und bevor sie kapiert haben, daß es gar nicht so leicht ist mit den hübschen klugen Mädchen, werden sie kahl und kriegen einen Bauch. Mädchen in unserem Alter haben die besten Karten, so einen Typ rumzukriegen und für immer an sich zu binden, das heißt bis zur Scheidung. Ene due ryke fake torba borba usme smake deus deus kosmadeus bax. Ene mene mu, und raus bist du!

Es lohnt sich nicht, ehrlich zu sein.

Früher hab ich immer alles erzählt, die ganze Wahrheit, egal. Aber das war früher. Heute bin ich nicht mehr so dumm.

Ich war brav und hab die Wahrheit gesagt, und Mama hat mir nie auch nur ein einziges gutes Wort gesagt, hat mich kein einziges Mal gelobt. Und jetzt ... jetzt ist sie hin und weg, weil ich in ihrer Gegenwart immer so ernst bin und Lebensweisheiten aus dem Ratgeber einer praktisch veranlagten Verrückten verkünde. Allerdings bin ich kaum noch zu Hause. Ich gehe frühmorgens in die Schule, und komme spätabends zurück.

Angeblich sind die Aufnahmeprüfungen für die Textilschule sehr schwer, weil sich so viele bewerben. Da meine Freundin sehr reich ist und ständig Nachhilfestunden bekommt, nutze ich die Gelegenheit und lerne so viel mit, wie es nur geht, und muß zu meinem großen Leidwesen auf die Proben für die Schulabschlußfeier verzichten.

Na, welcher nicht gerade vom Leben verwöhnten Mutter würde diese Einstellung ihres vernünftigen Töchterchens nicht gefallen? Aber ich bin nicht mehr so gern zu Hause. Mama tut mir schrecklich leid, aber was hab ich groß mit ihr zu tun? Das ist doch kein Leben, sondern ein Vegetieren. Vielleicht schaff ich's ja irgendwann mal, sie zu retten. Aber dazu muß ich sehr, sehr reich sein.

Klar, ich hab sie alle schrecklich gern. Aber... Es gibt die Liebe zur Familie, und es gibt die Pflicht, die Familie zu lieben. Das eine hat mit dem anderen lange nichts zu tun, bis eines Tages plötzlich beides zu ein- und demselben geworden ist. Keine Ahnung, wie es wirklich ist. Am besten nimmt man das erste an, und damit ist das Problem aus der Welt.

Ich werde nur das tun, was ich tun will. Und niemandem erlauben, was auf meine Kosten zu tun. Ich darf mich durch all diese Moralvorstellungen nicht verblöden lassen, die sich sowieso nur die Starken für die Schwachen ausgedacht haben, damit die Schwachen ihnen dienen. Ich muß stark und klug sein. Und manchmal nachgeben, aber nur, um einen Augenblick später noch härter zuzuschlagen. Auf nichts Rücksicht nehmen, nicht nach hinten gucken, nur aus ganzer Kraft zuschlagen. Und kämpfen, bis die Würmer kommen.

Die Klinge meines englischen Fahrtenmessers. Ein Geschenk von Ewa. Mein Messer und ich bewegen uns langsam über den Körper meiner Freundin. Hier ist ihr Herz, hier ihr Bauch.

Wir fahren vor und zurück. Sind wieder beim Herzen. Die Spitze des Messers drückt sich in die Haut. Ewchens Lippen beben. Ist es schon soweit?

Sie weiß es nicht, und ich auch nicht.

Nur Pimpuś weiß es.

Mein Pimpuś, der in mir lauert und so tut, als würde er schlafen. Ich weiß, daß er nur so tut, warum sonst spüre ich ständig seine glasigen, starren Augen auf mir ... Ich spüre sie im Bauch und überall. Und manchmal spüre ich sie sogar in meinen Augen. Dann schaue nicht ich, sondern er, Pimpuś, schaut durch mich in die Welt. Und manchmal fühle ich ihn in meinen Gedanken und weiß nicht genau, ob ICH es noch bin, die denkt, oder ob ER es schon für mich tut. Aber solange ich noch zwischen ›er‹ und ›ich‹ unterscheide, glaube ich, daß ich immer noch ich bin ... Manchmal habe ich richtig Angst vor ihm, weil ich weiß, wenn er eines Tages aufwacht, muß ich ihm gehorchen.

Was er mir befehlen wird? Keine Ahnung.

Mehr noch als ich fürchtet sich Ewchen vor ihm. Sie kennt ihn nicht so gut wie ich, obwohl ich ihn eigentlich auch nicht kenne. Sie ahnt nur seine Anwesenheit, wenn sie vor mir kniet und die Messerspitze auf der Haut spürt.

Klick!

»Fertig«, ruft Ewa und läuft zum Fotoapparat, der mit Selbstauslöser ein Foto von uns geschossen hat.

Später wird Michael eine farbige Vergrößerung davon machen.

Auf einer Wiese kniet ein nacktes Mädchen. Über ihr steht eine Gestalt im schwarzen Motorradanzug und einem schwarzen Helm mit dunkelgetöntem Glas. Die Wiese ist leicht grau, der Himmel rötlich, mit dunklen Rauchstreifen. Die Spitze des Messers blitzt am Busen des Mädchens.

Wir sitzen da und sind ganz aus dem Häuschen.

»Mir wäre es lieber, wenn Majka hier knien würde«, sagt Michael.

Und Ewa: »Du willst zu viel auf einmal. Diese Wurst ist nicht für den Hund.«

»Sie beleidigt dich«, sage ich zu Michael.

»Wau, wau, das macht nichts, dich hat sie auch beleidigt«,

sagt er. Er leckt seine Lippen und schaut mich an wie eine Wurst.

»Sie hat einfach eine Tatsache festgestellt«, sage ich. »Ich bin eine Wurst. Wałbrzycher Luxuswurst für dreitausendsechshundert das Kilo.«

»Ich kaufe sofort einen ganzen Ring«, sagt Michael. »Wieviel wiegst du?«

»Fünfzig Kilo«, sage ich.

Michael greift nach dem Taschenrechner und verkündet einen Augenblick später:

»Hundertachtzigtausend. Schon gekauft.«

Ewa lacht.

»Aber hundertachtzigtausend Dollar, du Depp. In diesem Laden bezahlt man nur mit grünen Scheinen. Raus hier, Opa. Du blockierst den Ladentisch.«

»Dann bitte drei Kilo von diesem Hackfleisch«, sagt Michael und zeigt mit dem Finger auf Ewa.

»Na bitte«, sagt Ewa, »das hat man davon, wenn man so einen Depp ins Geschäft läßt.«

»Um genau zu sein«, sage ich, »wiege ich nur zweiundvierzig Kilo.«

»Weil du ein Regenwurm bist«, sagt Ewa.

»Und du ein Kohlkopf«, sage ich.

»Und ich? Was bin ich?« fragt Michael.

»Du bist eine aufdringliche Schraube«, sage ich.

»Und du eine Schreckschraube.«

»Und ich langweile mich«, sagt Ewa und gähnt angeödet. »Wir haben doch noch andere Fotos gemacht ...«

»Nur noch eins«, sagt Michael. »Ich habe es aber nur in Postkartengröße abgezogen, weil nichts Interessantes drauf ist.«

Er reicht uns ein Foto, auf dem viele kleine Mädchen in weißen Kommunionskleidern zu sehen sind. Ewa hat das Foto in Świebodzice gemacht, als wir an einer Prozession vorbeigefahren sind.

Es war gerade Fronleichnam. Wir mußten warten, bis sämtliche Einwohner des Städtchens durch die Straße gezogen waren. Wir saßen auf dem schwarzen Motorrad, in schwarzem Leder, mit glänzenden Helmen, die Gesichter hinter dem dunklen Visier. Tausende von Menschen liefen an uns vorbei, und alle starrten uns an. Sicherlich dachten sie: zwei Teufel. Sie trotteten an uns vorbei und ich stieß mit meinem Helm an den Ewas und sagte:

»Lauter Feiglinge. Die laufen hier doch nur, weil sie Angst vor der Hölle haben.«

Ewchen drehte sich zu mir um.

»Lauter Dummköpfe«, sagte sie. »Sie passen sowieso nicht alle in den Himmel.«

Sie warf die Maschine an und wir wendeten mit aufheulendem Motor. Wir versuchten, die Prozession zu umfahren, doch sie war schneller. Als wir an ihre Spitze kamen, streuten ein paar Mädchen gerade Blumen. Ewchen nahm ihren Helm ab und machte mit ihrer Nikon ein Foto. In der Sonne wurde es mir bald zu heiß, ich nahm ebenfalls meinen Helm ab , die Prozession sah endlos aus.

Ich schaute den Mädchen in ihren langen weißen Kleidern zu und hatte auf einmal wieder genau den Geschmack von vor sechs Jahren im Mund, als ich in der Prozession mitlief und Rosenblüten auf den Weg streute ... Ich erinnerte mich an das Rascheln meines Kleids, und daß ich damals am liebsten immer so weitergegangen wäre und mir wünschte, daß es niemals aufhören würde. Ich wollte in meinem weißen Kleid ewig so weitergehen, und mein ganzes Leben lang Rosenblüten streuen, während der Kirchenchor sang und die Ministranten mit den Glöckchen klingelten.

Wir saßen auf dem schwarzen Motorrad, und alle Typen glotzten uns an, aber anders als vorher, als wir unsere Helme noch nicht abgesetzt hatten. Sie schwitzten in ihren Anzügen, sangen und glotzten sich die Augen aus, und ihre Frauen warfen uns von der Seite böse Blicke zu. Plötzlich tat sich eine Lücke auf. Ewchen startete den Motor, und wir sausten mit viel Lärm über die Kreuzung. Nach wenigen Minuten waren wir in Wałbrzych. Der Himmel war trübschwarz vom Fabrikrauch, Wałbrzych ist eine der zwölf schmutzigsten Städte der Welt und befindet sich damit in der Gesellschaft von Łódź, Warschau, Manchester und Detroit …

»Du hast Zabrze vergessen«, sagt Michael. Ich gebe ihm einen Kuß aufs Ohr und bitte ihn zu verduften, weil wir noch was tun wollen. Wir müssen unsere schriftlichen Prüfungsaufgaben für die Aufnahmeprüfung fürs Gymnasium auswendig lernen. Michael hat uns gerade die Mathearbeit geschrieben, und sein Kumpel, der polnische Philologie in Breslau studiert, hat für uns den Polnischaufsatz fabriziert.

Es ist schon nach acht, als ich nach Hause komme. Tadzio schaut vom Fernseher auf und sagt:

»Da ist ein Brief für dich gekommen. Ein Eilbrief, aber von hier.«

»Wo ist er?« frage ich. Tadzio deutet mit dem Kopf zum oberen Fach der Schrankwand. Ich nehme den Brief und gehe in mein Zimmer. Auf dem Umschlag steht kein Absender. Ich reiße ihn auf … es ist Kasias Krakelschrift.

Teuerstes, liebstes Mienchen,
wenn Du mir verzeihen kannst, dann bitte ich Dich sehr darum. Verzeih mir. Ich habe noch nie jemanden so vermißt wie Dich. Ich flehe Dich an, komm zu mir, sobald du diesen Brief gelesen hast. Ich bin aus Sobótka zurück, aber Karolina will mich nicht aus dem Bett lassen, weil ich krank bin. Ich weiß, daß ich mich Dir gegenüber sehr daneben benommen habe, und ich bitte Dich, sei mir nicht böse. Ich war sehr unglücklich, und vielleicht ist es deshalb so schiefgelaufen zwischen uns. Entschuldige bitte. Wenn Du mir nicht verzeihen kannst, dann komm wenigstens und sag es mir. Ich möchte so gern wieder Dein liebes Gesicht sehen. Ich vermisse Dich echt und warte die ganze Zeit auf Dich.
Katarzyna
P. S. Bitte komm.

Ich habe geweint und konnte wegen des Briefes die halbe Nacht nicht schlafen.

Ich nahm ihn mit in die Schule und trug ihn die ganze Zeit

bei mir in der Rocktasche, hab ihn auch immer wieder berührt ... aber ich bin nicht zu Kasia gegangen. Ich bin nicht hingegangen und basta.

Am Abend haben wir uns rausgeputzt wie die Modepuppen und sind mit Michael in eine Diskothek gefahren. Wir tranken zwei Gläser Wein und bekamen Lust herumzualbern, bis Michael wütend auf uns wurde und eine finstere, wortkarge Trutsche mit lila Zottelhaar zum Tanz aufforderte. An uns kletteten sich zwei merkwürdige Kerle aus dem Arbeiterwohnheim. Sie wollten mit uns tanzen und sprachen einen seltsamen Dialekt ...

»Tut mil sehl leid«, antwortete Ewchen und ahmte dabei ihre Aussprache nach, »abel meine Plotese hat sich ein bißchen gelockelt.«

»Elzähl kein' Scheiß«, sagte einer von den beiden, packte sie bei der Hand und zog sie hinter sich her. Da nahm ich eine leere Cola-Flasche vom Tisch und schlug ihm damit mit voller Wucht ins Gesicht. Er fiel um, und bevor er aufstehen konnte, war Michael bei uns. Aber der Saal war voll von Jungs aus dem Arbeiterwohnheim, und sie konnten nicht mit ansehen, wie irgendein Typ ihren Kumpel fertigmachte. Wir mußten wegrennen, weil ein einzelner Karatekämpfer, der noch dazu Anfänger ist, es unmöglich mit zehn jungen Bergleuten aufnehmen kann.

Ewa saß am Steuer, Michael und ich saßen hinten. Ich küßte sein blaues Auge, er hatte seine Hand auf meinem Schenkel unter dem Rock und war sehr zufrieden mit der ganzen Sache. Ich mußte die ganze Zeit an die vergessenen Gesten denken, habe aber nicht die geringste Ahnung, warum ...

Vergessene Gesten. Kasia hatte darüber in einem ihrer klugen Bücher gelesen und mir gleich davon erzählt, von den –zig Gesten und Handgriffen, die früher jeder kannte, die aber vergessen sind. Zum Beispiel die Geste, ein Kerzenlicht mit der Hand zu schützen, wenn man über einen zugigen Flur geht. Oder die Geste des Degenziehens. Das Lüften des Huts ... Das Raffen eines langen Kleides beim Treppensteigen ... Alles

Gesten, die Menschen Hunderte von Jahren gemacht haben. Manche sind in Vergessenheit geraten, andere werden gerade vergessen. Es gibt sicherlich noch viel mehr, aber Kasia und ich konnten uns nicht an mehr erinnern, obwohl sie uns schon fast auf der Zunge lagen. Kasia meinte, daß sie verblaßte Erinnerungen aus früheren Inkarnationen seien, die durch unsere Köpfe irren.

Jedenfalls tut es mir um diese vergessenen Gesten sehr leid, weil sie doch wie Blumen sind, die niemand mehr gießt. Sie verwelken unbemerkt und in aller Stille.

Auch am nächsten Tag ging ich nicht zu Kasia. Ich trug ihren Brief die ganze Zeit bei mir, bis Ewchen ihn mir aus der Tasche zog.

Sie las ihn gleich.

»Wann hast du ihn bekommen?«

»Vorgestern.«

»Aber du bist nicht zu ihr gegangen, oder?«

»Nein.«

»Was hat sie dir angetan, daß sie so um Verzeihung bittet?«

»Gar nichts. Sie hat mich einfach … unter die Leute gebracht. Ihr beide habt es gemacht.«

»Das verstehe ich nicht.«

»Du mußt nicht alles verstehen.«

»Aber du gehst nicht zu ihr hin?«

»Bist du blöd, oder was?«

»Du bist ein Schatz.«

Ewchen lachte, sah auf den Brief und deklamierte:

»Teuerstes, liebstes Mienchen, wenn du mir verzeihen kannst, dann bitte ich dich sehr darum, verzeih mir …!!!«

Sie legte ihre Hand aufs Herz und schaute mich flehentlich an. Ich riß ihr den Brief aus der Hand. Meine Augen sahen, wie meine Hände den Brief in winzige Stücke zerrissen und in den Papierkorb warfen.

Dann öffnete ich den Schrank und nahm einen Kleidergürtel heraus. Ich drehte mich zu Ewa um und sagte befehlend:

»Komm her!«

Sie kam zögernd.

»Nein ... bitte. Nein ...«

»Dreh dich um.«

Ich verdrehte ihre Arme nach hinten und fesselte sie an den Handgelenken. Ganz fest, mit vielen Knoten, damit sie sich nicht befreien konnte. Ich stieß sie auf den Teppich, setzte mich rittlings auf ihren Bauch. Langsam knöpfte ich ihre Bluse auf. Sie schaute mich abwesend an, zitterte und stöhnte leise.

»Jamaika«, flüsterte sie. »Jamaika.«

Ich zog das Messer heraus. Ihr Blick wurde schlagartig klar, sie bäumte sich unter mir auf.

Und ich hörte mich sagen:

»Es ist soweit.«

»Ich flehe dich an, noch nicht! Du hast mir doch versprochen, daß es dieses Jahr noch nicht passiert!«

»Alles leere Versprechungen«, sagte ich mit traurigem Lächeln. Mit der freien Hand streichelte ich ihr übers Gesicht. »Leb wohl, Ewchen.«

Sie biß sich in der Verzweiflung auf die Lippen und wurde ganz starr.

»Hauptsache, du triffst ...«

»Hab keine Angst, ich werd schon treffen«, sagte ich. »Mach die Augen zu.«

Ich leckte die Klinge meines Messers ab und hob die Hand, schmeckte plötzlich das Blut im Mund. Ewa erzitterte, schaute mich an, und schon war es zu spät. Es ging nicht. Ich warf das Messer weg und beugte mich über sie. Das Blut tropfte aus meinem Mund auf ihre Lippen, ich küßte sie. Sie trank das Blut direkt aus meinem Mund, wie ein Küken, das einen Regenwurm aus dem offenen Schnabel seiner Mutter pickt.

»Du hast gekniffen«, flüsterte sie.

»Du auch.«

»Nächstes Mal werde ich nicht kneifen.«

»Ich auch nicht.«

Die Zunge schmerzte die ganze Nacht, und ich lispelte ganz furchtbar, als ich am nächsten Morgen in die Schule kam. Dann begann Ewa, damit ich mich nicht so allein fühlte, ebenfalls zu lispeln. Dann Magda, und kurz darauf Claudia. Die ganze Klasse steckte sich bei uns an, alle lispelten. Die Lispelseuche breitete sich blitzschnell in der ganzen Schule aus, und jetzt machen uns sogar die Lehrer nach. Es sind die letzten Schultage, und überall in den Klassenräumen und den Gängen riecht es schon nach Ferien.

In der großen Pause sitze ich allein in der Klasse und lese ein Buch. Ich höre jemanden hereinkommen. Ich schaue auf... und sehe Frau Karolina, Kasias Mutter.

Sie kommt lächelnd auf mich zu. Also sage ich:

»Guten Tag.«

»Hallo, Mienchen«, sagt sie und setzt sich neben mich in die Bank. »Möchtest du Katarzyna nicht besuchen?«

»Ich hatte gerade vor hinzugehen«, antworte ich, und das Herz schlägt mir bis zum Hals.

»Sei ihr nicht böse. Es hat sie furchtbar mitgenommen. Sie hat so viele Jahre darauf gewartet, ihn zu sehen, und nun geht es nicht mehr...«

»Was ist denn passiert?«

»Ihr Vater ist gestorben.«

»Wann?«

»Hast du das nicht gewußt?«

»Nein! Woher denn?«

»Wir haben es vor etwa zwei Wochen erfahren«, sagt Frau Karolina.

Vor zwei Wochen... Das war, als ich sie im Regen in der ganzen Stadt suchte. Das war, als ich sie in der Kirche fand. Mein Gott, das war...

Ich stehe auf und packe meine Bücher zusammen.

»Ich gehe sofort zu ihr«, sage ich.

»Hast du denn keinen Unterricht mehr?«

»Doch, aber das macht nichts, die fragen nicht mehr ab.«

»Dann nehme ich dich mit.«

Wir gehen über den lärmenden Flur, und ich schaue mich um, ob Ewa nicht irgendwo zu sehen ist. Ich sehe sie nicht, das ist gut so, sie ist sicherlich mit Claudia eine Zigarette rauchen gegangen.

Mit klopfendem Herzen trete ich in Kasias Zimmer.

Sie schläft. Sie schläft in ihrem roten Blümchenschlafanzug. Ich setze mich auf den Bettrand und betrachte sie. Ihr schmales Gesicht ist voller Sommersprossen.

Das ist also meine Kasia. Wie komisch, wie schön. Meine kleine Kasia. Ich kann hören, wie sie atmet. Was sie jetzt wohl träumt? Vielleicht von mir? Meine Wunderschöne, meine Kasia. Ich sitze da und schaue sie an. So oft habe ich an sie gedacht. Und jetzt ist sie da, neben mir, und schläft, und ich kann jeden Moment die Hand ausstrecken und sie berühren.

Wie mager sie geworden ist.

Oder vielleicht war sie schon immer so, und ich hab's nur nicht gesehen, ich konnte es nicht sehen, obwohl ich hingeschaut habe. Was ist bloß los mit mir, daß alles so anders ist als früher? Vor gerade mal zwei Wochen.

So siehst du also aus, Kasia, mein Liebling.

Sie öffnet die Augen und schaut mich an, und ich sehe, daß sie feucht werden. Und plötzlich schreit sie vor Freude, wirft sich auf mich, umarmt mich, verschwitzt und heiß. Ich drücke sie mit ganzer Kraft an mich. So sieht also das wahre Glück aus. Wir liegen uns in den Armen und schluchzen und können nicht aufhören, fünf Minuten lang, vielleicht auch zehn. Oder vielleicht auch nur eine Minute oder hundert Jahre.

Kasia trocknet mir mit dem Zipfel der Bettdecke die Augen. Anschließend wischt sie die eigenen. Wir schauen uns an und können uns nicht sattsehen.

»Gut siehst du aus«, sagt Kasia, »und seltsam.«

Ich lächle. Kasia:

»Wie du dich verändert hast. Du bist das schönste Wesen auf der ganzen Welt. Ich schäme mich vor dir...«

Sie versteckt ihr Gesicht in der Bettdecke.

»Mienchen, bist du es auch ganz sicher?«

»Ja, ganz sicher«, sage ich. Oder vielleicht bin ich es nicht mehr? Woher soll ich das wissen? Kasia schmiegt sich an mich.

»Verzeih mir.«

»Klar doch. Schon längst vergessen. Als wenn zehn Jahre vergangen wären ...«

»Weißt du, daß er gestorben ist?«

»Ich weiß.«

Ich streiche ihr übers Haar. Meine Kleine. So viele Jahre hat sie darauf gewartet, ihren Papa zu treffen.

»Er war schon seit einem Jahr krank, wollte aber nicht, daß ich mir Sorgen mache, und hat deshalb weder darüber gesprochen noch davon geschrieben. Daher wollte er unbedingt, daß ich komme.«

»Kasia, ich hab eine riesige Sehnsucht nach dir gehabt.«

Sie schaut mich mit ihren Knopfaugen an. Wie immer sind sie von dunklen Ringen umgeben. Sie streckt ihre Hand aus und berührt mein Gesicht.

»Mienchen«, sagt sie. »Mienchen.«

»Wenn ich gewußt hätte ...«, sage ich.

»Ich weiß nicht, wieso ich nicht den Verstand verloren habe«, sagt sie. »Ich glaube, meine Komposition hat mich gerettet. Weil ich beschlossen habe, sie zu Ende zu bringen, bevor ich für den Rest meines Lebens ins Irrenhaus gehe.«

»Und, bist du fertig geworden?«

»Ja. Und zwar allein, ohne Dshigis Hilfe. Ich habe ihn umgebracht, er ist mausetot.«

»Und die Musik?«

»Ist jetzt ganz allein von mir.«

»Enorm.«

»Fünf Tage und fünf Nächte habe ich nicht geschlafen. Und alles durcheinandergebracht ... Und du warst die ganze Zeit bei mir ...«

»Ich?«

»Ja, Mienchen. Ich hab's genau gespürt, du warst überall.

Das, was ich gespielt habe, warst du. Ich war auch du. Und ich habe deine Stimme gehört, obwohl ich selbst gesprochen habe. Verzeih mir.«

Kasia schmiegt ihr Gesicht in meine Hand und küßt sie.

»Was soll ich dir verzeihen? Ich habe dir schon alles verziehen.«

»Nein, du weißt gar nichts«, sagt Kasia schnell. »Siehst du, ich bin so daneben, daß ich nicht mal mehr leiden kann. Als Papa starb, habe ich nicht gelitten, sondern war ihm böse, daß er gestorben ist und meine Komposition nicht mehr hören kann. Und daß ich nun niemanden mehr habe, für den ich komponieren könnte. Ich war so ... so leer. In mir war nur Wut, eine große, leere Wut. Erst als ich dich in der Kirche sah, auf dem Boden und vor Schmerz heulend ... als ich kapiert habe, was ich dir angetan hab ... verschwand die Wut. Ich setzte mich an den Synthesizer und begann zu spielen ... ich habe mich beinahe erschrocken, weil das, was ich spielte, richtig schön war ... und so mächtig ... Das war der Anfang meiner Komposition. Ich rief Karolina an, daß sie sofort kommen und mich mit den Geräten nach Sobótka zur Großmutter fahren soll. Dann kamen diese fünf Tage und Nächte, und ich wurde sehr krank. Ich war im Krankenhaus, und jetzt bin ich hier ... und die ganze Zeit hatte ich Angst wegen dir und konnte nichts machen, weil Karolina mich nicht weglassen wollte ...«

Kasia unterbricht sich. Mit untergeschlagenen Beinen schaukelt sie leicht vor und zurück.

Ich schaue sie an und fühle mich, als ob ich ihre Urgroßmutter wäre. Ich schaue hin und sehe alles. Ich sehe Kasia, aber ich sehe auch den Fleck auf der Bettwäsche und alle Falten, die die Decke wirft. Die Bettkante, meine Knie und den Sonnenstrahl auf dem Teppich. Alles ist so deutlich ... früher konnte ich nicht so genau sehen.

»Schließlich habe ich kapiert«, sagt Kasia, »daß ich diese Musik nur komponieren konnte, weil ich so ... zu dir war. Als hätte ich einen Schmetterling in eine Bonbondose gesperrt und auf Notenpapier so lange das Schlagen seiner Flügel aufgeschrieben, bis es dort, im Inneren der Blechdose ganz still geworden ist ... Nein, die Komposition ist nicht von mir.«

Kasia öffnet ihre verweinten Augen. Sie greift unters Kissen und zieht eine flache Schachtel mit einer Tonbandspule hervor. Sie reicht sie mir.

»Sie gehört dir«, sagt sie. »Mach damit, was du willst. Du kannst sie aus dem Fenster werfen, du kannst sie verbrennen. Aber bitte verzeih mir, wenn du kannst. Bitte.«

Ich nehme die Schachtel und lächle.

»Mach dir keine Sorgen«, sage ich. »Du hast mir nichts getan. Ganz im Gegenteil. Ich bin dir sehr dankbar, weil ich endlich verstanden habe, wie ich wirklich bin, und aufgehört habe, mir was vorzumachen. Was nicht bedeutet, daß ich jetzt nicht den anderen was vormache ... aber das ist eine andere Geschichte. Und ... was den Schmetterling betrifft – du hast mich damit gemeint, oder?«

Kasia nickt.

»Dann mach dir keine Sorgen um ihn. In Wirklichkeit hast du ihn freigelassen. Und hör auf zu weinen. Ich kann deine Tränen nicht mehr mit ansehen. Du hast mir doch mal gesagt, daß alle Künstler aus 'ner Mücke einen Elefanten machen.«

Ich nehme ein Taschentuch und trockne ihr sorgfältig das Gesicht. Sie schmiegt sich an mich. Ich umarme sie ganz fest.

»Mienchen«, sagt sie mir ins Ohr, »du wirst sehen, ich werde mich ändern. Ich werde nie wieder böse sein. Ich schwöre es dir.«

»Ich weiß es, Kasia, ich weiß.«

Ich schaue auf das Tonband, das ich in der rechten Hand halte. Auf dem durchsichtigen Plexiglas steht mit rotem Filzstift:

»IM KÖNIGREICH DER TOTEN STUNDEN.«

»Was für ein schöner Titel«, sage ich. »Ich kann es kaum erwarten, daß du es mir vorspielst.«

»Gefällt dir der Titel wirklich?« fragt Kasia.

»Sehr.«

»Ich weiß gar nicht, wann ich ihn aufgeschrieben habe. Ich muß schon Fieber gehabt haben …«

»Du Arme«, sage ich und lege die Hand auf ihre Stirn. »Du hast immer noch Fieber.«

»Aber nicht mehr viel«, sagt sie. »Achtunddreißig eins.«

»Das soll nicht viel sein? Sofort unter die Bettdecke! Ich werde deine Komposition einlegen.«

»Das mache ich selbst!«

Kasia springt aus dem Bett und läuft barfuß in Richtung Fenster. Winzig, zerzaust und kindlich.

Ich habe mir die ganze Komposition angehört – sie dauert eine Stunde, fünf Minuten und zwanzig Sekunden, und dann mußte ich in die Schule zurück, weil Frau Zelenow mir letztes Mal gedroht hat, mich nach einigen Dingen zu fragen. Und wenn ich vor jemandem Angst habe in dieser Schule, dann vor Frau Zelenow. Mit Kasia habe ich verabredet, daß ich sie nach der Schule wieder besuche, um mit ihr in aller Ruhe über ihre Komposition und alles andere zu reden.

Ich komme in die Klasse und setze mich in die Bank. Ewa ist mürrisch.

»Warst du bei ihr?«

»Woher weißt du das?«

»Ich habe meine Informanten.«

»Na, dann war ich dort.«

»Und?«

»Sie ist krank, aber es geht ihr schon besser. Sie hat eine Grippe.«

»Du bist gemein. Du hast versprochen, daß du nicht mehr hingehst.«

»Ich mußte hin.«

»Wieso?«

»Ihr Vater ist gestorben.«

»Na und?«

»Wie: ›na und‹?«

»Na und, ich weiß das schon lange.«

»Und von wem weißt du das?«

»Ich habe eben meine Informanten.«

»Und warum hast du mir nichts gesagt?«

»Woher sollte ich denn wissen, daß dich das interessiert? Und, hat sie dir schon gesagt, wieviel tausend Dollar sie geerbt hat?«

»Sie hat mir nichts davon erzählt, und es geht mich auch nichts an.«

»Ach nee, und das soll ich dir glauben?«

»Blöde Kuh.«

»Blöde Ziege.«

»Sonst noch was?«

»Gehst du nach der Schule wieder hin?«

»Das geht dich einen Scheißdreck an.«

»Bitte, sag's mir.«

»Ich gehe hin.«

»Geh nicht hin.«

»Kein Grund zur Eifersucht.«

»Ich eifersüchtig? Auf diese Verrückte? Du mußt dich entscheiden. Entweder ich oder sie.«

»Laß mich in Ruhe.«

»Du magst mich also nicht mehr?«

»Nicht so laut, Dummkopf. Klar mag ich dich. Aber sie ist krank. Ich habe ihr versprochen zu kommen.«

»Dann ist es aus zwischen uns.«

Ewa nimmt ihre Tasche und setzt sich zu Magda in die Bank.

Nach der Pause gehe ich zu ihr.

»Ewa, mach keinen Unsinn.«

»Laß mich in Ruhe.«

Ich lasse sie stehen.

Nach dem Unterricht wartet sie vor der Schule auf mich.

»Steig auf«, sagt sie. »Ich bringe dich zu dieser verdammten Kasia.«

Sie fährt erst nach Szczawno zu der Villa.

»In einer Stunde bringe ich dich zu ihr, einverstanden?«

»Auch in zwei, du Verrückte.«

Nach dem Mittagessen sitzen wir im Garten auf der Hollywoodschaukel. Ewa:

»Sag, was ich tun soll, damit du nicht zu ihr gehst?«

»Ich habe es versprochen, sie wartet auf mich.«

»Ich befehle es dir. Du darfst weder heute noch irgendwann zu ihr. Das ist ein Befehl!«

»Hat das Kind vergessen, daß ich dran bin mit Befehlen?«

»Na, dann befiehl mal schnell was.«

»Gut. Ich befehle dir, mich zu Kasia gehen zu lassen und mir deswegen keine Vorwürfe zu machen.«

»Du wirst sehen, sie wird dich fertigmachen!«

»Wenn du nicht aufhörst, gehe ich sofort!«

Ich springe von der Schaukel runter und laufe zum Haus. Ewa hinter mir her. Sie drückt sich an mich.

»Majkalein, geh nicht! Wenn du das tust, werde ich verrückt.«

Ich seufze. Ewa nimmt mich bei der Hand.

»Komm, ich zeig dir was.«

Wir gehen in ihr Zimmer. Sie kramt lange im Schrank. Endlich zieht sie etwas Winziges heraus. Ein Glasfläschchen, in dem eine kleine Tablette ist.

»Weißt du, was das ist? Zyankali. Wenn du zu Kasia gehst, werde ich das schlucken.«

Ich setze mich aufs Bett.

»Was soll ich denn tun?« frage ich verzweifelt. Ewa setzt sich neben mich.

»Bleib einfach hier, und Schluß.«

»Gib mir das Fläschchen«, sage ich. Sie zeigt ihre leeren Hände.

»Ich hab's nicht mehr.«

Sie kniet sich hin und zieht mir die Schuhe aus.

»Umarme mich . . .«

Wir legen uns aufs Bett. Ewa springt auf, läuft zum Fenster, schließt die Tür zur Terrasse und läßt die Rollos herunter. Die Tür zum Flur schließt sie ebenfalls ab.

»Nein«, sage ich.

»Du hast nichts zu sagen.«

Sie taucht aus der Dunkelheit auf und legt sich auf mich. Sie küßt und liebkost mich. Auf dem Bauch und überall.

Wenn ich nichts tue, nichts sage, nichts denke ... bin ich trotzdem lebendig. In mir, in einer Ameise, in jeder Pflanze ist Leben.

Wie auch immer ich mich verhalte, ich lebe. Solange ich existiere. Und wenn ich nicht mehr existiere? Was werde ich sein, wenn ich nicht mehr am Leben bin?

Luft?

Jetzt bin ich ein Körper, ein Skelett, umhüllt von Fleisch und Haut. Mein Körper liegt auf dem Bett, in einem rötlichen Halbdunkel, und atmet und denkt. Hier liegt mein Körper, und dort der des schlafenden Ewchens. Sie ist sie, und ich bin ich. ICH ... dazu gehören auch meine Gedanken. Ist also alles, was ich denke, auch ich? Und bin ich überall dort, wo meine Gedanken sind?

Bleiben meine Gedanken, wenn sie irgendwo hingewandert sind ... dort, oder kommen sie wieder zu mir zurück? Wenn ich meine Arme ausbreite, dann nehme ich mehr Raum ein, dann reiche ich bis zu meinen ausgestreckten Fingerspitzen. Wenn ich aber die Arme über der Brust kreuze und dann noch die Beine anwinkle, dann brauche ich viel weniger Platz. Klar. Aber Gedanken sind etwas anderes als Arme und Beine.

Vielleicht wäre es besser, wenn es sie nicht gäbe? Und wenn es sie schon geben muß, dann sollten sie wie die Arme und Beine sein, ganz nah dran. Ich würde daliegen, und sie würden mit mir zusammen daliegen und würden nicht mal hierhin und mal dorthin springen. Ich würde essen, und sie würden mit mir zusammen essen.

Na bitte, was treiben sie da gerade? Sie machen sich davon. Ich schaue das schlafende Ewchen an und denke an Kasia, daß sie auf mich wartet, ganz fiebrig, und sich Sorgen darüber macht, daß sie mich auf dem Altar ihrer Komposition geopfert hat.

Das ist doch nichts Besonderes. Was stört mich das schon.

Ich lebe sowieso einfach nur so. Wenigstens war ich zu was nützlich. Und zwar nicht für irgendwas, sondern für die Schaffung eines großartigen Meisterwerks.

Aber vielleicht ist das immer so? Vielleicht steckt hinter jeder wunderbaren Symphonie, hinter jedem schönen Buch ein unbekanntes Opfer, jemand wie ich? Vielleicht wird sich jemand in fünfhundert Jahren Kasias Komposition anhören und sagen: »Donnerwetter, ist das schön!« Ob dann wohl noch ein wenig von meinem Flügelschlag in der Bonbondose herauszuhören sein wird? Nachdem Kasia mir einmal etwas über Reinkarnation erzählt hatte, träumte ich, daß ich in meinem nächsten Leben als Musik geboren werde. Vielleicht ist der Augenblick jetzt gekommen? Vielleicht werde ich auf diese Weise zu Musik?

Ich bin ekelhaft. Wie immer, wenn ich über mich nachdenke. Und Kasia wartet und weiß noch nicht einmal, ob mir ihre Komposition gefällt.

Ich strecke die Hand zum Telefon, das neben dem Bett steht und wähle. Einen Augenblick später höre ich Kasias Stimme:

»Ja, bitte?«

»Ich bin es«, flüstere ich, um Ewa nicht zu wecken.

»Ich warte auf dich.«

»Kasia, deine Komposition ist wundervoll. Wirklich. Sie ist ein Meisterwerk. Du wirst sehen, du wirst in die Musikgeschichte eingehen.«

»Ach was.« Kasia lacht. »Wann kommst du?«

»Heute kann ich nicht«, flüstere ich. »Zenuś ist krank geworden, ich muß mich um ihn kümmern ...«

Mit einem Mal stützt sich Ewa auf ihren Ellbogen und hört zu. Ihr Mund zittert, sie schaut mich seltsam traurig an ... Es zerreißt mir das Herz. Und im Hörer die ferne Stimme von Kasia:

»Vielleicht komme ich dann zu dir? Es geht mir schon besser.«

»Nein, nein, komm nicht!«

»Warum nicht?«

»Weil ich dich belogen habe«, sage ich und werde plötzlich wütend. »Zenuś ist überhaupt nicht krank. Ich werde dich nie wieder besuchen. Leb wohl, Kasia.«

Ich höre, wie sie zu schluchzen beginnt. Ewa nimmt mir den Hörer ab und hält ihn sich ans Ohr. Als sie Kasia weinen hört, lächelt sie mich an.

Sie legt den Hörer auf. Dann schmiegt sie ihren Kopf an meine Schulter. Ich höre sie atmen.

»Bist du nun zufrieden?« frage ich.

»Das werde ich dir nie vergessen.«

»Machst du mir einen Tee?«

»Ich fliege.«

Ewchen wirft sich blitzschnell ihren Bademantel über, läuft zum Fenster, zieht die Rollos hoch, und schon ist sie aus dem Zimmer. Ich ziehe mich schnell an. Aus der Sesselecke hole ich das Glasfläschchen mit der Zyankalikapsel, ich habe gesehen, daß Ewa es dort versteckt hat. Ich habe Mühe mit dem Verschluß.

In dem Moment kommt Ewa zurück.

»Ich habe Wasser aufgestellt«, sagt sie und sieht mich mit dem Fläschchen in der Hand. Sie schreit: »Laß das!«

Sie stürzt auf mich zu, zu spät, schon hab ich's geschluckt. Sie schaut mich an, ich sie ... und nichts passiert.

»Du hast dich ganz schön auf den Arm nehmen lassen. Das war Aspirin.«

Ich ziehe meine Schuhe an, nehme meine Schultasche und gehe. Ewa läuft mir hinterher.

»Sei nicht blöd! Majka!«

Ich schließe das Gartentor hinter mir.

Ich gehe die Straße entlang.

Die Sonne scheint, ein leichter Wind weht ... es ist wunderbar.

Ich habe Kasia von der erstbesten Telefonzelle aus angerufen und mich bei ihr entschuldigt. Sie war mir nicht mehr böse. Ich bin in den nächsten Bus gestiegen, eine halbe Stunde später saßen wir zusammen. Bis zum Abend haben wir geredet, über Musik und Philosophie. Es gibt noch so viele Geheimnisse, von denen wir absolut keine Ahnung haben ...

Als ich nach Hause kam, war Papa betrunken und grölte laut herum. Mama hatte Herzschmerzen, die Zwillinge weinten. Und Tadzio war sauer, weil er bei diesem Lärm nicht fernsehen konnte. Papa verfrachtete ich zusammen mit Tadzio auf meine Couch, den Mädchen erzählte ich eine Gutenachtgeschichte, und schließlich beruhigte ich auch noch Mama, indem ich sie dazu brachte zu erzählen, wie es früher war.

Schon ist alles wieder gut. Alle schlafen, nur ich kann nicht einschlafen, weil Mama so laut schnarcht, daß sogar das Bild an der Wand wackelt. Na, vielleicht habe ich ein bißchen übertrieben mit dem Bild, aber schlafen kann man so wirklich nicht.

Ich gehe auf den Balkon.

Es ist warm, die Sterne funkeln.

Betrachtet man die Erde aus der Ferne, ist sie auch ein Stern. Ein winziges Licht. Das sind wir alle zusammen, hier auf der Erde. Irgendwie mag ich diesen Gedanken.

Es ist jetzt fünf Uhr morgens. Ich habe ein bißchen gedöst. Gleich werde ich für Papa Frühstück machen.

Ich wecke ihn.

Er zieht sich an und kommt in die Küche. Er sieht jämmerlich aus. Ich stelle Tee vor ihn hin und streiche ihm über den Kopf. Zum ersten Mal in meinem Leben streichle ich meinem Papa über den Kopf, als wäre er mein kleiner Bruder, oder sogar mein Sohn.

»Ich hab Mist gebaut, was?«

»Kann man wohl sagen. Bring doch mal Blumen mit, wenn du von der Arbeit kommst. Du bringst ihr nie Blumen mit.«

»Was? Ich kauf ihr keine Blumen? Und was habe ich ihr zum Frauentag geschenkt?«

»Du sollst ihr heute welche mitbringen.«

»Ausgerechnet ... Dann kauf ich ihr welche, und sie macht mir die Hölle heiß, daß ich Geld für irgendwelchen Blödsinn ausgebe.«

»Aber vielleicht heute nicht. Versuch's!«

Er lacht.

»Na gut. Wer nicht wagt, der nicht gewinnt. Ich kauf ihr welche.«

Als er bereits an der Tür ist, dreht er sich nochmal zu mir um, zwinkert mir zu und sagt leise:

»Wer nicht wagt, der nicht gewinnt.«

Ich zwinkere zurück. In diesem Haus ist eine erwachsene Tochter wahrhaftig vonnöten.

»Hallo, Majka.«

»Hallo.«

»Hör mal, es ist etwas Blödes passiert. Mimi vermißt einen Ring. Den mit dem Brillanten, der über tausend Dollar gekostet hat. Sie wollte ihn gestern anziehen, weil sie zu einer Party eingeladen war. Ich suche ihn wie verrückt. Weißt du noch ... wir haben doch damit gespielt.«

»Ich weiß. Aber wir haben ihn ins Kästchen zurückgelegt. Zusammen mit dem Kollier.«

»Du hattest ihn zuletzt am Finger. Vielleicht hast du vergessen, ihn abzuziehen?«

»Ich habe ihn ins Kästchen gelegt. Du denkst doch wohl nicht, daß ich ihn gestohlen habe.«

»Ich denke gar nichts. Aber vielleicht hast du es vergessen. Vielleicht hast du ihn erst zu Hause vom Finger gezogen, irgendwo hingelegt und vergessen ... So was kann doch passieren.«

»Ganz bestimmt nicht. Ich jedenfalls würde mich erinnern. Ich schwör dir, ich habe ihn nicht.«

»Versteh doch. In letzter Zeit hast nur du mich besucht. Wenn der Ring nicht auftaucht, dann fällt's auf dich.«

»Aber ich hab ihn wirklich nicht.«

»Trotzdem, schau mal nach bei dir zu Hause. Wir müssen

ganz sicher sein. Wenn du ihn findest, ruf mich sofort an. Ich werde auch weiter suchen.«

»Ich kann ihn natürlich suchen, aber ich weiß ganz sicher, daß ich ihn nicht zu Hause habe.«

»Such trotzdem. Tschüs, ich fahr jetzt.«

Die Freude über den letzten Schultag ist mir durch den Gedanken an den Ring gründlich vergangen.

Ich erinnere mich noch ganz genau an den Tag, als wir mit dem Schmuck von Ewas Mutter gespielt haben, doch je mehr ich daran denke, desto weniger erinnere ich mich, was ich mit dem Ring gemacht habe. Plötzlich kommt mir der Gedanke, daß er vielleicht gar nicht verschwunden ist, sondern daß Ewa sich das nur ausgedacht hat, um sich für gestern zu rächen.

Ja, ich bin sicher, daß es so ist.

Fast sicher.

Nein, ganz sicher. Ich habe Ewa ein bißchen kennengelernt und weiß, wozu sie imstande ist. Niemand kennt sie so gut wie ich. Vielleicht geht es ihr gar nicht um Rache. Vielleicht will sie durch den Ring alles, was gestern war, wieder zunichte machen. Aber ich bin ihr nicht böse, ich kann ihre komische Eifersucht auf Kasia sogar verstehen. Vielleicht wäre ich an ihrer Stelle auch so.

Ich spüre, daß zwischen uns alles wieder in Ordnung kommt. Am schönsten wäre, wenn sie sich mit Kasia anfreunden würde. Vielleicht würde es uns sogar gelingen, Kasia zu überreden, mit uns zusammen die Aufnahmeprüfungen fürs Gymnasium zu machen? Und wir würden bis zum Abitur zusammen bleiben, zu dritt …

Kasia in einem normalen Kleid ist eine ganz andere Person als Kasia im Zigeuneraufzug. Erst jetzt sieht man, wie schlank und wie schön sie ist. Und so fröhlich. Das kommt sicher daher, daß sie Dshigi losgeworden ist. Das geschieht dir recht, Freundchen.

Es geht ihr wieder besser. Sie hat kein Fieber mehr, nur noch ein bißchen Schnupfen. Ihre Grippe hat sie sich geholt, als sie nach den fünf Tagen und Nächten am Synthesizer in den Garten gelaufen ist, sich ins Gras gelegt und wohl stundenlang geschlafen hat, bis ihre Großmutter sie endlich fand.

Sie hat ihre Komposition auf Kassette überspielt und sie an einen Musikkritiker geschickt mit der Bitte, ihr zu schreiben, was er darüber denkt. Jetzt rennt sie ständig zum Briefkasten und schaut nach, ob nicht schon ein Antwortbrief von ihm gekommen ist. Aber wie sollte er schon da sein. Es sind doch erst ein paar Tage vergangen, seit sie die Kassette abgeschickt hat …

Wir haben einen langen Spaziergang gemacht und am Bahnhof fast vierzig Hin- und Rückfahrkarten nach Sobótka gekauft. Jetzt sitzen wir zu Hause und stecken sie in Briefumschläge.

Die Fahrkarten gelten für übermorgen, auf jede haben wir die Abfahrtszeit geschrieben.

Wozu wir so viele Fahrkarten brauchen?

Das ist ein Geheimnis.

Bei der Abschlußfeier, bei der uns die Zeugnisse überreicht werden, fehlen nur zwei Mädchen aus unserer Klasse. Kasia und Ewa. Kasia ist schon in Sobótka, sie bereitet alles für morgen vor. Und Ewa? Für sie nimmt Magda das Zeugnis entgegen, ich nehme das für Kasia. Sie hat bestanden. Aber von oben bis unten lauter Vieren.

Magda kommt zu mir. Sie fragt, ob ich den Ring gefunden habe. Ich sage nein und gebe ihr zwei Briefumschläge mit den Fahrkarten für sie und Ewa.

Ich verteile sie an die restlichen Klassenkameraden und flüchte kurz vor dem Ende der Abschlußfeier, weil ich nicht will, daß sie mich ausfragen, was es mit diesen Fahrkarten auf sich hat. Ich müßte jetzt eigentlich zu Ewa fahren. Ob der Ring tatsächlich verschwunden ist?

Nein, heute habe ich keine Lust, mit ihr zu reden.

Tadzio hat für die Versetzung in die nächste Klasse von Papa zwei Tischtennisschläger und einen Ball bekommen. Wir haben den Tisch im großen Zimmer ausgezogen, statt einem Netz Bücher aufgestellt und spielen ein Match. Tadzio und ich sind allein zu Hause, weil Mama mit Zenuś und den Zwillingen in der Sonne spazierengeht.

Zwei Sätze verliere ich zu null, aber beim dritten kapiere ich langsam, wie ich schlagen muß und führe nun fünf zu drei.

Es klingelt. Tadzio rennt an die Tür.

Es ist Ewa.

Ich weiß sofort, daß es um den Ring geht. Ich führe sie in mein Zimmer und sage, ich hätte ihn gesucht, aber nicht gefunden. Ewa winkt ab und lächelt.

»Habt ihr ihn gefunden?« frage ich.

»Nein ... Aber Mimi hat ihn bestimmt nur verlegt, mach dir keine Sorgen.«

Ich atme erleichtert auf. Ewa setzt sich auf die Couch und streckt ihre Hand zu mir aus. Ich setze mich neben sie. Sie seufzt und sagt:

»Ich bin gekommen, um mich für alles zu entschuldigen. Ich bin eine dumme, eifersüchtige Kuh. Sei mir bitte nicht mehr böse.«

»Bin ich nicht.«

»Seit zwei Tagen geht alles schief. Ich muß ständig daran denken.«

»Ich auch«, sage ich. »Ich freu mich so.«

Wir fallen uns in die Arme.

»Ich möchte so gern, daß ihr Freundinnen werdet«, sage ich. »Du kannst dir gar nicht vorstellen, wie sehr sie sich verändert hat. Du wirst sie jetzt bestimmt mögen.«

»Für dich würde ich sogar einen Hundefänger heiraten.«

»Sag nicht sowas. Kasia ist doch kein Hundefänger.«

»Ich weiß, ich bin der Hundefänger.«

»Du bist auch kein Hundefänger.«

»Wer dann?«

In diesem Augenblick steckt Tadzio den Kopf durch die Tür und fragt, ob ich die Partie durch Verzicht verloren gebe. Ewchen und ich lachen.

Vor lauter Freude verliere ich den letzten Satz. Dann spielt Ewchen mit Tadzio, und auch sie verliert. Tadzio gewinnt die Goldmedaille, Ewchen und ich spielen nun um Silber.

Tadzio macht den Schiedsrichter.

»Was soll das denn mit den Fahrkarten nach Sobótka?« fragt Ewchen beim Aufschlag.

»Das ist ein Geheimnis«, sage ich und schneide den Ball an. Ich liege in Führung. »Aber dir verrate ich's. Kasia bereitet für unsere Klasse bei ihrer Großmutter ein großes Gartenfest vor. Sie holt uns am Bahnhof ab.«

Ewchen schlägt auf. Nach einem weiteren angeschnittenen Ball bin ich schon mit zwei Punkten in Führung. Wieder ist Ewa mit dem Aufschlag an der Reihe. Der Ball fliegt lange hin und her.

»Weißt du«, sage ich, »sie hat eingesehen, daß es dumm war, sich von allen anderen so abzugrenzen. Sie will jetzt ein ganz normales Mädchen werden.«

Ewa schlägt den Ball zurück. Aber er trifft nicht den Tisch, sondern den Lampenschirm. Ich liege nun schon drei Punkte vorn.

»Ist ja toll, daß sie klüger geworden ist«, sagt Ewa. »Vielleicht werden wir auch mal klüger.«

»Na klar«, sage ich. Jetzt bin ich dran mit dem Aufschlag. Ewchen schlägt zurück, dann ich, dann wieder sie, dann ich … und: aus. Ich habe gewonnen.

Tadzio überreicht die Medaillen. Für sich einen gelben Lutscher, für mich einen Mandeldrops und für Ewa, die Bronzemedaillengewinnerin, ein Sahnebonbon. Es war wohl ein Fehler, gegen Ewa zu gewinnen, weil die Bronzemedaille am besten schmeckt.

Station Wałbrzych Stadt.

Es ist kurz vor neun. Alle sind am Bahnsteig. Die Ziege hat Zenek unter den Achseln gepackt und wirbelt ihn herum.

»Laß mich los!« schreit Zenek und strampelt mit den Beinen in der Luft.

»Ich liebe dich, ich liebe dich, ich liebe dich!« ruft sie im schrillen Singsang. Schließlich stellt sie ihn auf den Boden zurück. Zenek kann nicht laufen, er taumelt wie ein Betrunkener. Der dicke Ziębiński sagt:

»Was denn, Zenek, Wodka schon am frühen Morgen?«

Wir lachen.

Der Zug ist fast leer und zu unserer größten Freude doppelstöckig. Die Jungen jagen einander von oben nach unten und zurück, und Claudia ist für die Musik zuständig, sie hat ihren Kassettenrekorder mitgenommen.

Ewa und ich entfliehen ans Ende des Zuges, weil sie furchtbar schläfrig ist. Ich setze mich ans Fenster, sie legt ihren Kopf auf meine Knie. Ich streichle ihr über den Kopf, sie schläft ein.

Schon sind wir an Świdnica vorbei. Überall grüne und gelbe Felder. Weit entfernt sieht man den Berg Ślęża. Der Zug nähert sich ihm langsam. Irgendwo dort, am Fuße des Ślęża, ist Kasia. Vielleicht wirbelt sie gerade mit ihrer Großmutter im Garten herum und trifft die letzten Vorbereitungen.

Der Berg steht voll im Sonnenlicht. Wie schön, denn in Wałbrzych sah es nach Regen aus. Neben den Gleisen, auf denen unser Zug bummelt, ist ein Weg. Ein Junge radelt mit uns um die Wette.

Er kann nicht lange mithalten und ist bald nicht mehr zu sehen. Der Schaffner kommt. Ich ziehe meine Fahrkarte heraus, er winkt ab.

»Ist es noch weit bis Sobótka?« frage ich.

»Noch vier Stationen«, antwortet er und verschwindet. Ewchen wacht auf.

»Was hat er gesagt?«

»Daß es noch vier Stationen bis Sobótka sind.«

»Oje«, sagt Ewchen gähnend. »Ich muß mal, bin gleich wieder da.«

Der Ślęża ist schon ganz nah, ich kann jeden Baum am Hang erkennen. Ob das Haus von Kasias Großmutter schon zu sehen ist?

Nur noch drei Stationen.

Auf dem Bahnsteig von Szczepanów wächst Gras, Hühner picken herum. Und sogar Blümchen wachsen hier. Ich könnte schnell hinausspringen und ein paar pflücken, habe aber Angst, daß ich es nicht schaffe, rechtzeitig einzusteigen.

Ein kleines Hündchen hinkt vorbei. Es hat ein schmutziges, verklebtes Fell und sieht krank und traurig aus … Und dort gehen drei angetrunkene Typen. Einer von ihnen versetzt dem Hund einen Tritt. Der Hund springt winselnd zur Seite.

Der Zug fährt ab.

Sobótka West. Was ist bloß mit Ewa los? Vielleicht ist ihr schlecht geworden? Ich gehe zur Toilette, klopfe. Stille. Ich öffne die Tür, niemand da. Ich gehe zur nächsten, drücke die Klinke, die Tür ist abgeschlossen.

»Ewa!«

»Was ist denn?« antwortet eine tiefe Stimme. Ich laufe durch den ganzen Zug. Vielleicht schaut sie gerade, was der Rest der Klasse macht?

Ich höre Stimmen im oberen Stock und gehe die Treppe hinauf.

Alle sind da, einträchtig versammelt, Ewa ist bei ihnen. Sie diskutieren laut.

»Vielleicht verkaufen sie uns das gar nicht«, sagt Florian.

»Glaubst du, ich hab noch nie Wein gekauft?« sagt Ewa. »Ich gehe mit dem Dicken hinein, dann verkaufen sie uns welchen.«

»Aber zwanzig Flaschen! Das schafft ihr alleine nie!«

»Blödian«, sagt Ewa. »Wenn sie uns den Wein erstmal verkauft haben, pfeifen wir, und ihr kommt.«

»Klar.«

»Aber ich hab keine Knete«, sagt Marlena.

»Ich auch nicht …«

»Ich hab doch gesagt, ich spendiere ihn«, sagt Ewa. »Also was nun, okay?«

»Okay!«

Ich gehe auf sie zu. Magda stößt Ewa an. Ewa dreht sich zu mir um. Sie nimmt mich an der Hand und zieht mich wieder nach unten.

»Was ist denn los?« frage ich. Sie legt die Hände auf meine Schultern und sagt schnell, wobei sie mir in die Augen schaut:

»Hör zu. Wir haben alle beschlossen, nicht zu Kasias Fest zu gehen.«

»Und warum nicht?«

»Darum nicht. Und du wirst auch nicht hingehen.«

»Ewa, was hast du vor?«

»Das ist meine Sache«, sagt sie kalt. »Und jetzt paß gut auf ... eine Überraschung. Wenn du nicht mitkommst, dann fahre ich sofort mit dem Taxi zurück nach Wałbrzych und sage meiner Mutter, daß du ihren Ring geklaut hast. Magda und Claudia haben ihn an deinem Finger gesehen.«

»Das ist nicht wahr!«

Ewa läuft die Treppe hinauf und ruft:

»Claudia! Magda!«

Einen Augenblick später sind Magda und Claudia bei uns.

»Habt ihr den Ring bei ihr gesehen?«

»Ich habe ihn gesehen«, sagt Magda.

»Ich auch«, sagt Claudia.

»Werdet ihr das bei der Polizei bezeugen?« fragt Ewa.

»Klar«, sagt Claudia. Magda nickt.

»Ihr könnt ihn gar nicht gesehen haben!« schreie ich. »Wann habt ihr ihn denn gesehen? Und wo?«

»Als wir dich am Montag am Grunwald-Platz getroffen haben«, sagt Magda. »Was denn, kannst du dich etwa nicht mehr erinnern?«

»Du lügst!«

Ewa macht eine Handbewegung, und die beiden gehen nach oben.

»Heute noch wird die Polizei eine Hausdurchsuchung in eurer Wohnung machen«, sagt sie.

»Tu das nicht«, sage ich verzweifelt. »Meine Mama wird's nicht überleben. Du weißt doch, daß sie ein krankes Herz hat!«

»Gut, aber nur unter einer Bedingung«, sagt Ewa. »Du mußt mit uns mitkommen und darfst zu Kasia kein Wort sagen. Und jetzt entscheide dich.«

»Nein, das wirst du nicht tun!«

»Offensichtlich kennst du mich noch nicht, meine Kleine. Ich schwöre es dir. Ein Wort zu Kasia, und ich steige mit Magda und Claudia ins Taxi, und wir fahren nach Wałbrzych zur Polizei.«

»Du weißt doch genau, daß ich ihn nicht gestohlen habe«, sage ich.

Ewa lächelt.

»Na ja, ich kann mir nur schwer vorstellen, daß du etwas stiehlst ... Ich kenne dich ja, aber die Polizei kennt dich nicht.«

»Ich flehe dich an, tu das nicht! Ich schwör's, ab morgen höre ich auf, mit ihr befreundet zu sein, ich werde mich nie wieder mit ihr treffen ... Aber erlaube mir heute, mit ihr zusammen zu sein. Bitte!«

Tränen kullern aus meinen Augen. Ich knie mich vor Ewa hin, umfasse ihre Beine.

»Ewchen, ich flehe dich an, sei nicht so böse.«

Sie zieht mich hoch.

»Nichts zu machen«, sagt sie, »zu spät. Also überleg's dir. Woran liegt dir mehr? An dieser Verrückten, oder an der Gesundheit deiner Mutter. Und hör auf zu flennen. Du sollst lächeln.«

Sie wischt die Tränen aus meinem Gesicht.

Der Zug wird langsamer. Von oben kommen die Jungen und Mädchen aus unserer Klasse herunter. Wir nähern uns einem Gebäude mit der großen Aufschrift:

SOBÓTKA STADT.

Auf dem Bahnsteig steht Kasia.

»Da wird sich die Primadonna aber wundern.« Zięmbiński lacht und öffnet die Tür. Die ganze Gruppe strömt aus dem Zug. Ewa und ich steigen zuletzt aus.

Kasia läuft uns entgegen. Sie hat ganz kurze Shorts und das T-Shirt mit der Aufschrift »Glimp« an. Auf dem Kopf ein Strohhütchen. Sie sieht wie ein kleines Mädchen aus.

Sie lächelt uns strahlend an.

»Es tut mir furchtbar leid, daß ich euch so viel Mühe mache«, sagt sie laut, »aber ich habe mir gedacht, wir müßten das Ende der Hauptschule richtig feiern. Also lade ich euch zu einer großen Gartenparty ein. Es wird Musik geben und Leckereien und andere Attraktionen.«

»Gibt es auch Eis?« fragt Ziębiński.

»Und Torte?« fragt Kawczak.

»Ja, alles da«, lacht Kasia. Ziębiński macht ein trauriges Gesicht und sagt:

»Schade! Ich bin gerade auf Diät.«

Claudia schiebt sich nach vorne. »Es tut uns sehr leid«, sagt sie, »aber wir sind gar nicht zu dir gekommen. Wir haben einfach die kostenlosen Fahrkarten ausgenutzt.«

»Macht keine Witze«, sagt Kasia und lacht.

»Gleich werden wir sehen, wer hier Witze macht«, sagt Ziębiński mit einem spöttischen Gesicht. »Alle mal herkommen, kamm on!«

Im nächsten Augenblick steht Kasia alleine da. Nur ich bin noch bei ihr. Sie schaut mich an. Ewa ruft:

»Majka!«

Ich schlucke und gehe ebenfalls.

»Mienchen!« ruft sie hinter mir her. »Mienchen!«

Ich drehe mich nicht um, ich gehe einfach weg. Es ist aus. Ich muß es tun, es geht nicht anders. Mama würde eine Wohnungsdurchsuchung nicht überleben.

Ewa wartet auf mich. Sie umarmt mich, wir gehen untergehakt hinter den anderen her. Mit der ganzen Bande trotten wir zum Markt.

»Ich weiß, was du gerade denkst«, sagt Ewa. »Ich finde: höchste Zeit, daß du endlich erwachsen wirst. Und wenn man erwachsen ist, muß man entweder zu den einen oder den anderen halten. Merk dir das ein für allemal, die Feinde unserer Freunde sind unsere Feinde. Und ich bin deine Freundin. Du wirst schon noch kapieren, daß ich recht hatte. Wenn du den Gipfel erreichen möchtest, mußt du genauso sein wie ich. Vielleicht habe ich mir das alles extra für dich ausgedacht. Damit du ein bißchen trainierst. Wenn du dich und deine Familie aus dem Dreck ziehen willst, mußt du dich entscheiden. Und zwar klug. Kasia ist eine Egoistin und eine Irre. Früher oder später wird sie in der Klapsmühle landen. Du wirst mir nochmal dankbar sein, daß ich dich vor ihr gerettet habe. Sie würde dich ja doch nur fertigmachen. Aber ich brauch dich, und du kannst sehr stark sein, ich weiß es. Aber wenn du dich mit Schwächlingen abgibst, wirst du auch schwach. Also bitte ich dich, nimm meine Hilfe jetzt an, damit ich später einmal deine annehmen kann.«

»Du hast recht«, sage ich, »du hast recht, du hast recht! Aber sag jetzt bitte nichts mehr.«

Ewa lächelt.

»Okay«, sagt sie und läuft zu Claudia.

Wir sitzen auf Bänken auf dem Marktplatz, um eine große Betonskulptur herum. Ewa, Zięmbiński und die Jungen sind in den Laden Wein kaufen gegangen.

Die Mädchen beginnen zu singen. Es ist eine bekannte Melodie, aber mit anderen Wörtern.

»Strata fata parampa faita, lura kota lamento date. Trucia fucia dakore borita, elo heto nuciamo perke. Silo heto saramo merone, into pinto pulpecia siusia, sentrufale cloretto mamlole, niesiorono lunapa kuka! ...«

Zehn nach zehn. Der Sekundenzeiger bewegt sich nicht ... Die Uhr ist stehengeblieben. Die Mädchen grölen die zweite Strophe. Alle singen mit, nur ich nicht.

So sieht mein Erwachsensein aus. Ich habe gewählt. Und so wie heute werde ich nun mein ganzes Leben lang wählen. Ich werde zusehen, wie die Bösen die Guten fertigmachen und werde nicht einmal den kleinen Finger rühren.

Und irgendwann werde ich Kinder haben ... Wenn man gut zu seinen Kindern ist, muß man manchmal böse zu fremden Kindern sein. Es reicht nie für alle.

Wie geht das? Gut und böse zugleich sein.

Nein, das muß man trennen.

Entweder böse sein.

Oder gut.

Ich springe von der Bank auf und laufe weg.

Ich renne zur Bahnstation. Kasia ist nicht mehr da. Ich sehe mich um. Wo könnte das Haus ihrer Großmutter sein? In dieser Richtung.

Ich laufe los.

Ja, da ist es. Ich bleibe atemlos am Gartentor stehen. Im Garten läuft Kasias Großmutter geschäftig um die Tische herum. Aber Kasia ist nicht zu sehen.

Die Großmutter sammelt in aller Eile die Teller von den Tischen ein. Am Himmel brauen sich schreckliche, schwarze Drachen zusammen und strecken ihre Fühler aus. Sie sind uns aus Wałbrzych hierher gefolgt.

Die Großmutter läuft mit den Tellern ins Haus.

»Kasia!« schreie ich. »Kasia!«

Plötzlich ... habe ich eine böse Ahnung, ich drehe mich um. Weit weg, auf der Landstraße am Hang, entdecke ich einen gelben Fleck, er verschwindet gerade auf dem Weg, der zum Ślęża führt, im Wald. Kasia in ihrem gelben T-Shirt.

Ich renne querfeldein, ihr nach, falle, weil mein Fuß in einem Maulwurfsloch steckengeblieben ist, rappele mich sofort wieder auf.

Wenn Ewa ihre Drohung wahr macht, wenn meiner Mama etwas passiert ... ich weiß, was ich dann tun werde. Ich nehme einen Schraubenzieher und steche Ewa die Augen aus. Ich schwöre es.

Warum habe ich ihr das nicht gleich gesagt?

»Ich steche dir die Augen aus, ich schwör's dir!«

Ich bin an der Landstraße. Aber es ist noch mehr als ein Kilometer bis zum Weg, der auf den Berg hinaufführt. Ich habe keine Kraft mehr. Unglaublich, aber wahr: Da kommt ein Taxi. Ich hab zwar kein Geld, aber was soll's. Ich winke. Der Wagen bleibt stehen. Ich steige ein.

»In die andere Richtung«, sage ich.

Wir wenden und fahren den Berg hoch.

Hier, hier habe ich sie gesehen.

»Halten Sie hier an«, bitte ich. Der Wagen bremst. Der Fahrer dreht sich zu mir um.

»Zwei Hunderter«, sagt er. Ich stecke meine Hand in die Tasche.

»Ach, ich krieg sie nicht raus. Moment ...«

Ich steige aus, tu so, als ob ich in der Tasche meines Kleides kramen würde ... und stürze plötzlich in den Wald, renne einfach weg.

Hinter mir höre ich, wie die Autotür zugeschlagen wird. Er verfolgt mich, kriegt mich zu fassen, hält mich fest.

»Warte nur, du kleine Schlampe!«

Er dreht mir den Arm auf den Rücken und führt mich zum Auto. Ich fange an zu schreien.

»Bei der Polizei wirst du noch genug schreien können!« sagt er wütend. Ich trete ihn und falle dabei hin. Er zieht mich hoch und verdreht mir wieder den Arm.

In dem Moment sehe ich Touristen, die den Berg herunterkommen.

»Hilfe!« schreie ich. »Er vergewaltigt mich!«

Die Touristen laufen auf uns zu. Ich werde so schreien, daß er ihnen nichts erklären kann. Er hat's kapiert, läßt mich los und rennt zum Auto. Sie hinter ihm her.

Ich flüchte zwischen die Bäume. Laufe den Weg bergauf. Niemand verfolgt mich.

Ich liege im Gebüsch und schnappe nach Luft.

Es wird immer dunkler, immer steiler. Ich höre Getrampel. Ein paar Mädchen und Jungen mit Rucksäcken kommen den steinigen Weg herunter.

»Habt ihr vielleicht ein Mädchen im gelben T-Shirt gesehen?«

»Bist du verrückt«, sagen sie, »lauf und geh nach Hause. Da ballt sich was Fürchterliches zusammen. Dieser Berg ist voller Uran. In ein paar Minuten ist hier die Hölle los.«

Wieder bin ich allein.

Ich steige in der immer dichter werdenden Dunkelheit den Berg hinauf. Mein Schuhriemen ist gerissen, ich laufe barfuß weiter. Es ist so finster hier, daß ich fast nichts mehr sehen kann.

Jemand folgt mir.

Ich drehe mich um, lausche. Nein, da ist niemand.

Krachen.

Das kommt aus dem Himmel.

Hier ist doch jemand …

Doch ich sehe nur Felsen und die Bäume.

»Kasia!« rufe ich. Wie schrecklich diese Stille ist! Ich habe mich verlaufen, der Weg ist nirgends zu sehen.

Woher kommt dieser Nebel so plötzlich?

»Kasia!« rufe ich verzweifelt. »Kasia!«

Dort steht sie. Ich sehe ihr helles Haar und etwas Gelbes, ihr T-Shirt. Sie steht bewegungslos da … Schaut sie mich an?

Ich gehe langsam auf sie zu.

Nein, sie sieht mich nicht, weil sie mir den Rücken zuwendet. Wie seltsam sie sich verkleidet hat. Das Gelbe ist gar kein T-Shirt … es ist eine Strumpfhose. Dazu rote Schuhe und ein rotes, goldbesticktes Wams.

Sie dreht sich zu mir um. Es ist doch nicht Kasia. Sondern ein Junge. Ich kenne ihn, glaube ich. Diese langen, gelockten Haare, der Federhut, der Degen … irgendein Verkleideter.

»Entschuldigen Sie bitte«, sage ich. »Haben Sie vielleicht ein Mädchen im gelben T-Shirt gesehen? Auf dem T-Shirt steht ›Glimp‹. Ach ja … und sie trägt einen Strohhut.«

Ob er's nicht gehört hat? Er schaut mich irgendwie merkwürdig an … und lächelt.

»Ich suche Kasia«, sage ich lauter. »Gelbes T-Shirt und Strohhut!«

»Und ich suche Marysia.«

»Ich bin es, ich bin Marysia.«

»Und ich dachte, du heißt Mienchen oder Majka.«

»Das bin ich auch. Kasia und Ewa nennen mich so.«

»Erkennst du mich wieder?«

»Nein«, sage ich. »Oder doch.«

Ich weiß nicht …

»Bist du Pimpuś?« frage ich plötzlich. Er lacht.

»Pimpuś? ... Ich wußte gar nicht, daß ich so einen hübschen Namen habe. Aber ich habe einen Brief für dich.«

»Von wem?«

»Vielleicht von dir?«

»Wie das denn ... von mir an mich?«

»Ist nicht so wichtig«, sagt er. »Ich habe ihn sowieso aufgegessen. Nichts stillt den Hunger so gut wie Briefpapier. Aber mach dir keine Sorgen, ich erinnere mich an alles, was dort geschrieben stand.«

»Was denn?«

»Wenn ich das alles wiederholen wollte, müßte ich von jetzt bis gestern reden. Ich kann dir nur sagen, was auf der letzten, nicht beendeten Seite stand ...«

»Und zwar?«

»Habe ich gesagt: ›stand‹?«

»Ja, das hast du gesagt.«

»Das war ein Druckfehler.«

»Ich wollte sagen, daß dort eine Karte aufgezeichnet war, eine Art Labyrinth ...«

Pimpuś schaut sich um. »Ja«, sagt er. »Es stimmt, es muß hier sein. Siehst du diese Steine? Das sind Mauerreste.«

Ich sehe mich um ... und aus der Erde wachsen Steine und leuchten im matten Glanz. Wie schön es hier mit einem Mal ist. Überall ist es dunkel, nur um uns herum hell.

»Ja«, sagt Pimpuś, »weil wir genau in der Mitte sind. Siehst du diesen Weg?«

Meine Augen folgen seinem Finger.

»Ja.«

»Das ist Majkas Weg. Wenn du ihn gehst, wirst du vor Hitze zum Eiszapfen. Und jetzt schau dorthin ... Das ist Mienchens Weg. Dort wird dir so kalt sein, daß du wie eine Motte verbrennst. Und hier beginnt der Weg von Marysia. Er windet sich wie eine Spirale um den Berg herum. Wenn ich dir einen Rat geben darf: Nimm diesen Weg, so wirst du bestimmt ankommen.«

»Wo?« frage ich.

»Das ist doch klar.« Pimpuś lächelt. »Alle Bergwege führen zum Gipfel. Es gibt noch einen ...«

Er dreht sich um und zeigt mir mit der Spitze seines glänzenden Degens einen vierten Weg.

»Was ist das für ein Weg?« frage ich.

»Das weiß niemand. Vielleicht der längste, vielleicht der kürzeste, vielleicht der wunderbarste oder vielleicht der schrecklichste. Vielleicht ist es aber auch nur der Schatten eines Weges. Mehr kann ich dir nicht sagen, weil ich es selbst nicht weiß ...«

Ich betrachte den vierten Weg. Er unterscheidet sich durch nichts von den anderen, und doch drängt alles in mir nach ihm. Ich mache einen Schritt auf ihn zu, dann einen zweiten, und bleibe stehen.

»Wenn du diesen Weg gehst«, sagt Pimpuś, der sich hinter mich stellt, »werde ich dir meinen Degen leihen.«

Schon strecke ich meine Hand nach dem Degen aus, als ich wie durch Watte gedämpft einen Donner höre.

Das Gewitter ... Kasia ... Wo ist Kasia?

Ich sehe Pimpuś an.

»Ich muß Kasia finden!«

Pimpuś verzieht unwillig sein schönes Gesicht.

»Diesen Weg ist sie ganz bestimmt nicht gegangen.«

»Bitte sag mir, wo Kasia ist!«

»Um anderen zu helfen«, sagt Pimpuś, »muß man zuerst sich selber helfen. Was ist denn das für ein komisches Bild, wenn ein Blinder einen anderen Blinden führt. Denk an dich, Marysia.«

»Ich flehe dich an, sag mir, wie ich Kasia finden kann.«

»Kasia ist ihren eigenen Weg gegangen, geh du deinen. Und was ist mit diesem Weg? Willst du nicht den Weg der Überraschungen gehen?«

»Will ich schon«, sage ich. »Aber erst muß ich Kasia finden. Gleich kommt das Gewitter, und ich muß bei ihr sein ...«

Pimpuś wird traurig und steckt seinen glänzenden Degen in die Scheide.

»Also gut«, sagt er. »Ich werde mich dir nicht weiter aufdrängen mit meinem Degen. Und was das Gewitter betrifft: gewittern tut es schon lange.«

In dem Moment stehe ich mitten in Blitz und Donner. Ich bin sofort ganz klatschnaß und zittere vor Kälte.

»Pimpuś!« schreie ich. »Sag mir, wo Kasia ist!«

Aus dem Regen, aus der Dunkelheit, taucht seine Hand auf und zeigt bergauf.

Bei Blitz und Donner laufe ich in die Richtung, die er mir gezeigt hat.

»Verzeih mir, lieber Pimpuś. Aber ich muß Kasia retten.«

In strömendem Regen klettere ich die nassen Felsen hoch.

Ich hebe den Kopf.

Auf dem Gipfel des Ślęża, ganz oben auf dem Aussichtsturm, steht die winzige Kasia und streckt ihre Arme aus. Ich höre ihre Stimme, obwohl ich eigentlich zu weit weg bin, um sie wirklich zu hören.

»Papa! Nimm mich mit, Papa!«

Blitz und Donner. Der Berg zittert. Ein Netz aus Blitzen schließt Kasia in einen glühenden Kokon ein.

Ich erinnere mich an nichts mehr. Wie ich dort wieder runtergekommen bin? Wie ich hierher gekommen bin? In den Bahnhof, immer noch in Sobótka? Jemand neben mir macht seinen roten Regenschirm zu. Ich sitze auf der Bank im Wartehäuschen am Gleis. Jemand schaut mich an, man redet über mich. Der Lautsprecher röchelt etwas. Ich bin ganz naß, mein Kleid klebt an der Bank.

Ein paar durchnäßte Jungen stürzen herein, auch Mädchen. Das sind sie. Ich schleiche mich fort auf den Bahnsteig. Vielleicht bemerken sie mich nicht. Ich hocke mich auf die Bank an der Mauer.

Eine schwarzäugige Schwarzhaarige kommt zu mir. Sie setzt sich im Regen neben mich.

»Was denn, hast du Kasia nicht gefunden?«

»Sie ist im Himmel, bei ihrem Papa.«

»Was erzählst du da?«

»Wir haben sie umgebracht. Du und ich. Wir alle, die ganze Welt.«

Sie packt mich bei den Schultern und schüttelt mich.

»Majka, was hast du?«

Und ist verschwunden.

Der Zug fährt an, ich sitze im Zug. Mit dem Rücken nach Wałbrzych, und dem Gesicht zum Ślęża. Ich schaue, wie der Berg sich von mir entfernt. Bald ist er so klein wie der Maulwurfhügel, an dem der kleine tote Maulwurf lag, und wird von einer Regenwolke eingehüllt.

»Warum weinst du, Kindchen?« fragt eine Frau.

Magda und Claudia kommen.

»Hast du vielleicht Ewa gesehen?«

Vor dem Haus begegne ich Papa.

»Leg dich schnell ins Bett«, sagt Mama.

»Die zittert ja richtig«, sagt Tadzio.

Und Zosia: »Ich habe ihr Kleid ausgewrungen. Fünf Liter Wasser sind rausgekommen.«

Ich stoße die Bettdecke beiseite.

Darunter ist ein Felsbrocken, der sich keinen Millimeter bewegt. Nichts zu machen, die Beine muß ich hier lassen. Wie werde ich ohne Beine gehen? Ach was, ich werde schwimmen.

Ich schwimme.

Was sind das für viele Kreuze? Bis zum Horizont. Eine Menschenschlange an Kreuzen. Sie stöhnen, weinen, winden sich wie Regenwürmer.

»Wo willst du denn hin, du Luder!« schreien sie mich an. »Weg hier, hinten anstellen!«

»Na, ich sag's Ihnen doch, auf den Schinken ist Blut gespritzt, und auf die Wurst auch.«

»Nicht drängeln, nicht drängeln, sage ich doch!«

»Sagen Sie mal, ist noch genug da?«

»Sie hat nicht hier angestanden.«

Habt keine Angst, meine Lieben, ich werde mich nicht vordrängeln, wirklich nicht. Langsam schwimme ich weiter. Immer mehr Kinder an den Kreuzen. Sie weinen, daß einem das Herz zerspringt.

Ein alter Mann mit einem Stock und in einem glänzenden Umhang fegt mit seinem silbernen Bart über den Boden. Ich schwimme zu ihm und er streckt mir den Finger entgegen, macht »Ätsch!« damit und kreischt:

»Scheißerchen, Furzerchen!«

Kichernd hüpft er davon.

»Scheißerchen, Furzerchen! … … Scheißerchen, Furzerchen! …«

Ich höre ein Glucksen und drehe mich um. Auf einem Sockel aus weißem Marmor rührt ein wunderschöner rosiger Knirps mit einem Schöpflöffel in einem Kessel. Er lächelt mich mit Zähnchen an, die aus Porzellan zu sein scheinen.

»Probier mal«, zwitschert er wie eine Nachtigall, »das ist eine sehr *gutschlechte* Suppe.«

Er nimmt den Schöpflöffel und schiebt ihn mir an den Mund. Ich schlucke, und die Suppe explodiert in mir mit eisigem Feuer, mit feurigem Eis.

Ich wache auf, um sofort in einen neuen Traum zu fallen. Ich sitze im blauen Schlafanzug auf der Couch. Das Zimmerchen ist klein wie ein Vogelkäfig. Ich ziehe schnell den Schlafanzug aus und ein Kleid an.

Ich gehe aus dem Zimmer, alles hängt voller Kleider. Vor dem Fernseher betet meine Familie. Es ist hell, die Sonne scheint, etwas hüpft über den Bildschirm.

Ich laufe auf die Straße.

Die hohen Häuser drumherum verdecken alles. Ich wollte etwas Wichtiges tun … Ach, ich weiß schon, ich wollte wissen, wie weit dieser Traum zurückreicht.

Ich brauche fünf Złoty.

Ich bücke mich, da ist ein Fünf-Złoty-Stück. Und dort steht eine Telefonzelle. Alles ist für mich vorbereitet. Ich trage die fünf Złoty zur Telefonzelle. Werfe die Münze in den Schlitz, drehe die Wählscheibe. Etwas tickt in meinem Ohr. Plötzlich höre ich eine Stimme.

»Ja bitte?«

Es ist Kasias Stimme. Laut und deutlich Kasias Stimme.

»Ja bitte!«

Kasias Stimme. Ich hänge auf. Mann, bin ich dumm. Kasia lebt, sie ist zu Hause, ich muß sie sehen, muß mich mit eigenen Augen überzeugen, bis jetzt sind nur meine Ohren überzeugt.

Ein Bus fährt mich hin.

Alle starren mich an.

Ich lächle, fühle mich wunderbar.

Aber irgendwie ... oh, ich bin barfuß. Deshalb starren sie mich so an. Und was habe ich an? Das Kleid, das ich sonst nur zum Putzen anziehe, es ist voller Löcher. Da wird Kasia aber lachen, wenn ich zu ihr komme.

Ich renne über den Markt.

Der Springbrunnen funkelt in der Sonne. Vor der Eingangstür treffe ich den hinkenden Briefträger.

»Haben Sie vielleicht einen Brief aus Warschau für Kasia Bogdańska?«

Er kramt in seiner Tasche und sagt:

»Ein Einschreiben, und da unterschreiben! Dich schickt wohl der Himmel, ist nämlich gar nicht so komisch, mit dem Holzbein in den zweiten Stock.«

Ich nehme den roten Kugelschreiber und setze eine blaue Unterschrift auf das Papier.

Schon springe ich die Treppe hinauf. Und wenn etwas Schlechtes in dem Brief steht? Wenn es etwas Schlechtes ist, wird Kasia zusammenbrechen. Ich schau nach ... der Klebstoff hält kaum.

»Sehr geehrte, liebe Frau Bogdańska,

Ihrem Wunsch entsprechend antworte ich Ihnen sofort. Und gleich zur Sache, damit Sie sich nicht unnötig aufregen. Es unterliegt keinem Zweifel, daß Sie Talent besitzen, und wenn man Ihr junges Alter (20 Jahre) in Betracht zieht, dann sogar ein sehr großes. Ich habe mir Ihre Kassette mit Freude angehört. Es gibt darin zwar viel ...«

Wunderbar. Kasia wird vor Freude Purzelbäume schlagen. Ich befeuchte mit der Zunge den restlichen Klebstoff, und schon ist der Briefumschlag wieder verschlossen.

Als ich klingeln will, geht die Tür auf. Es ist Kasias Mutter, sie will gerade weggehen und schaut mich erstaunt an.

»Guten Tag! Ist Kasia da?«

»Ja«, sagt sie. »Komm rein, dann kann ich gleich hinter dir abschließen.«

Ich gehe hinein, höre den Schlüssel im Schloß, gehe zum honigfarbenen Vorhang, hinter dem Kasia ... Lachen, ich höre Lachen. Es ist nicht das von Kasia. Auf dem Sofa sitzt im Sonnenlicht Ewa. Ewa Bogdaj.

Vor ihr sitzt, mit dem Rücken zu ihr, Kasia. Ich sehe sie beide im Profil, zwei von der Sonne umrissene Profile.

Ewa bürstet Kasias Haare.

»Das ist doch wohl ein bißchen übertrieben«, sagt Kasia.

»Du weißt doch, daß ich nie lüge«, sagt Ewa, und beide platzen vor Lachen.

»Aua! Das ziept!«

»Entschuldige. Dein Haar ist einfach super. Ich werde meins auch wieder wachsen lassen.«

»Ich habe dir doch gesagt, du sollst es nicht abschneiden. Ich fand den Zopf viel schöner.«

»Und am liebsten hast du daran gezogen. Hast du ihn noch?«

»Klar habe ich ihn. Wenn du willst, kann ich ihn dir mal ausleihen. Für einen Dollar pro Stunde. Einverstanden?«

»Und ich habe gedacht, daß du ihn weggeworfen hast«, sagt Ewa. »Es ist doch schon ein halbes Jahr vergangen seit unserem schönen Krach.«

»Was denn! Das war im Februar. Vor vier Monaten. Ich erinnere mich nicht einmal mehr, worum es gegangen ist.«

»Du erinnerst dich nicht?« wundert sich Ewa.

»Nein.«

Ewa umarmt Kasia und flüstert ihr etwas ins Ohr.

»Oh, du Schweinchen!« ruft Kasia. »Es war genau umgekehrt! Gut, daß du mich daran erinnert hast. Das werde ich dir nie verzeihen.«

»Ich dir auch nicht!«

Sie kichern. Ewa bürstet wieder Kasias Haar.

»Und um darauf zurückzukommen«, sagt sie, »weißt du, was ich glaube?«

»Was denn?«

»Sie hat echt nicht alle Tassen im Schrank. Weißt du ... sie hat alles total ernst genommen.«

»Das hab ich manchmal auch gedacht«, sagt Kasia. »Und am Anfang war sie so still und irgendwie niedlich.«

»Sie hat uns alle angeschmiert. Sie wollte auf unsere Kosten Karriere machen.«

»Nein, das glaub ich nicht.«

»Aber ja, ich weiß es. Wie viele Sachen ich ihr gegeben habe! Sie trägt meine Slips, meine Strumpfhosen, meine BHs, meine Kleider, und außerdem habe ich ihr die Aufnahmeprüfung fürs Gymnasium ermöglicht. Ist das etwa nichts?«

»Ich wollte ihr einen ganzen Schrank voll Klamotten schenken«, sagt Kasia, »aber es war mir irgendwie peinlich.«

»Dabei ist sie gar nicht so zimperlich. Du hättest es versuchen sollen, dann hättest du es ja gesehen. Sie hätte zwei Koffer voll mitgenommen und wäre dann noch mit einem Handkarren zurückgekommen, um den Rest zu holen.«

»Pfui, bist du gemein«, sagt Kasia.

»Dann bleib du mal die Heilige, ich bin lieber gemein. Jede Wahrheit ist gemein.«

»Ich habe irgendwas bei ihr gespürt, irgendein Geheimnis«, sagt Kasia, »dabei ist sie einfach naiv, oder schüchtern, oder ängstlich. Ist übrigens auch nicht so wichtig. Wenn sie wenigstens gut wäre ... Aber nicht einmal das. Pfui, pfui!«

Kasia schüttelt sich.

»Sie hat einfach 'ne Meise und fertig«, sagt Ewa.

»Geheimnis, Geheimnis«, sagt Kasia. »Ich glaube, daß die Menschen kein Geheimnis haben.«

»Ich mag keine Geheimnisse.«

»Die gibt's sowieso nur in der Musik. Heute weiß ich es. Nur in der Musik. Du wirst schon sehen, ich krieg's noch raus.«

»Außerdem wollte sie in meine Familie einheiraten«, sagt Ewa.

»Ach, hör doch endlich auf, von ihr zu reden! Sie ist ein Niemand, es gibt sie gar nicht.«

Ewa lacht.

»Schön hast du das gesagt. Sie ist das Fräulein Niemand.«

Ich schleiche mich vom Vorhang weg, höre ihre Stimmen, ihr Lachen.

Fräulein Niemand. Das bin ich.

Die Tür ist hinter mir zugefallen. Ich laufe die Treppe hinunter. Schneeflocken rieseln herab. Das sind die Fetzen des Briefes, den Fräulein Niemand eine Etage höher zerrissen hat.

Ach, ich bin zu weit gelaufen. Hier ist schon der Keller. Da steht jemand im Dunkeln. Eine Brille blitzt auf.

»Marysia, wenn du willst, zerreiße ich alles, und es wird wieder so sein wie zuvor.«

»Hau ab!«

Ich laufe weg und stehe vor dem Hauseingang in der Sonne. Ich habe eine ferngesteuerte Bombe unter die Treppe gelegt. Ich nehme die Uhr vom Handgelenk und schlage sie gegen die Bürgersteigkante. Das Glas zerspringt. Ich stelle die Zeiger schnell auf zehn Uhr neun. Tick tick tick tick ... gleich wird das Haus über ihren Köpfen zusammenstürzen.

Getöse. Ist es schon soweit?

Nein, es ist ein schwarzer, glänzender Wagen, der mit dem Gedröhn von dreihundert Pferdestärken vorfährt. Ein Chauffeur mit roter Fresse springt heraus und öffnet mir die Tür.

Ich steige ein.

Mein Handschuh ist heruntergefallen. Schon bückt sich ein Jüngling im silbernen Frack. Er kniet sich hin und reicht mir den Handschuh, küßt mit Ehrfurcht den Saum meines Kleides aus goldener Seide und schnippt mit den Fingern.

Wir fahren los.

»Wer bist du?« frage ich.

»Euer Page und persönlicher Sekretär, Gebieterin«, sagt der Jüngling und schaut mich mit silberblauen Augen an. »Die Prinzessin hat so lange auf sich warten lassen, daß wir beinahe schon alle Hoffnung aufgegeben haben. Aber Beharrlichkeit zahlt sich aus. Oh, geschätzte Prinzessin, geliebte Gebieterin ...«

Ich höre ein Geräusch hinter mir und drehe mich um.

Ein Auto, innen groß und schön wie ein Ballsaal, mit einem Springbrunnen mittendrin. Jünglinge und stattliche Jungfrauen verbeugen sich vor mir. Alle wunderschön und prächtig gekleidet, fürstlich, festlich.

»Wir sind bereit, geliebte Gebieterin, jeden Eurer Wünsche zu erfüllen«, sagt mein hinreißender Page.

»Kann ich um alles bitten?«

»Befehlt, Gebieterin! Ihr seid unsere Herrscherin.«

»Sorgt dafür«, sage ich, »daß alle Kritiker die Komposition von Katarzyna Bogdańska verhöhnen. Und dieser Kritiker, der sie gelobt hat, soll taub werden. Katarzyna soll nie wieder etwas komponieren und furchtbar darunter leiden, daß niemand ihre Komposition zu schätzen weiß. Sie soll lange leben und bis zu ihrem Tod keine Anerkennung finden, und wenn sie stirbt, soll ihre Komposition mit ihr in Vergessenheit geraten.«

»Das ist eine Kleinigkeit«, sagt der Page und zeigt sein Porzellanlächeln. »Dazu brauche ich nicht mal den kleinen Finger. In der Geschichte sind so viele schöne Werke mit ihren Komponisten in Vergessenheit geraten, und nicht mal die Ratte einer Dorfkirche fragt nach ihnen. Das wäre also erledigt. Euer nächster Wunsch? Ich habe die seltsame Ahnung, daß auch Fräulein Bogdaj eine Überraschung erleben wird ...«

»Oh ja«, sage ich. »Ewa soll eine fette, früh gealterte Muttersau mit sieben Kindern werden, mit einem Säufer als Mann.«

»Das ist schon ein wenig komplizierter«, sagt mein Page und dreht sich zu meinen Hofdamen und Höflingen um.

»Hier! Ich! Ich nehme das gern auf mich!« meldet sich ein hübsches Ding in einer Minitournure, mit einem lebendigen Pfau in der Coiffure. »Ich werde den Trick mit den Hormonen und dem Stoffwechsel anwenden. Würden hundertzehn Kilo und Elefantenbeine unserer geliebten Gebieterin gefallen?«

»Klar«, sage ich und breche in helles Gelächter aus. Mit mir lacht der ganze Hof.

»Und sie soll arm sein«, sage ich. »Sie soll den Kohleneimer bis ins Dachgeschoß schleppen müssen, wo sie als wilde Mieterin wohnt. Und eine Woche vor dem Monatsersten soll sie nichts mehr haben, womit sie ihren häßlichen, stumpfsinnigen Bälgern die Mäuler stopfen kann.«

»Ich habe da eine tolle Idee«, sagt ein überaus eleganter Geck in einer Hose aus Schlangenhaut und einer Mütze mit einem vergoldeten Hahn. »Wir machen uns an das Geschäft ihres Herrn Papa heran. Es gibt kein Geschäft, bei dem man nicht einige peinliche Unterlagen finden könnte. Ich sorge dafür, daß die Familie gesalzene Geldstrafen bekommt und ihr Eigentum beschlagnahmt wird. Reicht das?«

»Ich glaube, das genügt fürs erste«, sage ich und klatsche in meine beringten Hände, und mit mir klatscht mein höfisches Häuflein. Ringe purzeln auf den spiegelnden Boden.

»Euer nächster Wunsch?« fragt der Page.

»Wie viele habe ich denn noch frei?« frage ich plötzlich erschrocken.

»So viele Ihr nur wollt, Gebieterin. Hundert, tausend, eine Million, eine Milliarde ...«

»Billiarden, Grilliarden ...!« rufen die Höflinge laut durcheinander.

Ich bin erleichtert und richte mich stolz auf.

»Dann möchte ich reich und berühmt werden. Alle sollen mich beneiden. Sie sollen mich in Zeitungen sehen, auf Plakaten, im Kino und im Fernsehen. Sie sollen über mich in Bussen, Zügen und Straßenbahnen reden. Und Ewa und Katarzyna sollen mich besonders beneiden.«

»Schon erledigt!« ruft der Page begeistert. »Was noch?«

Was noch? Das werde ich mir später überlegen... Und jetzt...

»Jetzt will ich einfach glücklich sein«, sage ich.

»Ach, wie schön Ihr das ausgedrückt habt, Prinzessin. Einfach glücklich.« Der Page wendet sich an den Hof. »Habt ihr das gehört, meine Lieben?«

»Oh ja, wir haben es gehört«, rufen die Hofdamen und Höflinge. »Wunderbar hat es unsere Gebieterin gesagt! Einfach glücklich sein!«

»Bravo!« ruft der Page.

»Bravo!« ruft der ganze Hof.

»Bravo für die Prinzessin!«

Sie klatschen und klatschen, und jedesmal, wenn sie klatschen, kullern Perlen und Brillanten und hüpfen melodisch über den Spiegelboden.

»Oh ja, wirklich, ein nie genug beklatschtes Bravo«, sagt mein Page und legt seine Hand aufs Herz. »Ein wahrhaft königlicher Wunsch. Einfach glücklich sein. Der Einzelhandel klirrt münzenhaft, der Großhandel flimmert sternenhaft, der Großhandel steht der Prinzessin sagenhaft.«

»Ooohhh, dank dir, unsere Sternengebieterin!« rufen die Höflinge im Chor.

»Wofür danken sie mir?« frage ich verwundert.

»Für Euer Vertrauen, Gebieterin«, erklärt mein entzückender Page und persönlicher Sekretär. »Weil bei einem Großhandelswunsch Einzelverantwortung auf uns fällt. Und Selbständigkeit lieben wir über alles, ganz abgesehen natürlich von unserer gnädigsten Gebieterin, die wir noch weit mehr lieben.«

Der Page gleitet elegant auf die Knie und küßt meine goldenen Pantöffelchen. Plötzliches Knirschen. Bremsenquietschen.

»Wie fährst du denn, du Depp?« schreit der Page den Chauffeur an.

»Aber gnädiger Herr, ich fahre nicht mehr, wir stehen bereits«, sagt der Fahrer, der seinen roten Lakaiennacken vor uns beugt. »Fast hätten wir einen Menschen umgenietet...«

Draußen steht ein Greis, besabbert und zahnlos drückt er

seine schorfige Fratze an die Autoscheibe. Die gekrümmten Finger steckt er durch den Fensterspalt.

Er starrt mich an und ruft leise glucksend:

»Mama, Mama ...«

»Wer ist das denn?« frage ich.

»Das ist Paulchen«, sagt der Page.

»Was für ein Paulchen? Ich kenne kein Paulchen.«

»Euer Sohn.«

»Wie denn? Mein Sohn? Mein kleiner, geliebter, zukünftiger Sohn soll so aussehen?«

»Es tut mir leid, Prinzessin, er ist es wirklich. In achtzig Jahren.«

»Ach so, in achtzig Jahren ... Fahr los«, sage ich zum Chauffeur, und zum Pagen: »Eine Zigarette, schnell!«

Das Auto macht einen Satz nach vorn, der Alte fliegt nach hinten und fällt aufs Pflaster. Noch einen Augenblick lang höre ich ihn »Mama, Mama« lallen.

Das goldene Zigarettenetui des Pagen glimmert, sein goldenes Feuerzeug flimmert. Ich rauche eine Zigarette mit einer goldenen Zigarettenspitze, mit einem goldfarbenen Cocktail spüle ich jede goldene Rauchwolke nach. Mein eleganter Page reißt mich aus meinem Gedanken.

»Und dort, Prinzessin, seid so gütig, Euren ehrwürdigen Kopf dorthin zu wenden, liegt Susanne, Euer Töchterchen.«

Ich schaue zur Seite und sehe einen Friedhof. Dort, auf dem Friedhof ... meine Suse?

»Was denn? Ich habe sie doch noch gar nicht geboren, und schon hat sie ins Gras gebissen?«

»Tja, leider«, sagt der Page und wird traurig. Seine silberblauen Augen klimpern verlegen mit den Wimpern. »Auch ein Bonbon kann man nur so lange lutschen, bis es ausgelutscht ist. Und wenn man es ausgelutscht hat, dann macht es sich, egal, wie süß es gewesen ist, aus dem Mund auf den Weg in andere Regionen, in andere Düfte, wie meine Tante Euphemia zu sagen pflegte. Es ist die ZEIT, die Euch ihr tückisches Antlitz zeigt, unsere Allerallergnädigste. Sie ist stärker als wir.«

»Na, dann denkt euch was aus«, sage ich und wende mich an den ganzen Hof. Aber sie hören mich nicht. Sie folgen uns in einer Kolonne von Luxuslimousinen.

»Leider«, sagt der Page, »arbeiten wir nur in der ZEIT. Ohne die ZEIT gibt es weder uns noch unsere Arbeit. Diese idiotische, verdammte ZEIT! ...« Und mein Sekretär knirscht mit seinen Porzellanzähnchen, und jedesmal fallen Perlen auf den Boden.

»Was wird also mit meinem Glück?« frage ich. Die Frage spüle ich mit einem Schluck Cocktail nach.

»Ach!« ruft der Page, und ein Lächeln blüht in seinem blassen Gesichtchen auf. »Wenn man das eine Bonbon gegessen hat, nimmt man sich das nächste. Es wird Euch, Prinzessin, nicht an Bonbons in goldenem Papier mangeln.«

»Meine Kinder sind doch keine Bonbons«, sage ich. »Ich will sie weder lutschen noch aufessen. Ich will sie haben, und sie sollen niemals sterben. Ich will nur diese beiden Kinder, und nicht ständig neue! Ihr müßt euch etwas ausdenken, damit es so wird, wie ich es will. Ich befehle es euch!«

Der Page ist den Tränen nahe.

»Leider, meine Gebieterin. Wenn schon Kinder, dann nur in der ZEIT. Etwas anderes läßt sich in dieser Materie nicht ausdenken.«

»Dann entlasse ich dich!« schreie ich. »Schieb ab.«

Und kaum ist mein Sekretär und Page verschwunden, bietet schon der nächste seinen Charme an. Genauso hübsch wie der vorige, vielleicht sogar noch hübscher.

»Was befehlt Ihr, Gebieterin?«

»Du sollst dir etwas ausdenken, damit sich die ZEIT nicht in mein Glück einmischt.«

»Leider, Gnä ... mmmm«, stottert der Page. Ich zeige mit dem Finger auf die Tür. Kaum ist er weg, sitzt schon ein anderer an seiner Stelle. Scheinbar anders, und doch genauso wie die beiden zuvor.

»Was befehlt Ihr, Gebieterin?«

»Ich sehe, mit den Kindern wird's nichts«, sage ich. »Bringt mir wenigstens schnell meinen geliebten Gatten her. Kennt ihr meinen Geschmack?«

»Kennen wir, Gebieterin«, sagt der Page zu mir, und zum Chauffeur: »Halt an, du Trottel!«

Der Wagen bleibt stehen, wir steigen aus.

Auf dem Feldweg steht eine ganze Kavalkade höfischer Limousinen. Die Hofdamen und Höflinge springen heraus. Es wimmelt, es glänzt vor lauter Seide und Brillanten.

Da ist er, da ist mein Mann.

Dort sitzt er am Wegrand und schaut erstaunt, und seine Augen leuchten bei dem Anblick meiner königlichen Schönheit.

Wunderschön ist er, wunderbar, ja, das muß er sein, so habe ich ihn gesehen, als ich mir meine Ehe vorgestellt habe. Ich gehe zu ihm ... und da hat doch glatt irgendeine Rotzgöre ihren Kopf auf sein Knie gelegt und starrt erschrocken meinen königlichen Glanz an. Und er, mein zukünftiger Gatte und Geliebter, streichelt ihr über das Mäusehaar.

»Was ist das?« frage ich und wende mich an meinen Sekretär und den ganzen auf dem Feldweg strahlenden Hof.

Alle breiten hilflos die Arme aus, fliehen mit dem Blick in die Ferne. Eine Schönheit hat sich hingekniet und tut so, als würde sie ihr Schühchen schnüren. Ein anderer wiederum putzt jemandem den Kragen ab, angeblich Staub ... Der Page seufzt und blickt geniert nach unten.

»Und was macht diese Gans bei ihm?« sage ich wütend. »Weg mit ihr!«

Einige Höflinge kommen angelaufen, zwei packen das Mädchen ... Aber was ist denn das? Mein Geliebter läßt sie nicht los. Das gefällt mir, da kann man nicht meckern, stark ist er.

Oder die Höflinge sind zu schwach.

Endlich haben sie sie voneinander losgerissen. Zwei halten sie, sechs ihn. Zu ihr gehe ich zuerst. Was hat er in ihr gesehen? Vielleicht ist sie ja hübsch, vielleicht sogar sehr hübsch, vielleicht sieht sie mir sogar ähnlich, vielleicht sieht sie mir sogar so ähnlich wie mein Spiegelbild ...

Aber nein, nicht ich bin es, sondern sie. Vielleicht war ich früher, bevor ich den Thron bestiegen habe, auch so komisch und dumm ...

Wir stehen uns gegenüber. Ihr kullern die Tränen herunter, mir die Perlen und Brillanten. Sie läßt den Kopf hängen und schaut mich nicht an.

Ob sie Angst hat? Ich fasse sie am Kinn und hebe mit Gewalt ihr Mäusemäulchen hoch.

»Was ist denn, Kleine«, sage ich gütig. »Wie heißt du denn?«

Sie schweigt, blickt mit ihren Äuglein nach unten und plärrt.

»Kommst dir jetzt blöd vor, was?« sage ich. »Weißt nicht, was du sagen sollst, was? Im Köpfchen rauscht es, was? ... Wart nur, es wird noch ganz anders rauschen.«

Und zack, eins auf die Rübe, und zack, ein zweites Mal. Sie schreit nicht, duckt sich nicht, schluckt schweigend ihre Tränen.

»Hängt sie an diesen Apfelbaum«, sage ich. »Verwandelt sie in eine Birne. Wenn sie reif ist, fällt sie runter.«

»Ha ha ha!« lachen die Hofdamen und Höflinge und klatschen in die Hände, Perlen und Diamanten purzeln auf den staubigen Feldweg.

Und sie flüstern einander zu:

»Oh, ah, ist unsere Prinzessin aber witzig!«

»Ah, oh, und wie geistreich!«

»Oh, ah, nach einer zweiten solchen Gebieterin würde man vergebens suchen.«

»Ah, oh, oh, ah! ...«

Ich gehe zu meinem Liebsten.

»Laßt ihn los«, sage ich.

Er ist wunderbar. Sein Haar ist so, wie es sein sollte, und die Augen, und die Hände, er ist ganz genau so, exakt so, wie ich ihn mir vorgestellt habe.

»Mein Liebster«, flüstere ich zärtlich. Ich schmiege mich an ihn, auch er umarmt mich. Aber nicht innig genug. Warte mal, Junge, dich werde ich schon entflammen. Ich hebe mein Rosengesichtchen und berühre mit meinem Mund seine Lippen. Am ganzen Körper bebend, vereine ich meinen duftenden

Atem mit dem seinen, und schon sind unsere Münder ein einziger korallenroter Mund.

Mit meiner Zunge locke ich seine Zunge.

»Ah, oh, schaut doch, wie meisterhaft unsere Prinzessin küssen kann! Eine Goldmedaille! Bravo!!!«

Das stimmt, sie haben recht.

Es gibt niemanden, der besser küssen könnte als ich. Und mein Geliebter, ja, er erwidert meinen Kuß, aber so, als ob er ihn eben nur erwiderte. Seine Zauberschlange reckt sich an meinem Bäuchlein, aber sie reckt sich, als ob sie das nicht für mich täte, sondern nur so, im allgemeinen.

»Oh, ja«, flüstere ich und schaue ihm in die Augen, »ich liebe dich, ich liebe dich, ich liebe dich über alles. Und du, liebst du mich so wie ich dich?«

»Ich liebe dich«, sagt er und fügt hinzu: »Ich liebe dich über alles.«

Die kurze Antwort hätte gereicht, warum hat er noch etwas hinzugefügt?

Vielleicht ist er ein Papagei.

»Er liebt mich gar nicht«, sage ich zu den Hofdamen.

»Doch, er liebt Euch, er liebt Euch tatsächlich, wir haben es alle gehört, geliebte Gebieterin! Er hat gesagt, er liebt Euch, er liebt Euch über alles!«

Ich gehe drei Schritte auf Abstand.

»Vielleicht hat er es gesagt, aber er liebt mich nicht.«

Ich strecke zwei Finger nach einer Zigarette aus, ein goldener Blitz, ich rauche.

»Ich will, daß er mich liebt«, sage ich. »Ich befehle es euch! Er soll mich lieben! Er muß mich so lieben, daß ich daran glaube!«

Da mischt sich ungefragt der Chauffeur ein:

»Vielleicht soll ich ihm eins über den Schädel geben, einfach eins drauf? Ich weiß genau, wie das wirkt, der wird gleich spuren!«

»Schweig, du Rohling! Ich will Liebe, und keinen Gehorsam!«

Was ist mein Liebster doch für ein Tölpel! Er schielt sehnsüchtig nach der Birne am Apfelbaum und hat eine goldene Ananas vor sich.

»Und?« sage ich zum Hof. »Was ist mit euren Versprechungen?«

Plötzlich macht eine der Hofdamen, die in dem Kleid aus Leopardenpelz und mit einer Perücke aus versilberten Quallen, einen schönen Knicks vor mir und zwitschert:

»Dürfen wir Euch, Gebieterin, ein altes chinesisches Volksliedchen vorsingen?«

»Zisch ab mit deinen Volksliedchen!« schreie ich wütend. »Ihr sollt was unternehmen, damit er mich liebt!«

Der Page neigt sich zu meinem Ohr und flüstert:

»Erlaubt es ihnen, Gebieterin. Sie haben noch nie für Euch gesungen. Es ist ein erstklassiger, königlicher Chor. Er hat alle höfischen Festivals gewonnen.«

»Na gut, dann singt«, sage ich großzügig. »Aber schnell, zack zack und zügig, ich hab keine Zeit, ich habe es eilig zum Glück.«

Sofort stellt sich der Chor in vier Reihen am Wegrand auf. Der Page hebt einen Zweig von der Erde auf, er wird dirigieren. Es beginnen die Bässe, dann stimmen die Tenöre ein, dann die Sopran- und Altstimmen.

Nennt man so was Kanon?

Lali lo lali lo lali lo haida ho
haida ho lali lo lali lo lali lo
lali lo lali lo lali lo haida ho
haida ho lali lo lali lo lali lo . . . !!!

»Zur Sache!« rufe ich »Schneller!«

Sofort singen sie schneller, aber es ist dasselbe, immer wieder. Und noch einmal von vorn, immer schneller und schneller.

Sie piepsen so schnell, als würde jemand bei eingeschaltetem Ton ein Band vorspulen.

»Wieso singt ihr so schnell?!« rufe ich.

Sofort werden sie langsamer. Sie singen jetzt so langsam,

daß man nicht mehr sieht, daß sich ihre Lippen bewegen. Da, sie kommen wieder in Fahrt.

Na denn.

Sie haben sich festgesungen, nichts kann sie unterbrechen. Ich rufe den Chauffeur.

»Einen Stuhl!«

Er fällt auf alle viere, streckt seinen Rücken, ich setze mich. Er zittert ein bißchen unter mir, weil auch er das *Haida ho* jodelt, so sehr hat sich der Rüpel in den Gesang der Herrschaften eingefühlt. Nur dieser Schwachkopf, dieser Trottel, mein Geliebter, singt nicht mit und läuft nicht herum, er tut einfach gar nichts.

Er steht da und glotzt die Birne an.

Ich werde warten, vielleicht wird er müde, bevor der Hof aufhört zu singen. Was, sie sind schon fertig? Nein, doch nicht. Eine der Hofdamen hüpft in Strümpfen mit kunstvoll goldbestickten Löchern vor den Chor und singt mit ihrem Sopranstimmchen so süß, daß man damit den Tee einer ganzen Stadt zuckern könnte.

»So wie die Zeiten nicht rückwärts laufen, könnt Ihr, Prinzessin, nicht die Liebe kaufen!«

Und der Chor singt wieder sein *lali lo, haida ho* ... Was für eine Bande von Schnarchsäcken. Wozu sind die überhaupt gut? Endlich Stille. Nur eine Fliege summt ohne Erlaubnis. Mein Hof ist traurig, blaß und zerknittert. Er glänzt kaum noch.

»Jeminee, so ein Lied aber auch«, sage ich mit Verachtung. »Jeder Regenwurm kann so was zusammenzwitschern. Ich will die Liebe von diesem Hohlkopf doch nicht kaufen! Ich will einfach, daß er mich liebt. Ich will einfach glücklich sein.«

Der Hof erwidert nichts, sondern glänzt mit Schweigen am Wegrand.

Wer wagt, gewinnt. Zum letzten Mal werde ich meine königliche Autorität in die Waagschale werfen. Ich gehe zu dem Tölpel und sage:

»Liebst du mich? Aber sei ehrlich, denn wenn du lügst und

ich dir nicht glauben kann, dann hau ich dir eine runter, daß du dir ewig merken wirst, wo die Maulwürfe überwintern!«

»Ich liebe dich«, antwortet er mit zittriger Stimme. Na, da hat er noch mal Glück gehabt, daß er die Wahrheit gesagt hat.

Ich winke die Höflinge heran.

»Schafft mir diesen Gigolo aus den Augen«, sage ich. »Ans andere Ende der Welt mit ihm, verwandelt ihn in einen Apfel.«

Kaum haben sie ihn fortgeschafft, sind sie schon wieder zurück.

Hier hängt nur noch die Birne am Apfelbaum.

»Es geschieht ihnen recht«, sage ich. »Die hier als Birne, der dort als Apfel. Sollen sie sich doch lieben!«

Ich pruste vor Lachen, und mit mir zusammen bricht mein ganzer Hof in Gelächter aus. Plötzlich höre ich auf, der Hof schweigt in derselben Sekunde. Ein guter Hof, geübt. Ich gehe zum Chauffeur, setze mich wieder rittlings auf ihn, haue ihm auf den Arsch und rufe:

»Hüh, zum Auto!«

Der herzensgute Chauffeur galoppiert los und ruft, vor Lachen wiehernd:

»Hä hä hä, Äpfel mit Birnen zusammenzählen!«

»Ho ho ho«, lachen die Höflinge.

»Hi hi hi«, die Hofdamen.

Zack zack! Die Kavalkade der Limousinen fährt los. Ich ganz vorn.

»Ist ja ein Ding«, sage ich zum Pagen. »Da habt ihr mir ein schönes Großhandelsglück bereitet.«

Der Page hebt ängstlich die Wimpern und heftet sein einschmeichelndes Glotzauge auf mich. Er umkleistert mich richtig mit seinem Blick.

Der Chauffeur kriegt von mir was auf den geröteten Nacken.

»Raus hier! Ich fahre selber.«

Ich setze mich ans Steuer, da ist das Gas, hier die Bremse.

Ich drücke das Gaspedal bis zum Anschlag durch. Die Hofdamen kreischen und piepsen vor Angst, die Höflinge fiepsen. Was soll's.

Eine Kurve. Gut. Ihr werdet sehen, ihr Feiglinge, wie eine Prinzessin mit Vollgas die Kurve schneidet. Ai! Oi! Schon gehorcht mir das Lenkrad nicht mehr. Wir fliegen über Felder, durch Wälder. Nanu ... das Auto knallt in wahnsinniger Geschwindigkeit mit der Seite gegen ein paar Baracken, die mit Wellblech und Teerpappe gedeckt sind, gegen ein kleines Gebäude mit einem schiefen Schornstein und abblätterndem Putz. Und ich kann gerade noch ein verblichenes Schild sehen, das Wind und Regen zerfressen haben.

DEUS KOSMADEUS

BAX

GMBH

Klatsch!

Ein blendender Glanz.

Dann stoße ich in eine immer dichterwerdende Dunkelheit vor...

Ich will aufstehen, kann aber nicht. Tadzio hat mich im Schlaf unter seiner Bettdecke begraben.

Ich stehe auf. Vor mir der glitschige Weg im Mondenschein. Ich werde ihn gehen. Sie erwarten mich bereits mit Mistgabeln.

Da. Hier schläft Papa, und hier Mama. Sie schnarchen.

Seid mir nicht böse, weint bitte nicht. Es lohnt sich nicht. Wozu braucht ihr zu Hause jemanden, der so gemein ist.

Ruhig, Zenuś, ruhig. Komm her, mein Kleiner, ohne dich werden sie mich dort nicht hineinlassen. Ich habe bei deinem Leben geschworen, daß ich nicht hassen werde. Hier hast du nie etwas gesehen, und im Himmel wirst du Sternchen sehen, die Sonne und alles, was dazugehört. Begleite mich, nur ein kleines Stück, dann kommen die Engel und nehmen dich mir ab. Halt dich gut an meinem Hals fest. Wie warm es hier auf dem Balkon ist, und wie schön. Siehst du? Schon sind die Beine über dem Geländer. Ach, du siehst nichts, aber gleich wirst du alles sehen. Gleich wirst du fliegen.

Wir fliegen.

Zenuś wird immer leichter, und ich werde immer leichter. Schon ist Zenuś nicht mehr bei mir.

Und ich ... ich werde immer weniger, immer leichter, bin schon leichter als die Luft. Und doch immer schwerer. Je weniger ich dort bin, desto mehr bin ich hier.

Ich fliege durch die schwarze Leere, rund und schwer von der Glut, die in meinem Innern wächst und wächst. Ich drücke meinen Schoß zu, behalte sie in mir. Was ist das für eine Geburt, die niemals endet, und was für ein Kampf gegen die Glut, die ewig wächst. Im Glanze des Vaters, in seinem Magnetfeld kreise ich gehorsam als Stern unter tanzenden Sternen, Schwester unter Schwestern. In anmaßendem Gehorsam, in fröhlichem Leiden, ruhig und bebend, schweigend, still

Hinweis für den Leser

Die Namen im Roman wurden, wo es möglich war, im Diminutiv mit dem angehängten -chen oder -lein versehen (Ewchen, Kasialein), in einigen Fällen jedoch wurde der polnische Diminutiv übernommen.

Maria – Marysia
Katarzyna – Kasia, Kasiulka
Zenon – Zenek, Zenuś